황무지의 봄바람

—•• 윌브라이트 장편소설 ••—

Homage to Heathcliff,

the barbaric hero of my adolescence

1부 그 아내의 고백

때때로 우리는 세상에 영원한 하나는 없다는 것을 너무 늦게 깨닫는다.

하나는 곧 둘이 되기도 하며 다시 하나에서 절반이 되기도 한다.

말랑거리는 풍선이 부풀어 올랐다 어느새 쪼그라드는 것처럼 그 변화가 반드시 자신의 선택으로 이루어지는 게 아니라는 걸 알아차리는 것도 누군가에겐 너무 오랜 시간이 걸릴 수 있다.

나는 그 누군가였다.

그리고 내가 이 지극히 사소한 진실을 깨닫는 데에는 꽤 오랜 시간이 걸렸다.

누군가는 증오가 세계를 부수고 사랑이 그것을 다시 쌓

아 올린다 했다. 사랑과 증오는 같은 옷을 입은 한 몸이며 하나를 뒤집으면 몸을 숨기고 있던 나머지 하나가 나올 것이라 했다.

나는 코웃음을 쳤다.

그에게 동의하지 않음은 물론이었거니와 그 누군가가 애증이라는 간편한 단어 하나로 그의 모든 비논리를 합리화시키려는, 상당히 극적인 자기 위안을 하는 것이라 단언했다.

결론부터 말하자면 나는 틀리지 않았다. 나는 사랑과 증오를 혼동하지도, 그것들을 혼합하지도 않았다. 적어도 나는 어느 하나를 끝낸 뒤 그것의 색이 바래져서야 다른 하나를 시작할 수 있었다.

비단 이번도 다르지 않았다. 문제는, 사랑과 증오 중 내게 어느 것이 먼저 찾아왔냐는 것이다.

나는 남편을 사랑하지 않았다.

아니, 증오했다. 그가 싫었다. 그가 내 옆에 있지 않기를 바랐다.

오 년, 짧다면 짧고 길다면 긴 그 결혼 기간 동안 나는 하루도 그를 미워하지 않은 적이 없었다. 그는 내 가문을 무너뜨렸고 내 가족을 몰살했으며 내가 가진 모든 것들을 빼앗았다.

나는 자유를 박탈당한 채 그나마 영위하고 있던 위치에서 점점 더 낮은 곳으로 내려가야 했다. 비참했고 수치스러웠고 두려웠다.

그러나 내가 그를 미워한 이유는 그것 때문이 아니었다. 왜냐하면 내가 빼앗긴 것들은 남편 또한 이미 빼앗겼던 것들이기 때문이다. 그는 먹고 배울 기회를 상실했고, 가문과 사랑하는 가족들을 잃었으며, 응분 그에게 쥐어져야 할 기회들을 송두리째 빼앗겼다.

그리고 그것을 빼앗아 나와 내 형제들의 손에 쥐어 준 이가 나의 아버지였다. 자신의 것을 되찾는 데 있어 내가 그 기구한 인과의 비틀림에 탄식할지언정 그의 정의를 깎아내리려 한 적은 없었다.

우습게도 나는 꽤 공평한 인간이었다. 이렇게 담담하게 내 삶을 서술할 수 있기 전의 나는 정의로웠고 그래서 충동적이었으며 감정적이었다.

"짐승은 맞아야 말을 듣는 법이지."

아직 다 여물지 못한 어린 소년의 등으로 쏟아져 내리는 채찍질을 나는 매번 막지 못했다. 거대한 성처럼 커다랗기만 한 아버지를 극복하지 못하고 멈칫거렸다.

"그만하세요, 그만하시라구요!"

"네가 그러니 저놈이 제 분수를 깨닫지 못하는 게 아니냐."

아버지는 나를 무시했다. 가차 없이 내리칠 수 있는 채찍질의 상대만큼이나 그에게 나는 하찮은 존재였다.

"그러다가, 키우던 개에게, 발을, 물리면, 네가, 책임질 테냐?"

"윽……."

"아버지, 제발!"

말 하나하나마다 내려치는 채찍질의 속도가 빨라지고, 흘러나오는 신음이 빈번해졌다.

알고 있었다. 이 이상 나서면 아버지의 손이 누굴 향할 것인지를. 아버지는 제게 도전하는 상대를 쉬이 넘겨줄 정도로 자비로운 이가 아니었다.

"비켜라, 에젠! 어미 없이 자랐다고 아주 오냐오냐 예뻐해 주었더니 방자하기 그지없구나!"

그게 설사 피와 살을 나눠 준 자식이라 하더라도.

인간적인 죄책감은 개인적인 공포를 넘어서지 못했다. 나는 아버지의 손이 얼마나 두꺼운지, 그리고 내 뺨을 향해 내려치는 그 속도가 얼마나 위압적인지 이미 잘 알고 있었다.

터져 나간 살결은 아물었어도 기억은 여전히 벌건 상흔을 드러냈다. 나는 그래서, 비겁하게도 아무것도 할 수 없었다.

"미안해, 미안해요, 나는……."

나는 위선자였다.

밤새 끙끙 앓는 채로 버려진 병자의 상처에 치덕치덕 서툴게 약을 발라 놓고 눈물을 뚝뚝 흘리는 것으로 나는 내 죄책감을 덜어 내려 했다.

정작 아버지를 막지도, 그에게서 빼앗어 와 내게 쥐여 준 것들을 돌려줄 자신도 없으면서 나는 값싼 동정을 한없이 내뿜었다.

아마, 그도 그 위선을 알아차렸을 것이다. 언젠가부터 울면서 약을 바르는 나를 올려다보는 푸른 눈동자에 경멸이 묻어 있는 것을 나는 알았다.

모든 기회를 다 박탈당했으면서도 타고난 재능은 빛을 발했다. 소년은 넘겨들은 수업만으로도 이미 내 형제의 실력을 능가했고 그것은 곧 그가 뛰어나지는 걸 극도로 경계한 내 아버지의 공포를 불러일으켰다.

아버지가 그를 살려 둔 이유는 오직 무어가의 마지막 후계를 제 발밑에 두고 그 비참한 삶을 조롱하기 위해서였다. 그러나 부친의 열등감이 만들어 낸 음습한 열망은 하루하루 달라지는 소년의 재능을 확인하자 두려움으로 바뀌었다.

"도망쳐. 돌아오지 마요. 절대로, 절대로 돌아오지 마."

아버지가 끝끝내 그를 죽이려는 걸 알게 된 날, 나는 몰래 성을 빠져나왔다. 내 아버지를 향한 최초의 반항이었다.

그러나 이미 뼛속 깊이 밴 공포감에선 완전히 벗어나지는 못했다. 덜덜 떨리는 손으로 나는 몇 번이나 성냥을 그어 그가 머물고 있던 허름한 오두막에 불을 질렀다.

쥐가 들끓고 벌레가 출몰하는, 집안의 가장 천한 하인조차 머물지 않는 작은 오두막은 그의 수치심을 불러일으키기 위해 아버지가 밀어 넣은 장소였다.

그는 이곳에서 하인조차 되지 못했다. 그보다는 오히려

노예에 더 가까웠다.

더러운 곳에서조차 오염되지 않은 깨끗한 눈동자를 한 채로 나를 올려다보는 그를 끌어내서 준비한 봇짐을 안기는 내게 그가 물었다.

"내가 너희들에게 뭘 잘못했지?"

총명한 그는 곧바로 알아차렸다. 그리고 처음이자 마지막이었던 대화의 첫 시작으로 물었다. 자신이 뭘 잘못했느냐고. 어떤 죄를 지었기에 모든 것을 박탈당하고 결국에는 목숨까지 빼앗으려 하느냐고.

나는 아무 대답도 할 수 없었다. 그의 고통 위에서 나는 자유를 영위했다. 이제 와서 그것을 되돌려 주지도, 줄 수도 없다는 걸 알았다. 나는 여전히 무력했다.

"……용서…… 받을 생각 따윈 없으니까…… 절, 절대로."

"용서할 생각도 없어."

그는 그것은 재고의 가치조차 없다는 듯 내 말을 잘랐다. 언제나 말없이 묵묵하게 제게 행해지던 폭력을 견디던 과묵한 소년은 없었다.

"……어서 가야 해요. 시간이 없어, 아버지가 오실 테니까 빨리, 여기, 내가 가진 건 이게 전부지만 여길 벗어날 수는 있을 거예요. 그러니까 빨리……."

심장이 미친 듯이 뛰었다. 언제든 아버지가 뛰쳐나와 내 목덜미를 움켜쥘 것 같았다. 그런 나를 그는 차가운 눈으로 내려다볼 뿐이었다.

"나를 살려 보낸 걸 후회하게 될 거야."

성을 나서며 그가 마지막으로 말했다. 단조롭게 느껴질 만큼 낮은 목소리로 내뱉는 그 한 문장은 마치 저주처럼 들렸다.

"어서 가세요."

그러나 나는 그의 등을 떠밀었다.

"당신이 힘이 생길 때까진 돌아오지 마세요."

공포에 바르르 떨리는 입가를 애써 숨기고서.

"절대로, 절대로 되돌아오지 마. 클리프 무어."

처음으로 그의 이름이 입 밖으로 흘러나왔다. 까만 시선이 나를 물끄러미 내려다보았다.

"명심하지, 에젠 크로포드."

그가 내 이름을 부른 것 또한 처음이었다.

나는 놀라 고개를 들었지만 비밀 문의 철창을 훌쩍 넘은 그는 곧바로 주변을 장악한 어둠 속으로 사라졌다.

아무것도 보이지 않는 새까만 밖을 바라보던 나는 이내 두려움에 흠칫 몸을 떨었다.

내 손으로 목줄을 풀어 준 짐승이 언제 달려와 다시 내 목을 물어뜯으려 할지 알 수 없었다. 그러나 내 평생을 억누르던 죄악감은, 그 이루 말할 수 없는 부채는 또 한편으론 점점 내 숨통을 틔워 내기 시작했다.

진정한 속죄의 시간이 다가오고 있다는 걸 예감했기 때문이다.

십이 년 후, 짧다면 짧고 길다면 긴 세월이 흐른 뒤, 쫓기는 쥐처럼 도망쳤던 크로포드 백작가의 노예 클리프 무어는 왕국에서 가장 위대하고 고귀한 사내 중 하나로 돌아왔다.

"클리프 무어 만세!"

그는 뛰어난 활약으로 국경에서 야만족을 상대하고 있던 국왕을 구해 냈고, 곧 국왕을 도와 호시탐탐 쳐들어오던 적국들까지 평정했다. 빼앗겼던 속국들을 되찾고 대륙에서 가장 강대국으로 성장할 수 있는 기반을 만들어 준 그에게 국왕은 새로운 작위를 내리며 사라졌던 무어가를 완전히 부활시켰다.

그는 이제 왕국 내 단 셋뿐인 후작 중 하나였으며 동시에 국왕 직속 척사대의 수장이었다.

클리프 무어가 국왕의 허용 아래 사병을 소유할 수 있는 유일한 귀족이라는 것에서부터 누구라도 그가 받고 있는 무한한 신임을 어렵지 않게 짐작할 수 있었다.

"왕국을 위기에서 구해 내고 위대했던 영광을 되찾아 준 우리의 흑사자여!"

으레 그를 부르는 사자라는 호칭은 그 의미가 불분명했다.

흑발을 휘날리며 고귀한 국왕을 보호하는 용맹한 사자(獅子)를 지칭하기도 했지만, 그가 지나가는 길 뒤로 망자를 우수수 쏟아 내는 전장의 사자(使者)를 뜻하기도 했다. 어느 쪽이든 온몸의 털을 쭈뼛 세울 만한 상대인 것은 변함이 없었다.

흑사자는 마침내 크로포드에게도 검을 빼어 들었다. 아버지는 지나치게 커 버린 적을 상대하기에 이미 많이 늙었고 또 약해졌다.

당신은 인정하지 않으려 했으나 사실 처음부터 이미 승패가 나 있던 싸움은 아니었을까 나는 생각했다. 그를 향한 그토록 모질던 핍박은 사실 아버지가 끝끝내 떨쳐 낼 수 없었던 공포일지도 모르겠다고.

"열어라. 왕명이다."

재회한 어느 날, 그는 크로포드가로 당당히 모습을 드러냈다.

곧바로 아버지의 집무실로 밀고 들어갔던 그가 무슨 이야기를 했는지는 알 수 없었으나 필시 크로포드에게 있어 절대로 좋은 일이 아닐 거란 건 알 수 있었다.

"네놈이 어찌 감히! 달라질 것 같으냐! 시궁창에서 굴러먹던 짐승 새끼가 주인을 물려고 들어! 네놈을 내리치던 채찍질 소리가 아직도 이리 선명한데!"

집무실의 집기가 부서지는 소리와 커다란 외침이 뒤섞여 선명하게 들려왔다.

아버지의 부들거리는 고함 소리는 우습게도 마치 사냥꾼을 눈앞에 둔 먹잇감의 발악 같기도 했다. 제게 겨누어진 화살을 피하려 이를 드러내 보이지만 오히려 그럴수록 죽을 운명을 피할 수 없는 사냥감처럼 말이다. 사실 그도, 아버지도, 그리고 나도 이 싸움의 승자가 누가 될지 이미 알고 있는 탓일 테다.

나는 도망쳤다. 수십 분을 달음박질친 것처럼 가슴이 뛰었다. 내가 주로 숨곤 했던 크로포드가의 가장 구석진 벽장이자 창고로 기어 들어갔다.

나는 가슴을 부여잡고 헐떡거림이 가시길 기다렸다. 갑옷으로 무장한 그의 기사들이 집 안을 돌아다니는 소리가 들렸다.

"그 서류들은 왜 가져가느냐! 집안의 비밀 장부다! 네놈들이 말하는 것들과는 아무런 상관이 없단 말이다!"

"그건 조사해 봐야 알 일이지요."

"한낱 기사가 대크로포드가의 후계자를 신용하지 못하겠다는 말인가! 건방진—, 이봐! 그건, 거기서 손 떼! 영지의 세수 내역일 뿐이다! 집 안을 이리 쑥대밭으로 만들어 놓다니, 내 네놈들을 가만두지 않을 것이야!"

"국왕 폐하께서 손수 금지시키셨던 인신매매에 마약 유통 혐의까지 받고 있으신 실정에 용감하시기도 하군요. 이 정도면 어느 대귀족가라도 쑥대밭 되기는 충분치 않겠습니까. 너희들, 한 장도 빼지 말고 모조리 긁어 와라. 주군께 보여 드려야 할 테니."

"무어 놈이지! 그놈이 폐하를 조종한 거야! 안 돼! 그건 절
대로—! 너희 뭣들 하느냐! 이놈들을 막아라! 어서! 집사!"

"증거 수집을 막으려는 이들은 처벌해도 좋다는 폐하의
허가가 있었다. 망설이지 마라."

울분에 찬 내 형제의 고함 소리가 들리기도 했다. 집안의
시중인들이 우물쭈물하며 망설이는 소리도 함께.

인신매매에 마약이라니. 그래서 내 약혼자 집안이 해외
상단을 가진 부유한 귀족이었던 거였나. 내 눈을 가려 놓
고서 가족들이 할 만한 짓이 그다지 놀랍지도 않아서 나는
쓴웃음을 지었다.

그는 그 세월 동안 눈부실 정도로 성장해 왔는데 크로포
드들은 단 한 치도 변한 게 없어서 웃을 수밖에 없었다.

갑옷의 이음새에서 나는 철컥거리는 소리가 사라졌을 즈
음이었다.

나는 조심스럽게 몸을 빼내어 계단으로 달려갔다. 크로
포드 성의, 나와 이따금 책을 갉아 먹는 쥐들 말고는 아무
도 방문하지 않는 꼭대기 층의 도서실에는 내가 독립을 위
해 숨겨 놓은 자금이 있었다.

한 푼 두 푼, 형제들이 들으면 코웃음 칠 만한 푼돈이었
지만 나는 이곳에서 언젠가 벗어나고 싶다는 열망을 이기
지 못했고, 어느새 그 돈은 적어도 평민 하나가 먹고살기
엔 무리가 없을 만한 금액이 되어 있었다. 돈이 그대로 있

는 것을 확인하고 내려왔을 때였다.

무심코 내다본 창문 밖에 그가 있었다.

바람에 흩날리는 새까만 머리칼, 푸르게 빛나는 두 눈, 온몸에서 흘러나오는 공격적인 위압감.

나는 얼어붙었다.

곧바로 돌아섰다. 벽으로 몸을 숨겼으나 터질 듯 뛰어 대는 심장만큼은 제어가 되지 않았다.

'나를 보았을지도 몰라.'

나는 숨을 죽였다. 내 숨소리가 그에게까지 들릴 리가 없다는 걸 알면서도 눈앞에 그가 있는 것처럼 입을 막고 한껏 숨을 참았다.

"에젠! 이년이 집안이 이 꼴이 났는데 어디 있는 거야! 에젠!"

나를 부르는 아버지의 고함 소리가 들렸다. 나는 내가 움직여야 함을 알았다. 바로 답하지 않으면 곧이어 내 형제의 부름도 들려올 테고, 아버지보다 손속이 없는 내 형제는 힘이 무르지 않았다. 언젠가 그에게 잡힌 두피가 아파 오는 것 같아 나는 인상을 찡그렸다. 적어도 옷 밖으로 드러나는 부분에는 손을 대지 않을 테니 그것만큼은 다행이려나.

"에젠!"

아버지의 고함이 다시 들려왔다. 움직여야 할 시간이었다. 나는 숨을 한 번 더 쉬고 벽에서 등을 떼었다. 무의식적으로 그의 존재를 다시 확인하려는 내 시선이 창밖을 향했다.

그리고 여전히 내 쪽을 향하고 있는 푸른 시선을 마주했다. 나는 도망치듯 창가를 떠났다. 복도를 내달리는 내내 그가 언제라도 내 발목을 잡아채서 나동그라질 것만 같았다.

"에젠, 기억해라, 지금 우린 힘이 필요해. 클리프 이 개자식이 자금줄을 다 끊는 것도 모자라 우리 재산을 모두 동결시켜 버렸단 말이야. 증인을 매수하든, 일을 덮든, 아니면 도망가든 그가 없으면 다 무용지물이야. 알아들었냐? 지금 우리가 얼마나 심각한 상황에 처해 있는지?"

내 형제는 내 양 손목을 쥐고 윽박질렀다. 고통이 스미는 손목엔 곧 푸른 자국이 자리 잡을 것이다.

그러나 아버지는 그를 막지 않았다. 충격적일 만큼 앞과 뒤를 드러내는 적나라한 드레스를 입은 채 오페라하우스의 은밀한 밀실까지 끌려온 나의 상황이 당신의 머릿속에서 나왔을 것임을 어렵지 않게 짐작할 수 있었다.

"명심해라, 몸을 굴려서라도 나이젤을 붙잡아. 지금 우릴 살릴 만한 사람은 네 약혼자밖에 없으니."

붉은 방으로 들이밀어졌다. 머릿속은 새하얬고, 형제가 움켜쥐었던 손목은 아리기만 했다.

나는 내가 무엇을 해야 할지 알고 있었다. 그러나 그러지 않을 것이다. 그들이 그토록 막고자 하는 자신들의 파멸은 내가 원해 왔던 것이기도 했다. 그러니 나는 아무것도…….

"크로포드 영애."

안락한 의자에 기대 있던 내 약혼자가 일어났다. 나는 홀로 결연하게 속삭이던 다짐을 멈췄다.

"기다리고 있었습니다. 곧 오페라가 시작되니 이쪽으로 오세요."

그는 예의 바른 손길로 나를 에스코트했다. 왕국을 떠들썩하게 울리고 있는 크로포드가의 스캔들도, 적나라한 의상으로 저를 찾아온 나를 힐끔대는 다른 관객들의 시선에도 그는 아무 말이 없었다. 온화한 얼굴에선 아무것도 읽을 수가 없었다.

"영애가 걱정할 건 아무것도 없을 겁니다. 도노반가(家)가 함께하지요."

그는 아버지가 기다렸을 말을 해 주었다.

나는 대답 대신 그의 옆에 섰다. 머릿속에선 형제의 목소리가 윙윙 울려 대고 무대에서는 아름다운 소프라노의 고음이 울려 퍼졌다.

'나는 끝까지 방관할 거야. 당신들이 그랬듯, 나도 아무것도 하지 않겠어. 그리고 당신들의 모든 것이 끝날 때…….'

나는 아래를 내려다보았다. 꽤 높았다. 비상을 꿈꾸기엔 충분한 높이처럼 보였다.

곡이 거의 끝나 갈 즈음이었다. 뒤쪽이 시끄러워졌다.

"여기가 어딘 줄 알고……!"

아버지의 억눌린 고함이 들렸다. 기이한 일이었다. 아버지는 자택이 아니면 저런 목소리를 여간해서 내지 않는다.

그리고 이내 문이 왈칵 열렸다.

문 뒤로 나타난, 내 발아래까지 지는 커다란 인영에 나는 숨을 들이켰다. 그것은 마치 어떠한 전조였을지도 모르겠다.

"크로포드 영애?"

굳어 버린 나를 알아차렸는지 내 약혼자가 뒤를 돌아보았다.

"무어 후작."

내 약혼자의 목소리가 들려왔다. 약혼자가 조용히 내 허리를 붙잡아 돌려세우는 것이 느껴졌다.

"여긴 어쩐 일이십니까."

"……."

그에게선 말이 없었다. 나는 눈앞에 서 있는 이의 발끝만 보고 있었다. 고개를 들기가 무서웠다. 이 방에 들어올 때까지만 해도 고요하던 마음에 불안이 해일처럼 휘몰아쳤다. 수치심이 어깨를 짓누르는 것 같았다.

그를 다시 보게 된다면, 적어도 시체로서 마주할망정 이런 창부와도 같은 비참한 모습일 거라고는 생각하지 못했으니까.

"제 약혼녀 에젠 크로포드입니다."

조용한 침묵을 깬 것은 내 약혼자였다.

"약혼녀?"

동굴이 울리는 것 같은 깊은 목소리가 흘러나왔다. 나는 놀라 고개를 들었다. 처음으로 그와 눈이 마주쳤다. 무표정한 얼굴은 시리게 나를 쳐다보고 있었다.

빛바랜 기억이 희미하게 되살아나는 듯했다. 나는 감히 그를 마주 보지 못했다.

"약혼녀라."

그는 그리 중얼거리고는 자리를 떠났다. 아무도 그를 붙잡지 못했다. 변방의 흑사자에게서 걸음걸음마다 흘러나오는 위압감이 목을 조르듯 내 아버지의, 형제들의 입을 막은 것을 알 수 있었다.

"이 무도한! 여기가 어디라고 천한 신분으로 이리 들이닥치는 것이야! 아직 크로포드는 건재하건만, 저놈이 국왕을 등에 업고 천지 분간을 못 하는구나!"

아버지는 그의 기에 눌렸으면서 뒤늦게 고함쳤다. 우습지도 않았다.

오페라는 끝났다.

약혼자는 예의 바르게 나를 에스코트했다. 속이 울렁거렸다.

"화, 화장실에 좀 다녀올게요."

나는 변기를 움켜쥐고 말간 위액을 토해 냈다. 손끝에서 발끝까지 몸이 덜덜 떨렸다.

"하아, 하아······."

다시 목구멍을 타고 올라오는 쓴물이 역겨웠다. 둔한 통증이 내가 아직 살아 있다는 것을 깨닫게 한다. 나는 비틀거리며 일어나려다 이내 힘이 빠져 주저앉았다. 그때 단단한 손길이 나를 들어 올렸다.

고개를 들어 올려 나를 일으킨 이가 누군지 확인하고 싶었다. 어쩌면 이미 내 머리 위로 지는 그림자에 나는 다시 한번 예감한지도 모르겠다.

"······죽으려는 발악치고는 약하군. 크로포드답지 않아."

그가 옅은 감상을 드러냈다. 나는 허리를 움켜쥐고 있는 두꺼운 손아귀에서 벗어나려 버둥거렸다. 공교롭게도 조금 전 내 약혼자가 감쌌던 부위였다. 등허리가 드러난 드레스 때문에 맨살에 닿는 열기는 낯설기만 했다.

"나이젤 도노반이 너희의 구명줄인가."

허리를 움켜쥐는 손아귀의 힘이 조금 강해진 것 같았다.

"소용없어."

그가 낮게 뇌까렸다.

"그게 뭐든, 누가 됐든, 전부 다 부숴 버릴 테니까."

"······."

"에젠 크로포드."

그가 부르는 내 이름은 등선을 타고 기묘한 소름을 불러일으켰다. 나는 처음으로 고개를 들어 그를 마주했다. 가까이서 본 새파란 눈동자는 서늘했다.

그러나 나는 그 안에 자리 잡고 있을, 수십 년 동안 묵고 묵혔을 그의 분노를 알고 있었다.

"살려 달라고 말해."

지나치게 가까운 거리는 상대방을 압도하려는 그의 본능일 테다.

나를 내려다보는 시선은 내 기억보다 훌쩍 높아져 있었고, 내 머리 위로 지는 그림자로부터 뿜어져 나오는 위압감은 그를 향한 세간의 평가들을 다시 한번 실감할 수 있게 했다.

"네 아버지와 네 형제들의 알량한 목숨을 살려 달라고 내게 빌어 보지 그래."

대답 없는 내게 그가 말했다.

그의 말에서 이미 그가 원하는 것은 우리의 죽음이라는 것을 알아차렸다. 아버지는 그가 가문을 무너뜨리려 한다고 격분하지만, 그의 분노는 고작 그 정도가 아니었다. 오직 우리의 목숨으로서만 온전히 상쇄될 수 있을 테다.

그러나 그의 잔혹함에 내가 무슨 말을 할 수 있을까. 인과의 굴레는 처음부터 정해진 수순이었는데.

내 아버지의 말로(末路)는 그가 저지른 과오의 여파였다. 내 말로는 알량한 공포에 아무것도 하지 못한 채 그의 고통 위에서 영위한 무지에 관한 여파일 테다.

나는 저택의 도서실에 숨겨 두었던 돈을 떠올렸다.

나는 도망을 꿈꿀 수 있을까. 그런 자격이 내겐 주어질 수 있을까.

나는 아무 말도 하지 않았다. 그럴 줄 알았다는 듯 삐뚤게 올라가는 그의 입꼬리를 보고서도, 나를 내려놓은 채 멀어지는 그의 뒷모습을 보고도 아무 말도 하지 못했다.

그러나 나는, 집으로 돌아오는 내내 그의 얼굴을 떠올렸다.

—나를 살려 보낸 걸 후회하게 될 거야.

용서하지 않겠다던, 그때와 같은 눈을 하고 있던 그의 얼굴을.

흑사자의 분노는 빠르게 크로포드를 잠식해 나갔다.

어쩌면 오페라하우스에서 나를 포함하여 크로포드가의 전원을 마주한 것이 그의 기폭제가 되었을지도 모르겠다.

곧바로 크로포드가에 대대적인 수사가 들어갔고, 곧 내 알량한 세계를 지탱하던 기둥들이 하나둘씩 쓰러지기 시작했다. 내 약혼자의 집안까지 비리로 얽혀 들어갔다. 아버지는 끝까지 발버둥 쳤지만, 말했지 않은가. 이미 처음부터 승패가 갈려 있는 게임이었다고.

아버지는 구속을 피해 도망치려다 화살에 꽂혀 죽었고 내 형제는 분노한 군중에게 맞아 죽었다. 우리의 죄는 이미 수면 위로 드러났고 이제 내게 남은 것은 담담히 그 굴레를 받아들이는 것이다.

나는 조용히 내게 다가올 복수의 손길을 기다렸다. 턱밑까지 찾아온 죽음이 두려웠으나 곧 끝날 거라고 생각했다.

나는 죽음을 준비했다. 알량한 양심이 너는 자유를 꿈꿀 수 없다고 되새겨 주었다.

그래, 이게 맞는 것이다. 애초에 내가 원했던 속죄의 날이 다가오고 있지 않은가. 그게 완전히 매듭지어지지 않는 이상, 그다음을 꿈꿔서는 안 되는 것이다.

"아가씨, 이게 다 무엇입니까?"

말간 눈으로 묻는, 한때 내 작은 안식이 되어 주었던 유모에게 돈을 건넸다.

"도망쳐. 곧 이곳으로도 황군이 들이닥칠 테니까, 이것으로 얼른 여길 빠져나가서 새 일을 구하도록 해. 추천서는…… 크로포드가의 추천서는 오히려 실이 될 뿐이니까……."

내 손에 떠밀리듯 저택을 빠져나가면서도 유모는 연신 뒤를 돌아보았다. 그 인정에 나는 작게 웃음 지었으나,

"크로포드 영애, 도망칩시다. 길을 봐 두었어요."

그녀가 내 전 약혼자에게까지 가서 도움을 요청했을 줄은 꿈에도 생각하지 못했다.

"그럴 수는 없어요."

나는 고개를 저었으나 그는 막무가내였다.

"왜 해 보지도 않고 포기하려 하십니까. 믿을 만한 사람들로 왕국을 무사히 빠져나갈 탈출로를 만들어 두었습니다. 저를 따라오십시오."

그의 손을 잡을 수 없었다. 또 어떤 굴레를 만들어 낼 줄 몰랐기에. 이미 크로포드의 편에 서려 하다 국왕의 눈총을 받은 그였다. 나는 그를 설득하고 싶었다.

"나이젤, 고작 타인을 위해 자신을 위험하게 만들지 말아요. 이미 도노반은 크로포드 때문에 너무 많은 실을 겪었어요."

"나는 당신이 살기를 바랍니다!"

그를 밀어내는 손이 붙잡혔다. 나는 놀라 고개를 들었다. 언제나 온화했던 약혼자의 얼굴이 처음으로 일그러져 있었다.

"당신이 더 이상 나와 함께할 수는 없을지라도 어딘가, 같은 하늘 아래서 숨 쉬면서 살아가길 바란단 말입니다. 자유롭길 원했잖습니까, 언제나 이곳에서 벗어나고 싶어했잖아요. 그러니 지금, 그리하세요. 당신이 살아만 있다면 나는 언젠가……."

그러나 떨리는 그의 목소리는 끝을 맺지 못했다.

나는 그의 가슴을 꿰뚫은 채 은빛으로 빛나는 검을 보았다. 그리고 그 위로 지는 커다란 그림자를.

"에, 에젠……."

"크로포드에게 또 다른 길은 필요 없어."

동굴처럼 울리는 목소리가 분수처럼 뿜어져 나오는 핏방울 사이로 스며들었다.

"내가 허락하지 않을 테니까."

나는 멍청히 서 있었다. 눈앞에서 벌어지는 일들은 어쩐지 현실감이 없었다.

"에, 에젠……."

죽어 가는 약혼자가 내게 손을 뻗었다. 그리고 내게 닿기도 전에 무어의 발아래 사그라졌다.

"눈을 감아, 에젠 크로포드."

그는 명령했다. 낮은 목소리가 약혼자가 나를 부르는 애원을 덮었다.

"곧 지옥이 펼쳐질 테니."

시야가 붉어졌다. 나는 다시 눈을 떴을 때 내가 살아 있지 않기를 기도했다.

도노반과 크로포드가 동시에 몰살당한 날, 그 비운의 밤을 왕국에서는 살육의 밤이라 불렀다.

크로포드는 무너졌고, 유일무이한 후계자를 잃은 도노반 역시 힘을 잃었다. 나는 고요한 감옥에서 몸을 둥글게 말고 처형을 기다렸다.

도노반의 후계자까지 홀려 비극을 초래한 크로포드의 딸을 지탄하는 목소리로 왕국이 들끓었다. 눈을 감으면 펼쳐지는 붉은색의 향연을, 나를 향해 일그러지던 약혼자의 기억을 견디어 내며 기다렸다.

'곧 끝이 날 거야. 그의 복수가 끝나고 나면, 나는 죽음으로써 자유로워질 테지.'

그리 되뇌었다. 죽음의 공포를 밀어낼 수 있는 유일한 위안이었다.

나는 그리 믿었다.

클리프 무어가 알량한 변덕으로 겨우 바로잡혀 가던 판을 다시 뒤집어 버리기 전까지는.

또다시 재회한 날, 나를 내려친 것은 그의 검이 아니었다.

"안녕, 내 신부."

새파랗게 질린 나를 보며 클리프 무어는 천천히 입꼬리를 올렸다. 한 폭의 그림 같은 미소에서 그의 비정함이 도드라졌다.

그는 만족하지 못한 모양이었다. 그저 우리의 죽음과 파멸만으로는 수십 년간 쌓아 왔던 그의 해묵은 분노가 상쇄되지 않기 때문이었을까. 아니면 그저 내 아버지가 그랬듯 생쥐의 목을 밟은 채 발버둥 치는 것을 지켜보려 하는 가학적인 즐거움 때문이었을까.

어느 쪽이든 나는 그를 이해할 수 없었다.

"클리프 무어 후작과 에젠 크로포드 백작 영애의 결혼을 허가한다. 짐이 이 아름다운 연인들의 증인이 되어 주지."

연인이 아니었다, 우리는.

그러나 내가 간신히 정신을 차렸을 때 나는 그의 아내가 되어 있었고 클리프 무어는 내 남편이 되어 있었다.

오직 그가 그리 선택했기 때문에.

원수의 딸을 감싸 안을 정도로 진실하다는 사랑의 가면을 쓴 채 그의 이야기는 미담이 되어 왕국 곳곳으로 퍼져 나갔다.

내 증오는 그때부터 시작되었다.

우리는 사선의 끝에서 서로를 바라보아야 하는 이들이었으나 그는 나를 기어코 움켜잡아 제 옆으로 내리눌렀다.

클리프 무어와 에젠 크로포드는 시작이 아니라 끝을 말해야 할 이들이었다.

마침표를 찍어 내려야 하는 끝에 쉼표를 붙인 채 다시 이야기를 시작하려 했다. 그건 결국 이야기를 추악하고 더럽게 만들 뿐이란 걸 알면서도.

내 아버지는 그의 가족을, 그는 내 가족을. 서로에게 하나씩을 뺏었으니 잠시 수평을 이룬 저울의 추에 그는 나를 다시 매달아 버림으로써 복수의 명분을 상실했다.

날카롭게 벼린 그의 악의는 내 약혼자의 심장을 꿰뚫었고, 나는 내 피가 아닌 아무 죄도 없는 무고한 이의 피를 뒤집어쓴 채 버진로드를 걸었다.

적어도 나이젤 도노반만큼은,

우리의 악연에 아무 관계가 없는 이었다.

그저 아버지가 정해 준 형식적인 약혼 관계였다 하더라도, 감히 국왕의 명령을 어기고 나를 도망시키려 했어도, 그가 그리도 손쉽게 목숨을 빼앗길 만한 이유는 되지 못했다.

죽어야 할 사람은 그가 아니었다. 나였다. 나는 이제 겨우 해방되는가 했던 부채감이 다시 나를 짓누르는 것을 느꼈다. 나는 더 이상 누군가의 희생에 기생하고 싶지 않았다.

그저 이 지겨운 삶을 끝내고 싶을 뿐이었다. 내 손으로 죽을 용기는 없으니 복수의 칼날 아래 처단되기를 바랐건만 이젠 그마저도 지나친 탐욕이었다 비웃는 것 같았다.

"안 돼! 말도 안 돼, 절대로! 이럴 수는 없어! 이럴 수는……!"

나는 울부짖었다. 이기적이게도 죽은 약혼자를 사랑해서는 아니었다.

나는 여전히 위선적이고 이기적인 인간이었다. 이런 나 자신에 대한 생리적인 혐오감을 가진 채로 다시 목숨을 부지해야 한다는 것이, 시체같이 살아갈 내 미래만 눈에 선할 뿐이었다.

바닥으로 무너지는 나를 시녀들이 일으켜 세웠다. 눈처럼 새하얀 드레스를 입히고 티 하나 묻지 않은 사랑스러운 면사포를 씌웠다. 마치 나와 얼마나 어울리지 않는 순수한 가치들인지 내게 알려 주려는 것처럼.

내가 덮어쓴 내 약혼자의 피만큼 붉은 길의 끝에는 클리프 무어, 그가 서 있었다.

"원수의 눈물은 달콤하군."

그와의 첫 키스는 짠맛과 피 맛이 섞여 역했다.

내게 물어뜯긴 입술 위로 번지는 피를 닦으며 그는 웃었다.

나는 그를 사랑하지 않았다. 그 역시도 그랬다.

우리는 형식적인 부부일 뿐 단 한 번도 평범한 부부가 으레 나눌 만한 것들을 공유하지 않았다.

그러나 그는 우습게도 기념일이 되면 꼬박꼬박 선물을 보냈다. 마치 주제를 알라, 내 아버지가 그에게 그랬듯 나를 짓밟고 있는 그의 우위를 내게 확인시켜 주는 것처럼 호화로운 보석들과 드레스는 나와 전혀 어울리지 않았다.

나는 그것들을 갈기갈기 찢었다. 죽은 듯 잠들어 있던 분노가 되살아났다. 버려진 선물들의 잔해를 보면서 그는 삐뚤게 웃을 뿐이었다. 마치 그것을 원했다는 것처럼.

저택은 감옥 같았다. 몇 번이나 탈출을 감행한 내 방에는 두꺼운 창살이 세워졌고, 내가 어딜 가든지 건장한 기사와 날카로운 눈매의 시녀가 나를 따라다녔다.

나는 내가 점점 시들어 가는 것을 느꼈다. 아버지의 밑에서 메마른 반죽처럼 점점 오그라들었듯이 말이다.

결혼한 지 삼 년이 지나도 아이가 생기지 않자 나와 남편에 대한 소문이 떠돌기 시작했다.

"그리도 패악을 부린다지? 과연 살려 준 은혜를 모르는 걸 보니 크로포드의 피가 맞군그래. 우리 영웅만 불쌍하게 되었어."

"어찌 그런 여인을 선택하셨을까. 분명 그때 뭐가 쓰인 게 틀림없어. 지금이라도 이혼하시면 좋을 텐데. 흑사자를 원하는 이들을 줄 세우면 수도 성벽을 두 번은 휘감을 수 있을 거야."

국왕은 아끼는 신하를 안타깝게 여겼는지 그에게 연통을 보냈다. 원한다면 그의 선언을 무위로 되돌리고 이혼을 지지해 주겠다는 내용이었다.

국왕이 직접 축복했던 결혼을 물러 주겠다는 것은 대단한 호의였다. 군주가 이어 준 인연을 감히 부정할 수 없어 평생을 울며 겨자 먹기로 함께하는 부부들이 수도에는 적지 않았기 때문이다.

그러나 남편은 내가 훔쳐본 왕의 칙서대로 따르지도 않았고 나와 이혼하지도 않았다. 그는 그저 묵묵히 무어 후작으로서 제게 주어진 일들을 수행할 뿐 그 이외의 어떠한 변화도 원하지 않는 것으로 보였다.

"폐하의 부름을 받고 찾아왔습니다만, 이곳이 그분의 자택인가요……?"

국왕은 여전히 그를 너무나 아꼈다. 그래서 비교적 정치

기반이 약한 그를 단단히 뒷받침해 줄 수 있는 유서 깊은 공작가의 공녀와 그를 이어 주려 했다. 이대로 내버려 두면 영영 홀아비 아닌 홀아비가 될 거라 생각한 모양이다.

이미 비참하게 무너진 크로포드의 딸 따위는 국왕이 배려해야 하는 상대가 아니었다. 왕은 공녀를 끈질기게 남편과 이어 주려 하는 동시에 심지어 나를 남편의 정식 아내로 생각하지도 않는다는 메시지를 보냈다.

그가 이 결혼을 허용했던 이유는 단 하나였다. 아끼는 충신, 클리프 무어가 그리하길 원했으니까.

새삼스럽지 않았다. 나는 이곳에서 존재하나 존재하지 않던 이였다.

내 주변의 모든 이들이 나를 살아 있는 인간으로 대하는 단 하나의 이유는 내 남편 때문이다.

내 주변의 모든 이들은, 옛날처럼 내가 아닌 다른 누군가에 의해 통제되었다. 그저 아버지에서 남편으로 바뀌었을 뿐 나를 나로 봐 주는 이는 없었다.

숨이 막혔다.

공녀가 찾아왔다. 언제나 그랬듯 이른 점심, 남편은 황궁에 가 있을 시간이었다.

"폐하께서 말씀하셨어요. 당신은 그분의 명예와 부 때문에 탐욕스럽게 그분의 발목을 잡고 있다고. 어떻게 그럴 수가 있죠? 그분을 사랑하지도 않으면서! 그분은 당신 따위와 어울리지 않아요! 제가, 제가!"

가녀린 소리로 외치는 동안 새하얀 얼굴에 물들 듯 번지는 홍조가 사랑스러웠다.

공녀는 매번 그렇듯 부끄러움을 감추지 못한 채 수줍게 제 사랑을 고백했다.

정작 그걸 들어야 하는 건 내가 아니지 않나 하는 생각이 들었다.

그녀를 물끄러미 보고 있자 공녀는 더욱 기세등등해졌다. 악처를 무찌르는 사랑에 빠진 연인의 위대함에 그녀는 사로잡힌 듯 보였다.

"좋아요, 당신이 뭘 원하는지 알겠어요. 당신이 원하는 것만큼은 아니겠지만 어느 정도는 나도 준비해 줄 수 있어요. 황금을 채운 마차 열다섯 대와 당신이 머무를 수 있는 지방의 영지, 그리고 평생 당신을 시중들 만한 시녀 오십 명을 함께 보내 주죠. 이 정도면 일생을 보내기에는 나쁘지 않을 조건이에요. 저번보다 마차를 세 대나 올렸다구요."

그녀가 제시하는 조건들은 현실성이 없었다. 내 관심을 이끌지도 못했다.

나는 남편이 내게 보내는 물품들의 가치조차 제대로 파악하지 못했고 그러고 싶지도 않았다.

오직 조롱의 목적만을 담은 사치품들을 이제 보지도 않고 그저 성 어딘가에 처박아 놓기 일쑤였으니 말이다.

"아직도 부족하다는 건가요? 정말로 아무것도 없으면서 탐욕만 가득 찼군요!"

공녀는 부채를 높이 치켜들며 화끈거리는 열을 식혀 내렸다. 그리고 한동안 제 분에 못 이겨 씩씩거리더니 이내 차가워진 얼굴로 내게 말했다.

"당신, 착각하고 있는 것 같은데 폐하께서 당신을 탐탁지 않아 하고 계신단 걸 아세요?"

"……."

"내가 자비롭게 조건들을 제시할 때 받아 가는 게 좋을 거예요. 폐하께서 정말로 당신을 무일푼으로 쫓아내기 전에 말이에요. 쫓겨나는 것보다는 제 발로 포기하는 게 모양새가 더 좋지 않나요? 아무것도 없이 버려진 당신의 미래가 보이지 않아요?"

"……."

"아니, 그저 버려지는 거면 괜찮지. 처참하게 죽는 것보다는 낫잖아요? 당신 아버지와 형제들처럼 말이에요. 아, 약혼자도 포함시켜야 하나? 그는 크로포드도 아닌데 말이죠."

여태까지의 공녀의 외침은 내게 상처를 주지 못했지만 이번은 좀 달랐다.

나도 모르게 새파랗게 질려 버린 모양이었다. 사냥감의 역린을 찾은 사냥꾼의 아름다운 눈매가 이채를 띠었다.

"맞아, 그러고 보니 당신의 아버지도 쫓기다가 죽었다죠? 죄인 주제에 목숨을 부지하겠다고 고슴도치처럼 화살을 비로 맞은 채…… 꺄악!"

그러나 공녀는 말을 끝맺지 못했다. 부수듯 문을 열고 들어와 그녀의 팔을 움켜쥔 채 들어 올리는 남편 때문이다.

"후, 후작님!"

"초대받지 못한 침입자가 어찌."

공녀가 남편을 알아보기도 전에 그는 그녀를 던져 버렸다. 짐짝처럼 응접실 밖으로 내던져진 그녀가 바닥으로 밀려 쓰러졌다.

"꺄악!"

"감히 내 집의 심장까지 숨어들었을까."

남편은 뇌까리듯 중얼거렸다. 작은 목소리였지만 몹시도 낮게 서리는 한기에 아무도 듣지 못한 이가 없었다.

"후작님! 전 폐하의 부름을 받고!"

경악에 찬 채로 방금 일어난 일을 믿고 싶지 않아 하는 공녀를 물끄러미 보다가 그가 입술을 올렸다.

"아아, 그저 쥐새끼인가."

그 비소가 사람의 머리카락을 얼마나 쭈뼛거리게 하는지는 내가 제일 잘 알았다.

미미하게 흘러나오는 살기에 공녀가 얼어붙었다. 그녀가 마주하고 있는 것은 번드르르한 귀족이 아닌 전장의 사자였다.

남편의 손가락이 꿈틀거렸다. 공녀가 그것을 불안하게 응시했다. 순간 그녀와 나는 같은 생각을 했을 것이다. 남편이 누군가의 목을 조르고 싶어 견딜 수 없어 한다고.

"손님을 제자리로 모셔다드리거라. 자택을 착각하신 모

양이로군."

"무, 무어 후⋯⋯."

"새겨들으세요, 공녀."

남편이 무릎을 굽혀 주저앉은 공녀와 시선을 맞췄다.

"맹수의 굴에 들어갈 때는 조심하셔야 합니다."

"흐으, 흐읍⋯⋯."

공녀는 공포에 질려 금방이라도 숨이 넘어갈 것 같았다.

"짐승은 영역에 굉장히 민감하거든요. 영역을 침범하든, 숨겨 놓은 먹이를 훔치려 하든, 어느 쪽이든 사나운 짐승에겐 참을성이라곤 없어 곧바로 침입자의 목을 물어뜯어 버리지요."

그의 손가락이 다시 꿈틀거렸다.

"친히 저녁밥이 되어 주시겠다는 고귀한 희생으로 당신을 바치려던 게 아니라면, 알아 두셔야 할 겁니다."

남편은 손을 뻗어 유려한 손놀림으로 공녀의 머리를 올려 맨 리본을 풀어 버렸다. 폭포수처럼 쏟아지는 탐스러운 머리칼에는 시선도 주지 않은 채 넓은 공단을 천천히 찢어 내렸다.

공녀는 간신히 울음을 삼켰다. 소리를 낸다면 언제라도 물어뜯길 것 같은 공포감이 그녀를 사로잡았기 때문일 테다.

"⋯⋯흐, 흐읍⋯⋯."

부드러운 손놀림과는 달리 갈기갈기 찢어지는 천 조각은 위협적이었다. 차갑게 식은 분위기로 그는 자리에서 일어나 뒤를 돌았다.

시선이 마주쳤다.

"……."

나를 보는 푸른 눈동자는 여전히 무엇을 생각하고 있는지 알 수 없었다. 남편은 공녀를 뒤로하고 내 쪽으로 걸어 들어와 응접실의 문을 닫아 버렸다. 공녀의 모습은 이제 보이지 않았다. 하인들이 그저 빨리 그녀를 데려가기만을 생각했다.

"기대를 부숴서 미안하군."

그가 빈정거렸다. 잔인한 눈동자가 또 위험스레 빛났다.

아, 이제야 알아차렸다. 그는 내가 공녀의 말에 희망을 품었다고 생각한 모양이다. 그래서 여태까지 그녀를 내버려 두었다 생각하는 것이다.

"당신의 황금 마차는 수도를 벗어나기도 전에 산산조각 나서 파편으로 흩어질 거야. 그때는 저 여자의 피도 함께. 적색과 금색은 언제나 최고의 조합이지. 살육이 끝난 전장 위로 지는 시뻘건 노을처럼 말이야."

"……."

내가 할 수 있는 것은 없었다. 그의 오해를 풀기에도, 그것을 부정하기에도 나는 힘겨웠다.

대답이 없는 나를 보며 그가 삐뚤게 웃었다.

"내 작은 아내는 언제나 비상을 꿈꾸지. 그 멈추지 않는 도전 정신도 나는 높이 사고 있어. 하지만."

그가 성큼성큼 걸어왔다. 커다란 손이 아프게 내 어깨를 쥐었다. 죽 뻗은 손가락이 촘촘하게 내 날개 뼈를 매만졌다. 선을 타고 쓰다듬는 듯한 손길은 그 부드러움에 모순되게 등허리에 소름을 일으켰다.

"감히 도망칠 생각은 하지 않는 게 좋아. 이 앙증맞은 날개가 찢기길 원하지 않는다면."

날개.

나는 한숨처럼 탄식했다. 입가로 미처 막지 못한 희미한 신음이 새어 나간 것 같았다.

그는 정녕 내 날개가 이미 찢겨져 사라졌다는 걸 알아차리지 못한 건가.

"에젠."

낮은 목소리는 흡사 으르렁거리는 것 같기도 했다. 포식자가 사냥감을 앞에 두고 사기를 죽일 때 하는 것처럼.

"내가 당신을 놓아줄 것 같아? 당신 혼자 여기서 그렇게 쉽게 빠져나갈 수 있을 것……."

"……알아요."

이미 잡힌 먹이의 운명은 정해져 있지 않은가.

나는 그의 말을 자르며 밀어냈다. 머리 위로 그림자가 질만큼 커다란 이의 가슴은 우습게도 내 손에 밀려났다. 어깨를 쥐는 손아귀의 힘이 약해졌다.

"……안다구요."

오직 끝은 당신만 낼 수 있단 걸.

내 자신에 대한 선택조차 내겐 주어지지 않는다는 걸.

숨이 다시 막혔다. 나는 내 목을 감싸 쥐었다. 입고 있는 드레스는 목선을 드러내려 시원하게 틔어 놓은 디자인인데 자꾸 칼라(Collar)나 목걸이가 내 목을 칭칭 감싸고 있는 것 같았다.

피부를 긁어 내리는 손톱에 여린 살갗이 아린 통증을 호소했다. 나는 그러나 멈추지 못한 채로 느린 움직임을 계속했다. 붉게 달아오른 상처에 곧 피가 밸 것 같다고는 생각했지만 나도 어쩔 수가 없었다. 남편이 다시 다가와 내 손을 붙들기 전까지는.

"……아파."

마치 손목을 부러뜨릴 것 같은 힘에 통증은 목에서 손목으로 옮겨 갔다. 그가 이내 손을 뗐지만 하얀 살 위에는 푸른 기가 살짝 올라왔다. 나는 무감각하게 그걸 내려다보며 이내 남편의 손가락이 꿈틀거리고 있는 걸 알아차렸다.

이번엔 내 목을 조르고 싶어 하는 걸까. 차라리 그쪽이 좋을 텐데. 그렇게 빨리 끝내 버리면 좋을 텐데.

나도 모르게 그에게로 한 발짝 다가섰다. 어서 조르라는 것처럼 고개를 들고 힘껏 목을 내밀었으나 그가 알아차렸는지는 모르겠다.

남편이 흠칫하며 한 발짝 물러섰기 때문이다.

"……."

내 의문 서린 시선에 남편은 대답하지 않았다. 그저 무표정한 얼굴로 뒤돌아 응접실을 걸어 나갔을 뿐이다.

조금 전보다 큰 소음으로 문이 닫혔다. 방 안에는 이내 다시 나만 남아 있었다.

나는 자리에 앉았다. 그리고 공녀 때문에 잠시 멈췄던 자수를 재개했다. 뭉툭한 바늘이 촘촘하게 한 땀 한 땀 자리를 메워 갔다. 작은 소란은 나를 잠식하는 어둠에 다시 묻혔다.

나는 문득,

언제까지 이렇게 살아야 하는 걸까 생각했다.

또 이 년의 세월이 흘렀다.

무어 후작 부부의 불화는 이제 오래되다 못해 쉰내까지 나는 하찮은 가십 중의 하나로만 취급되고 있었다.

"아예 성 밖으로 나오지를 않는다죠? 사교계고 뭐고 매번 방 안에만 처박혀 있다던데……. 무어가에 먹칠을 해도 유분수지 남편을 든든히 지지하는 부인 따위 후작께선 기대조차 하지 못하시겠네요."

"그럼요, 그분의 무용과 성품을 생각하면 정말로 안타까운 일이 아닐 수 없어요. 아직까지도 과년한 딸을 둔 부인들은 무어 후작을 힐끔거릴 정도니까요. 그분이 무슨 죄예요. 차라리 하루라도 빨리 이혼을 하시고 제대로 된 부인을 맞으셔야 할 텐데…….”

수도에 무슨 말이 떠도는지를 알고 있었다. 내게 살롱에서 어떤 이야기를 나눴는지 미주알고주알 알려 주는 시녀 로잘린의 얼굴에는 악의가 서려 있었다.

기대하지 않았다. 나를 허투루 대하는 시녀들의 태도는 하루 이틀이 아니었다.

남편의 사랑은 곧 아내가 집안에서 휘두를 수 있는 권력의 척도나 다름없었다. 결혼 전에는 아버지의 애정이, 결혼 후에는 남편의 사랑이 여자의 가치를 결정한다. 전자에 실패한 내가 후자에 성공할 리가 없지 않은가.

국왕은 포기하지 않았다. 가끔씩 저택으로 처음 보는 호화로운 마차들이 당도할 때가 있었다.

그러나 남편은 성벽을 더 높게 쌓았고 더 험악한 문지기들을 성문에 세웠다. 야심 차게 도착한 마차들은 안에 타고 있는 귀인들을 내려보낼 새도 없이 돌아가야 했다. 이년 전 문제의 공녀를 들여보냈던 문지기는 손목이 잘린 채로 쫓겨났다.

남편은 손속이 무르지 못했다. 특히나 내가, 그의 복수가 관련되어 있다면 더더욱.

“부인께선 아내로서의 의무를 다하고 계시지 않잖아요. 저희는 그걸 너무나 우려하고 있어요. 귀중한 무어가의 혈통을 이대로 끊을 수는 없는 일이니까요.”

시녀장과 집사를 필두로 한 무어가의 시중인들이 나를 찾아왔다. 남편을 따르는 기사들도 함께였다. 나를 마치 거대한 악으로 판단한 듯 서로 한데 똘똘 뭉쳐 있는 모습이 우스웠다.

"그러니 도와주시겠죠?"

그들은 남편과 내가 첫날밤을 보낸 시트가 깨끗한 채로 돌려보내졌다는 걸 알았다.

합방을 한 건 그날 밤뿐, 그 이후로 우리는 각방을 쓴다는 것을, 우리가 단 한 번도 동침하지 않았다는 것도 그들은 모두 알았다.

여기서 내가 할 수 있는 건 없었다. 나는 그저 꼭두각시처럼 고개를 끄덕일 뿐이었다.

그들은 아름다운 귀인을 모셔 온다 하였다. 남편의 거부가 너무도 확실하니 억지로라도 여자를 붙여 놓겠다는 의도였다. 필시 이번에도 왕국의 날고 기는 세도가의 딸 중 하나일 것이다.

나는 시중인들의 단호한 태도 뒤에 국왕의 의도도 점철되어 있는 것을 알아차렸다.

국왕은 여전히 남편을 좀 더 끌어올려 저를 뒷받침할 권력의 중추로 만들고 싶어 했고, 그러려면 남편을 기성 정치 세력과 규합할 필요가 있었다.

나는 그날 처음으로 남편에게 차를 보냈다.

그러나 내가 보낸 것이 아니었다. 내 이름을 달고 행해질 오늘 밤 시중인들의 행위에 내 의사가 반영된 것은 단 하나도 없었다. 그들은 처음부터 내 이름만이 필요했을 뿐이었다.

"부인, 얼그레이로 하겠습니다. 각하께서 즐겨 드시는 차입니다, 아마 모르셨겠지만."

새하얀 미약 가루를 들고 찻주전자의 뚜껑을 들어 올리는 로잘린이 낮게 빈정거렸다. 나는 그녀가 왜 굳이 내 방에까지 와서 그 일련의 과정을 보여 주는지 알았다.

"아름다우신 분이십니다. 지난번 왕실 파티에서 각하와 함께 계셨을 때 모두 선남선녀라며 탄성을 내지르곤 했지요."

그러나 그녀가 유발하려는 감정들은 이미 내 안에 존재하지 않는다는 것을 그녀는 몰랐다.

아무도 몰랐다. 나만 알았다.

나는 무미건조한 표정으로 자수를 계속했다. 로잘린은 입을 삐쭉이며 방을 나갔다.

하인들은 남편이 내게 보내는 조롱조차 아까워했다. 호화로운 선물 꾸러미들을 소중하게 쓰다듬으며 연신 나를 흘겼다.

이해할 수 있었다. 그들은 후작가의 안주인으로서 어떤 일도 하지 않는, 아니 하지 못하는 나를 한심스럽게 여겼고, 그래서 남편을 더 자랑스럽게 여겼다.

나는 남편의 선택에 대한 반발로 부인으로서의 그 어떤 의무도 지지 않았다. 안주인으로서 후작가를 이끌어 나가지도, 사교계에 나가 남편을 지지할 수 있는 기반 세력을 만들지도 않았다.

남편에게 보여 줄 작정이었다. 남편에게는 생쥐가 갈잖은 이를 드러내는 것 정도밖엔 되지 못하겠지만, 그가 나를 선택한 것을 손톱만큼이라도 후회하게 만들고 싶었다. 무력한 내가 할 수 있는 것은 그 정도밖에 없었다.

그러나 남편은 나를 움직이려 들지 않았다. 부인으로서의 의무를 강요하지도 않았다.

그는 나를 감시했으나 동시에 방관했다.

그에게 있어 내 존재의 의미는 복수를 마무리 짓기 위해서뿐이라는 걸 깨달을 때마다 나는 도망치고 싶었고, 도망쳤고, 실패했다.

자정이 넘은 시각이었다. 지금쯤이면 남편과 그녀는 함께 있을 테지. 남편의 무미건조한 얼굴 위로 시중인들의 뿌듯한 얼굴들이 눈에 보이는 듯해 나는 쓴웃음을 지었다.

자수를 멈추고 가운을 벗었다. 이만 잠자리에 들어야 할 시간이었다.

콰앙―!

그때 문이 벌컥 열렸다. 복도의 차가운 한기가 방 안으로 밀려 들어왔다.

"……."

남편이 서 있었다. 시뻘게진 얼굴과 초점이 맞지 않는 눈을 한 채 비틀거리며 내게로 걸어왔다.

그가 가까워짐에 따라 나는 남편이 매우 분노하고 있다는 걸 깨달았다. 오른쪽 손에선 피가 뚝뚝 떨어지고 있었다.

"……피가 나잖아요."

그가 내 말을 듣지 못한 것처럼 상처 입지 않은 손으로 낚아채듯 내 팔을 잡아 일으켜 세웠다. 손아귀가 불에 델 것처럼 뜨거웠다.

"……."

피가 테이블 위로 뚝뚝 떨어졌다. 나는 그가 왜 여기 있는지 알 수 없었다. 한창 하인들이 만들어 놓은 신혼 방에서 새로운 누군가를 만나고 있어야 할 이였다.

"제기랄……."

그가 가쁜 숨을 내쉬었다. 손아귀에 점점 힘이 들어가는 듯하더니 이내 그가 손을 떼어 냈다.

그리고 그대로 테이블 옆에 놓여 있던 의자를 우지끈 부러뜨렸다. 나는 문득 그가 맨손으로 부순 작은 의자가 단단한 참나무로 만들어졌다는 걸 떠올렸다.

"각하, 각하!"

이어 그를 애타게 부르는 시중인들의 목소리가 가까워졌다.

"각하, 그리 가시면 어찌합니까. 그 몸으로 왜 이곳을……."

집사의 안타까운 목소리가 가까워짐과 동시에 부러진 나무 의자의 반쪽이 문밖을 향해서 날아갔다. 억 하는 비명소리가 들렸다.

"……목을 한둘 비튼 것으로는 부족했나 보지."

"흐읍!"

뒤따라온 시중인들의 얼굴을 하나하나 노려보며 남편이 읊조렸다. 그는 집사의 머리통을 잡아 쥐었다. 차마 방 안으로 들어오지 못하던 집사의 얼굴이 짜부라진 채 그의 앞까지 끌려왔다.

　"아니, 내가 너무 무르게 너희들을 대한 거겠지. 그저 목부터 땄다면 가장 간편했을 것을."

　피가 통하지 않아 집사의 얼굴이 점점 시퍼렇게 변해 갔다. 캑캑거리며 남편의 손을 벗어나려는 집사의 기색이 절박했다.

　"……그만하세요."

　남편의 움직임이 멈췄다. 그가 천천히 나를 돌아보았다.

　"그만하라구요."

　싫었다. 더 이상의 죽음을 눈앞에서 보기도 싫었다. 그저 다 회피하고 싶었다.

　남편의 눈이 차갑게 내려앉았다. 그는 온몸으로 열을 발산하고 있으면서도 방 안의 한기를 조성했다.

　"국왕께 전해. 내 인내심은 이제 바닥났다고."

　그가 집사를 집어 던졌다. 그리고 쾅— 다시 문을 닫았다.

　죽음과도 같은 적막만 찾아왔다.

　똑. 똑.

　바닥을 흐르는 핏방울의 소리만 들렸다.

　"……다쳤어요."

　"가까이 오지 마."

그가 낮게 으르렁거렸다. 그리고 문 쪽으로 가 빳빳이 서 있었다. 마치 문지기처럼 말이다.

그는 누구라도 이 방으로 들어오지 못하게 하려는 듯이, 그러나 저는 이 방에서 나가지 않으려는 듯이 자세를 잡고 는 좀 더 제 주먹을 세게 쥐었다. 떨어지는 핏방울의 속도 가 더 빨라졌다.

"……다쳤어요, 당신."

나는 또 다른 시체를 보고 싶지 않은 만큼이나 어떠한 상 처도 보고 싶지 않았다. 그게 남편이라면 더더욱.

"가까이 오지 말라고 했어!"

그가 핏발 선 눈으로 외쳤다. 미약의 효력을 이겨 내려 남편의 온몸이 발악하고 있었다.

이 방에는 어떤 치료 약품도 없었고 내가 지금 이 방을 나가는 걸 그가 허락할 것 같지도 않았다. 비교적 깨끗한 자수천을 찾아와 그에게 내밀었다.

"닦기라도 해요."

똑똑.

피가 자꾸 떨어지는 소리가 듣기 싫었다.

그가 천천히 천을 집어 들어 제 손을 감쌌다. 살짝 펴진 손바닥 위에서 무언가 반짝거렸다. 나는 그게 차를 담았던 찻주전자의 유리 조각이라는 것을 깨달았다.

"하아, 하아. 젠장……."

남편의 숨소리는 잦아들 생각을 하지 않았다. 그는 눈을 질끈 감고는 욕지거리를 지껄였다. 그는 대충 조각을 빼내곤 천으로 손을 감쌌다.

그는 문에 기대고 나는 침대에 앉아 우리는 침묵을 견뎠다. 이해할 수 없었다. 여기 있는 그를, 도망치지 않는 나를, 서로를 마주 보고 있는 우리를.

그가 새로운 사람을 찾으면 뭔가 달라질지도 모른다고 생각했는데.

"……언제까지여야 할까."

"뭐?"

그가 눈을 번쩍 떴다.

"언제까지면 당신, 나를 놓아줄 건가요."

언제쯤이면 우리의 악연은 완전히 끝이 날 수 있을까. 남아 있는 기간이라도 알면 견디기에 조금 낫지 않을까.

그저 머릿속에 흐르는 생각을 뱉었다. 그것이 반대로 남편의 머릿속 어딘가에 자리하던 도화선을 당긴 모양이었다.

"그렇게 빠져나가려고."

그가 이해할 수 없는 말을 중얼거렸다. 낮게 읊조리는 목소리는 내 머리카락을 쭈뼛 서게 할 만큼 차가웠다.

남편은 성큼성큼 내게 다가왔다. 어느새 바로 앞까지 와서 나를 내려다보았다. 나는 항상 무덤덤했던 눈동자에 자리한 시퍼렇게 활활 타오르는 분노를 보았다.

그래, 이렇게라도 분출을 해 줬으면. 그도 나도 빨리 연소시키고 사라질 수 있었으면.

"……당신만, 당신만 도망치겠다고."

그가 다시 주먹을 쥐었다. 그의 손에 쥐여 주었던 내 자수천이 어느새 시뻘겋게 물들어 있었다. 그는 피가 뚝뚝 흘러내리는 손도 아랑곳 않는지 한참 동안이나 오직 내게 시선을 고정하고 있었다. 나 또한 피하지 않았다.

"너를 증오해, 에젠 크로포드."

새까만 눈동자에 완전히 담긴 나는 맹수에게 이미 목을 뜯긴 먹이 같았다. 헐떡거리는 내 심장 소리는 언제라도 멈출 듯이, 오직 한정된 목숨만을 부여받은 듯이.

"나는 네가……."

"……알아요."

하지만 알아?

나도 당신을 증오해. 내 마지막 안식까지 방해하는 당신을 증오하는 걸.

내 속삭임을 듣지 못하는 남편이 나를 노려보았다. 그가 또다시 중얼거렸다.

"……당신이 미워서 견딜 수가 없어."

증오와 미움은 다른 걸까. 우습게도 나는 그가 말한 전자에는 동감을 표했으나 후자에는 그럴 수가 없었다. 이건 단순한 미움보다 좀 더 무겁고 궁극적인 극단의 감정일 테다. 물끄러미 올려다보는 시선이 맞부딪혔다.

"……."

그가 점점 내려왔다. 발산되는 열기가 가까워졌다고 느

낄 때쯤 뜨거운 입술이 나를 집어삼켰다.

"당신을, 나는 당신을."

그는 헐떡이면서도 무언가를 말하려고 했다. 피만큼이나 붉게 색이 진 남성적인 입술에서 무슨 말이 흘러나올지는 내가 더 잘 알았다.

나를 향한 미움, 증오, 영원히 지워지지 않을 복수의 흔적들.

"······용서하지 말아요."

그가 언젠가 그랬듯 나도 그의 말을 자르고 말했다. 그리고 그의 입술을 받아들였다. 델 것만 같은 열기가 차가운 몸을 감싸 안았다. 듣고 싶지 않았다. 아무 생각도 하고 싶지 않았다.

"나도 용서할 생각 따위 없으니까."

얼핏 코를 스치는 사향의 냄새가 우리를 감쌌다. 그에게서 늘 짙게 풍기는, 흉포한 맹수의 향기였다.

"······울지 마."

맞물린 입술의 틈 사이로 그의 목소리가 새어 나왔다. 몇 번이고 자잘하게 입술을 맞대며 그는 계속해서 그리 중얼거렸다. 볼을 타고 흘러내리는 눈물은 모두 그의 뜨거운 입 안으로 사라졌다. 그는 계속해서 내 울음을 삼켰고, 나는 그를 거부하지 않았다.

우리에게선 짐승의 비린내가 났다.

남편과 밤을 보냈다.

　두드려 맞은 것처럼 온몸이 아려 왔다. 허리 아래로는 감각이 없었다. 남편은 쉬지 않고 나를 몰아붙였고, 나를 태울 듯이 휘감는 열기에 나는 모순스럽게도, 매달렸다.

　그의 목에 팔을 감아 마치 상대에게 기생하는 겨우살이처럼 남편에게 달라붙었다. 그의 아래에 숨어 내 세계에 부유하는 기억들을, 사람들을 외면했다.

　망자들의 기억과 더불어 한때 내가 꿈꾸었던, 순진한 시절의 내 작은 상상들이 어른거릴 때마다 나는 그의 팔에 매달려 울었다. 남편은 아무 말도 하지 않았지만 적어도 제게 매달리는 나를 밀어내지 않았다.

　새들의 지저귀는 소리에 아침이 온 것을 알았다.

　아려 오는 몸을 붙잡고 나는 혼자 자리에서 일어났다. 남편은 없었다. 텅 빈 침대와 을씨년스러운 방에 나 홀로 앉아 있었다. 나는 눈을 감았다. 눈초리 사이로 흘러내리는 뜨거운 열감은 몸을 감싸 안는 무거운 무게에 짓눌려 사라졌다.

　그 무게를 누군가는 서러움이라, 누군가는 외로움이라 이름한다는 것을 나중에 알았다.

그 뒤로도 남편은 줄곧 나를 찾아왔다.

술 냄새를 풍겼으나 그가 술에 취하지 않았다는 것을 알았다. 나 또한 그랬으니까. 방 안은 내가 고른 몽롱한 향초의 향으로 가득했다. 그의 품에 안기면 짙은 사향 냄새가 코끝에 스며들었다.

우리는 그저 맨정신으로 서로와 함께 있음을 선택했다는 것을 견디지 못했던 것이다.

남편과의 관계는 고통스럽지 않았으나 내 정신을 서서히 부서뜨렸다.

증오해야 할 이의 품에 안겨 쾌락의 노예가 되는 나를 나는 인정할 수 없었다. 남편은 세상에 다시없을 차가운 얼굴을 하고서 더할 나위 없이 뜨겁게 나를 안았다.

그러나 그날 밤이 그랬듯 언제나 그저 그 순간은 활활 타오르고 이내 흔적조차 없이 사라질 뿐이었다.

"……회임하셨습니다. 축하드립니다, 마님."

남편이 나와 밤을 보내게 되자 시중인들의 태도가 바뀌었다. 조심스럽게 나를 진찰하던 의사의 말에 로잘린은 믿을 수 없다는 듯 경악하며 나를 바라보았다.

나는 내 배를 내려다보았다. 아무것도 느껴지지 않았다.

그날 밤 남편이 찾아왔다. 임신을 전해 들었을 텐데도 아무 말도 없었다.

무슨 말을 듣기를 원하는 것은 아니었다. 그를 원망할 수도 없었다. 거기엔 내 선택도 포함되어 있었으니까. 그는 내 몸에 손을 대지도 않았다. 그저 물끄러미 한참을 나를 바라보다 갔을 뿐이다.

그가 무슨 생각을 하고 있는지 몰랐다. 원수에게서 태어날 그의 피를 후회하고 있을까? 아니면 내 배 안에 있을 증오하는 원수의 핏줄을 죽이고 싶다 생각했을까?

아이를 보호하는 것이 여자의 본능이라 한다지만 나는 그 범주에 들어가지 못하는 모양이다. 남편은 이 아이를 내 아이라 생각했고, 나는 이 아이를 그의 아이라 생각했다.

"너도 참으로 기구한 운명을 타고났구나."

나는 점점 불러 오는 배를 내려다보며 말했다. 사랑스럽게 쓰다듬는다든가 하는 애정은 없었다.

나는 정말로 내 어딘가가 어긋나 있다는 걸 느꼈다. 애정과 모성애 대신 나는 차오르는 배의 압박감과 커져 가는 무력감을 느낄 뿐이었다.

또다시 누군가에게 종속당할 것이라는 생각이 끊이지 않았다. 그럼에도 겁은 많아서 내 스스로 내 죽음을 선택할 수 없었던 것처럼 아이를 죽일 수도 없었다.

남편은 더 이상 나를 품지 않았다. 임신을 기뻐하지도 않았다.

그는 오히려 분노한 듯 보였고, 마치 올가미처럼 내 모든 일상을 손에 쥐려 하기 시작했다. 내가 먹는 것부터 입는 것까지, 어딜 가든지, 누굴 만나든지 모두 그를 거쳐야 했다.

언제는 안 그랬냐마는 이렇게까지 집착적으로 나를 통제

하려 하지는 않았었다. 남편은 마치 내가 악마를 품고 있는 것처럼 나를 경계했고 감시했다.

차가운 침대를 잠시나마 덥히던 열기는 완전히 사라졌다.

이렇게 될 줄 알고 있었는데, 고작 신기루처럼 사라져 버릴 걸 알고 있었는데 새삼스럽게 가슴 한구석이 공허했다. 임신을 듣고 거짓말처럼 딱 끊긴 발길보다 더 그의 의도를 잘 보여 줄 순 없었다.

그러면서도 나는 자꾸 혹시라도 그가 예전처럼 찾아오지 않을까, 밤을 새웠다. 홀로 남은 비참함이 나를 이상하게 만든 것이다.

코끝을 저밀 듯 풍겨 내던 짙은 사향도 지극히 옅어졌다. 남편에게선 이제 무향이라고 할 만큼 아무 냄새도 나지 않았다. 나를 더 이상 여자로 보지 않는다는 걸 암묵적으로 나타낸 것이다. 우리가 다시 온도를 공유하게 될 일은 이제 없을 것임을 알았다.

그래도 괜찮았다.

그가 임신을 기뻐하지 않는 것도, 날 찾지 않는 것도, 아니, 처음부터 나와 얽힌 걸 후회하고 있다는 것도 알았다. 예상하고 있었다. 견뎌야 했다. 내가 할 수 있는 속죄에 이것 또한 포함되어 있을 테니까, 참아야 했다.

그러나 그가 값비싼 아기 용품을 보내서 나를 조롱했을 때만큼은 더 이상 참을 수 없었다.

"마, 마님?"

시중인들은 더 이상 나를 부인이라 낮추어 부르지 못했다. 그들은 연신 내 눈치를 살폈다.

그래서 남편이 보낸 다이아몬드 가루가 점점이 흩뿌려진 배냇저고리를 갈기갈기 찢는 나를 막지 못했다.

산모의 몸에 좋은 기를 내뿜는다는 흑진주 팔찌와 황족만 가질 수 있다는 엘프가 세공한 앙증맞은 아기 신발까지, 선물은 끝이 없었고 나는 그 모든 것들을 다 찢어 내리기 전에 내가 먼저 나가떨어질 것을 알았다.

헐떡이는 숨에 분노가 담겼다.

"어떻게, 끝까지!"

끝까지 이렇게 나를 조롱할 수 있을까. 치밀어 오르는 것이 단순히 조롱당한 수치심인지, 이유 모를 서러움인지 몰랐다.

그러나 확실한 것은, 내가 착각하고 있었던 것은,

그의 복수는 멈추지 않았던 것이다. 클리프 무어는 여전히 나를 증오했다.

그는 아이를 사랑하지 못하는 나를 알아차리고는 나를 가장 비참한 방식으로 조롱했다.

임신 이후 단 한 번도 아비다운 적 없었던 이가, 그럴 생각도 없는 이가 이런 선물을 줄줄이 보내는 이유가 뭐겠는가. 대외적으로 아이를 사랑하고 기다리는 아버지인 것처럼 보이겠지만 그가 보낸 메시지는 분명했다.

이런 호화로운 물품 속에 휩싸인 아기는, 정작 가장 중요한 부모의 사랑은 받지 못할 것이다. 아이는 값비싼 다이아 몬드에 둘러싸여 자라나겠지만 제 아버지의 애정 어린 손길은 한 번도 받지 못할 것이다. 그는 그리 말하고 있었다.

그리고 클리프 무어는 그것이 얼마나 끔찍한 벌인지 잘 알고 있었다.

내가 그랬으니까. 내 아버지가 그랬으니까. 갖은 보석과 드레스에 휩싸여도 아비의 따뜻한 말 한마디, 손길 한번 받아 본 적 없는 이가 나였으니까.

그리고 그는 한때 내 형제를 제외하고 아버지의 부귀 아래서 바짝바짝 말라 가던 나를 목격한 유일한 이가 아닌가.

물질은 결핍을 채워 주지 못한다. 더 허덕이게 만들고 더 고통스럽게 만들어서 종국에는 나처럼 아무것도 할 수 없는, 하지 못하는 부진아를 만들어 낸다.

그가 내 아버지가 했던 폐해를 그대로 되풀이하는 까닭은 오직 나 때문이다.

그는 나를, 크로포드의 핏줄을 용서하지 못하기에 아기도 사랑하지 않을 것이라고 말하는 것이다. 내 기구한 속죄가 나로서 끝나지 않고 이 아이에게도 대물림될 것이라 암시하고 있는 것이다.

죽자.

죽어 버리자.

그때 생각했다. 그때 결심했다. 이 질긴 악연을 내가 먼저 끊어 내야겠다.

극단적인 용기가 남편의 조롱 섞인 메시지를 받고 나서야 결국 모습을 드러냈다. 비참한 나를 위해서라도, 어미의 죄를 대신 이어받을 기구한 아기를 위해서라도, 나는 끝을 맺어 주어야 했다. 그게 내가 아기에게 줄 수 있는 최소한의 애정이었다.

난간에서 몸을 던졌다. 발을 헛디뎠다 변명하는 나를 고용인들은 의심쩍은 눈으로 바라보았다.

그러나 그들은 내가 나를 찾지 않는 남편을 부르기 위한 구실로 몸을 던졌다 생각할 뿐 아이를 없애기 위해서 그런 거라고는 단 한 번도 생각하지 못하는 것 같았다.

남편은 곧바로 그날 모습을 드러냈다. 벌건 얼굴과 한껏 헝클어진 머리는 그답지 않았다. 언젠가 노예로 있을 때의 모습처럼 흐트러진 모양새였다.

나는 몇 번 더 비슷한 시도를 했으나 모두 무로 돌아갔다. 남편은 이제 아예 국왕의 부름에도 답하지 않은 채 후작가에 방문하는 모든 이들을 돌려보냈다.

그를 데리러 온 국왕의 친우라 하는 노백작에게까지 으르렁거리며 이를 드러내는 것이 놀라웠다.

그러나 나는 변하지 않았다. 포기하지 않고 기회를 살폈다. 이건 처음이자 마지막인 내 자유가 될 것이다.

아니다, 어쩌면 이게 내 모성애의 발로일지도.

아니, 사실은 지극히도 이기적인 내 변명에 아기를 집어넣은 건지도 모른다.

어느 쪽이든 나는 마침내 내 손으로 죽음을 꿈꾸기 시작했다는 말이다. 전에 없던 굳은 결심이 나를 일으켰다.

"아악!"

"아기씨예요, 마님, 늠름한 남자 아기씨예요!"

아이는 무사히 태어났다. 어미의 불안정함을 느낀 건지 열 달을 채 다 채우지도 못하고 태어났다.

나는 차오르는 눈물을 삼키며 자꾸만 아이에게 향하려는 애정을 지웠다.

"얼굴을 보시겠어요? 후작님을 꼭 닮았는걸요!"

내게 아기를 안겨 주려는 시녀를 거부했다. 로잘린은 어느새 교체되어 다른 시녀가 나를 담당하고 있었다. 푸근한 인상의 그녀는 인상만큼이나 너그러운 인성을 가졌다.

내가 고개를 젓자 상냥한 얼굴에 잠깐 당황함이 서렸다.

보고 싶지 않았다. 보면 약해질 것을 알았다. 나는 강하지 못하니까 또 속절없이 휘둘릴지도 모른다. 나는 죽는 날까지 내 아이를 감히 품에 안지 못할 것이다.

"각하, 보세요, 보세요. 각하를 꼭 닮았지요? 어쩜, 이목구비를 보세요. 이리 잘생긴 아기씨는 처음 봐요!"

시녀는 단숨에 아기를 품에 안고 문 쪽으로 달려갔다. 나는 남편이 이곳에 있다는 걸 알아차렸다.

남편은, 남편 또한 아이를 거부했다. 그가 아이를 반기지 않는다는 걸 알았으면서도 순간 가슴에 스미는 서러움에 나는 입술을 깨물어야 했다.

그는 아이를 받아 드는 대신 나를 향해 몸을 돌렸다.

피에 젖은 시트와 방 안에 가득 퍼져 역하게 풍기는 피비린내에도 그는 마비된 것처럼 내게로 걸어왔다. 누구라도 죽일 것처럼 한껏 내뿜던 살기가 잠시 가신 얼굴이었다.

그의 얼굴색이 하얗게 질려 있는 것처럼, 내게 걸어오는 거대한 몸이 비틀거리는 것처럼 보이는 건 피를 너무 쏟은 내 어지러움 탓일 테다.

나는 마침내 시간이 다가왔음을 느꼈다.

혀를 굴렸다. 입 안쪽에 숨겨 두었던 작은 열매가 느껴졌다. 귀족 부인들이 쓰는 화장품의 주원료가 되는 아마자꽃의 열매였다.

작은 알맹이 안에 있는 기름을 짜 가열하여 윤기를 내는 화장수로 쓰지만, 독성을 제거하지 않은 생 열매의 기름에는 청산가리의 여섯 배나 되는 독성이 있었다.

크로포드가 멸문당할 때 수치스러운 끝을 맞이하지 말라며 유모가 감옥으로 몰래 찾아와 내게 건네주었던 것이다. 오 년의 결혼 생활 동안 그녀가 건네주었던 빨간 열매들은 내 침실의 창가에서 여러 번 싹을 틔웠고 지금 다시 내게 돌아왔다.

이로 톡 하고 터뜨리기만 하면 안의 맹독이 쏟아질 것이다. 매끈매끈한 표면을 살짝 문 이가 위태롭게 그것을 지탱했다.

어느새 남편은 누워 있는 내 옆까지 왔다. 무표정에 핏기가 없는 어두운 얼굴이 나를 향했다. 새까만 눈동자는 나를 물끄러미 내려다보았다.

"에젠."

그가 나를 향해 손을 뻗으려 할 때였다. 무슨 말을 하고 싶은 건지 남편의 입술이 달싹거리다가 이내 멈칫했다가를 반복했다. 표정이 없는 얼굴이 어딘가 일그러져 보이는 것은 왜일까.

그가 손을 뻗었다. 나는 얼굴 쪽으로 다가오는 커다란 손을 잡았다. 이제는 아득하게 기억으로만 남은 남편의 뜨거운 체온이 볼 위로 느껴졌다.

쓰다듬는 듯한 기분이 들 정도로 남편은 손에 힘을 빼고 있었다. 어쩌면 나와 살갗이 닿는 게 거북해서, 그럼에도 내가 제 손을 빼지 못하게 부여잡고 있으니 불편하기 그지 없어서일 테다.

그와 동시에 나는 이를 악물었다. 톡 하고 열매가 터졌다. 흘러나오는 기름에서 풍기는 달콤한 향이 입 안을 채웠다.

"크, 클리프……."

꿀꺽, 삼키자 반쯤 깨진 열매가 단숨에 식도로 넘어갔다. 속이 홧홧하게 뜨거워지기 시작했다.

남편이 멈칫했다. 그리고 일순 이상함을 감지한 그의 눈이 커졌다. 경악까진 아니더라도 그를 놀라게 할 수는 있을 것 같아 나는 보람을 느꼈다.

"나, 나는 당신에게…… 죄, 죄인이지만……. 당신은, 나를, 용서할 수 없었겠지만…… 그렇다고…… 당신이, 내 죽음까지, 지배할 순 없어……. 이것만큼은."

시야가 희미해지고 입 속에선 피가 역류하며 솟구치기 시작했다. 나는 적어도 준비해 두었던 말은 모두 하고 떠나기를 바랐지만 무리일 것 같기도 했다.

"내 거야……. 내 자, 자유만큼은…… 내가…… 선택할……."

"마님! 에구머니나, 마님! 이를 어째, 마님!"

침실이 소란스러워졌다. 나를 향해 달려오는 새파랗게 질린 시녀들 속에서 얼어붙은 남편을 보았다. 아득해지는 시야에서, 나는 마지막으로 그의 얼굴을 눈에 담았다.

이제야, 너무 늦게서야 우리의 악연이 끝이 난다.

눈을 감았다.

새까맣게 나를 감싸는 어둠이 반가웠다.

눈을 떴다. 그러나 아무것도 보이지 않았다.

'여기가 어디지…….'

새카만 복도만이 나를 반기고 있었다.

'설마, 지옥인 건가.'

어딘가 익숙해 보이면서도 낯선 장소를 둘러보며 나는

생각했다.

'그래, 내가 천국에 있다는 게 더 말이 되지 않겠지.'

그렇게 생각하면서도 다시 두리번거렸다. 정말 지옥이라면 당장에라도 나를 덮칠 인페르노의 열기가 느껴지지 않았다. 오히려 내가 서 있는 곳은 뜨겁기보다 냉랭한 한기에 몸을 움츠릴 만큼 차가운 바람이 부는 휑한 곳이었다.

나는 걸었다. 왠지 몸을 움직여야 할 듯했다. 앞이 보이지 않는 새카만 복도를 걷고 또 걸었다.

얼마나 걸었을까. 복도의 끝에서 희미한 불빛이 보였다. 무의식적으로 불빛을 향해 또 걸었다.

"달을 보았지, 달도 나를 보았지."

빛을 향해 걸어갈수록 자그마한 노랫소리가 들렸다.

"신의 축복이 달에게 닿았지. 그분의 축복은 내게도 닿았지."

나이 든 여인의 것인 듯한 나지막한 목소리가 만들어 내는 멜로디는 단조로웠으나 평화로웠다.

"별을 보았지, 별도 나를 보았지. 신의 축복이 별에게 닿았지. 그분의 축복은 내게도 닿았지."

빛이라 생각했던 것은 작은 방에서 새어 나오는 불빛이었다. 나는 주변을 둘러보았다. 내가 걸어온 기다란 복도에서 문이 열린 방은 이것 하나뿐이었다. 여인의 노랫소리도 이곳에서 흘러나오고 있었다. 나는 방 안으로 들어섰다.

아기자기하게 꾸며진 방엔 각각의 모빌이 달려 있었다.

내부를 둘러보던 나는 곧 여인을 발견했다. 중년의 여인이 피곤이 조금 묻어나는 얼굴로 아기 침대를 조금씩 흔들며 노래를 부르고 있었다.

"나를 지켜보는 천사를 하나 알지. 신의 축복이 천사에게 닿았지, 천사는 색색이 빛나는 사랑별을 모아 내게 건넸지."

부드러운 운율의 멜로디는 자장가였다. 인자한 얼굴로 여인은 아기 침대를 내려다보았다. 그녀는 나를 미처 발견하지 못한 듯해 보였다.

"이, 이봐요……."

나는 입술을 달싹거리며 여인에게 말을 걸었다.

"내 세계를 보았지, 세계도 나를 보았지."

여인의 자장가는 멈추지 않았다. 나는 여인의 앞에 섰지만 곧 그녀가 나를 볼 수 없다는 것을 깨달았다. 그녀의 앞으로 손을 흔들어도 보았지만 그녀는 나를 보지 못했다.

어쩐지 꿈속을 거니는 것처럼 몽환적인 분위기가 나를 빠져들게 했다. 그래, 꿈속일지도 몰랐다. 나는 한 발자국씩 걸어갔다.

여인에게 가까워질수록 그녀가 매만지고 있는 아기 침대가 보였다. 여인의 소박한 차림과는 달리 아기 침대의 고풍스러운 장식과 푹신해 보이는 벨벳의 천은 한눈에 보기에도 아이의 지위를 예상할 수 있게 했다.

'유모구나.'

애정이 훤히 드러나는 저런 얼굴로 아이를 돌본다면 인정이 많은 유모임에 틀림없었다. 마음이 따스해지면서도 어쩐지 가슴 어딘가가 아려 왔다. 나는 저 여인이 돌보는 아이가 궁금해졌다.

한 발짝 한 발짝씩 아기 침대로 다가갔다. 여인의 멜로디는 멈추지 않았다. 살짝살짝 침대를 미는 상냥한 손길에 아기 침대가 산들바람을 맞는 양 약하게 흔들렸다.

나는 고개를 숙여 아이의 얼굴을 보려 했다.

시선은 부드러운 보랏빛 벨벳 쿠션을 넘어 푸른 리본이 달린 귀여운 양말에 닿았다. 푸른색이니 남자아이인 건가, 문득 생각했다.

아이의 발은 작았다. 시선은 다시 폭신한 베갯잇을 쥔 앙증맞은 손을 거쳐 쌔쌔거리는 숨소리를 내뱉는 작은 얼굴에 닿았다.

아이의 속눈썹은 길었고, 부드러운 검은 머리칼 몇 가닥이 이마에 달라붙어 있었다. 톡 튀어나온 입술은 달콤한 사탕을 먹는 꿈을 꾸는지 조금씩 오물거렸다. 아이는 깊게 잠에 빠져 있었다.

사랑스러운 천사 같은 모습이었으나 나는 어쩐지 가슴이 아려 와 입술을 깨물었다.

"신께서 나의 세계를 축복하셨지, 내 세계는."

유모의 자장가 소리를 들으며 나도 모르게 손을 뻗었다. 아이의 이마에 달라붙어 있는 머리카락을 치워 주고 싶었는지도 몰랐다. 내 검지가 아이의 동그란 이마에 닿았을 때, 아이가 눈을 떴다.

나는 숨을 삼켰다. 푸른 눈동자와 마주친 순간 충격적일 만큼 크게 나를 치는 무언가에 숨을 쉴 수가 없었다.

아이는 나를 보고 있었다. 그럴 수 없을 텐데도.

"내 세계는 제 모든 사랑과 축복을 내게 건넸지. 다시 시작되었지."

아이가 웃었다. 까르르, 작은 얼굴에 환한 웃음이 번져 갔다.

"나는 다시 그곳에서 달과 별과 천사를 품에 안았지. 으응? 도련님, 깨셨어요? 잘 주무시더니 왜…….."

"꺄아―!"

아이가 다시 나를 향해 웃었다. 이슬이 터지는 듯한 낭랑한 웃음소리가 귀에 퍼졌다. 유모가 상냥한 목소리로 아이에게 물었다.

"뭐가 이리 즐거우셔요? 응? 도련님께서 웃으시는 건 정말 오랜만이라 이 유모가 다 행복해지네요."

"꺄아―!"

뚝뚝, 뭔가가 볼을 타고 흘러내렸다.

그러나 나는 감히 아이에게서 눈을 뗄 수 없었다. 익숙한 듯하면서 낯선 얼굴이 가슴에 사무치듯 그려졌다. 절벽에서 맨몸으로 떨어지는 것처럼 철렁이는 부유감이 나를 휘감았다.

아이는 짧은 팔다리를 버둥거렸다. 일어나지도 못하는 갓난아이의 움직임인데도 나는 놀라 뒷걸음질 쳤다.

"아우어!"

아이는 버둥거리며 뭔가를 옹알거렸다. 나는 한 발 더 뒷걸음질 쳤다. 단 두 걸음에 침대에 누워 있는 아이의 얼굴이 더 이상 보이지 않았다.

"아우어, 아우으…… 아우으으…….'

그러나 버둥거리는 움직임만큼은 침대의 난간 사이로 보였다. 아이의 목소리에 울음기가 담기기 시작했다. 나도 모르게 다시 한 걸음 앞으로 내디뎠다.

"아우으…… 꺄아!"

아이의 일그러지려던 얼굴에 다시 웃음이 피어났다. 푸른 눈동자가 나를 보며 휘어졌다.

"꺄아아!"

아이가 팔을 버둥거렸다. 마치 안아 달라고 말하는 것 같았다. 순간 참을 수 없이 치밀어 오르는 감정에 나도 모르게 팔을 뻗었으나,

"으응? 안아 드려요?"

그건 내 몫이 아니었다. 아이의 행동을 읽은 건지 유모가 아이를 안아 일으켰다. 나는 텅 빈 손을 다시 내리고 멍청히 서 있을 수밖에 없었다.

"아우! 아우!"

"아유, 가엾은 우리 도련님, 사람이 그리우셨군요."

아이는 여전히 버둥거리며 뭔가 의사를 표현하려 했지만 유모는 아이의 등을 토닥거리며 속삭였다. 안타까운 목소리로 아이를 보듬으며 달래려 했다.

"각하도 무심하시지. 아무리 마님이 그리우시다 해도 산 사람은 살아야 하는 것을…… 하나뿐인 친아들을 이리 내버려 두시면 어쩌시려는 건지……. 더군다나 오늘은 도련님 생일인데…… 언제쯤이면 제 모습으로 다시 돌아오려 하시는지…… 흑."

여인이 잠깐 토닥이던 팔을 멈추고는 눈물을 훔쳤다.

"걱정 마세요, 도련님. 부족하겠지만 도련님껜 제가 있으니까요. 흑, 마님만큼은 절대로 못하겠지만, 이 유모가 언제나 도련님 곁에 있겠습니다."

"아우어, 아우어!"

그녀가 울음을 삼키며 다짐하듯 말했으나 아이는 연신 나를 보며 팔을 뻗었다. 버둥거리는 앙증맞은 손을 애써 외면하고 나는 등을 돌렸다.

"아우, 아우으으으!"

아이가 울먹거리기 시작했다. 나는 감히 뒤를 돌아볼 수가 없었다. 보면 안 된다는, 여기에 있어서는 안 된다는 본능적인 경고가 머리를 울렸다.

"으아앙!"

"어머, 도련님, 왜 그러세요. 죄송해요, 제가 도련님 앞에서 무슨 말을……."

아이가 울기 시작했다. 유모는 눈물을 훔치던 제 감정이 전달돼서라 생각했는지 연신 아이를 달래기에 바빴다.

나는 도망치듯 방을 빠져나왔다. 애처롭게 흘러나오는 아이의 울음소리를 듣는 것만으로도 가슴이 저미듯 아파 왔다. 뒤돌아볼 수가 없었다. 젖어 드는 푸른 눈동자를 보면 무너질 것 같았다.

"으아아앙!"

아이의 울음소리를 뒤로하고 나는 달렸다. 당황해하는 유모의 목소리가 옅어질 때까지, 더 이상 울음을 터뜨리며 내게로 손을 뻗는 아이의 모습이 그려지지 않을 때까지.

"허억, 허억……."

가쁜 숨을 몰아쉬었다. 앞도 보지 않고 내달린 곳은 다시 끝없는 복도였다.

여기가 어딘지도 모르겠다. 작은 울음소리는 여전히 내 귓가에 대롱대롱 매달려 있었지만 나는 겨우 평정을 찾을 수 있었다.

복도 저편에 또 다른 불빛이 보였다. 조금 전보다 옅은, 어스름한 불빛이었다. 나는 또다시 불빛을 향해 걸었다. 이번에는 무엇이 기다리고 있을까 조금 두려워졌다.

얼마나 걸었을까, 작은 문에서 새어 나오는 어스름한 불빛의 앞에 서기까지는 오래 걸리지 않았다.

나는 망설이며 다시 문을 열고 들어갔다. 새카만 복도만큼은 아니었으나 앞의 사물을 겨우 분간할 만한 옅은 불빛의 복도가 나를 반겼다.

복도를 걸어오는 내내 나는 또다시 이해할 수 없는 익숙함과 낯섦을 동시에 느꼈다. 아까 아이의 방에 이어 벽의 장식들까지 보니 이 정체 모를 저택의 주인은 꽤 높은 지위의 귀족인 듯했다.

복도의 양 벽으로 고풍스러운 그림과 장식들이 걸려 있었다. 그중 그림 몇 개는 내 아버지가 기를 쓰며 수집하려던 유명한 화가의 작품이었다. 물론, 그는 그림 따위에 그정도 돈을 쓸 수는 없다며 사람들에게 자랑할 수 있는 모작만을 수집했지만 말이다.

한 발, 두 발, 세 발…… 정확하게 스물세 번째 걸음에서 복도가 끝났다. 이어 아래로 이어지는 작은 계단이 보였다.

나는 홀리듯 계단을 내려갔다. 이윽고, 복도보다 더 어두운 불빛의 지하실이 나를 반겼다.

따뜻한 커피색의 고풍스러운 테이블과는 달리 차가운 공기가 몸을 움츠러들게 했다. 테이블의 끝에는 어느 남자가 등을 지고 앉아 있었고, 그 옆에도 세월을 드러내는 중년의 남자가 서 있었다. 단정한 갑옷을 차려입은 모양새나 반듯하게 서 있는 모양새로 보아 중년의 남자는 기사인 듯했다.

"각하, 오늘은 무조건 입궁하시라는 폐하의 명입니다."

앉아 있는 남자를 향해 기사가 간곡한 목소리로 말했다. 그는 품에 황금이 새겨진 두루마리를 안고 있었는데 조금 전 한 말로 미루어 보아 왕의 전언인 듯했다.

"더 이상 각하를 이리 내버려 둘 수만은 없다 하십니다. 벌써 삼 년 동안 집 안에서만 은둔하시지 않으셨습니까. 너무 오래 비워 둔 척사대의 자리도 이대로라면 위태롭습니다."

"……."

"벌써 그들이 각하의 부재를 문제 삼고 있습니다. 이번 에브론 전투의 대패도 각하께서 참여를 회피하셨기 때문이라며 떠넘기려 하는걸요. 폐하께서 해임 안건이 올라오지 않게 막고 계시지만……."

"그리하라고 해."

동굴처럼 지하실에 퍼지는 목소리에 나는 멈칫했다. 꿈처럼 몽롱한 이곳의 분위기를 단숨에 깨뜨리고 차가운 현실을 맞이하게 만드는 존재감이었다.

'서, 설마…….'

나는 테이블을 향해 걸었다. 눈으로 확인하지 않고서는 배기지 못할 것 같았다.

"각하, 어찌 그런 말씀을 하십니까! 여기까지 우리가, 각하께서 어떻게 올라왔는데요!"

"……상관없어."

"각하!"

기사가 소리쳤다.

"수많은 전투에서 죽어 간 전우들을 잊으셨습니까! 모두 각하를 위해 망설임 없이 제 삶을 바쳤습니다. 각하께선 그럴 만한 가치가 있었으니까요. 각하의 열정이, 야망이 저희를 전율하게 했습니다. 무엇이라도 하고 싶었습니다. 각하께서 만드실 세계에, 새로운 역사에 저희의 모든 것을 불사를지라도 보탬이 되고 싶었습니다. 하지만 지금의 당신은……!"

격분하여 쏟아 내는 고함에 담긴 절박함은 남자에게까진 닿지 않는 모양이었다.

또르르, 남자의 대답 대신 액체가 흐르는 소리가 났다. 기사가 격분하여 남자에게서 병을 뺏어 들었다.

"제발 정신 차리십시오!"

쨍그랑―, 허공에서 떨어진 병이 산산조각 났다. 피처럼 붉은 술이 바닥에 번져 갔다.

"제발……."

기사가 천천히 무릎을 꿇었다. 복종하듯 제 이마를 남자가 앉아 있는 의자의 팔걸이에 기댔다.

"제발 정신 차리시란 말입니다."

"……."

"무엇이 그리 괴로우십니까. 각하의 마음에 있는 무엇이 당신을 그리 힘들게 하는 겁니까."

"무엇이라."

삐그덕, 의자가 바닥에 끌리는 소리가 났다. 나는 높아지는 인영의 그림자를 홀린 듯이 바라보았다.

"무엇이라 할 것도 있을까."

남자가 기사를 외면한 채 자리에서 일어났다.

"내겐 언제나 하나밖에 없었으니까."

"각하!"

마치 마법처럼 돌아서는 남자의 모습이 눈앞에서 느리게 진행됐다. 나는 입을 막았다.

"왜……."

왜 당신이 여기에 있어.

클리프 무어, 왜 당신이…… 당신이 어째서 여기에 있냐고.

경악했다. 몽롱하던 정신이 단숨에 깨어졌다. 나는 눈앞의 남자를 응시했다.

조금 야위었지만 여전히 음영이 짙게 지는 이목구비, 어둠보다 더 검은 머리칼, 지나칠 정도로 푸르게 빛나는 눈동자, 사람을 뒤덮을 정도로 압도적인 그림자…….

순간 속에서 뭔가가 솟구쳐 올랐다.

"말도 안 돼!"

나는 그에게 달려갔다. 길게 찢어지는 내 고함 소리를 인지하면서도, 성난 황소처럼 그에게 달음박질치는 내가 흡사 미친 것처럼 보일 걸 알면서도 멈출 수가 없었다.

단숨에 그의 앞에 도착했다. 그의 가슴을 향해 주먹 쥔 양손을 내리쳤다. 안간힘을 다해 내리쳤다.

"말도! 안 된다고!"

부숴 버리고 싶었다. 이 단단한 가슴에 돌이라도 박아 넣고 싶었다. 그러나 그는 미동도 없었다. 그저 피 같은 술이 붉게 번지는 바닥만을 응시할 뿐이었다.

그의 시야에는 내가 없었다. 나는 그의 앞에 있는데 그는 나를 보지 않았다.

"또야? 나는 죽음을 선택하고서도 당신에게서 벗어날 수 없는 거냐! 내가 어떻게 그걸 해냈는데, 내가 무슨 마음으로 당신을, 내 아이를 떠났는데!"

나는 울부짖었다.

그리고 동시에 알아차렸다.

—꺄아—!

내 아이였다.

보는 것만으로도 사랑스럽던, 그래서 내 가슴 한구석을 녹아내리게 하던 그 낯선 아이는 내 아이였다.

어찌 몰라봤을까.

회갈색 머리칼이, 푸른 눈동자가, 가슴이 미어지는, 누군가를 생각나게 하는 그 얼굴이…….

"어떻게 이럴 수 있어! 어떻게 내게 이럴 수 있어!"

나는 쉬지 않고 팔을 휘둘렀다. 목을 조를 수 있다면 그의 목을 조르고 싶었다.

"왜 나를 놓아주지 않는 거야! 어떻게 끝까지 당신은……!"

"에젠?"

순간 그가 고개를 들었다. 죽어 있던 눈동자에 일말의 불씨가 담겼다.

"에젠?"

그가 다시 반복했다. 매번 찍어 내리듯 곧기만 했던 목소리에 미약한 떨림이 담겼다.

믿을 수 없다는 것처럼, 아니, 믿고 싶은 것처럼.

"각하, 지금 무슨 말씀을……."

"에젠, 당신이야?"

그가 두리번거렸다. 세차게 돌아가는 고개가, 정신없이 사방을 훑는 시선이 몹시도 불안정했다.

"각하! 정신 차리십시오!"

나는 그의 가슴을 내려치던 채로 얼어붙었다.

"에젠? 당신이야? 응?"

그는 갑자기 뒷걸음질 치더니 빠른 걸음으로 팔을 뻗으며 지하실을 돌아다니기 시작했다.

"당신, 여기 있어?"

"각하, 왜 그러시는 겁니까. 제발 정신 차리세요. 본디의 위대했던 당신으로 돌아오시란 말입니다!"

"조용히!"

그가 맹수가 달려들 듯 기사에게로 달려들었다. 커다란 덩치의 기사가 단숨에 목을 잡혀 벽으로 처박혔다.

"조용히 해, 들리지 않는단 말이야. 방금 들렸던 목소리가 네게 가려서……."

"각하, 제발!"

그는 혼잣말을 중얼거리다 다시 두리번거렸다. 뭔가를 찾는 것처럼, 절박하게 찾아내려 하는 것처럼.

기사가 울부짖었다.

"그분은 죽었어요!"

제 목을 움켜잡은 그의 팔을 붙잡고 절박하게 소리쳤다.

"더 이상 이 세상에 존재하지 않는단 말입니다! 각하, 제발 정신을 차리세요. 당신을 따르는, 당신만을 기다리는 우리를 버리지……."

"아니야, 그럴 리가 없어."

그가 중얼거렸다. 기사의 애원은 들리지 않는 것처럼 그는 단숨에 기사의 말을 부정했다.

그러나 흘러나오는 목소리는 너무 미약해서 그 자신도 진실이 아님을 이미 깨닫고 있는 것처럼 느껴졌다.

"제 손으로 묻었습니다!"

기사는 그의 목소리를 들을 수 있는 거리에 있었다.

"제 손으로! 그분의 시신 위로 흙을 덮었습니다. 각하께서도 보셨잖습니까. 각하께서도 그곳에 계셨잖습니까! 모두 다 눈으로 보고 확인하셨잖습니까! 각하, 제발, 제발 저를 두렵게 하지 마십시오."

"……."

고요한 침묵이 흘렀다. 들리는 것은 점점 목이 졸려 거칠어지는 기사의 세찬 숨소리뿐이었다.

"……."

천천히 그가 기사의 목을 움켜쥐고 있던 손을 떼어 냈다. 푸른 안광은 짙게 꺼져 있었다. 잠깐 타오르던 불씨가 그의 안에서 고요하게 잠식되는 것을 나는 보았다.

"나가."

"각하……."

"나가."

그가 머리를 짚었다. 뒤로 물러서는 그의 발걸음이 마치 비틀거리는 것처럼 보였다.

"……내일 다시 오겠습니다. 각하, 내일은, 제가 아는 흑사자를 다시 뵐 수 있길 간절히 바랍니다."

기사가 어두운 얼굴로 물러났다. 뚜벅뚜벅, 계단을 오르는 발걸음 소리가 점점 멀어져 갔다.

"……."

홀로 남은 그는 허공을 응시하며 서 있었다. 나는 흡사 언제라도 어둠과 동화되어 버릴 것만 같은 남자의 앞에 서 있었다. 나를 활활 태우려 하던 이름 모를 분노는 그의 이상(異狀)를 목도함과 동시에 멈춰진 상태였다.

"……나는."

어떻게 해야 하는 거지. 나는 어디에 서 있는 거며, 무엇을 해야 하는 거지.

끝이라 생각했던 것은 끝이 아니었던가. 시작이 될 거라 생각했던 것은 그 자리에서 한 발자국도 나아가지 못한 채 멈춰 서 있었던 건가.

"……."

그가 천천히 손을 뻗었다. 허공으로 치닫는 손끝이 흔들리고 있었다.

손을 폈다. 쭉 뻗은 다섯 손가락이 잠시 서로 간의 거리를 벌렸다가 오그라들었다. 그가 뭔가 움켜쥐는 것처럼 주먹을 쥐었다. 그러나 손에 쥐이는 것은 아무것도 없었다.

"……."

몇 번을 허공을 쥐었다 펴고 나서야 팔이 아래로 떨어졌다.

그가 무표정한 얼굴로 등을 돌리고는 다시 의자로 저벅저벅 걸어갔다. 더 이상의 비틀거림은 없었다. 내가 아는 꼿꼿한, 지나치게 곧고 강건한 그의 뒷모습이었다.

천천히 그를 향해 걸어갔다. 그와 가까워질수록 그의 얼굴을 좀 더 자세히 내려다볼 수 있었다. 기억보다 더 선명한 이였건만 찬찬히 그를 훑어 내려가는 내 시선이 곧 자그마한 괴리감들을 찾아냈다.

아무것도 보고 있지 않은 듯한 공허한 시선과 어두워진 안색, 기억보다 좀 더 마른 몸, 날카롭게 벼린 예기가 낯설었다. 나는 저런 눈을, 저런 얼굴을, 저런 분위기를 하는 클리프 무어를 알지 못했다.

의자 아래로 깊게 파묻히는 인영과, 졸졸 흐르는 액체의 소리와, 그리고 짙게 풍겨 나기 시작하는 독한 브랜디의 향기만이 어두운 지하실에 남았다.

브랜디 한 병을 다 비우고 나서야 그는 늘어지듯 의자에 몸을 기댔다. 그가 눈을 감았다.

'닮았어.'

어딘가 익숙한 얼굴에서 나는 아이의 얼굴을 찾아냈다.

천사처럼 웃고 있던 아이의 미소와 늘 표정이 없는 그의 얼굴 사이의 괴리감을 제외하면 그와 아이는 많이 닮아 있었다. 아이에게서 곧바로 그를 떠올리지 못한 게 신기할 정도였다.

부스럭, 죽은 것처럼 눈을 감고 있던 그가 품속으로 손을 넣었다. 무언가를 꺼냈다. 그의 손아귀에 가려져 그게 무엇인지는 알 수 없었다. 그가 눈을 떴다. 손에 쥔 그것을 한참 동안이나 응시했다.

"……."

이윽고 손으로 그것을 다시 감싸 쥐고는 품 안으로 넣었다. 제 할 일을 마쳤다는 듯 그가 다시 의자에 머리를 기대고는 눈을 감았다.

'그만, 이제 그만.'

나는 그것을 끝으로 뒤돌려 했다. 아이의 방에서 뛰쳐나왔듯, 내 본능이 경고했다. 더 이상 이곳에 있고 싶지 않았다. 더 이상 그를 보고 싶지 않았다.

눈을 감은 그의 눈초리로 흘러내린 매끄러운 반짝임을

발견하지 않았다면, 나는 분명 그를 떠났을 것이다.

결국 한 발자국도 떼지 못한 채 나는 황망히 그를 바라볼 수밖에 없었다.

정신을 차렸을 때 나는 다시 어두운 복도의 한가운데 서 있었다.

의자에 몸을 파묻고 있던 클리프도, 시린 한기를 뿜어내는 어두컴컴한 지하실도 없었다.

"이게 어떻게…… 된 거야……."

사방을 둘러보자 앞뒤로 길게 펼쳐진 대저택의 복도에 서 있을 뿐이었다. 처음 이곳에서 눈을 떴을 때처럼 보이는 것은 동일했다. 간신히 앞을 분간할 수 있을 정도로 이곳은 어두웠다. 으레 있어야 할 창문도, 어딘가에 존재할 계단도 없었다. 그저 직선으로 쭉 뻗어 나갈 뿐이었다.

"대체 여기가 어디기에……!"

나는 당장에라도 이곳에서 벗어나고 싶었다. 이미 나를 흔들었던 두 존재감의 여파가 상당했다. 나는 아이도, 그도 다시 볼 자신이 없었다. 도망치고 싶었다, 내가 이미 그랬던 것처럼.

달칵달칵, 가장 가까이 보이는 문고리를 돌렸다.

"문을 열면 어딘가에 있겠지, 응? 어딘가로 통하겠지, 그럴 거야, 그럴 거라고……."

나는 신경질적으로 되뇌었다. 어떻게든 탈출로를 찾을 수 있길 바랐다.

달칵달칵달칵.

달칵달칵.

달칵,

쾅,

쾅!

나는 열리지 않는 문에 발길질을 했다.

"누구 없어요? 누구라도! 여기 누구 없어요?!"

주먹으로 문을 쳐 보기도 했다. 그러나 공간을 울리는 커다란 소음에도 아무 인기척도 들리지 않았다. 이곳에는 오롯이 나 하나뿐이었던 것이다.

반대쪽의 문을 열려고도 해 보았고, 복도의 끝까지 달리기도 했다. 그러나 직선의 복도는 끝이 없었다. 벽에 걸린 장식과 그림이 반복되는 것을 깨달은 것은 한참 뒤였다.

"거리가 줄어들지 않아."

나는 힘껏 다리를 움직이고 있지만, 보이는 것은 여전히 같았다. 안간힘을 써도 이 공간을 벗어날 수가 없었다.

"젠장……."

입술을 깨물었다. 가슴 어디에선가부터 퍼지는 두려움이 나를 떨게 했다.

끝이라고 생각했던 게 끝이 아닐 수도 있다는 가정이 지극히 이기적이기만 했던 내 선택을, 그게 최선이라 생각했던 내 믿음을 와해시킬 것만 같았다.

복도의 끝에서 다시 불빛이 새어 나왔다. 나는 뒷걸음질 쳤다. 이번에는 또 무엇을 보게 될까, 또 누가 저기에 있을까. 뒤돌아 빛에게서 멀어지려 했지만, 나를 반기는 내 등 뒤의 공간은 완전한 암흑이었다.

"……."

다른 선택지가 없었다. 나는 손끝을 말아 쥐며 앞을 향해 걸었다.

곧 빛이 새어 나오는 방문 앞에 섰다. 우습게도 빛을 향해 걸을 때면 복도의 거리가 줄어들었다. 이 공간은 오로지 나를 어딘가로 인도하기 위해 존재하는 모양이었다.

달칵.

문을 열었다. 밝은 빛에 부신 눈이 차츰 적응되었을 때 나는 비로소 방 안을 온전히 볼 수 있었다.

내가 아는 곳이었다. 어디서 보았던 부드럽고 따스한 장식의 내부, 고풍스러운 아기 침대, 보랏빛 벨벳…….

"……."

다시 몸이 굳었다. 내 아이의 방으로 돌아왔다는 깨달음과 함께, 아이 침대 옆에 서 있는 그를 발견했기 때문이다.

그가 내 아이를 내려다보고 있었다.

"안 돼……."

아기 침대의 틀을 쥐고 있는 커다란 손이 언제라도 아이의 목을 틀어쥘까 봐, 아니, 이미 틀어쥐고 난 다음의 여운을 되새기는 행위였을까 봐 나는 다급히 그에게로 달려갔다.

그러나 침대 속 누워 있는 아이는 쌔근쌔근 잠이 들어 있었다.

그는 그저 아이를 내려다보고 있을 뿐이었다. 무표정한 얼굴이 자고 있는 아이를 보며 무슨 생각을 하는지 알 수 없었다. 음영이 짙게 내려앉은 이목구비가 조금 여위었다. 날카롭게 배어나는 예민한 기는 지하실에서보다 더 짙게 풍겨 나왔다.

나는 그 어두운 기운이 아이를 향할까 두려웠다. 그가 가지고 있을 크로포드에 대한 원한이 아이에게까지 전이될까 겁이 났다.

그러나 마치 그와 아이 사이에는 투명한 막이 서려 있는 것처럼, 그의 기운은 아기 침대의 틀을 넘지 못했다. 그는 그저 한 발짝 물러서서 시선을 아이에게 두고 있을 뿐이었다. 내가 이곳에 들어온 지 꽤 시간이 흘렀는데도 그는 한순간도 아이에게서 눈을 떼지 않았다.

그가 내려다보는 아이에게로 시선을 돌렸다.

이마를 옅게 덮은 회갈빛 머리칼이 조금 더 자라나 있었다. 손가락 두 마디를 넘지 못하던 앙증맞은 손의 크기도 세 마디쯤이 되었다. 하지만 건강한 혈색이 도는 뽀얀 양 볼과 부드러운 속눈썹, 오물거리는 귀여운 입술은 그대로였다.

"흐으으……."

입가에서 옅은 신음이 흘러나왔다. 아이를 볼 때마다 연신 치밀어 오르는 이 감정은, 비정한 어미에게 주어질 자격이 있을 만한 것이려던가.

나는 떠오르는 물음을 삼키고 그가 그랬던 것처럼 아이에게서 시선을 떼지 못했다.

작은 발을, 손을, 천사처럼 잠들어 있는 사랑스러운 얼굴을 혹 잊어버리기라도 할까 하나하나 눈에 담았다. 아이에게 시선을 둘수록 애가 타고 속이 허는 것이 느껴졌지만 시선을 뗄 수가 없었다. 그러다가 문득,

"왜……."

그도 나와 같은 눈을 하고 있다는 걸 알아차렸다. 눈빛에 옅게 고통이 묻어났다.

잠깐 침대 틀을 움켜쥐고 있는 손이 꿈틀거렸다. 나는 기민하게 그 기척을 알아차리고 그를 저지하려 했지만 그는 이미 아이에게로 팔을 뻗고 있었다.

서늘한 얼굴과 뜨거운 몸을 가졌던 남자였다.

나와 같은 눈을 하고 있어도, 수많은 이들의 목숨을 앗아왔던 사자의 손은 다를지 모른다.

그러나 내가 그를 막기 전에 아이에게로 뻗어 간 그의 검지는 정확하게 아이의 이마에서 멈춰 섰다. 떨리는 손끝의 이유를 몰랐다.

그가 천천히 손을 움직였다. 그것은 아이의 이마를 지나 머리, 볼을 타고 내려왔으나 단 한 번도 아이에게 직접적으로 닿지는 못했다. 몇 번이고 아이의 살결로 가까워졌으나 반복된 망설임의 끝은 아이에게까지 닿지 못했다.

아니, 닿을 수 없는 것 같았다.

"각하?"

문 앞에서 친근한 중년 여인의 목소리가 들리자마자 아이의 곁에서 머뭇거리던 손은 즉시 그 모습을 감췄다.

"여긴 어쩐 일로…… 아아, 도련님을 보시러 온 것이군요."

여인의 목소리에 감격이 담겼다. 낯익은 얼굴을 한 여인은 아이의 유모였다.

"도련님께서 각하를 얼마나 기다리셨다구요. 하루 종일 각하만 찾는답니다. 도련님께서 이제 '아바바바'를 옹알거린다는 걸 아세요? 조금 있으면 각하를 부르실 수 있을 거예요. 아니, 이럴 때가 아니지. 오늘 낮에 잠을 좀 주무셨으니까 지금 깨워도 괜찮을 거예요. 도련님."

"……그만."

그는 눈물까지 글썽거리며 아이를 깨우려 침대 쪽으로 가는 유모를 저지했다.

"됐어."

"잠깐만요. 잠깐만. 잠시면 되는데……."

"아이를 부탁하지."

그는 그대로 등을 돌려 그녀를 지나치려 했다.

"잠깐만요!"

유모가 그를 불러 세웠다. 감히 주인을 멈춰 세운 불충을 알면서도 떨리는 목소리는 애타게 터져 나왔다.

"한 번만…… 한 번만 도련님을 안아 주시면 안 될까요?"

"……."

"한 번만요. 다시는 감히 이런 건방진 부탁을 드리지 않겠습니다. 그러니……."

유모가 허리를 숙이며 간절히 청했다. 그의 시선이 그녀를 넘어 아기 침대에까지 닿았다. 잠깐 그의 턱 끝이 떨렸다.

"……."

그는 대답 없이 뒤돌아 방을 나가 버렸다.

그러나 나는 아이를 등지던, 찰나의 일그러진 얼굴을 보았다.

"잠깐……!"

나도 모르게 그를 쫓아 나갔다. 그러나 그 대신 어두운 복도만이 나를 반겼다. 쥐 죽은 듯이 조용한, 그 공간이.

뒤돌아보았다. 아이의 방은 문이 닫혀 있었다. 불빛도 더 이상 새어 나오지 않았다.

달칵달칵.

문고리를 돌려 보았지만 바뀌는 것은 없었다. 나는 그 순간에도 아이의 얼굴을 좀 더 깊게 눈에 담아 두지 못한 것이 사무치도록 아쉬웠다.

"……!"

그때 문고리가 잠깐 밝아졌다. 그러나 아이의 방에서 새어 나온 빛이 아니라, 맞은편의 방에서 나온 빛에 비쳐서였다.

달칵.

반대쪽 방의 문을 여니 다시 아이의 방이 드러났다. 나는 안도했다. 조금 달라진 듯한 내부의 장식은 상관하지 않았다. 그저 아이를 다시 볼 수 있음에…….

또다시 그가 거기 있었다. 다른 옷에 다른 모습이었지만 조금 전처럼 아이의 침대 옆에 우두커니 서서 아이를 내려다보는 그가.

그는 이미 아이에게 손을 뻗은 채였다. 그러나 결국 또 닿지 못했다. 허공에서 아이를 쓰다듬듯 그의 손이 몇 번이고 아이의 이마를, 볼을 매만졌다.

"당신이란 사람."

나는 그에게 말했다.

"나는 죽어도 이해하지 못할 거야."

사실 나는 이미 죽었으니까, 필요 없는 명제였는데도 말이다. 그는 역시 대답이 없었다. 내 말이 들리지도, 내가 보이지 않을 것을 알면서 나는 그를 노려보았다.

아이에게로 다가갔다. 아이는 조금 전보다 또 자라 있었다. 얼마 지나지 않아 아기 침대가 비좁을 듯했다.

침대의 틀에 팔을 얹고 아이를 내려다보았다. 그와 공간을 공유하는 순간을 감수할 만큼 아이는 여전히 사랑스러웠다. 쌔근쌔근 잠에 빠진 아이가 마음에 차곡차곡 쌓이는 것 같았다. 왠지 눈물이 날 것 같기도 했다.

"……아가."

떨리는 목소리로 아이를 불러 보았다.

"아가."

나는 문득, 아이의 이름도 모른다는 것을 깨달았다.

내 아이는, 무슨 이름을 가지고 있을까. 어떤 이름으로 세상에 나서게 될까.

어머니란 존재가 으레 아이를 품으면서 떠올리는 물음이 내겐 너무 늦게 돌아왔다. 이토록 쓸모없는 어미가 있을까. 뻑뻑해지는 눈을 애써 깜빡였다.

"아가……."

다시 한 번 불렀다. 부를 때마다 흘러나오는 건 내 목소리가 아니라 감정이었다.

"나가고 싶지 않아."

그를 비웃었으면서 나 또한 아이에겐 손끝 하나 대지 못하는 우스운 꼴인 채로 나는 아이의 침대에 몸을 붙이듯 기댔다.

"그냥 이곳에, 아가 너와 계속 있을래."

흘러나오는 감정에 간절함이 덧붙여졌다.

어두운 저 복도 말고, 너와 여기서 영원히 있을 수 있다면, 이 순간이 영원하다면 얼마나 좋을까. 아가 네가 잠에서 깨지 않는다 해도, 그가 이곳에 있다 해도, 너를 지켜보는 네 아빠와 엄마가 네게 닿지 못한다 해도.

아가, 내 아가.

그러나 신은 내 알량한 바람을 들어주지 않을 모양이었다. 잠시 스치던 원을 입 밖으로 토해 놓자마자 사방이 뿌

옅게 연해지기 시작했다.

"싫어, 조금만, 조금만 더요."

애원 같은 목소리가 허공에서 흩어졌다. 아이도, 그도, 우리가 서 있는 방도 점점 옅어져 갔다.

그리고 이내 나는 다시,

그 복도에 서 있었다.

"안 돼……."

아지랑이처럼 사라진 잔상이 혹시라도 남아 있지 않을까 싶어 팔을 뻗었다. 허공에 잡히는 한기가 내 고독을 일깨워 주었다.

나는 무너지려는 마음을 애써 다잡았다. 빛은 저 멀리 앞에서 다시 빛나고 있었다. 그것이 아이의 방일지는 확신할 수 없지만 다시 볼 수 있을 것이다. 조금 시간이 걸릴지라도.

나는 다시 빛을 향해 걸었다.

계속해서 여닫는 문고리에 조각된 장식을, 반복해서 지나치는 복도의 장식과 그림을 거의 외울 정도가 되었다. 어두운 복도는 이제 익숙하게 느껴질 정도였다.

몇 번의 경험을 통해 나는 이 공간이 만들어 내는 일련의 패턴을 알 수 있었다.

사라지고 다시 생겨나는 방은 어떠한 시간의 흐름에 따른 것 같았다. 시간의 주기는 들쑥날쑥했다. 방문 하나를 여닫는 사이에 몇 년이 흐른 적도 있었고, 바로 며칠 뒤가 되기도 했다.

나를 그리로 이끄는 빛의 밝기는 그때그때 달랐는데 유독 남편이 있는 곳으로 이끄는 빛은 그 세기가 현저히 약했다. 아이의 경우에는 어두운 복도까지 비출 만큼 환했는데 말이다.

내가 알 수 없는 어떠한 공간의 제약이 있는 건지, 빛이 내보이는 공간은 오로지 저택의 내부에 국한됐다.

이 음울하고 거대한 저택의 밖에서 무슨 일이 벌어지고 있는지는 알 길이 없었다. 그저 빛이 내게 비춰 주는 모습으로 유추할 수 있을 뿐.

"어떻게 된 거야? 그 사람 정말로 죽었어?"

"그렇다니까. 눈앞에서 목이 달아나는 걸 내 눈으로 똑똑히 봤어. 피가 얼마나 짙게 뱄는지, 응접실에 깔린 카펫을 모두 들어내야 했다니까. 으으……."

생각도 하기 싫다는 듯 젊은 하녀가 몸을 부르르 떨었다.

"하지만…… 오렌, 그 노인, 귀족이잖아. 그것도 높은 귀족이라며."

"비단 높기만 할 뿐이겠어? 왕국에 다섯밖에 없는 백작이었는데. 그것도 오늘로서 넷이 되었지만. 너 각하께서 검을 내리치는 모습을 봤어야 해, 그건 정말……."

눈동자에 공포가 짙게 배어 있었다.

"그건 인간의 모습이 아닌 것 같았어. 오렌 백작이 말을 끝내자마자 검을 휘두르셨으니까. 피가 튀는 걸 닦지도 않고 나가는데 시체에선 분수처럼 피가 솟고 머리통은 테이블 아래로 굴러떨어지고……."

"돌아가신 마님을 모욕했다지? 도대체 뭐라고 하셨기에 주인님께서 그리……."

"분명 심한 말이지만 죽일 정도는 아니었어!"

하녀가 소리쳤다.

"너 알잖아, 마님이 돌아가신 뒤로 각하께 혼담이 물밀듯이 밀려들었던 거. 몇 년 동안이나 칩거하시면서 척사대도 잃고 정계에서도 밀려나셨지만 여전히 국왕 폐하께선 각하를 몹시 아끼시는 것도."

맞은편의 앳된 하녀가 고개를 끄덕였다.

"오렌 백작은 폐하의 오랜 스승이야. 그에겐 과년한 손녀딸이 있으니 각하와 짝지어 다시 정계로 부상(浮上)시키려 하신 거겠지. 근데 각하가 이번에도 들은 척도 하지 않으시니 오렌이 천박한 크로포드의 딸일랑 잊어버리라고……."

"제인, 목소리 낮춰! 미쳤어?"

다른 하녀가 그녀의 등을 거세게 치며 경고했다. 같은 방에 있던 서넛의 하녀들이 덩달아 숨을 삼켰다.

"내가 말한 게 아니야! 그저 백작이 말한 걸 되풀이하는 거라구. 기억나? 결혼 전에 마님께 약혼자가 있었잖아. 살육의 밤에 마님을 도망시키려다 목숨을 잃은……. 오렌 백작은 돌아가신 마님이 마녀라며, 죽은 약혼자를 홀렸던 흑마법으로 각하도 홀렸다면서, 그래서 아직까지 헤어나지 못한 거라고 했어."

"세상에……."

"마님이 저주받았다 그랬어. 마님이 가진 악한 기운 때문에 마님은 천국에도 가지 못하고 악귀가 되어 지옥에서 고통받고 있을 테니 이제 마님을 떨쳐 내라고……."

그들 사이에 창백한 적막이 흘렀다.

"그, 그럼 이제 우리는 어떡해? 척사대에서도 쫓겨나셨고, 이젠 같은 귀족까지 죽여 버렸으니, 주인님, 황군에 잡혀가시는 거야? 이 저택은 이제 어쩌지? 다른 곳을 알아봐야 할까? 가뜩이나 갈수록 을씨년스러워지는데……."

"소란스럽구나."

머리를 맞대며 아슬아슬한 대화를 나누는 하녀들의 방에 집사가 들어왔다.

"집사 어른, 각하께서 살인으로 잡혀가시면 우리는 이제 어떻게 해야……."

"말도 안 되는 소리 말거라."

그가 일갈했다. 꼿꼿한 얼굴에는 오기와 짙은 피로가 보였다.

"국왕께서 각하를 그리되도록 내버려 두실 리가 없으니까. 그러니 이 일이 마무리될 때까지 조용히 입 다물고 있어! 또 한 번 내게 들킨다면 그땐 경을 칠 테다!"

매서운 질책이 날아들자 하녀들이 찔끔해서 입을 다물었다.

"그나저나, 각하께서 드시는 술의 양이 또 늘었으니 뭔가 조치를 취해야겠다. 아무것도 드시지 않고 술만 찾으시니 이러다간 정말로 몸을 상하실 거야. 너희, 지하실로 가서 각하의—."

"싫, 싫어요."

하녀가 중얼거렸다. 그녀뿐만이 아니었다.

"각하의 근처라도 가고 싶지 않아요. 오늘 제인이 겪은 일을 보세요. 다음은 제 차례가 될지도 모르는 일이잖아요."

"허튼소리."

"모르시겠어요? 그분은 더 이상 상서로운 왕국의 영웅이 아니세요. 저는 각하가 너무 무서워요. 무서워서 미칠 것 같아요, 집사 어른."

이곳에 자리한 수 명의 하녀들의 눈에는 공포가 서려 있었다.

"하아."

집사가 짙은 한숨을 내쉬었다.

빛이 내게 보여 주는 것은 그와 아이뿐만이 아니었다. 때로는 저택의 시중인들이 될 때도 있었고 때로는 낯선 방문객일 때도 있었다.

매번 바뀌는 방과 시간의 흐름에서 나는 남편의 기이한 행적을 듣고 보았다.

어느 기점으로 무언가가 그를 바꾸었다.

성실히 국왕의 명령을 수행하고, 왕국의 영웅으로서 이름을 떨치던 클리프 무어는 더 이상 존재하지 않았다. 그는 무력하게 ―그와 더없이 어울리지 않는 형용사였다― 그를 붙잡아 내려찍으려는 이들에게 저를 내주었다.

서슴없는 하이에나들의 공격에 서서히 무너져 가는 흑사자의 존재는 남편이 스스로 선택한 것이었는지, 아무것도 상관하고 싶지 않은 철저한 무관심의 결과였는지 나는 알 수 없었다.

호시탐탐 기회를 노리던 이들이 하나씩 남편의 것을 빼앗아 갔다. 그가 목숨 걸고 전장에서 획득한 영광도, 사람들의 신뢰도, 명예도, 그리고 마지막까지 그에게 희망을 버리지 못하던 국왕의 믿음도.

"대체 왜 이러는가, 클리프!"

국왕은 손수 저택까지 찾아와 그를 설득하려 했다.

"다시 일어나게. 내가 어떻게든 수습해 보겠네. 오렌에 이어 자네까지 잃을 순 없어. 짐은 아직 자네가 필요해. 오렌의 손녀딸을 거둬 혼인을 발표하면 적어도 자네를 향한 비난을 막을 수―."

"폐하. 저를 내버려 두십시오."

그를 아끼던 사람들은 그를 설득하려 했고, 이해하려 했고, 간청하다 결국 분노했다.

"마음대로 하게. 이곳에서 망자를 껴안고 죽을 때까지

처박혀 있든지!"

그러나 그는 여전히 부동(不動)했다. 사람들은 그의 곁을 하나둘씩 떠났다. 저택은 여전히 거대했지만, 활기를 잃었고 그 자리를 고독이 메우기 시작했다.

아이는 저택의 변화를 알아차리지 못한 채로 무럭무럭 자라났다.

다섯 살, 여섯 살, 일곱 살…….

"아버지! 아버지!"

이제 옹알이가 아닌 분명한 말을 발음할 줄도 알았다. 아이는 해바라기처럼 남편을 따라다녔다. 아이의 눈높이에서 그는 거대한 산처럼 보일지도 모른다.

그러나 대답 없는 산일 것이다.

아이를 볼 때마다 남편은 흠칫하여 굳어졌다. 나를 볼 때처럼 무표정한 얼굴이 더욱 서늘해졌다. 아이는 그가 발산하는 한기에 금세 기가 죽어 그의 눈치를 살폈다. 초롱초롱한 눈망울이 실망으로 가득 차는 걸 보는 건 가슴이 아팠다.

아이는 더 이상 나를 보지 못했다. 나는 아이의 앞에서 부러 기웃거렸지만 푸른 눈동자가 과거 어느 때처럼 나를 발견하는 일은 없었다.

"각하, 오늘이 도련님의 생일입니다. 바쁘신 줄 알지만 잠깐 얼굴이라도, 인사라도 건네주시면 안 되겠습니까."

마음 약한 유모는 나만큼이나 아이를 아꼈다. 늘 아버지를 그리워하는 아이를 잘 알고는 매년 두려움을 무릅쓰고 남편에게 간청했다.

"갖고 싶어 하는 걸 사다 줘."

남편은 물질적으로 아이에게 모든 것을 제공했으면서도 아이가 가장 바랄 단 하나는 주지 않았다.

"각하, 한 번만 다시 생각해 주시면……."

"자신이 없어."

그러나 나는 이전처럼 그의 거부를 비난할 수 없었다.

"그 아이의 얼굴을 볼 자신이 없어."

"어째서…… 도련님이 각하를 닮으신 것이 싫으신 겁니까."

유모가 이해할 수 없다는 듯 물었다.

"얼굴을 보면……."

그가 늘 그렇듯 그녀를 지나치려다 조용히 대답했다.

"무너져 내릴 테니까. 그리고 이안은…… 상처 입겠지."

이안. 아이의 이름은 이안이었다.

"아프게 하는 것, 내가 제일 잘하는 짓이잖나."

그가 자조적으로 웃었다.

아이와 그의 사이에 마치 보이지 않는 벽이라도 존재하는 것처럼 남편은 제 거리를 철저하게 지켰다.

그러나 나는 아이를 보지 않을 거라고 말한 그가 매일 밤 아이를 보러 간다는 것을 알고 있었다. 잠이 든 아이를 한참을 내려다보다가 허공에서 얼굴을 쓰다듬는다는 것도, 악몽을 꾸는 아이의 옆에서 희미한 자장가를 불러 주는 것도 알고 있었다. 이제 짙게 배어 버린 독한 브랜디 향을 감추려 아이의 방에 들어서기 전 늘 박하 잎을 한가득 씹어 먹는 것을 알았다.

아이에게 닿지도 못할 손을 뻗기 전, 그는 의식처럼 품에서 무언가를 꺼냈다. 여전히 커다란 손에 가려 보이지 않는 무언가를 내려다보다가 다시 품속으로 집어넣었다. 그리고 잠깐의 밤이 끝나고 어스름한 새벽빛이 방을 비출 때면 그는 소리 없이 아이를 떠났다.

남편은 고요했다. 흑사자의 몰락에 폭발하는 이들을 눈앞에 두고서도 그는 평정을 고수했다. 그러나 그것은 마치 폭풍의 눈과도 같아서 나는 감출 수 없는 불안감을 느꼈다.

"클리프."

내 목소리를 들었던 처음의 만남 이후로 그는 나를 듣지 못했다. 그저 어두운 지하실에 처박혀 독한 술만 홀짝일 뿐이었다.

"왜 이렇게 살아."

형편없이 야위어 버린 몸, 헝클어진 머리칼, 붉게 충혈된 눈, 그는 점점 변해 갔다.

"이건, 당신 아니잖아. 클리프 무어, 당신이 아니잖아."

마치 크로포드의 노예였던 때로 되돌아가기라도 한 모습에서 과거의 흑사자를 떠올릴 수 있는 이는 없었다.

"제 잘못이 아니잖아요!"

아이는 언젠가부터 남편을 보지 않았다. 초롱초롱한 눈

동자 대신 억눌린 고함이 그를 향했다.

"어머니가 죽은 게, 내 탓은 아니잖아요! 언제까지 내가 죄인처럼 살아야 해요? 왜 나를 그런 눈으로 보세요? 내가 죽인 것 같아요? 어머니를 죽이고 태어난 내가 원망스러우세요? 그래요? 아버지는 그래서 나를……!"

그를 향한 원망도, 아이의 가여운 울부짖음도 언제부턴가 멈춰 버렸다.

"아버지."

아이는 어느새 남편의 얼굴을 하고 있었다. 가뜩이나 거푸집에서 꺼낸 듯 닮은 얼굴에 같은 표정까지 내려앉았다.

"이곳을 떠날 거예요. 북부로 가서 돌아오지 않을 겁니다."

이제 남편만큼 커진 아이가 선고하듯 말했다. 그러나 마지막까지 남편을 놓치지 못하는 시선에서 나는 아이가 아직 그를 기다리고 있다는 걸 알았다.

"……."

돌아선 그에게선 대답이 없었다.

"……그래요, 그러실 줄 알았습니다."

아이의 입가에서 헛웃음이 새어 나왔다.

남편은 또다시 의자에 몸을 파묻었다. 아이는 등 돌린 그를 지나 여기저기 널브러진 브랜디 병과 어수선한 주변을 훑더니, 이내 고개를 젓고는 지하실을 나갔다.

완전히 혼자가 된 그를 어둠이 감쌌다. 마치 처음부터 한 몸이었다는 것처럼 둘은 완벽히 동화되어 있었다.

그는 말없이 눈을 감았다.

단 한 번도 닿지 못한 나의 아이가 이곳을 떠나가는 순간에, 나는 아이를 뒤쫓지 못했다.

못 박힌 듯 그의 앞에 서 있을 뿐이었다. 그에게는,

"……."

새어 나오는 물기를 닦아 줄 이가 아무도 남아 있지 않았으니까.

'클리프, 당신과 나 사이엔 도대체 뭐가 있기에 우리는 이 질긴 악연을 끊어 내지 못하는 걸까.'

의지와는 반대로 뻗어 나가는 손이 감은 눈에서 흐르는 그의 눈물을 닦으려 했다. 그러나 투명한 이슬은 볼을 타고 미끄러질 뿐 나는 그에게 절대로 닿지 못할 것을 알았다.

"에젠?"

그때였다.

"당신이야?"

정신을 놓고 있던 그의 눈빛에 한 줄기 색이 감도는 것은.

푸른 안광이 번쩍 모습을 드러냈다.

"에젠, 에젠."

그는 내가 닦아 내려 했던 눈물 자국이 남은 얼굴을 매만졌다. 그리고 그 주변의 허공을 더듬었다. 그곳에 내가 서 있다는 것을 알기라도 하는 것처럼. 그러나 시선은 여전히 나를 비껴 나갔다.

"에젠, 돌아온 거지."

그가 중얼거렸다. 어느 순간 잊혔던 언젠가와 다를 바가 없었다.

아니, 그때보다 더 참혹했다. 그는 자리에서 벌떡 일어나 미친 듯이 지하실을 뒤지기 시작했다.

"여기 있는 거지, 응?"

콰앙, 콰당탕.

널브러진 병을 밟고 미끄러진 그는 여전히 허공을 살폈다.

"여기 있지? 나를, 이런 나를 보고 있는 거지?"

그의 목소리는 마치 애원처럼 들렸다. 아니다, 광기일 수도 있었다. 그가 미친 듯이 지하실을 헤집기 시작했으니까.

"각하!"

"아버지!"

소란을 듣고 내려온 이들이 아연실색했다. 남편은 그들에겐 시선도 주지 않은 채 정신없이 허공을 헤맸다. 나를 잡으려 두 팔을 뻗고 휘저었다. 내가 잡히기라도 할 것처럼.

"아버지, 왜 이러시는 겁니까!"

아이가 또다시 병을 밟고 비틀거리는 그를 가까스로 붙잡았다.

"에젠이, 에젠이 왔어."

"무슨…… 무슨 말도 안 되는 소리예요!"

"여기 있어, 에젠이 여기 있어. 나를 보러 온 거야."

"어머니는 죽었어요!"

아이가 고함쳤다. 절절한 고함에 밴 고통을 나는 알아차리지 않을 수 없었다.

"살아 있어, 여기 있다고!"

고함치는 것은 그도 마찬가지였다. 처음 보는 모습이었다. 발끝으로 발산되는 열은 짙고 짙었다.

저런 절박한 얼굴을 하는 사람은 내가 아는 그가 아니다. 그일 리가 없었다. 나는 익숙하고도 지극히 낯선 이에게서 시선을 떼지 못했다.

남편은 찰나처럼 스쳐 지나간 순간을 놓치고 싶지 않아 안간힘을 쓰는 것처럼 보였다. 아니, 사실 그가 무엇을 보고 있는지조차 제대로 알 수 없었다. 그가 여태껏 평정 속에 내리눌러 놓았던 무언가를 터뜨리기 시작했으니까.

"나를 용서하지 못하겠어? 에젠, 그래서 내 곁에 있는 거야?"

"아버지!"

"당신, 그래서 가지 못하고 있는 건가? 너무 분해서 승천조차 하지 못하고 떠돌고 있는 거야?"

그는 쉴 새 없이 중얼거렸다. 봇물처럼 쏟아지는 수많은 말들이 흘러간 짧지 않은 세월 동안 얼마나 아래에서 아래로 모습을 감추고 있었는지 몰랐다.

나는 그의 말을 제대로 다 받아들이지도 못했다. 그저 그가 붉어진 눈으로, 가슴을 오르락내리락하며 내뱉는 거친

숨으로,

"에젠."

몇 번이고 나를 부를 때마다 가슴 어딘가를 짓누르는 통증에 숨이 막혔다.

"아버지는 미쳤어요!"

내 존재를 다시 알아차린 날을 기점으로 고요히 수면 아래로 잠식했던 그의 광기가 완전히 모습을 드러냈다.

그는 점점 고립되어 갔다.

내 아이는 가장 먼저 저택을 박차고 나갔고 시중인들이 점점 떠나갔다. 황폐한 저택에는 이제 그 혼자였다.

"이걸 봐. 당신은 결국 모든 이들을 밀어내 버리지."

나는 빈정거렸다. 가슴속 어딘가에 몰아치는 시린 바람을 애써 외면하면서.

"에젠."

내 말에 대꾸라도 하는 것처럼 그가 중얼거렸다. 그는 이제 아예 내가 제 주변에 존재하고 있다 믿었고, 사람들은 마침내 그가 미쳐 버렸다 생각했다.

"이제 정말로 당신과 나뿐이군."

그는 제 손바닥에 입을 맞췄다. 거칠게 터 버린 손에 그가 늘 쥐고 있는 무언가가 있을 거란 걸 알았다.

광인으로 취급받는 순간에서조차 클리프 무어는 죽은 아내의 유령과 함께 있다는 사실 하나뿐으로 기꺼운 듯했다.

시간이 얼마나 흘렀을까.

한두 줄의 생존만을 전하는 아이의 편지마저 멈추었을 때 누군가 텅 빈 저택의 문을 두드렸다.

세차게 비바람이 몰아치는 어두운 밤이었다.

"거기, 누구 안 계십니까?!"

흠뻑 젖은 코트와 모자로 얼굴을 훔치면서 중년 남자가 다급히 문을 두드렸다.

"누구 없습니까?! 도와주세요! 아이가 아픕니다!"

현관의 창문으로 보이는, 제법 말쑥하게 차려입은 옷이 볼품없이 푹 젖은 남자는 사춘기 소년을 둘러메고 있었다.

그가 한참 동안 세차게 문을 두드리고 나서야 나는 클리프가 직접 현관으로 나와 문을 열어 주는 것을 지켜보았다.

"감사합니다, 정말 감사합니다."

마침내 문이 열리자 남자가 연신 허리를 굽히며 인사를 했다. 그리고 남자는 다시 고개를 들었을 때 저를 물끄러미 내려다보고 있는 그와 시선이 마주치자 흠칫거렸다.

"이곳의…… 주인이십니까?"

"……."

그는 아무 대꾸도 하지 않았지만 남자는 침묵에서 답을

찾은 듯했다.

"저, 저는 콜린 록우드라 합니다. 저희는 세네브국 출신으로 이곳을 유랑하고 있습니다. 지갑도, 가지고 있던 여비도 모두 도둑맞고 설상가상으로 아이마저 아파 몸 누일 데가 없어 실례를 무릅쓰고 이리 문을 두드리게 되었습니다. 날씨도 이런 판국에 낯선 나그네들이라 그런지 아무도 저희를 받아 주지 않더군요."

남편의 시선이 남자가 업고 있는 소년에게 닿았다. 남자가 그 시선을 눈치채고 부러 제 아이를 어깨에서 내려 남편 앞에 세웠다. 남자는 기민하게 그의 눈치를 살폈다.

아니, 사실은 그의 얼굴을 살피는 것 같기도 했다. 남편의 머리부터 발끝까지, 슬쩍슬쩍 그를 훔쳐보는 시선이 부산스러웠다.

"오늘 하룻밤만 신세를 지게 해 주신다면 그 은혜 톡톡히 갚겠습니다. 부끄럽지만 저는 세네브에서 세 번째로 큰 상단을 운영하고 있습니다. 그러니 내일 날이 밝으면 왕국의 친우에게 연락하여……."

"아이가 정신을 차리면 나가라."

낮게 흘러나오는 목소리에 남자가 흠칫거렸다. 아직까지도 미약하게나마 뿜어져 나오는 남편의 살기와, 그에 더해진 미묘한 광기의 잔재를 본능적으로 알아차렸기 때문인지도 몰랐다.

"여긴 하녀가 없으니 알아서 아무 방이나 찾아서 들어

가. 별관 이 층의 가운데 방은 제외하고."

"예? 예. 재워만 주신다면 아무래도 좋습니다. 감사합니다. 감사⋯⋯."

연신 감사를 표하는 남자를 지나쳐 남편이 휙 하고 걸어 나갔다. 지하실로 향하는 듯했다.

"⋯⋯하아, 다행이군."

남자는 지나치다 싶을 만큼의 격렬한 감사를 표하다 그가 보이지 않자 이내 구부러진 허리를 폈다. 교활하게 빛나는 눈에서 나는 불안을 느꼈다.

"올라가자."

남자는 소년을 부축하여 계단을 오르기 시작했다. 이번에는 조금 전처럼 아이를 둘러메지 않았다.

"으으⋯⋯."

아버지의 몸에 기대어 한 걸음 한 걸음, 신음을 흘리며 아이가 발을 옮겼다.

"⋯⋯!"

그리고 어느새 혼자서 걷기 시작했다.

저택의 현관이 뿌옇게 변하며 시야에서 사라졌다.

'이상해.'

수상한 객들의 등장이 나를 불안하게 했다. 언제나 그랬듯 어두운 복도로 다시 돌아왔으나 가슴을 스치는 스산함을 가눌 길이 없었다. 나는 곧바로 다음 불을 밝히는 앞으로 달려갔다. 조금이라도 빨리 지하실의 그를 확인하고 싶었다.

벌컥, 문을 열었다.

"미쳤다더니, 멀쩡하네."

"아무렴, 그 흑사자가 그리 호락호락하겠어."

"그런 것 같지만은 않던데. 멍청하게 우리를 들여보내는 걸 봐서 말이야."

방 안에 검은 옷을 입은 사내들이 모여 있었다. 나는 대여섯의 장정들 사이에서 조금 전의 얼굴을 찾아냈다.

"잘했다, 지미."

중년의 남자가 소년의 어깨를 두드렸다.

"네 덕에 일이 수월하게 됐어. 분명 그가 흔들릴 줄 알았지."

"아아, 아들이 행방불명이라 했던가?"

"아니, 소식이 끊겼다고 하더군. 북부 국경에 있다는 건 얼추 들었는데 뭐 서로 연락도 하지 않는다니까……."

남자가 킬킬 웃었다. 입꼬리가 길게 올라가면서 누런 이가 모습을 드러냈다.

"제 아버지 묫자리는 제대로 봐 놨는가 몰라. 곧 필요해질 텐데."

비잉— 그가 품에서 꺼낸 날카로운 칼이 번뜩였다. 나는 현관이 열린 순간부터 시작됐던 내 불안감의 정체를 비로소 알아차렸다.

"국왕이 내린 보물이랑 용병왕 시절에 모아 놓았던 재산이 창고에 그득그득 쌓여 있다지. 어찌나 많은지, 이 꼴이

낳어도 먹고 자는 건 아무 문제가 없다더군. 이것 봐. 이리
으리으리한 저택에 저 혼자서만…… 크큭, 이제 지키는 이
도 없겠다, 미친놈이 두려워 이곳을 찾아오는 이도 없으니
클리프 무어만 없애면 이곳의 부는 다 우리 거야."

안 돼…….

목구멍에서 신음이 새어 나왔다.

"들어오면서 위치는 확인해 봤나? 지하실 아래로는 내려
가지 않았지? 소리도 죽였고?"

"말도 마라, 로키 네가 열어 준 창문으로 들어온다고 이
폭풍 속에서 얼마나 기를 쓰고 벽을 오른 줄 알아? 쥐새끼
한 마리도 내가 들어오는 건 눈치채지 못할 정도로 은밀하
게 움직였다고."

"여긴 없는 것 같고, 별관에 있지 않을까? 연결되는 통
로가 있던데. 어쨌든 벽에 걸린 그림만 떼다가 팔아도 소
국의 작위는 거저먹겠더군."

무리 중 누군가가 입맛을 다셨다.

"아래층에 있는 놈만 죽이면 전부 우리 거야."

남자가 다시 킬킬 웃었다.

방 한구석엔 비에 젖은 옷들이 널브러져 있었다. 남자가
입었던 코트와 모자도.

"안 돼, 안 돼……."

그들이 자리에서 일어났다. 나는 그들의 앞을 가로막았다.

발끝에서부터 스멀스멀 올라오는 공포에 사로잡히지 않

기 위해 안간힘을 썼다.

"안 돼, 그러지 마!"

아이도, 그도 내 목소리를 들은 적 있었다. 그러니 이들에게도 가능할지 모른다.

나는 단숨에 남자에게 달려가 장검을 든 남자의 팔에 매달렸다.

"멈춰! 멈추라고!"

"무기 챙겨."

"그래. 그나저나 가운데 방은 뭐가 있길래 가면 안 된다는 건데?"

그러나 아무것도 바뀌지 않았다. 남자들이 하나둘씩 무기를 챙기기 시작했다.

"슬쩍 열어 보니까 그냥 여자 방이던데? 아, 호화찬란한 게 거기 제일 많더군. 이 저택의 그 많은 방 중에서 거기만 깨끗해. 놈은 지하실에만 처박혔다 했으니 누가 사는 것 같지도 않은데 말이야."

"뭐, 딸 방인가 보지."

"그만해, 그를 건드리지 마!"

"아들 하나뿐이랬잖아, 이 멍청아."

"그럼 뭐 데리고 사는 정부라든가……."

그들이 아웅다웅 싸우며 자리에서 일어났다.

"나가! 여기에서 나가!"

나는 고함쳤다. 안간힘을 쓰며 서늘한 날붙이를 쥔 손들을 깨물고 때렸다.

"개소리 그만하고 무기나 챙겨. 정신이 회까닥 돌았다지만 그래도 왕년의 흑사자야. 방심할 수 없어. 독은 다 묻혀 놨어?"

"그럼, 당연한 말씀을—."

"나가!"

순간 그들이 멈칫했다.

"방금, 무슨 소리 들리지 않았어?"

나는 창틀로 달려갔다. 창밖으로 비바람이 거세게 휘몰아쳤다.

달칵달칵, 달칵달칵, 달칵달칵.

"미친! 저게 왜 흔들려!"

"나가! 꺼져 버려!"

나는 고함치며 닥치는 대로 손에 잡히는 것들을 던졌다. 형체가 없는 것이 손에 쥐여져 그대로 날아갔다. 저택 근처에 심어진 커다란 전나무 가지가 세차게 창을 두드렸다.

와장창!

"로키!"

"닥치고 입 다물어! 그냥 창문이 열린 거야!"

"유리가 깨졌어! 뭔가가 날아왔다고!"

"그만! 나가! 이 집에서 나가!"

와장창!

"나무가 흔들린 거야! 그만 호들갑 떨어!"

"소리가 들렸어! 어떤 여자가…… 너희도 못 들었어? 진
짜 귀신 들린 집 아니야? 로키! 어떡해?"

필사적이었다. 목이 쉬도록 고함치고, 팔이 후들거릴 만
큼 잡히는 모든 것들을 그들에게 던지며 그들을 저지하려
했다. 그 행위의 이유가 클리프 무어를 지키기 위해서임을
나는 감히 부정하지 못했다.

"그를 내버려 둬!"

나는 그를 떠올렸다.

언젠가부터 내게 각인된 그의 피폐한 삶이 나를 서서히
무너뜨렸다. 어둠 속에서 홀로 고독을 삼키는 그가, 아이
를 만지지 못하는 그가, 현실과 환상의 경계에서 끊임없이
나를 쫓는 그가 날 이리 만들었다.

"빨리 나가기나 해. 이 저주받은 저택 따위, 무어 놈만
죽이고 나면 더 볼일 없어."

남자가 거세게 윽박질렀다. 서늘한 날붙이 수십 개가 어
둠 속에서 모습을 드러냈다. 그리고 서서히 주위가 흐릿해
지기 시작했다.

"안 돼! 안 돼요, 저들을 보내면……! 끝나지 마, 이대로
사라지지 마! 안 돼……!"

나는 그들을 가로막고, 매달리고, 고함쳤으나 또다시 어
두운 복도가 나를 반겼다.

멍했다.

방금 내가 본 것을, 내가 겪은 것을 의심했다. 아직까지

손끝에 남아 있는 떨림을, 터질 듯 뛰어 대는 심장을, 가슴을 움켜잡은 공포를 외면하려 했다.

그럴 리가 없잖아, 그럴 수 없잖아, 도적들이 숨어들어서 그를 죽이는 일 따위 일어날 리 없잖아.

이거 진짜 아니잖아. 그저 환상인 거잖아.

그냥 못된 신이 장난으로 슬쩍슬쩍 현실을 들춰서 내게 보여 주는…….

"안, 안 돼……."

현실. 내가 떠난 후의 현실.

찬물을 뒤집어쓴 듯 정신이 들었다.

나는 뛰었다. 저 앞에 보이는 빛을 향해 미친 듯이 내달렸다.

"아니야, 아니야, 그럴 리가……."

쉴 새 없이 달리면서 중얼거렸다. 내게 되뇌었다. 내 착각이라고, 잘못 본 거라고. 잠깐 나쁜, 아주 나쁜 꿈을 꾼 거라고.

그러나 나를 인도하는 저 앞의 빛은 그 어느 때보다 약했다. 단숨에 꺼져 버릴 듯이 희미하게 깜빡거렸다.

"제발, 제발요."

한 번도 그리 간절하게 염원한 적 없었다. 나는 무엇을 비는지도 모르면서 간절하게 바랐다.

이 문을 열면, 이 희미한 빛 뒤로 그가 서 있기를.

나를 볼 수 있기를, 묵고 묵은 악연으로 엉켜 있을망정 같은 공간에서 당신과 내가 존재할 수 있기를. 지금까지처럼 찰나의 순간에서 당신의 옆에 내가 있을 수 있기를.

내 증오의 원천, 내 인과의 객체, 내 자유의 억압자,

클리프 무어, 당신이.

살아 있기를.

들어선 공간은 낯설었다.

활짝 열린 창문, 휘몰아치는 비바람, 흠뻑 젖은 하얀 침대, 스산하게 나풀거리는 시트.

나는 정신없이 그를 찾았다. 열린 창문으로 들어온 비가 축축하게 방을 메웠다. 바닥이 젖어 있었다. 차가운 냉기가 발을 타고 전해졌다.

"클리프, 클리프……."

울음이 터져 나올 것 같았다. 왈칵 치밀어 오르는 것을 삼키지 못해 공포에 질린 어린아이처럼 울음을 터뜨릴 것 같았다.

"어디 있어, 당신……."

더듬거리며 발을 움직였다. 눈에 들어오는 방의 내부를 인식했다.

내 마지막 기억이 잠든 곳, 그와 내가 잠시나마 같은 온

도를 공유했던 곳, 그의 품에서 나를 잊을 수 있던 곳.

내 침실이었다.

온통 비에 젖은 바닥에 점점이 찍힌 흔적이 있었다. 문에서부터 시작된, 마치 상처 입은 채 도망친 짐승의 흔적을 쫓듯 바닥에 남은 짙은 핏자국이 나를 이끌었다.

그리고 곧 나는 언젠가 잠시 눈을 감은 그를 내려다볼 수 있었던, 내가 줄곧 자수를 놓고 했던 테이블 아래에 길게 펼쳐져 있는 인영을 발견할 수 있었다.

"안 돼……."

신음이 흘러나왔다.

붉었다. 누워 있는 그의 주변으로 붉은 웅덩이가 커다랗게 져 있었다. 점점 크기를 키워 내는 적색 반원은 나를 무너지게 했다.

"클, 클리프."

남자의 손에서 번쩍 빛나던 날붙이가 그의 가슴에 꽂혀 있었다.

"클리프."

나는 비틀거리며 그에게 다가갔다. 더듬더듬 손을 뻗었다. 가슴 깊이 박혀 있는 것을 빼내려고 했다.

"잠깐만, 기다려. 잠깐만……."

그러나 아무리 움켜잡아도 내 손은 날카로운 칼의 손잡이를 투과할 뿐이었다. 붉은 웅덩이는 점점 더 커져 갔다. 나는 다급해졌다.

"도와주세요, 잡을 수 있게 해 주세요. 신이시여, 도와주세요. 아까처럼…… 움직일 수 있게 해 주셨잖아요, 도와주세요. 저를 도와주세요……."

사시나무처럼 떨리는 손으로 몇 번이나 손잡이를 고쳐 잡으려 했다. 그러나 결과는 같았다. 깊숙이 박힌 날붙이는 미동도 없었다.

"제발! 제발! 이제 아무것도 바라지 않을게요. 한 번만, 지금 한 번만……!"

그때 손 위로 무언가가 덮였다. 역시 그대로 나를 투과해 갔지만 정확하게 내 손이 있는 위치였다.

"에…… 젠……."

푸른 눈동자가 나를 보고 있었다.

눈을 뜨고 있기가 벅찬지 힘겹게 눈을 깜빡였다. 비에 젖은 얼굴에서 속눈썹의 곡선을 타고 물방울이 똑 떨어졌다.

"에젠, 당신이지……."

그가 중얼거렸다. 그는 힘겹게 팔을 들어 내 손을 다시 쥐려 했지만 허공만 움켜쥔 채로 다시 바닥으로 떨어졌다.

"난 알았어, 당신이 언제나…… 내 곁에 있다는 걸."

그가 다시 눈꺼풀을 들어 올렸다. 푸른 눈동자에 내가 비쳤다.

나는 입을 막았다. 한 글자, 한 글자 그가 내뱉을 때마다 흘러나오는 숨이 점차 옅어졌다. 공포가 가슴속에서 넘실거렸다.

"사랑스러운 에젠."

그가 희미하게 입꼬리를 올렸다. 사납고 날카로운 이목구비에 어울리지 않는 미소였다.

"……나의 봄. 나의…… 바람."

고통스러우면서도 황홀한 표정으로 그는 내게서 시선을 떼지 못했다.

"에젠, 나의……."

그리고 멈췄다.

흘러나오는 목소리도, 몰아쉬는 숨소리도, 나를 응시하는 푸른 눈동자도 그대로 멈췄다.

나를 이곳으로 안내했던, 희미한 빛도 꺼졌다.

어느새 갠 하늘의 은은하게 비치는 달빛만이 이곳이 완전한 암흑으로 빠지지 않게 했다.

"거, 거짓말."

나는 더듬거렸다. 손을 뻗어 그의 어깨를 흔들었다. 마디마디로 느껴지는 튀어나온 여윈 뼈를 붙잡았다.

"일어나. 클리프."

어깨를 지나 목선을 스쳐 양손으로 그의 얼굴을 감쌌다. 그의 얼굴을 돌려 시선을 맞추었다.

"날 봐. 나 여기 있어. 당신 말대로 나 여기……."

그러나 굳은 눈동자엔 내가 없었다. 그는 천장을 보고 있었다. 나를 담지 않았다. 그토록 나를 찾아 헤맸으면서, 제 앞에 있는 나를 보지 않았다.

"클리프."

한기가 볼을 감싼 손으로 전해지는 것만 같았다. 마치 정말로 그를 만지고 있는 것만 같았다.

아직 떠나지 않은, 아직 살아 있는.

"당신 또 나를 조롱하려 그러지. 날 이렇게 무너지게 해놓고 아무 일도 없었던 척 일어날 거지? 그럴 거지? 그러려고……."

나는 연신 중얼거렸다. 음영이 진 얼굴도 그대로인데, 내가 아는 그가 맞는데, 클리프 무어가 맞는데 그는 움직이지 않았다.

눈가로 흘러나오던 반짝임도 없었다. 흐르는 것이라곤 내게서 뚝뚝 떨어지는 물방울뿐이었다. 그마저도, 젖은 그의 얼굴에 잠시도 머무르지 못하고 미끄러져 사라졌다.

"일어나라고!"

나는 그를 흔들었다. 양손으로 그의 가슴을 내리쳤다.

"나 여기 있잖아! 당신이 찾는 에젠 여기 있잖아, 그러니까 일어나. 일어나서 나를 봐!"

나의 끝은 꿈꾸었어도 그의 끝은 꿈꿔 본 적 없었다. 가능할 것이라 생각하지도 않았다.

땅 아래로 깊게 뿌리내린 거대한 산 같던 당신이, 말라비틀어진 초목에 황폐해진 당신의 토양에 더 이상 아무것도 자라나지 않는다 하더라도 나는 한 번도,

단 한 번도 당신의 죽음을 가정한 적 없었다.

"이러는 게 어디 있어."

나는 그의 가슴을 내리치며 우짖었다.

"나를 여기 붙잡아 놓고, 이렇게 아무것도 할 수 없게, 벗어날 수도 없게 해 놓고 당신은 이렇게 떠나는 게 어디 있어!"

그에게서 더 이상 느껴지지 않는 생기가 내게 스몄다. 믿어지지가 않아서 다시 그를 더듬었다. 그를 내려치고 다시 얼굴을 매만지고 그와 눈을 맞췄다. 광인은 나였다.

현실감이 없었다. 식어 버린 이성을 애써 몽롱하게 만들려 했다.

이건 환상이다. 내 자아가 만들어 낸, 그를 향한 내 증오가, 미움이, 원망이 만들어 낸…….

그때 투욱, 뭔가가 떨어졌다. 힘이 풀린 그의 손아귀에서 흘러나온 것이다. 나는 그것이 그가 줄곧 의식처럼 품속에서 꺼내 보고 했던 그 무언가라는 것을 알아차렸다.

작고 둥근 그것은 동그란 펜던트였다. 홀린 듯 손때가 묻어 있는, 섬세하게 조각된 펜던트를 들어 올렸다.

오래되어 이음새가 헐거워진 펜던트의 뚜껑을 열었을 때,

"아흐……."

기억도 나지 않는 유년 시절의 내가 작은 초상화 속에서 웃고 있었다.

클리프. 클리프.

나는 그를 붙잡았다. 젖어 버린 그의 옷깃을 구명줄처럼

붙잡았다.

　—에젠.

　사랑이 아니라 했잖아.

　사랑일 수가 없는 거였잖아.

　당신과 나는, 클리프 무어와 에젠 크로포드는…….

　천장을 보고 있는 그에게선 대답이 없었다.

　—에젠, 나의…….

　그가 끝내 꺼내지 못한, 어둠 아래서 희미한 그림자만 지던 그 거대한 무형의 감정을 나는 감히 상상할 수 없었다. 그저 서서히 자신을 삼켜 가던, 수면 아래로 잠식된 그의 세계에서 홀로 나를 그리던 그만 간신히 떠올릴 수 있을 뿐이었다.

　더 이상 나를 보지 않는 얼굴에 자리 잡은 미소는 그 영원할 것만 같던 사무친 고독에서 마침내 자유로워졌기 때문일까.

　나는 천천히 허리를 숙였다.

　감기지 않는 그의 눈가에 입을 맞췄다. 속이 허는 고통이 스미듯 몸을 저리게 했다.

　"신이시여."

　힘이 빠진 그의 손을 잡았다. 한 번도 닿지 못했던, 당신과 나의 거리.

　"……저도 데려가 주세요."

　그의 손 위로 내 얼굴을 댔다. 그가 내 볼을 감쌀 수 있게 만들었다. 그가 원했을 것이기에.

"그의 끝에 저도 함께할 수 있게 해 주세요."

그가 아이의 얼굴을 보지 못했던 건 늘 아이에게서 나를 발견했을 테니까. 아이에게 닿을 수 없었던 것은 죽고 싶어 하던 나처럼 아이도 그렇게 만들어 버릴 테니까.

흐르는 시간의 흐름에서 그는 홀로 저를 죽였다. 죽이고 또 죽여 왔다.

그가 만들어 낸 투명한 벽은, 스스로 그 벽 안에서 평생 머물렀던 까닭은 그래야만 나와 아이를 지켜 낼 것임을 알아서였다.

"홀로 너무 오랜 시간을…… 너무 오래 기다리게 했어요."

울컥 올라오는 무언가를 꿀꺽 삼켰다.

"마지막까지 그 먼 길을 혼자 걸어가게 하고 싶지 않아."

눈을 감았다. 달빛이 나와 그의 위로 내려앉았다. 차가운 밤의 공기가 나를 감쌌다.

작은 소망이 생겨났다.

클리프 무어와 에젠 크로포드의 악연을 영원히 끊어 낼수 없다 해도,

당신이 더 이상 그 어둠 속에 홀로 남아 있지 않기를.

2부 그 부부의 결혼 생활

1. Regressed

"마님! 마님!"

끔뻑끔뻑, 시야가 밝아졌다 어두워지기를 반복했다.

"세상에, 마님! 마님이 깨어나셨어!"

감격에 겨운 듯한 새된 목소리가 고막을 찢을 듯 울렸다.

"여기가……."

에젠은 눈을 깜빡였다. 멍청히 보일 것이란 걸 알지만 눈
앞에 보이는 환상을 마주하면 누구도 그럴 것이다. 하얀
침대, 하얀 시트, 화려하게 장식된 벽과 그림들…….

제 방이었다. 그녀는 여전히 제 방에 있었다.

그러나 비에 흠뻑 젖어 을씨년스럽던, 그가 차갑게 식어
갔던 방에는 햇살이 따뜻하게 내리쬐었다. 창문 밖으로 지
저귀는 새소리가 낯설었다. 여기저기 남은 핏자국도, 붉은

웅덩이도, 그도 없었다.

"정신이 좀 드셔요? 저를 알아보시겠어요?"

"어, 디야? 여기가⋯⋯."

"마님의 침실이어요. 좀 기억이 나시는가요? 어지럽진 않으셔요?"

쉴 새 없이 날아드는 물음과 울먹이는 목소리엔 걱정과 숨기지 못하는 상냥함이 담겼다.

"아기씨를 출산하시고 곧바로 혼절하신 건 기억이 나셔요? 잠들어 계셨어요. 삼 개월 동안이나요. 궁의도 연유를 알 수 없다고 해서 이리 누워 계신 마님을 지켜보는 것밖에는 할 수 없어서⋯⋯."

에젠은 고개를 돌려 눈물을 뚝뚝 흘리는 그녀를 올려다보았다. 낯이 익은 얼굴에서 에젠은 이내 머릿속에 부유하는 기억의 한 조각을 찾았다.

"얼마나 힘드셨으면⋯⋯ 가엾은 마님, 제가 좀 더 도련님을 잘 받았어야 했는데⋯⋯ 다 제 잘못이에요, 마님. 저를 용서하셔요."

눈물을 뚝뚝 떨구는 푸근한 얼굴은 언젠가 제 아이를 안고⋯⋯.

―아기씨예요, 마님, 늠름한 남자 아기씨예요!

멍하게 그녀를 보고 있는 순간 어떤 기시감이 들었다.

"마님!"

에젠이 벌떡 자리에서 일어났다.

"아직 무리하면 안 되셔요! 의사가 절대 안정을 취하라고—."

"클리프는?"

"네?"

에젠은 시녀의 소매를 붙잡고 매달렸다.

"클리프는? 살아 있어? 그는 살았어?"

짧은 찰나 시녀의 눈이 당황으로 물들었다. 주인의 기이한 행동 때문인지, 저로서는 좀처럼 부를 일이 없는 가주의 이름을 떠올렸기 때문인지는 알 수 없었다.

"클…… 아아, 각하께선 지금 서재에 온 손님을…… 안 그래도 방금 샐리에게 연통을 보내라 했으니 곧 오실 거예요. 마님이 깨어나실 때까지 각하께서 하루 종일 옆에서 자리를 지키셨거든요. 그리고 아기씨는 옆방에서 메리 부인이—."

시녀의 말은 끝까지 이어지지 못했다. 에젠이 그대로 자리에서 일어나 방을 뛰쳐나갔기 때문이다.

그녀는 내달렸다. 완전히 회복되지 못한 몸이 토해 내는 아픔 따위는 그녀를 멈춰 서게 하지 못했다.

시야는 에젠이 늘 머물렀던 어두컴컴한 복도가 아닌 화려한 저택을 담아냈다. 반짝거리는 샹들리에와 티끌 하나 없이 반질거리는 대리석 바닥, 고풍스러운 문양의 계단…….

그 모든 것이 그녀의 기존 상식을 초월한, 어떠한 변화를 상징하고 있었다.

그러나 지금 에젠을 사로잡는 건 단 하나였다.

제 눈으로 봐야 했다.

아직도 그의 선득한 한기가 선연한데, 뻣뻣하게 천장을 응시하는 그의 얼굴이 서늘하게 가슴에 남아 있는데 제가 무얼 더 생각할 수 있을까.

숨이 턱에 닿을 정도로 달음박질쳤다. 심장이 터질 것 같은 가쁜 호흡에 미약한 두통까지 일었다. 오래 누워 있었다는 시녀의 말이 사실인지 익숙하지 않은 몸의 급박한 움직임에 다리가 휘청거렸다. 그러나 언제라도 고꾸라질 것 같은 위태로움조차 지금 그녀를 멈추게 하지는 못했다.

저 아래 클리프의 서재가 보였다. 둥그렇게 호선을 그리는 저 계단만 내려가면 금방이었다. 붉은 마호가니 문 뒤에 그가 있을 것이다. 마음이 가빠졌다.

에젠은 망설임 없이 계단으로 발을 내디뎠다. 그러나 채 얼마 내려가기도 전에, 조급한 마음에 발을 맞추지 못한 다리가 휘청거리며 그녀의 중심이 흔들렸다. 본능적으로 팔을 뻗어 허우적거렸지만 작은 손은 힘없이 난간을 놓쳤다.

"에젠!"

남아 있는 날카롭게 날 선 계단을 보며 에젠이 눈을 질끈 감았다. 동시에 단단한 양손이 그녀의 허리를 휘감아 끌어당겼다. 심장은 여전히 거칠게 뛰어 댔다. 은은한 사향 냄새가 코끝에 스며들었다.

발산되는 열은 비단 그녀에게서만 흘러나오지 않았다.

"아직도!"

머리 위에서 거친 목소리가 터져 나오며 허리를 꽉 쥐는 압박감이 느껴졌다. 에젠은 천천히 고개를 들었다.

"아직도 내 아내는, 내게서 벗어나길 꿈꾸는가 보군."

허리를 붙들던 강한 힘은 이내 풀어졌지만 악문 잇새로 애써 짙은 노기를 내리누르는 동굴 같은 음성이 흘러나왔다.

에젠은 기어코 고개를 들어 목소리의 주인을 확인하자마자 입술을 깨물었다.

그렇지 않으면 사납게 일그러진 표정에, 그림자가 지는 수려한 이목구비에, 저를 내려다보는 푸른 눈동자에 대고 당장이라도 울음을 터뜨릴 것 같았다.

휘청거리는 다리를 겨우 지탱하고 그의 옷깃을 잡았다. 그만큼이나 저는 일그러진 얼굴을 하고 있을 테다.

그러나 믿을 수가 없었다.

클리프 무어의 생존이, 그가 제 눈앞에서 숨 쉬며 살아 있다는 것이 믿겨지지 않았다. 눈앞에서 마주하고 있는 푸른 눈동자조차 제 기억과 겹쳐지며 불안하게 흔들거렸다.

"에젠."

에젠은 저를 부르는 클리프의 말도 아랑곳 않고 손을 뻗었다. 절박하게 옷깃을 움켜쥐고 있던 손이 그의 가슴팍을 파헤쳤다.

"에젠, 무슨…….."

그녀는 막무가내로 그의 셔츠를 들어 올렸다. 천 위로 느껴지는 단단한 근육과 전해지는 그의 온도조차 에젠을 안심시키지 못했다. 똑똑히 기억했다. 이 강인한 남자의 가슴을 꿰뚫던 날붙이를. 깊숙이 박혀 있던 그 참혹한 흔적을 확인하지 않고서야 저는 절대로…….

그러나 그녀가 예상했던 것은 없었다. 날붙이가 박혀 있던 명치만큼은 깨끗했다. 마치 그런 일은 일어나지조차 않았다는 것처럼.

"하아…….."

시야가 먹먹해짐과 동시에 입술이 바르르 떨렸다.

"살아 있어."

옅은 신음 같은 중얼거림이 그녀의 입가에서 흘러나왔다. 그녀는 여전히 불안했다. 벌어져 있는 셔츠를 더 잡아당겼다.

"살아, 살아 있는…….."

기어코 아무런 흔적도 발견하지 못하고 나서야 에젠은 스르르 힘을 뺐다. 힘이 풀린 다리가 무너지려는 것을 그의 단단한 팔이 받쳤다.

클리프 무어는 죽지 않았다.

어떠한 이유로 그가 제 앞에 다시 서 있을 수 있는지는 알 수 없으나 그건 중요하지 않았다. 제가 다시 돌아왔다는 것도, 제가 떠나며 끊어졌던 이곳의 마지막 기억에서부터 현실이 다시 이어지고 있다는 것도 중요하지 않았다.

—신이시여.

그저 신의 농간이라 해도 상관없었다. 같은 공간에서, 같은 공기를 마시며 호흡하고 있는 살아 있는 남편을 마주한 것만으로도 에젠은 신의 발 위에 입을 맞출 수 있었다.

그 모든 것에 감사할 수 있을 테다. 그를 혼자 두지 말아 달라는, 제 마지막 바람을 들어준 것만으로도.

어디서부터 어디까지가 뒤바뀐 건지, 제가 떠났던 세계와 제가 아는 그 후의 세계, 어쩌면 그 둘도 아닌 완전히 새로운 세계에 버려졌대도 상관없었다.

그리고 에젠은 신이 그녀에게 내린 이유 모를 변덕의 행위를 수긍함과 동시에 그녀의 과거를 다시 마주해야 했다.

명치에 남겨진 날붙이의 흔적 대신 그의 몸에 남겨진 수많은 흉터들이 에젠을 반겼다. 아무런 치료도 없이 버려진 채 오직 생존을 위해 제 스스로 아물었던 탓에 흉터들은 눈으로 보기에도 흠칫할 만큼 적나라했다. 그야말로 참혹했다.

참으로 얄궂은 운명이 아닌가.

에젠 크로포드는 클리프 무어의 생존을 확인함과 동시에 제 인과의 증거를 다시 목도하게 되었으니.

멀리서 지켜보기만 했던, 그저 상상만 할 수 있던 것들이 눈앞에 들이밀어졌다. 아니, 제가 파헤쳤다.

"젠장!"

신이시여, 어째서.

에젠이 이를 악물었다.

"막지 못했어!"

짓이긴 입술 사이로 금세 원망이 들어찼다. 어차피 돌아올 것이었다면, 어차피 되돌려 주실 것이었다면 왜 이제야.

그녀는 소리 높여 울고 싶었다. 차라리 더 예전으로 돌아갔다면, 아버지가 클리프의 몸을 이리 만들어 놓기 전으로 갈 수 있었다면 그를…….

"네 아버지가 내게 남긴 흔적을 확인하고 싶던가?"

그가 서늘한 목소리로 물었다. 그는 에젠의 이유 모를 행동을 자의적으로 해석한 모양이었다. 그녀의 얼굴이 새파래졌다.

"내가 아직도 이 망령들의 노예라는 걸 알려 주고 싶었어? 그게 당신이 바라는 거라면 성공했군그래."

그는 팔을 들었다. 분수를 모른다며 크로포드 백작이 만든, 붉은 상흔이 드러났다.

"이 낙인은 지워지지 않을 테지. 당신은 평생 동안 나를 발밑에 두게 될 거야."

눈앞에 드러난 참혹한 자상에 에젠은 입술을 깨물었다. 그가 손을 뻗어 그녀를 움켜잡았다.

"그러나 그 말은 당신이 죽을 때까지 내가 옆에 있는 걸 견뎌야 된단 말이 되지. 마치 서로를 옭아매는 족쇄처럼 말이야."

여린 어깨를 단숨에도 부술 수 있을 그의 압도적인 힘 대신 뜨거운 열기만이 전해져 그녀는 숨을 삼켜야 했다.

어깨를 감싸던 손이 점점 팔을 타고 내려왔다. 쓰다듬는 듯한, 이유 모를 간절함이 온도와 함께 묻어났다.

"당신에게…… 나쁘지만은 않을 거야."

클리프가 멈칫거렸다. 그의 마지막 말은 그의 안쪽 무언가가 무너지는 것처럼 들렸다.

"알잖아, 나는 늘 당신에게 복종해 왔다는 걸."

단단한 손이 허리를 감싸 제 쪽으로 끌어당겼다.

"그러니."

제발, 이란 속삭임이 귓가에 어렴풋이 들리는 것도 같았다. 에젠은 확신하지 못했다.

"이 사슬을 끊고 빠져나갈 생각은 하지 않는 게 좋아. 에젠."

옅은 사향 냄새가 다시 코끝을 저몄다.

"나는 죽어서도 당신을 놓아줄 생각이 없으니."

푸른 눈동자와 마주쳤다.

일그러진 얼굴 속에서 에젠은 무언가를 찾았다. 그의 말대로 사슬처럼 칭칭 몸을 휘감는 듯한, 그녀가 언젠가 그토록 진절머리 치던 클리프 무어의 지극히 강압적이고 폭력적인 일방적 선언이었다.

그러나 달라진 것은,

"클리프."

그녀가 결국 새파랗게 타오르는 눈동자 뒤에 숨겨진 절박함을 읽어 냈단 것이다.

남편의 이름을 부름과 동시에 허리를 쥐여 오던 힘이 의식적으로 약해졌다. 마치 두려움에 질린 사냥개가 목을 물어뜯다 상대가 주인인 것을 알아채곤 턱에서 힘을 빼 버리듯이.

"클리프."

다시 한 번 반복된 이름에서 클리프가 뻣뻣하게 굳어지는 것을 느낄 수 있었다. 그의 시선이 제 얼굴을 샅샅이 훑었다. 그를 보고 있는 제 두 눈에서 코, 입술…….

맞닿은 열기는 그대로인데 그의 턱 끝이 뭔가를 참아 내는 듯 가늘게 떨렸다.

"……응."

목이 멘 것처럼 탁한 목소리로 그가 대답했다.

"아이…… ."

에젠의 목소리 또한 다르지 않았다. 그가 흠칫하는 게 느껴졌다.

"아이가 보고 싶어요."

나지막한 원을 끌어내었다. 그가 살아 있음을 확인했으니 우습게도 본능적으로 다음의 간절한 소망을 찾아 나서는 것이다.

"……어째서?"

이내 다시 평정으로 되돌아간 그가 되물었다. 살짝 추켜올린 눈썹이 그녀의 의중을 파악하려 했다.

에젠이 담담하게 대답했다. 지나치게 간절하게 들리지 않길 바라면서.

"엄마가 아이를 보고 싶어 하는 데 다른 이유가 필요한 가요."

"당신이…… 바라지 않았다는 걸 아니까."

말을 꺼내는 그의 시선은 묘하게 에젠을 비껴 나갔다. 허리 부근에 다시 압박감이 느껴졌다.

"클리프."

그의 몸이 굳었다. 또다시 힘이 약해진다. 에젠은 하마터면 그의 앞에서 작게 웃음을 터뜨릴 뻔했다.

"날 아이가 있는 곳으로 데려다줘요."

작은 손이 숭고한 명령을 내리듯 제 허리를 감싼 손 위로 살포시 얹어졌다. 에젠이 저를 밀어내려 한다 생각했는지 그가 다시 몸을 굳혔다. 에젠은 구태여 그의 품에서 도망치려 하지 않았다.

그녀는 뒷걸음질 치는 대신 그에게 살짝 몸을 기댔다. 힘이 없는 다리가 또다시 휘청거릴지도 모르니 단단한 그의 팔에 기댈 생각이었다.

"……."

그러나 그녀의 예상은 곧잘 빗나간다. 갑작스레 공중으로 뜨는 듯한 부유감과 아래를 단단하게 받치는 안정감에 그녀는 눈을 크게 떠야 했다.

"잠깐……!"

그의 품에 안겨 있었다. 남편은 마치 인형을 안아 들 듯 가볍게 그녀를 안아 올렸다. 지나치게 가까워진 거리와 예상하지 못한 행동에 에젠이 당황하여 그의 어깨를 쳤다. 그마저도 그에게는 콩, 하는 정도의 건드림밖에 되지 않겠지만 말이다.

"아니, 이러려던 건 아니었…… 클리프, 내려 줘요!"

제가 그의 어깨를 때렸다는 걸 알아차린 에젠은 더 당황하여 얼굴이 붉어졌다. 그러나 그녀를 안고 앞을 향해 나아가는 그의 움직임에는 아무런 변화가 없었다.

저 멀리서 에젠을 다급하게 쫓아 나왔다 주인 부부의 모습을 보고 울먹거리는 시녀가 보였다.

"의사가 절대로 무리하면 안 된다고 했어."

결국 포기하고 온전히 그에게 몸을 맡긴 에젠의 귓가로 낮은 목소리가 날아들었다. 저벅저벅, 그가 발걸음을 옮길수록 쿵쿵 규칙적으로 뛰는 심장 소리가 전해졌다.

"다시는…… 이리 나오지 마."

생각하기도 싫은 걸 떠올리는지 그녀의 다리를 받쳐 들고 있던 손아귀가 꽈악 쥐여 들다 풀어졌다.

"클리프."

"가두지 않을 테니까…… 당신이 가고 싶은 곳이라면 어디든 갈 수 있게…… 숨 막히지 않게 해 줄 테니까 다시는 이리."

그가 잠깐 호흡을 멈추며 숨을 들이켰다. 아직도 은은히 묻어나는 노기를 보아 그 자신을 제어하기 위함인 듯했다.

"이런 위험한 짓 하지 마."

에젠은 그가 말하는 위험한 짓이 무엇인지 묻고 싶었다.

"회복될 때까지만이야. 오랫동안 누워 있어서 장기와 근육의 기능이 모두 떨어져 있어. 그러니…….”

"알겠어요.”

그는 마치 정당한 이유를 꼭 그녀에게 납득시켜야 하는 것처럼 몇 번이고 설명했다. 에젠이 별말 없이 알겠다 대답하자 그의 설명이 다시 끊겼다. 확인하려는 것처럼 저를 내려다보는 시선에 에젠이 덧붙였다.

"……조심할게요.”

“…….”

클리프의 얼굴이 잠깐 다시 일그러진 것 같기도 했다.

아이의 방은 에젠이 뛰쳐나온 침실에서 멀지 않은 곳에 위치하고 있었다. 그를 찾아 나서며 지나쳤을 땐 짧게 느껴졌는데 그의 품에 안겨 걸어오는 동안 보니 거리가 꽤 되었다.

"여기야.”

고풍스럽게 조각된 문 앞에 서서 그가 말했다. 에젠이 내려 달라는 말을 하기도 전에 시녀가 쪼르르 와서 문을 열었고 그가 그녀를 안은 채로 방으로 들어섰다.

그들이 들어서자 방을 정리하고 있던 중년의 부인이 고개를 숙였다. 에젠은 그녀가 아이의 유모인 것을 한눈에 알아보았다. 푸근한 낯익은 얼굴에 잠시 그녀의 희미한 시선이 닿았다 사라졌다.

가지각색의 모빌과 방 중앙에 있는 고풍스러운 아기 침대, 아기자기하게 꾸며진 방의 내부를 인식하자 에젠은 천천히 눈을 깜빡거렸다.

어느새 수십 번, 수백 번도 와 본 익숙해진 내부였다.

클리프는 에젠을 아기 침대 옆에 놓인 푹신한 카우치에 내려놓았다. 안정감 있게 그녀를 받치고 내리는 손길은 조심스러웠다.

그러나 에젠은 아이에게 시선을 빼앗겨 그가 저를 내려놓자마자 벌떡 일어섰다. 아무도 아이에게 다가가는 그녀를 막지 못했다. 보랏빛 쿠션이 처음의 시야에 들어찼다.

통통한 발목에 신겨진 푸른 리본이 달린 레이스 양말, 손가락 두 마디가 채 되지 않는 앙증맞은 손, 그리고…… 에젠은 고개를 조금 더 내밀었다. 좀 더 올라간 시야에 마침내, 그녀의 아이를 담았다.

"아아."

그녀는 입을 막았다.

에젠은 언젠가 그랬듯 침대의 틀을 움켜잡았다. 그럼에도 비틀거리자 등 뒤로 그녀를 붙잡는 단단한 힘이 느껴졌다. 그러나 그에게도 신경 쓸 겨를이 없었다.

제가 본 그대로였다. 부드러운 회갈색 머리칼과 쑥 말려 올라간 속눈썹, 혈색이 도는 뽀얀 두 볼, 오물거리는 입술…….

기억과, 아니 제가 본 현실과 한 치의 다름도 없었다. 그대로였다.

눈물이 나올 것 같아 에젠은 손을 뻗었다. 손을 대면 먼지처럼 부서져 버릴까 봐 겁이 났다. 그것은 클리프를 마주했을 때와는 또 다른 두려움이었다. 아이에게 다가가는 검지의 끝이 떨리고 있었다.

"……."

그러나 끝내 아이에게까지 닿지는 못했다. 폭신한 볼을 눌러 보는 건 매번 꿈으로만 가능했던 거라서, 사실은 단 한 번도 성공한 적이 없어서 오랜 경험 뒤에 밴 습관 같은 거였다.

에젠은 아이에게 닿는 게 두려워졌다. 부드러운 살에 닿는 즉시 이 꿈에서 깨어 버릴지도 모른다. 그녀가 다급하게 손을 거둬들이려 할 때였다.

아이의 앙증맞은 손가락이 그녀의 검지를 쥐었다. 에젠은 제 손끝을 감싸 쥔, 아이의 푸른 시선과 마주쳤다. 낯선 사람을 발견한 아이가 눈을 깜빡거렸다. 찰나로 넘실거리는 작고 푸른 강물이 그녀의 가슴에까지 밀려 들어왔다.

"흡……."

에젠은 제 얼굴을 일그러뜨리지도 못한 채 눈을 억지로 휘었다. 울컥 치밀어 오르는 울음을 삼켰다. 아이가 기억할 제 어미의 첫 모습이 눈물이라면, 그건 너무하지 않은가.

"아가."

보드라운 피부가, 약한 압박감이 제 검지를 감쌌다. 그 작은 움켜쥠이 심장을 쥐어짜는 것 같았다. 벅찼다.

"아가……."

에젠의 손이 앙증맞은 주먹을 감쌌다. 엄지가 몇 번이고 아이의 손등을 어루만졌다. 아이에게 시선이 붙들려 정신이 없던 그녀는 문득 클리프의 존재를 상기하고 고개를 들었다. 곧 둘을 내려다보고 있던 그를 발견했다.

그는 처음의 그 자리에 그대로 서 있는 채였다. 아이와 에젠, 그리고 클리프 사이에는 마치 두 편으로 나뉜 것 같은 거리가 있었다. 이쪽으로 향하는 시선이 짙었다.

에젠은 그가 보는 것이 저인지, 아이인지 알 수 없었다.

"왜…… 그래요?"

에젠의 물음과 동시에 그가 멈칫했다. 가뜩이나 산처럼 우뚝 서 있던 그가 굳어졌다.

그리고 뒷걸음쳤다.

"클리프?"

그는 마치 쫓기는 사람처럼, 그러나 몸에 배어 버린 절도 있는 걸음으로 황급히 방을 나갔다.

에젠은 저도 모르게 그를 따라 일어섰다. 순식간에 사라져 버린 그를 황망히 바라보고 있는데 시녀가 말했다.

"곧 다시 오실 거예요. 아까 집사님께 들어 보니까 오신 손님이 황궁의 사자라더라구요. 폐하의 전언일 테니 자리를 오래 비워 둘 수가 없어서 급하게 가신 게 아닐까요."

황궁의 사자를 내버려 둔 채 다소 막무가내였던 제 요구를 들어주러 이곳까지 데려다주며 시간을 버린 그의 행동도 이해할 수 없었지만, 조금 전 클리프가 보여 준 표정은 단순히 시녀가 말한 이유 때문만은 아닌 것처럼 보였다.

그는 마치 두려운 것처럼 보였다.

무엇이?

에젠의 안에서 누군가 반문했다.

전장의 사자 클리프 무어가 두려워할 게 무언가. 그를 뒷걸음질 치게 할 정도로 위협적인 무언가가 이 아기자기한 아기방에 존재할 거라곤 상상하기 어려웠다.

"그나저나 마님, 제가 얼마나 놀란 줄 아세요? 성치도 않은 몸으로 그리 뛰쳐나가시면…… 거기다 계단에서 제가 얼마나 가슴을 부여잡았는지, 각하께서 계시지 않았더라면…… 흑, 정말 생각도 하기 싫습니다."

시녀의 목소리에서 이내 울먹임이 묻어 나왔다. 커다란 눈에는 제 실수가 모시는 주인을 다치게 했을지도 모른다는 두려움이 드러나 있었다.

조금 전 아이 방으로 오는 길, 시녀를 지나치며 클리프는 환자를 마음대로 돌아다니게 한 에젠의 시녀에게 진한 시선을 두었고, 그 무언의 압박감 또한 그녀가 울음을 터뜨린 이유 중 하나라는 것을 에젠은 알지 못했다.

"미안해, 샐리."

"아닙니다! 제가 건방진 소리를 하였어요. 용서하여 주시어요, 마님."

왠지 제가 죄인이 된 듯한 기분이 들어 에젠은 작게 사과했다. 그러자 시녀가 화들짝 놀라며 세차게 도리질했다. 울먹이는 것은 덤이었다.

"흑, 그런데 마님, 저는 에밀리예요."

"에밀리."

제 가장 가까이 있던 시녀의 이름조차 제대로 기억하지 못하고 있었던 에젠이 시녀의 이름을 따라 하며 고개를 끄덕였다.

"흑, 의사가 마님은 절대 안정을 취하여야 한다고 말하였어요. 흑 어지럽진 않으신가요? 아까 비틀거리시던데, 머리가 아프진 않으신가요? 흑, 제가 의사를 다시 불러—."

"에밀리, 네가 자꾸 울면 마님께서 곤란해하시잖니. 눈물을 거두거라. 정신없는 질문도 그만두고. 네가 미리 마님의 상태를 알아채고 움직여야지."

단호한 목소리가 시녀를 질책했다. 아이의 유모였다. 낮게 시녀의 이름을 부르는 목소리에서 무거운 질책이 흘러나왔다.

"네, 메리 부인."

에젠은 문득 고개를 돌려 여인을 바라보았다. 세월이 자리 잡은 얼굴에서 에젠은 익숙함을 읽었다.

저를 대신하여 아이를 제 몸처럼 아끼고 사랑해 주었던 이였다. 에젠은 손을 뻗어 유모의 손을 잡았다.

"……마님?"

뜻밖의 접촉에 유모가 몸을 움츠렸다. 지체 높은 귀부인의 서슴없는 접촉에 놀란 듯했다.

"고마워요."

에젠이 속삭이듯 말했다. 그러나 유모에게 들릴 정도의 목소리였다.

"고마워요, 정말."

언젠가 꼭 한 번 말하고 싶었다. 감사를 표하고 싶었다.

내 아이를 아껴 주는 당신에게, 아이의 슬픔을 이해해 주는 당신에게, 나를 대신하여 주는 당신에게.

"아닙니다, 과분한 말씀이십니다."

감동받은 메리 부인이 목이 멘 목소리로 허리를 숙였다.

"앞으로도 아기씨를 보살피는 데 부족함이 없도록 최선을 다하겠습니다."

"저도, 저도! 아기씨와 마님을 최선을 다해서 보필하겠습니다."

덩달아 에밀리까지 꾸벅 허리를 숙였다.

선량하고 상냥한 사람들. 둘을 내려다보는 에젠의 눈에 잠시 회한이 어렸다. 저는 왜 알아보려 하지조차 않았을까. 벽을 쌓고 모든 이들을 밀어내기만 했을까. 그러지 않았다면 뭔가가 달라지지는 않았을까. 스스로의 원망과 분노에 잠식당하지는······.

"으아앙—!"

갑작스런 소음이 그녀의 상념을 멈췄다. 울음을 터뜨리는 아이 쪽으로 시선이 돌아갔다.

"으앙, 흐으앙!"

아이는 통통하고 짧은 팔다리를 버둥거렸다. 아직은 옅은 칭얼거림 정도였지만 물기가 차올라 있는 맑은 눈동자를 보니 머지않아 와앙 커다랗게 울음을 터뜨릴 것 같았다.

반사적으로 아이를 향해 손을 뻗은 에젠이 멈칫했다. 그녀의 표정이 흐려졌다.

"······."

그녀는 아이를 물끄러미 지켜보고 있었다. 뻗어 낸 팔은 허공에서 굳어진 채로 다시 아이에게 다가가지 않았다. 아이가 더 칭얼거리기 시작했다. 에젠의 얼굴이 좀 더 어두워졌다.

어차피 닿지 않을 테니까, 저는 아이를 보듬어 줄 수도, 들어 올려 등을 토닥일 수도 없으니까.

오랜 경험으로 밴 습관이었다. 엉거주춤 아이를 향해 다가가다 제 상태를 깨닫고 허탈히 멈춰 서는, 그런 습관.

"마님?"

그녀의 기이한 행동을 본 유모가 아이를 대신 들어 올렸다. 유모는 에젠의 표정과 행동을 어린 산모의 미숙한 두려움 정도로 해석한 모양이었다.

"안아 달라고 하시는 거예요. 울음은 조금 있으면 그칠 테니까 그리 슬퍼하시지 않아도 됩니다."

그리고 버둥거리는 아이를 조심스럽게 들어 에젠에게 안겨 주었다.

"알죠. 이맘때는 아기씨가 인상을 찡그리는 것만 봐도 무슨 일이 생긴 게 아닐까 가슴이 덜컥덜컥 떨어지시겠지만, 차츰 익숙해지실 겁니다. 아이들은 지나치게 많이 울거든요. 아기씨도 예외가 아니실 거예요."

"자, 잠깐······! 잠깐만!"

떨어질 거야, 투명한 내 손은 아이를 받칠 수 없을 테고 그럼 이 조그만 몸이 그대로 바닥으로 떨어져 내릴 거야.

에젠이 공포에 질려 외쳤다.

"마님?"

그러나 아무 일도 일어나지 않았다. 그녀가 예상하던 끔찍한 결과 대신 무겁지 않은 적당한 무게감이 품 안으로 자리 잡았다.

그녀의 왼손은 통통한 엉덩이를, 오른손은 조그만 등을 토닥이고 있었다. 에밀리가 눈치 빠르게 아이를 건네받는 에젠의 뒤로 가서 손의 위치를 잡아 준 것이다.

"······마님?"

아이 특유의 포근한 젖내가 코끝에 풍겼다.

제 품에 들어차는 작은 생명의 존재감이 너무도 경이로워서, 늘 막연히 바랄 수밖에 없었던 상상이 현실이 된 것이 제 생각보다 훨씬 더 크게 그녀를 사로잡아서 에젠은 아무 말도 할 수 없었다.

"아가……."

이래서 나는 널 안을 수 없었구나.

널 안으면 잊지 못할 걸 알았어. 이렇게 사랑스러운 널, 이리 소중한 널 어떻게 잊을 수 있겠어. 어떻게 널 두고 떠날 수 있었겠어.

불가능할 걸 알았던 거야. 자유를 위한 내 모든 마지막 염원까지 네 존재 하나에 무너질 것을 알았던 거야.

"아가, 내 아가……."

아이를 좀 더 품속으로 끌어당겼다. 뜨끈뜨끈한 아이 특유의 온기가 가슴 깊이 녹아들었다. 칭얼거림은 어느새 잠재워져 있었다. 그럼에도 토닥이는 손길을 멈출 수가 없었다.

영원이 가능하다면,

너와 이리 함께 있는 이 순간의 영원을 내가 그토록 바랐었단 걸 아가, 너는 알까.

에젠은 저도 모르게 아이의 동그란 머리 위로 고개를 숙였다.

"다시는 떠나지 않을게."

그녀가 아이에게 조그맣게 속삭였다. 저도 모르게 볼을 타고 눈물 한 방울이 톡 떨어져 아이의 손을 적셨다. 얼른 앙증맞은 손을 감싸 물기를 닦아 내며 에젠이 다시 한번 아이의 이마에 작은 다짐의 맹세를 남겼다.

"크흥."

두 사람을 지켜보던 에밀리가 연신 코를 훌쩍였다. 메리 부인은 고개를 돌려 손수건으로 눈가를 찍어 냈다.

얼마나 시간이 흘렀을까.

쌔근쌔근 잠이 든 아이를 다시 침대에 눕혔다. 에젠은 폭신폭신한 깃털 담요를 당겨 아이에게 덮어 주고 다시 조심스럽게 아이의 가슴을 토닥였다.

"아기씨의 이름은 뭐로, 크흥, 하실 거예요?"

빨개진 코를 감추지 못하며 에밀리가 애써 화두를 꺼냈다. 코가 멍멍한 소리가 나자 메리 부인이 슬쩍 그녀에게 손수건을 찔러 주며 입을 열었다.

"이제 마님께서도 깨어나셨으니 아기씨께도 진짜 이름을 불러 드릴 수 있겠군요. 혹시 생각해 놓으신 이름이 있으신가요?"

아이의 이름이 무엇인지 에젠은 이미 알고 있었다.

이안. 이안 무어.

그녀가 떠난 후 클리프가 아이에게 주었을 이름 말이다. 아이가 태어난 지 삼 개월이 넘어가는데 에젠은 아이의 이름이 아직 정해지지 않았다는 것에 조금 놀라며 물었다.

"……클리프가 정하지 않았어?"

"각하께서요? 아뇨, 각하께서는 아무 말씀이 없으셨던걸요. 저희들만 어찌해야 하나, 계속 아기씨라고만 부를 수는 없을 텐데…… 하면서 발을 동동 구르고 있었어요."

"……마님의 회복이 먼저라 각하께서 미처 거기까지 생각할 여유가 없으셨을 겁니다. 그도 그럴 것이, 국왕 폐하의 부름을 제외하면 늘 마님의 곁에 계시느라 아기씨까지 챙기실 상황이 아니셨어요."

"내 옆에?"

유모가 덧붙이는 말에 에젠이 반문했다.

"말도 마셔요, 마님. 적어도 이 나라의 난다 긴다 하는 의사들은 모두 이 저택을 다녀갔을 거예요. 비단 이 나라뿐일까요? 대륙 내에서 유명한 의사들까지도 공수해서 데려왔었답니다. 의사 한 명을 이곳으로 데려오는 데 드는 텔레포트값만 해도 수천 골드였던 걸요. 하루라도 빨리 대륙의 끝에서 이곳까지 도착해야 했으니 말이죠."

에밀리가 절레절레 고개를 흔들었다.

"하지만 각하께선 비용 따윈 생각 말고 닥치는 대로 데려오라 하셨어요. 결국 아무도 마님께서 깨어나시지 못하는 이유를 알아낼 수 없었으니 소국을 통째로 살 수 있는 어마어마한 돈만 공중으로 분해된 셈이었지만요."

"에밀리, 마님의 앞이다. 자중하거라."

주인에게 해서는 안 될 지나치게 사사로운 이야기까지

꺼내는 그녀를 유모가 꾸중했다.

"하지만 그땐 정말 무서웠다구요. 아무도 각하께 가까이 다가가지 못했어요. 마치 마님이 깨어나시지 못하면 세상이 끝나기라도 하는 것처럼 각하께선 닥치는 대로……."

"에밀리!"

호된 질책이 날아들어서야 에밀리가 입을 다물었다. 어쩐지 하녀들이 그네들의 방에서 중얼거리던 대화를 에밀리의 입을 통해 다시 듣는 것 같았다.

'걱정했을까, 당신.'

에젠은 그녀가 말한 남편의 모습을 상상해 보려 했다. 적어도 누워 있는 삼 개월 동안 저는 살아 있었으니 제가 본 그의 참혹한 미래보다는 나은 모습이었을까.

—나는 죽어서도 당신을 놓아줄 생각이 없으니.

에젠은 그의 낮게 읊조리던 목소리를 떠올렸다. 조금 전 저를 움켜쥐고 놓아주지 않던, 옭아매는 듯하던 남편의 경고 아닌 경고 또한.

'그래도 당신은 그대로구나.'

독단적이고 강압적인, 상대를 쥐고 내리눌러야만 하는 포악한 야만성은 여전히 그의 안에 존재하고 있었다.

과거의 에젠이 몸서리치도록 그를 미워했던 궁극적인 이유였다. 그 커다란 손에 제 목이 잡혀가는 것처럼, 그의 아래에서 제 날개는 모조리 꺾인 것처럼 느껴졌다.

그러나 이제는 알았다.

'그런 식 말고는 알지 못하는 거야.'

기실 그의 인생에 있어 그 외의 다른 방법을 그가 선택할 수 있었을까.

그는 상대의 숨을 꺾어야만 살아남을 수 있는 전장에서 반평생을 보내 온 사람이었다. 그리고 나머지 반평생은 타인의 적의와 악의에서 살아남기 위해 고군분투했음을 크로포드의 딸, 자신이 가장 잘 알았다.

에젠은 그의 손에서 굴러떨어지던 펜던트를 떠올렸다. 기억나지도 않는 오래전의 초상화를 수십 년 동안 간직하고 있을 만큼 제 존재가 그에게 무(無)가 아님을 잘 알고 있다.

적어도 그가 생각하는 최선의 방식으로 필사적일 만큼 저와 아이를 지켜 내려 했단 것도 알고 있다. 그것이 그 자신을 한평생 어둠 아래로 가두게 될지라도.

그러니,

'조금 달라질지도 몰라.'

막연한 희망의 불씨가 심어졌다. 어그러진 단추를 다시 제대로 맞춰 끼워 보고 싶은 열망이 고개를 들었다.

'조금은…… 조금은…….'

까만 벽 아래로 제 자신을 욱여넣던 그를 꺼내고 싶었다.

적어도 제가, 저만 기억하는 비극이 다시 시작되지 않게 하고 싶었다. 제가 정말 그리할 수 있을지 확신할 수 없지만 적어도 일말의 가능성이라도 존재하지 않는가.

섣부르지만 그리 생각하고 싶었다. 예전처럼 그저 하루하루 흘러가는 시간의 초침만 멍하니 보면서 살아가고 싶지 않았다.

'바꿀 거야. 바꿀 수 있어.'

에젠은 주먹을 쥐며 되뇌었다.

이른 아침, 눈부신 햇살에 에젠이 눈을 떴을 때는 익숙한 백색의 천장이 그녀를 반겼다.

"마님, 기침하셨어요?"

"내가, 여기 왜……."

"어? 마님께서 아기씨 방이 불편하셔서 이리로 오신 것 아니신가요? 새벽에 잠깐 잠이 들었다가 눈을 떠 보니까 마님이 보이지 않으셔서 제가 얼마나 놀랐다구요."

그래도 신출귀몰한 제 주인에게 다소 적응된 것인지 에밀리는 어제처럼 눈물을 글썽거리지는 않았다.

'내가…… 이리로 왔다고?'

아이의 손을 만지작거리다 잠이 든 것까진 기억이 났다. 그러나 홀로 방을 나와 제 침실까지 돌아오는 것은 그 뒤의 기억에 남아 있지 않았다.

'나도 모르게 나가서 복도를 걸어 다닌 건가.'

현실을 믿지 못하고 다시 나와서 언젠가 그랬듯 어두운 복도를 헤맸는지도 모르겠다.

침실로 돌아온 것도 마지막의 기억이 남은 곳으로 돌아오는, 제가 본 미래를 답습하게 되는 어떤 행위였는지도. 에젠이 상상할 수 있는 것은 고작 그 정도였다.

"아이는?"

에젠이 물었다.

이곳이 환상이 아니라는 걸, 어두운 복도는 사라지고 제가 현실에 자리하고 있음을 확인시켜 주는 그녀의 소중한 매개체, 아이를.

"아기씨요? 지금 한창 주무시고 계시지요. 제가 조금 전에 보고 왔거든요. 얼마나 잠꾸러기이신지 몰라요. 메리 부인이 말하기를 오전 중에 깨어나실 것 같다고 하니 아침을 드시고 보러 가시겠어요?"

"응."

에젠이 고개를 끄덕였다. 쌔근쌔근 자고 있을 아이의 얼굴을 떠올리자마자 가슴 한구석이 따뜻하게 물들었다.

그사이 한가득 싱그러운 푸른 잎들을 품에 안고 온 에밀리가 창가의 화병에 장식했다. 상쾌한 공기가 밀려들어 왔다.

"오늘 새벽에 딴 스파클 잎이에요. 공기를 깨끗하게 정화시켜 주는 데다 악한 것들을 쫓아내는 신비한 식물이랍니다. 희귀성 때문에 암시장에서 주로 거래되는 터라 시중에는 가짜가 많지만 이건 무어가의 정원사가 직접 기른 것이니 걱정할 필요가 없죠. 각하께서 마님의 방에 놓아두라 하셨어요."

그녀는 입술을 달싹거렸다. 엘프의 숲에서 자라나는 식물인 스파클을 인간의 토양에서 직접 기르는 곳은 황궁을 제외하면 수도에선 무어가 유일했다. 하지만 그 사실은 제 작은 자부심으로 남겨 두기로 했다.

"클리프는?"

"네?"

아 참, 주인의 물음에 그녀가 당부하던 어젯밤의 약속을 떠올린 에밀리가 곤란한 얼굴을 했다.

"각하께선 오늘 아침 일찍 입궁하셨어요. 폐하께서 내리신 특별 임무가 있나 봐요. 어제 늦게까지 서재에서 머무르셨거든요."

"아……."

반사적으로 고개를 끄덕거렸지만 에젠은 조금 아쉬운 마음이 들었다. 할 수 있다면 그를 다시 보고 싶었는데. 제 나름의 다짐을 그를 보며 되새기고 싶었다. 의미 없는 다짐이 아닐 거라는 걸, 무언가 정말로 바뀔 수도 있다는 것을 그를 보며 확인하고 싶었는지도 모른다.

에젠은 클리프가 제게 보냈다는, 스파클 잎이 가득한 화병으로 시선을 돌렸다. 창틀 아래 놓인 화병 위로 싱싱하고 푸른 잎이 제 몸을 넓게 펼쳐 보였다. 악운을 쫓아낸다는 시녀의 말이 사실일진 모르지만, 옅은 두통이 조금 사라지는 것도 같았다.

멍하니 푸른 잎사귀를 보다가 에젠은 문득 알아차렸다.

"에밀리, 창가에 있던 식물들은 다 어디에 있어?"

하얀 창틀 아래에는 조금 전 에밀리가 가져온 스파클만 자리하고 있었다.

그러나 에젠이 기억하는 바로는 저기엔 제가 몇 년째 길러 오던 아마자 꽃이 담긴 화분들이 일렬로 자리 잡고 있어야 했다. 과거에서 그녀가 삶을 끝낼 수 있던 매개체가 되어 준, 곧 작은 가지들 사이로 새빨간 아마씨 열매가 결실을 맺을 화분 말이다.

"빨간 열매가 달렸던 식물들 말씀하시는 건가요? 그건 각하께서 가져가셨는데…… 어쩌죠, 혹시 마님께서 아끼시던 것들이었나요?"

에밀리가 곤란한 얼굴을 했다.

"클리프가 가져갔다고?"

"네, 마님께서 혼절하신 지 얼마 되지 않았을 때였어요. 갑자기 어느 날 들어오시더니 저기 창틀에 있는 식물들을 다 가져가셨거든요."

에젠은 텅 비어 있는 창틀을 바라보았다. 붉은색 대신 녹색의 잎만이 남아 홀로 저를 반겼다.

"에밀리, 내가 그때, 이안을 낳고 앓았을 때 말야……. 왜 아팠던 거였어? 그러니까 뭘 잘못 먹었다거나…… 열매나, 독 같은 거 때문이라거나……."

"열매요?"

에밀리가 고개를 갸웃거렸다.

"그런 건 없었어요. 그리고 독이라뇨, 목숨이 두 개가 아니고서야 누가 감히 마님께 해를 끼치겠어요. 각하께서 마님이 드시는 음식과 약에 얼마나 신경을 쓰시는데요. 아프셨던 건, 마님의 몸이 너무 약하셔서 출산을 감당하지 못해서였다고 의원이 그랬는걸요. 드문 일이긴 하지만 아이를 낳다가 죽는 산모도 간혹 있대요. 그 말을 들으신 각하께서 불같이 화를 내셨지만요."

지난 생에서 에젠은 아마씨를 씹어 죽음을 택했다. 그런데 돌아온 새로운 삶에서 저는 죽음을 시도하지 않았다.

신은 에젠을 죽이는 대신 그녀를 오랜 기간 동안 잠들어 있게 했다.

제멋대로인 그의 변덕 뒤에 어떠한 뜻이 있는지 알 수 없지만, 적어도 이번 삶에선, 그녀가 죽음을 꿈꿔서 아마씨를 기르고 있었다는 걸 아는 사람이 없다는 뜻이다.

'그럼 어째서 클리프가 아마씨들을 가져간 걸까. 내가 저걸 기르고 있는 건, 그 화분들이 아마씨라는 건 어떻게 알았지?'

의문이 일었다.

'차라리 잘되었는지도 모르지.'

붉은색의 열매를 본다면 저는 필시 떠올리지 않을 수 없을 것이다. 그토록 죽음을 염원하던 자신을, 제 이기적인 선택이 어떤 결과를 야기했는지 또한.

산들바람이 넘실거리며 에젠의 침실 창틈을 비집고 밀려왔다. 살랑거리는 바람은 스파클 잎을 스치며 상쾌한 공기를 실어 보냈다. 에젠은 화병 하나만 자리하게 된 창틀을 바라보며 조금의 해방감을 느꼈다.

"세숫물을 올리겠습니다."

에젠이 잠시 상념에 빠져 있을 때 에밀리의 뒤에 있던 시녀가 은빛 대야가 담긴 트레이를 밀고 다가왔다. 찰랑거리는 물에는 싱싱한 허브와 꽃잎들이 떠다니고 있었다.

에젠이 반쯤 기계적으로 몸을 움직여 세수를 끝내자 양쪽에서 시녀가 다가와 그녀의 머리를 조심스럽게 빗겨 내리고 손발을 닦아 주었다.

"화장은, 힘드실 테니 생략할까요, 마님."

머리까지 단정하게 매만진 뒤 분첩을 집어 들려던 시녀가 물었다. 에젠이 고개를 끄덕였다.

"오, 내 정신 좀 봐. 마님, 아기씨를 보시기 전에 의사를 먼저 보셔야 해요. 마님께서 깨어나셨다는 말을 듣고 이른 아침부터 의사가 기다리고 있답니다."

아침을 실은 은제 트레이를 밀고 들어오며 에밀리가 덧붙였다. 아침을 먹고 곧바로 아이를 보러 가려던 에젠이 멈칫했다.

"난 괜찮아. 아픈 데도 없고……."

"안 됩니다, 마님. 어제 어지러워하셨던 걸 잊으셨나요?

일어나시자마자 무리하게 움직이셨으니 의사에게 꼭 진찰을 받아 보셔야 해요. 각하께서도 그리 말씀하셨구요."

푸근한 얼굴에선 절대로 물러서지 않겠다는 강경함이 흘러나왔다.

"하지만……."

"아기씨를 위해서도 필요한 일이에요. 갓난아이가 얼마나 면역에 취약한지 아시잖아요?"

젊은 시녀는 어느새 주인을 다루는 법 또한 익히게 된 모양이었다.

어찌하랴, 에밀리에게 있어 이건 필요악이었다. 저는 저고운 마님과 귀여운 아기씨의 모습을 지켜 낼 수 있다면 이런 능구렁이 같은 거짓말이야 백 번 천 번 꾸며 낼 수 있었다. 다만 오늘 퇴근하는 길에 반드시 교회를 들러 타락한 제 입을 회개하고 가야겠지만.

"알겠어."

에젠이 결국 고개를 끄덕이자 어린 시녀의 얼굴에 안도의 미소가 번졌다.

식사가 끝나고 진찰을 위해 서넛의 시녀가 달라붙었다. 안색을 확인받아야 하니 부러 입술에 색을 입히거나 분을 칠하진 않고 머리를 좀 더 매만지고 옷을 갈아입기 위해 가운을 벗어 내렸을 때였다.

"각하께서 보내셨어요, 마님."

에밀리가 화려한 리본이 달린 선물 상자를 그녀의 앞으로 가져왔다. 방 안의 시선은 모두 그녀가 가져온 선물에 쏠렸다.

"열어 보시겠어요?"

에밀리의 얼굴에 오히려 더 기대감이 감도는 걸 보니 그것은 물음이 아니라 부탁처럼 보였다. 꼭 에젠이 선물의 내용물을 봐 줬으면 한다는 듯이.

"……."

에젠은 푸른빛의 선물 상자를 물끄러미 응시했다. 쓴웃음이 날 것도 같았다. 열심히 다짐했던 열정이 조금 사그라졌다. 과거의 재림을 다시 한번 확인하게 되는 매개체치고는 너무 변함이 없지 않나.

"비싼 드레스 아님 액세서리겠지. 크기를 보니 드레스겠구나."

그녀가 담담하게 중얼거렸다.

적어도 과거보다 조금 나아진 것은, 저 화려한 상자 안에 담긴 내용물을 보아도 저는 더 이상 괴로워지진 않을 것이다. 그것이 그의 조롱이라고 생각하며 보지도 않은 채 던져 버리진 않을 것이다.

적어도 이제는.

"열어 보렴."

무미건조한 반응에 당황하는 에밀리를 향해 에젠이 말했다.

"아, 네에……."

지난번, 에젠을 안고 아이 방으로 데려다주는 클리프의 모습에 매번 차갑게 식어 내리기만 했던 후작 부부의 사이에 조금 온풍이 도나 싶었는데, 제 착각이었나 싶어 에밀리의 얼굴이 조금 시무룩해졌다.

상자가 열리고, 부드러운 벨벳의 내부에 담긴 은빛 드레스가 모습을 드러냈다. 에밀리는 조금이라도 주인의 반응을 불러일으키려 곱게 개켜진 드레스를 꺼내 에젠의 눈앞에 펼쳐 보였다. 이 선물의 내막을 알면 필시 기뻐하실 것이라는 희망을 버리지 않고서.

"와아―!"

물결치듯 굽이치는 반짝이는 은빛의 향연에 시녀들의 입에서 작은 감탄이 흘러나왔다. 에젠이 으레 보던 화려한 드레스보다 디자인은 다소 수수했으나 옷감 전체에 은실로 자수가 박혀 있었다.

에밀리가 시녀들의 감탄에 자못 뿌듯함을 느끼며 주름을 펴는 척 드레스를 한 번 더 흔들었다. 은빛 파도가 다시 물결쳤다. 마치 별빛을 뿌려 놓은 것 같았다.

"아름답지요? 그런데 마님, 그게 다가 아니어요!"

그녀가 사뿐사뿐 걸어와 드레스를 에젠의 무릎 위에 올려놓았다. 아무런 무게도 느껴지지 않았다.

"엘프들이 입는 드레스예요. 깃털처럼 가볍답니다. 숨 막히는 코르셋을 입을 필요도, 무거운 페티코트를 몇 겹이나 껴입을 필요도 없어요."

시녀들의 탄성이 좀 더 짙어졌다.

"마님께선 아직 안정을 취하셔야 하는 상태니 무리하게 평소의 드레스를 입다 기력을 상하실까 걱정되셨던 모양이에요."

에밀리가 덧붙였다. 에젠은 그 덧붙임 뒤로 '정말 감동적이지 않나요!'라고 말하는 마음의 소리가 들리는 듯했다.

"……."

에젠은 드레스를 집어 들었다. 손에 닿는 감촉이 벨벳처럼 부드러웠고, 아래로 남는 존재감은 거의 무(無)에 가까웠다.

분명, 생각만 해도 숨이 조여 오는 코르셋보다, 거추장스러워 거동이 불편한 화려한 드레스보다 훨씬 나은, 아니 최고의 선택지임에 틀림없었다.

그러나 에젠은 어쩐지 어색했다. 과거처럼 마냥 분노할 수도, 그의 배려에 마냥 기뻐하기도 어려웠다.

'내가 원하는 건 이게 아닌데. 이런 거 하나도 필요 없으니 그를 볼 수 있었으면 좋겠어.'

"마님?"

조용히 드레스만 내려다보고 있는 그녀를 에밀리는 불안하게 응시했다. 혹시 마음에 들지 않으신 걸까. 저걸 보면 기분이 좀 나아지실 것 같았는데…….

"아니. 예쁘구나."

에젠이 고개를 저었다. 흘러나오는 목소리는 감탄보다는 기계적 인사에 가까웠다.

"이걸로 입혀 주렴."

클리프의 선물을 본 뒤 에젠의 기분이 저조해졌다고 생각했는지 에밀리가 어제의 넥타허브 차를 내주었다.

차를 두 모금 정도 마셨을 때 의사가 당도했다.

"오, 신이시여, 감사합니다."

의사는 잔뜩 긴장했는지 누가 손으로 박박 쥐어뜯은 듯 산발하고 잔뜩 주름진 가운을 걸친 채로 나타났다. 그리고 에젠을 보자마자 경건하게 두 손을 모으고 고개를 숙였다. 살짝 일렁이는 목소리엔 감동의 물기마저 묻어났다.

"그 긴긴 잠에서 깨어나심으로 얼마나 많은 생명이 살아나게 되었는지, 부인께선 상상하지 못하실 겁니다."

저 또한 그중 한 명이겠구요. 의사가 당황하는 에젠에게 덧붙였다.

"만약 영영 일어나시지 않으면 제 목도 같이 달아날 듯하여 부인의 부고가 들려오기 전 이 나라를 뜰 생각까지

했답니다. 부인을 잃은 후작님의 분노로부터, 친애하는 저의 폐하는 제 목을 지켜 주실 수 없었을 테구요."

"그게 무슨……."

"참고로 저는 국왕 폐하의 주치의이자 황궁의 수석 의료부장입니다. 적어도 이 나라 내에선 저보다 실력 있는 의사를 찾지 못하실 겁니다. 그런 제가 이리 성토할 정도라면 다른 의사들은 얼마나 공포에 질렸을지 상상이 가실까요."

알아들을 수 없는 말투성이였다. 에젠이 눈만 끔뻑거리고 있자 의사가 머쓱한 얼굴로 쓰게 웃었다. 웃는데 웃는 게 아닌 것 같은 얼굴이었다.

"제가 환자에게 무슨 말을 하고 있는 거랍니까. 죄송합니다, 지난 석 달간 반제정신이 아니었던 터라……. 자, 진찰을 시작하겠습니다."

중년의 의사는 꼼꼼하게 그녀의 맥박과 체온을 쟀다.

그리고 지나칠 정도로 많은 물음과 지나칠 정도로 긴 시간의 진찰 끝에 에젠은 그에게서 벗어날 수 있었다.

"달리 보이는 우려 증상은 없군요."

의사에게도 쉬운 시간만은 아니었던 건지 그가 자리에서 일어나며 이마에 흥건하게 배어난 땀을 훔쳤다.

"다만, 이미 후작님께 들으셨겠지만 부인의 몸은 현저하게 약해져 있는 상태입니다. 신장과 근육의 기능이 제대로 돌아올 때까지는 절대 안정을 취하고 회복에만 힘쓰도록 하세요. 무리하게 움직이거나 지나치게 신경을 많이 쓰지 않도록 항상 각별히 주의하시구요."

그는 에젠에게도, 시녀에게도 꼼꼼하게 주의 사항을 몇 번이나 당부했다. 그리고 에밀리에겐 양피지 뭉치를 건네주었다.

"회복에 도움이 될 만한 음식과 운동들입니다. 음식은 일단 참고만 하시고 운동은 규칙적으로 시행하도록 하세요. 매주 차도를 보러 오겠습니다. 부인이 완전히 자리에서 일어날 때까지는 저를 자주 보시게 될 것입니다. 그리고 부인께서 완전히 회복하시는 날이 제가 폐하께 사직서를 제출하는 날이 될 것 같군요."

"네?"

"부인이 다시 아프시기라도 하는 날엔 제가 차라리 이곳에 없는 편이 더 좋을 것 같으니까요. 자, 저는 다음 주에 다시 오겠습니다. 부인께선 부디 정신 나간 의사의 말일랑 잊어버리십시오. 잘 먹고, 잘 쉬셔야 합니다."

의사는 주섬주섬 왕진 가방을 챙기더니 마치 도망치는 것처럼 방을 빠져나갔다.

"……."

"이해하셔요, 마님. 저택에 오는 모든 의사가 대부분 저런 상태랍니다. 적어도 저분은 조금 이성이 남아 계시니까 다행이에요. 몇몇은 완전히 겁에 질려서 자기 청진기도 잊어버리고 정신없이 줄행랑을 쳤거든요."

현명한 시녀는 주인에게 의사들이 공포 또는 간절한 염

원 그 중간의 어딘가에서 에젠의 회복을 절박하게 바란 내막을 설명하지 않았다.

구태여 제 주인이 모든 이야기를 다 알 필요는 없다.

예를 들자면, 가망이 없다며 부인을 이만 고이 보내 주어야 한다고, 이미 구천을 떠돌고 있을 부인의 혼이 이곳에 남을 수 없게 강력한 퇴마 의식을 해야 한다는 주장을 한 어느 저명한 의사가 오른팔이 잘린 채 저택을 뛰쳐나간 것과 같은, 그런 종류의 이야기를 말이다.

"마님, 아기씨를 보러 가시겠어요? 메리 부인께서 조금 전 연락을 보내 주셨거든요."

에밀리는 에젠의 관심을 전환할 만한 소재를 꺼냈다.

"……그래."

역시 성공이었다.

"까아—!"

에젠을 발견한 아이가 함박웃음을 지었다. 회갈빛 머리칼이 얕게 흔들렸다.

아이는 팡팡 작은 팔을 위아래로 흔들며 침대의 틀을 내려치는가 싶더니 다시 에젠에게로 팔을 뻗었다.

"아기씨께서 마님의 얼굴을 기억하시나 봐요."

"……."

"안아 달라고 하시네요."

멀뚱히, 그러나 현실감이 없는 얼굴로 멀찍이서 아이를 지켜보는 에젠에게 유모가 다가가 상냥하게 속삭였다.

에젠이 서슴없이 아이에게 다가갈 수 없는 이유를, 자꾸 멈칫거리며 확인하듯 아이에게서 멀어져 현실을 확인하는 이유를 유모는 알고 있었다. 그제야 에젠이 한 발 한 발 걸어갔다.

"꺄아—!"

버둥거리는 작은 몸을 안아 올렸다. 아이는 마치 기다리고 있었다는 것처럼 그녀의 품에 폭 안겼다.

"아침에 일어나신 후론 눈을 말똥말똥 뜨고 계시기에 도대체 누굴 기다리는가 했더니 역시 마님이셨군요."

유모의 얼굴에는 웃음이 한가득 떠올라 있었다.

"신기한 일이죠, 이맘때는 얼굴도 제대로 알아보지 못하는 시기인데 마님을 단 한 순간에 그리 바로 기억하시는 거 보면 정말, 핏줄이라는 게 무시할 수 없는 거다 싶더군요."

아이를 품에 어르던 손이 잠깐 멈칫했다. 에젠이 조용히 중얼거렸다.

"그러게……. 그리 한순간에 알아차려지다니."

제 엄지를 움켜잡은 아이의 작은 주먹을 몇 번이고 건드려 보며 에젠은 그 언젠가의 기억을 떠올렸다. 클리프를 향해 분노를 토해 내면서도 시야가 밝아지는 것처럼 아이의 존재가 선명하게 인식되던 순간.

우습게도 그를 통해 아이를 떠올렸던 것처럼 에젠은 아이를 품에 안으며 클리프를 떠올렸다.

"혹시 어제, 클리프가 여기 다시 왔었나요."

도망치듯 이 방을 빠져나갔던 그는 지금 어디에 있을까.

에젠이 본 미래에서 그는 매일 밤, 아이의 방을 찾았다. 그러니 만약 달라지지 않았다면, 그는 어젯밤 이곳에 오지 않았을까.

"각하 말씀이십니까? 글쎄요, 어제는 마님과 함께 오셨던 이후로는 오신 적이 없었는데……."

유모가 고개를 갸우뚱하며 말했다. 그러다 굳어 있는 에젠의 표정을 보며 아차 싶어 덧붙였다.

"사실, 제가 늘 아기씨와 함께 있는 게 아니니 잠깐 오셔서 들르셨을 수도 있지요. 송구합니다, 나이가 들다 보니 기억이 가물가물해진답니다."

에젠은 그런 뜻이 아니었다며 고개를 저었다. 그러나 생각은 여전히 그에게서 떠나지 않았다.

"마님, 마님!"

아니라며 에젠이 고개를 저었을 때 잠시 방을 떠났던 에밀리가 돌아왔다. 목소리에 담긴 기대감과 경쾌함으로 보아 이번엔 또 무엇일까 싶었다.

그리고 뒤따라온 서넛의 사람들이 에젠에게 짧게 인사를 하곤 방의 구석에 자리 잡았다.

부드러운 바이올린의 선율이 울려 퍼지기 시작했다. 가날프게 시작되는 멜로디는 어딘가 익숙한 데가 있었다.

　이어 무겁게 선율의 베이스를 맞추는 첼로와 낭랑히 울려 퍼지는 플루트의 소리까지, 모두 하나의 아름다운 화음이 되어 울려 퍼졌다.

　"세오덴의 사계군요. 우리만 듣기엔 지나치게 아까울 정도로 아름다운 곡이에요."

　메리 부인이 손뼉을 치며 감탄했다.

　사계. 음악가들이 꼭 일생의 한 번은 만들어 내려 한다는 대표적인 모티브였다.

　그러나 기존의 일반적인 사계가 계절을 따라가는 구성이라면, 세오덴의 사계는 겨울에서 시작하여 봄까지 시간을 역행하는 특이한 구성으로 이목을 끌었다.

　지금 이 방의 연주자들이 연주하고 있는 곡은 가장 마지막 장인 '봄'. 아이도 들을 수 있을 정도로 부드럽고 다정한 특유의 감성이 배어 있었다.

　에젠은 세오덴의 사계를 좋아했다.

　눈보라가 세차게 휘몰아치는 겨울에서부터 시작하는 곡이 달콤하고 부드러운 봄으로 끝맺음하는 것을 듣다 보면,

　그 겨울이 꼭 에젠 '크로포드'로서 메말라 가는 제 삶 같아서, 그래도 기다리고 견디어 내다보면 봄이 올 거라 제게 희망을 주는 것만 같아서 좋았다.

　음악계의 흐름을 따르지 않는 탕아의 곡을 찾아 듣는다

하여 그녀의 아버지는 세오덴의 사계를 듣는 그녀를 볼 때마다 불호령을 내렸다. 그래서 결국 퉁퉁 부어오른 뺨을 감싸 쥐고 이따금씩 가던 음악회마저 발길을 끊어야 했지만 말이다.

실망을 삼키고 뒤돌았을 때 가끔 클리프와 눈이 마주치곤 했다. 무감각한 푸른 시선이 그녀를 책망하는 것 같았다.

그는 모든 희로애락을 거세당했는데 고작 음악 하나를 듣지 못한다고 슬퍼하는 자신이 부끄러워 에젠은 그 뒤로 세오덴을 찾지 않았다.

흘러가는 노래를 듣고 있을수록 익숙한 그리움이 그녀에게 찾아들었다. 그리운 것이 무엇인지, 그녀는 정확하게 정의 내리지 못했다. 적어도 '크로포드'는 아닐 테다.

"그런데 왜 갑자기 음악 연주라니? 좋기는 하다만……."

한창 곡에 빠져 있던 유모가 중얼거렸다.

"음악을 들으면 심신이 안정된다잖아요. 마님은 지금 음악회를 나가실 순 없으니 이렇게라도 안정을 취하시라는 뜻이 아닐까요?"

에밀리가 벅찬 얼굴로 중얼거렸다.

"이따 각하께서 퇴궁하시면 감사를 드려야겠어요. 마님과 아기씨 덕분에 저도 이런 호강을 누릴 줄이야. 귀가 녹는 것 같아요. 세오덴의 사계가 이렇게 좋은 멜로디인지 이전에는 미처 몰랐는걸요."

그러나 시녀의 정성 어린 감사가 그에게 닿는 일은 일어나지 않았다.

세심한 선물과 배려를 보내 준 클리프 무어는 그날 밤, 저택으로 돌아오지 않았으니까.

하루하루 에젠은 무어가 시중인들의 강박적일 만큼 정성스러운 간호에 익숙해져야 했다.

매일매일 주방장이 세심하게 고안한 수십 가지의 산해진미가 그녀에게 진상되듯 올라왔고, 에밀리가 가져오는 ─출처는 늘 클리프라 말했다─ 세상 듣도 보도 못한 귀한 약재와 마법약들 또한 경쟁하는 것처럼 그녀에게 들이밀어졌다.

핼쑥한 얼굴에는 어느새 조금씩 혈색이 돌았고, 휘청거리던 팔다리에도 조금씩 힘이 생기기 시작했다.

그럼에도 클리프를 볼 수는 없었다.

"각하께선 아침 일찍 입궁하셨습니다. 국왕 폐하께서 부르셨거든요."

"새벽에서야 늦게 퇴궁하셨다 곧바로 나가셨습니다. 영지에서 폭동이 일어났습니다."

"출타 중이십니다. 군부와 이번에 있을 전투의 전략을 상의하셔야 하거든요."

그의 부재의 이유는 매번 다양했다. 마치, 다양해야 한다는 듯이.

에젠은 고개를 끄덕였다. 저조해지는 표정을, 감정을 드러내지 않으려 애써 무표정을 내세웠다.

가뜩이나 매번 그의 발목을 잡아채기만 하는 처치 곤란의 말썽쟁이 부인 취급을 받고 있으니 거기서 제가 뭘 더 해 봤자 받을 취급이야 뻔했다.

혼절하여 몇 달간 그의 정신을 쏙 빼놓은 것도 모자라 자리에서 일어나 몸이 회복되어서조차 그의 관심을 요구하는……. 사실, 진실이었기에 반박할 수도 없었다.

그러니 에젠은 그저 그를 기다려야 했다. 다행히, 반복되는 일상이 그 기다림을 힘겹지 않게 만들었다.

한 번뿐일 거라 생각했던 저택의 작은 음악회는 에젠이 가는 곳이 어디든 소중한 순간을 더 아름답게 만들어 주었다. 특히 아이와 함께 있을 때 연주되는 음악은 황홀할 정도로 그녀를 행복하게 만들었다.

아이는 부드러운 멜로디에 어느새 익숙해져 그녀의 품에서 쌔근쌔근 잠이 들었다. 에젠은 아이를 다시 품에 안으며 꿈만 같은 현실의 순간을 음미했다.

품에 들어오는 작은 무게는 사랑스러웠고, 눈을 찌르는 작은 머리칼을 넘겨 주는 일도, 울음을 터뜨리는 아이를 안아 올려 등을 토닥거리는 일도 그녀에겐 매번 처음 해 보는 것처럼 새로웠다.

무어가의 저택에서, 오래된 잠에서 깨어난 후작 부인을

중심으로 돌고 도는 지나치게 많은 일들 중에서 음악은 고작 한 부분을 차지했다.

"마님, 정원에서 산책하시는 건 어떤가요? 꽃들이 흐드러지게 피었답니다."

에젠이 깨어나기 전 대대적인 쇄신을 거친 무어가의 정원은 황궁의 정원을 방불케 하는 웅장함으로 주인의 발걸음을 간절히 바라고 있었다.

그녀의 과거에선 이렇게까지 크지는 않았던 것 같은데—에젠은 그저 짙은 꽃향기가 제 창문까지 실려 오는 게 싫어 창문을 닫아 버리고 보지 않았으니 정확하진 않았다—작은 카누를 띄울 수 있는 연못과 두 섬을 잇는 작은 다리, 유리 온실까지 포함하는 무어가의 거대한 정원은 웅장함과 섬세함이 동시에 존재할 수 있다는 것을 보여 주었다.

아네모네, 루드베키아, 스타치스, 로단테……. 정원 곳곳엔 에젠으로서는 이름조차 모를, 처음 보는 꽃들의 향연이 펼쳐졌다.

어리둥절한 와중에도 색색이 정원을 채운 그 성대한 장관의 절경만은 아름답다 생각하지 않을 수 없었다.

"마님, 오늘은 별관의 갤러리를 산책해 보시겠어요? 혹 직접 그림을 그려 보고 싶으시다면 그곳엔 마님의 몸에 해로울 유화 기름 대신에 허브 기름으로 만들어 낸 수제 물감도 있답니다. 하얀 캔버스도, 마님이 휴식을 취하실 수 있는 공간도 모두 다 준비되어 있어요!"

저택의 복도에 걸린 명화들로도 부족한지 언젠가 방문했던 수도의 난다 긴다 하는 미술관에서 보았던 그림들이 걸려 있는 저택의 거대 홀 또한 주인의 방문만을 기다리고 있었다.

홀 한쪽 구석에 아름답게 장식된, 마치 저명한 화가의 것 같은 분위기 있는 작업실도 말이다.

"마님, 서커스 공연을 보시겠어요? 요즘 수도에서 유행하는 유명 서커스 공연단이랍니다. 위험한 마술과 공연들은 미리 다 배제해 놓았으니 걱정 마시구요."

오직 에젠, 하나의 관객을 위한 서커스 공연이 저택의 호정(戶庭 : 앞마당)에서 벌어졌으며,

"마님, 연극은 어떠세요? 브론테의 희곡을 각색해서 만든 연극인데 국왕 폐하께서도 즐겁게 보셨대요. 요새 저잣거리에선 온통 이 이야기밖에 안 하는걸요!"

무어가의 거대 홀에서도 에젠, 하나의 관객을 위한 유명 연극의 막이 올랐다.

'이게 무슨⋯⋯.'

휘몰아치듯 나날이 다르게 펼쳐지는 개성 강한 일들의 향연에 에젠은 정신을 차릴 수가 없었다. 지나치게 신중하고 꼼꼼한 의사는 그녀에게 완쾌를 명하지 않았다. 그래서 그녀는 아직 저택에서 단 한 발짝도 벗어날 수 없었다.

그러나 벗어나고 싶은 생각도 끊임없이 일이 벌어지는 이 저택에 있자면 사라질 듯했다.

무어가의 저택은 그 크기가 무색하게 역동적으로 움직였다. 좀 더 깊숙하게 들어간다면 그 지나치게 생동적인 움직임은 거의 강박에 가까웠다.

　세상에서 벌어지는 일들을 이 저택으로 가져와야 한다는 것처럼,

　저택 밖의 세계를 그녀에게 다 보여 줘야 한다는 것처럼,

　마치,

　그녀의 숨통을 트여 주어야 한다는 것처럼.

　'나를 피하는 건지도 몰라.'

　이어진 클리프의 부재는 하나의 가설을, 사실은 매우 합리적인 증거에 기반한 가설을 만들어 냈다.

　'어째서.'

　에젠은 그리 물었다.

　'왜 나를 피하는 거지? 왜 나를 보고 싶지 않은…….'

　생각은 거기서 멈춰 버렸다. 분명 더 나아간다면 그 생각이 저를 흔들 것을 알아차린 본능적인 선택이었다.

　'바꾸고 싶다고 말했지만…… 또 그저 나 좋을 대로의 이기적인 생각일지도 모르지.'

　인정해야 했다. 제 선택에 클리프의 의사는 들어 있지 않

다는 것을.

홀로 끝을 냈던 과거의 선택에도, 홀로 시작하는 현재의 선택에도.

'하지만, 얼굴을 보여 줘야 물어보든 말든 할 것 아냐.'

그러나 그의 얼굴을 마주한다 하여도 지금 말하는 것처럼 용감히 물어보는 행위 따윈 할 수 없을 거란 걸 알고 있었다. 서늘한 얼굴을 마주하면 저는 무너지거나 멈칫하는 것 말고는 할 수 있는 게 없을 것만 같으니까.

"하아."

에젠이 깊은 한숨을 내쉬었다. 아이의 침대 나무틀에 팔을 얹고 머리를 기댔다.

"아가."

한 손은 뻗어 내려 잠이 든 아이의 손을 만지작거리며 중얼거렸다.

"네 아빠는 언제 올까."

"……."

"기다리기 힘들다, 그치."

잠에 빠진 아이는 대답이 없었다. 꿈을 꾸는지 도톰한 입술을 오물거렸다. 아이를 지켜보던 에젠의 입가에 작게 미소가 번졌다.

"빨리 왔으면 좋겠다……."

그녀가 지그시 눈을 감았다.

어둠이 깊게 내려앉은 밤, 소리 없는 발걸음으로 누군가 방으로 들어섰다.

"……."

아이의 존재를 확인하던 푸른 눈동자는 이내 불편한 자세로 아이의 침대 틀에 머리를 기대고 잠든 에젠을 발견해 냈다.

"……잠자리를 제대로 확인하라 했는데."

낮게 읊조리는 말에는 그녀를 이리 내버려 둔 시중인들에 대한 질책이 얕게 담겼다.

그러나 사실, 그녀가 제 침실로 돌아가지 못하고 아이 방으로 오는 이유의 근원이 저라는 것을 그는 알고 있었다.

"……."

색을 담지 않은 표정이 처음으로 짙은 명도를 띠었다. 그는 조심스럽게 잠이 든 아내에게 다가갔다. 그녀의 등과 아래를 받치는 손길이 놀라우리만큼 조심스러웠다. 혹 아내에게라도 닿을까, 그는 낮게 호흡하며 몸을 일으켰다.

그의 아내는 여전히 너무 작고, 너무 여렸다.

그것이 저를 두렵게 했다. 한 발짝만 잘못 디뎌도 굴러떨어지는 낭떠러지 같았다. 떨어지는 게 제가 아니라 에젠이 될지도 모른다는 사실이 그를 두렵게 했다.

"으음……."

침실의 침대에 내려놓은 에젠이 뒤척거렸다.

클리프는 꼼꼼히 베개의 위치를 조정하고 아내의 몸 위

로 이불을 덮었다. 목 아래서부터 차가운 공기에 드러나는 부분일랑 없도록. 천천히 움직이는 손길은 더뎠다. 마치 그 시간을 조금이라도 늘리고 싶어 늑장을 부리는 것처럼.

"……."

그러나 늘리고 늘려 봤자 한계가 있는 간단한 일이었다. 결국 클리프가 느리게 몸을 일으켰다.

시선은 여전히 잠에 빠진 아내에게 고정되어 있었다. 하얀 얼굴에 담긴 이목구비를 조용히 눈에 담았다. 얇은 입술에 자리 잡은 옅은 미소가 그에게 작은 위안을 주었다.

제 존재에도 불구하고 아내의 안식이 가능할 수 있다는 확인에 대한, 그저 그런, 하지만 제겐 절박하리만큼 간절했던, 작은 위안 말이다.

동그란 이마 위로 흘러내린 금빛 머리카락에 시선이 닿았다. 저도 모르게 손이 뻗어 나갔다. 그러나 그녀에게까지 닿지는 못했다. 차마 더 나아가지 못한 채로 클리프가 물러섰다. 짙은 시선에 작은 원이 담겼다.

에젠은 꿈을 꾸었다.

안정적인 부유감과 맞닿은 곳에서 피어나는 온기. 그리고 제 코끝에 스치듯 풍겨 나가는 사향의…….

'클리프?'

그녀는 눈을 뜨고 싶었다. 저를 숨기지 못하는 존재감의 주인이 누구일지, 제가 예상하는 그일지 확인하고 싶었다. 잠깐 가깝게 스치던 사향이 옅어졌다.

"시, 싫어……."

가지 마, 클리프. 나를 떠나지 말고 여기 있어.

죽지 마, 떠나지 마.

나를 두고 가지 마.

시야가 바뀌었다.

휘몰아치는 비바람이 침실까지 밀고 들어왔다. 에젠은 축축해진 바닥을 밟으며 한 발 한 발 나아갔다. 가슴을 서늘하게 하는 불안이 가득 들어찼다.

'더 나아가면 안 돼. 그걸 보아서는…….'

그러나 시선은 곧 붉은 웅덩이를 발견해 낸다. 고개를 들면 그의 가슴에 번쩍 빛나는…….

"싫어!"

에젠이 뒤척거렸다. 눈초리로 물방울 하나가 미끄러져 내려왔다.

그를 향해 팔을 뻗고 싶은데, 단 한 발자국도 움직일 수가 없었다. 악몽의 재림에 그녀는 몸부림쳤다. 사향 냄새가 더 옅어졌다. 제게서 멀어진다.

'가지 마, 클리프. 가지 마.'

평온한 미소를 띠고 있던 에젠의 얼굴이 일그러졌다. 악몽을 꾸고 있는지도 모른다.

"시, 싫어……."

얕게 새어 나오는 음성에 그는 그대로 굳었다.

"싫어!"

충동을 이기지 못하고 뻗어 나간 손이 거두어졌다. 그리 듯 허공에서 선을 더듬던 손가락은 이내 주먹을 쥐어 자유를 억압당했다.

"……꿈에서조차 나는 당신에게 안식을 주지 못하는군."

그가 낮게 읊조렸다. 푸른 시선이 잠깐 아리게 그녀를 응시했다.

"……."

그는 물러섰다.

그리고 처음처럼 소리 없이 침실을 빠져나갔다.

눈을 뜨자마자 에젠은 벌떡 자리에서 일어났다. 메말라 버린 눈가를 매만졌다.

'설마 그가 왔던 건…….'

어렴풋이 남아 있는 듯한 사향을 찾아 나섰다.

그러나 침실에 희미하게 남아 있는 향기는 곧 사라졌다. 에젠은 확신할 수 없었다.

"각하께선 오늘도 아침 일찍 입궁하셨습니다."

곧바로 채비를 하여 클리프의 집무실로 가 보았지만 그녀를 맞이한 건 집사였다.

그녀와 대치하듯 집무실의 문 앞에 서 있는 집사에게선

그녀를 안으로 들이지 않겠다는 은근한 기운이 묻어났다.

열린 문 뒤로 보이는 텅 빈 집무실은 휑했다. 철저하게 실리주의적인 최소한의 가구를 제외하면 으레 가주의 지위를 보여 주는 장식이나 그림도 없었다.

같은 저택에 어떻게 이리도 다른 느낌의 내부가 존재할 수 있는지 싶을 정도로 호화로운 에젠의 침실과는 달랐다. 설마 후작가가 자본이 부족하여 저택의 얼굴이 될 집무실을 꾸미지 못했다고는 상상할 수 없었다. 그러니 이 지나치게 텅 빈 공간감의 집무실은 클리프 개인의 취향이라고 보는 게 더 납득할 수 있는 이유가 될 터였다.

"이만 돌아가시지요, 마님. 각하께선 밤늦게야 퇴궁하실 것입니다. 오늘도 마님을 위한 대단한 일들이 많이 준비되어 있을 테니 마님께서도 바쁘시지 않겠습니까."

넌지시 말을 건네는 집사에게선 그녀에 대한 반감이 묻어났다. 그는 연이어 벌어지는 저택의 호화롭고 시끌벅적한 공연들이 그녀의 의사에서 비롯된 것이라 생각하는 모양이었다.

더불어 사치스러운 부인에게 낭비되는 후작가의 피 같은 자산 또한 그를 불만스럽게 했을 테지.

"집사님, 마님께 그게 무슨 말버릇이에요! 무례합니다!"

에밀리가 목청 높여 항의했다. 호전적인 얼굴로 에젠을 막아서서 집사에게 대들었다. 늘 사람 좋은 얼굴을 하던 시녀의 기세는 매서웠다.

"마님의 회복을 위해 각하께서 직접 명하신 것들이에요. 집사님은 지금 각하의 명이 달갑지 않다는 건가요?"

"아니, 내가 그런 뜻이 아니고……."

클리프의 존재를 찔러 놓고서야 집사가 찔끔한 얼굴을 했다.

"죄송합니다, 마님. 제가 주제넘었습니다."

"……."

허리를 숙이는 그에게서 굴종의 분위기가 흘러나왔다. 에젠은 쓴웃음을 지었다. 그가 두려워하는 것은 제가 아니라 클리프일 테지. 에젠은 대답 대신 등을 돌렸다.

"가자, 에밀리."

"하지만 마님……!"

임대받은 권력을 제 것처럼 휘두르는 것도 그녀가 원하는 것이 아니었다. 그녀가 원했던 것은 클리프의 행방, 그것뿐이었으니.

"……."

멀어지는 후작 부인의 뒷모습을 보고 있던 집사가 천천히 허리를 폈다. 눈에는 못마땅함이 감돌았으나 충성스러운 하인의 충정으로 그것을 다시 입 밖으로 내보내는 처사를 두 번 저지르지 않을 수 있었다.

고매한 주인에 이루 말할 데 없이 부족한, 크로포드의 여인.

그는 갑작스런 주인의 부재가 에젠 때문이라는 것을 알고 있었다. 깨어나기 전에는 하루 종일 그녀에게 붙어 있던 주인이 그녀가 자리에서 일어나자마자 도망치듯 밖을 나돌지 않나.

전투며 폭동이며 예전에 익히 끝난 일이다. 전장의 흑사자는 화마의 여지가 될 수 있는 불씨를 남겨 두지 않는다.

"하아……."

서늘한 눈초리 아래서 매번 먹힐 만한 변명거리를 생각해 내는 것도 늙은 집사의 주름을 한층 더 깊어지게 했다.

매번 새벽이 가기 전 저택에 도착하여 잠깐 어디론가 사라졌다가 곧바로 돌아와 저택을 떠 버리는 제 주인. 그 와중에 마치 의식처럼 주인이 저택으로 꼬박꼬박 들어오는 것도 이해할 수 없는 처사였다.

'고작 한 시간 남짓 있으실 거면서 왜 꼭 돌아오시려 하는 건지 이해할 수 없군. 여기 땅을 밟아야만 하는 것도 아니고…….'

클리프 무어답지 않은 비효율적인 일 처리는 낯설었다.

'차라리 이 저택을 떠나고 싶으신 거라면 수도에 다른 거처를 마련하면 되는 일인데…….'

부인 때문에 그가 편안한 휴식을 취하지 못한다고 생각한 집사가 깊은 한숨을 터뜨렸다.

마침 계단을 올라가고 있는 현악기를 든 연주자 무리를 발견하자 집사의 눈이 샐쭉해졌다. 그들이 후작 부인에게 향하고 있음을 알기 때문이다.

'그나마 가타부타 말없이 돌아가 주니 감사해야 하는 걸까. 꼴도 보기 싫어할 때는 언제고 사람 일 알 수 없는 것인가, 부인이 각하를 찾는 날이 오다니 말이야.'

집사는 한숨을 다시 내쉬며 뒤로 돌았다.

부인은 내일도 아마 찾아오실 것 같고, 저는 같은 대답을 내놓아야 할 듯했다.

그러나 집사가 에젠을 다시 보게 된 것은 그가 예상하던 다음 날 아침이 아니었다. 하루가 채 지나지 않은, 단 몇 시간 후였다.

"여, 여기서 무얼 하시는 겁니까?"

노련한 집사의 목소리가 떨려 나왔다. 그는 제 눈을 의심해야 했다. 밖으로는 한 발짝도 움직이지 않던 에젠이 저택의 호정에 나와 있었기 때문이다.

이미 차가운 밤이슬이 맺히는, 짙은 밤이었다.

"이 늦은 밤에 여기서 무엇을 하고 계시는 겁니까?"

가녀린 몸을 하고 있는 여인은 대답 대신 저택의 입구를 바라보고 있었다. 제 물음에 대한 답 대신 그녀에게선 물러서지 않겠다는 꼿꼿함이 흘러나왔다.

"……."

"마님께선 저택 밖으로 나오시면 안 된다는 걸 잊으셨습니까? 에밀리는 어디 있지요? 주인을 제대로 돌보지 못한 것을 내 가만두지……."

"밤이 늦었어, 목소리를 낮추도록 해."

담담한 목소리가 집사의 말을 막았다.

"네, 맞습니다! 밤이 늦었습니다! 지나치게요! 왜 이곳에 나와 계신 겁니까. 어서 들어가십시오, 각하께서 아시면 경을 치실 겁니다."

그러나 그는 감히 에젠을 건드리지도, 움직이게 할 수도 없었다.

"내가 움직이는 데 당신의 허락이 필요한 거야?"

"그건……."

저를 바라보는 조용한 시선에 집사가 멈칫했다.

"그 누구도 나를 강제할 순 없어."

"……."

"설사 '그'라 해도."

에젠이 지칭하는 '그'가 누구인지 집사는 알고 있었다.

아아……. 늙은 집사의 입에서 신음이 흘러나왔다.

이 여인은 자신이 주인에게 미치는 영향을 너무도 잘 파악하고 있는 것이다. 언제나 이성적이고 냉철한 제 주인의 역린이 무엇인지를.

이미 온 저택이 그녀를 중심으로 돌고 있었다. 제 힘을 저리 잘 알고 있으니 앞으로는 더 심해질 것이다. 집사의 얼굴에 근심이 자리 잡았다.

에젠은 집사가 어떤 오해를 하고 있는지 알아차렸다. 그러나 구태여 그의 오해를 바로잡아 주지 않았다. 어차피 말해 보았자 믿지 않을 것이다.

그저 단순히 그의 퇴궁을 기다리는 일도 이리 많은 엇갈림을 낳는다. 어쩌면 정말로 크로포드와 무어는 서로 얽히지 말았어야 할 인연인지도 모르겠다.

"……."

서늘한 밤바람이 그녀의 얼굴을 스쳐 지나갔다. 에젠의 시선이 저택의 입구에 닿았다. 고요한 밤을 깨는 그의 소리는 아직 들리지 않는다.

"마님, 설마 각하를 기다리시는 겁니까."

에젠은 대답하지 않았다.

무례할 정도로 저를 믿지 못하는 표정은 제가 감당해야 할 것이다. 그것은 그녀가 본 미래에서 가장 마지막까지 클리프를 떠나지 못한, 집사의 충정에 대한 비밀스러운 배려였다.

다만 거기까지였다. 에젠은 집사의 이해가 필요하지 않았다.

"마님, 밤바람이 많이 찹니다. 각하가 도착하시면 제가 연통을 보내겠습니다. 그러니……."

그리고 또 비어 있는 집무실만 저를 반길 것이다. 에젠은 이번에도 대답하지 않았다. 집사의 짙은 한숨이 다시 새어 나오는 듯했지만 에젠은 모르는 척했다.

"하아…… 알겠습니다."

어휴, 어디 네 좋을 대로 해 봐라, 라는 것처럼 들렸다.

그때였다. 다그닥다그닥 하는 규칙적인 소음이 호정을 울렸다. 밤의 그림자 속에서 어른거리는 누군가의 인영이 나타났다.

'클리프.'

단번에 그인 것을 알았다. 에젠의 손발이 긴장으로 뻣뻣이 굳어졌다. 조금 전까진 아무렇지도 않았는데, 심장이 다시 거세게 뛰어 댔다. 어쩌면 잦아진 말발굽 소리 때문인지도 몰랐다. 천천히 움직이던 그의 말이 잠시 멈추더니, 이내 빠르게 이곳으로 달려왔기 때문이다.

멀지 않은 곳에서 그가 훌쩍 뛰어내리더니 성큼성큼 걸어왔다. 마치 어둠 속에서 모습을 드러내듯 위압적인 존재감을 내뿜는 그가 시야에 들어찼다.

순식간에 에젠의 위로 커다란 그림자가 졌다.

"여기서 뭘 하고 있는 거지?"

발산되는 것은 비단 그의 위압감만은 아닌 듯했다. 노기가 묻어나는 굳은 시선이 에젠을 훑었다. 얇은 숄 한 장만을 걸치고 있는 그녀를.

"제가 들어가시라 말씀드렸지만 어찌나 완고하신지…….
저는 이미 여러 번 간청 드렸으나…….""

"구차한 변명이군."

그가 차갑게 일갈했다. 그는 에젠을 이곳에서 발견했을 때의 놀람과 더불어 싸늘한 호정에 홀로 서 있는 그녀의 상태에 분노한 것처럼 보였다.

그러나 누구에게? 그의 분노가 향하는 곳은 에젠이 아니었다.

"제대로 옷도 입히지 않고 이리 내버려 두었고."

그가 곧바로 제 정복의 윗도리를 벗어 에덴의 어깨 위로 덮었다. 시선은 집사에게 고정되어 있었다. 저를 노려보는 주인의 살벌한 살기에 집사가 몸을 움찔거렸다.

부인의 말에 온 신경이 쏠려 집사는 그녀가 가벼운 차림으로 나와 있다는 것을 잊었다. 사실 주인의 말대로 구차한 변명이었다. 정성을 다하려면 얼마든지 다할 수 있는 부분이었다.

다만 그러고 싶지 않았을 뿐이다. 주인에게 짐만 될 뿐인 크로포드의 여인을 위해서는.

"랄프, 내게 설명해야 할 것이 많겠군."

낮게 읊조리는 음성은 마치 죽음을 선고하는 것 같았다. 흉흉한 살기에 에젠마저도 흠칫했다.

"집사의 잘못이 아니에요. 내가 그러고 싶었어요."

"……."

"이곳에서 당신을 기다리고 싶었어요. 당신이…… 보이질 않으니까……."

클리프는 대답하지 않았다. 에젠을 쳐다보지도 않았다.

그는 굳은 얼굴로 그저 기계적으로 제 정복을 에젠에게 두르고 옷이 흘러내리지 않도록 양 옷깃을 겹쳤다. 옷깃에서 서늘한 밤바람과 그의 특유의 향기가 묻어났다.

"……."

클리프는 대답 대신 윗도리의 양 소매로 그녀를 칭칭 감았다. 그리고 흘러내리지 않도록 단단히 고정했다. 마치, 어린아이를 싸는 싸개처럼 두꺼운 정복이 그녀의 온몸을 감쌌다.

무표정한 얼굴에 손길만은 조심스러우니 에젠은 도대체 무슨 말을 해야 할지를 몰랐다.

"시녀를 불러 목욕물을 준비하도록 해. 몸이 완전히 얼었잖아. 벽난로에 불을 피우고 공기를 데워ー. 제기랄, 랄프. 나를 어디까지 실망시킬 거지? 매번 이런 식이었나?"

"아닙니다! 아닙니다! 각하, 오늘은 실수입니다. 마님께서 이곳에서 계신 걸 저도 늦게 발견하여 너무 놀라……. 다시는 이런 일이 없을 겁니다."

"클리프."

그는 낮게 저를 부르는 그녀의 목소리도 듣지 못했다. 치밀어 오르는 화를 애써 누르고 있지만 역부족인 듯했다.

"아직 위험하다고 말했잖아! 간신히 일어났는데 다시 쓰러지기라도 하면……. 내 경고를 알아먹지 못할 정도로 자네의 귓구멍이 노쇠한 줄은 몰랐는데, 아니면 의도적으로 무시한 것이겠지. 젠장, 네놈이 그럴 정도면 저택의 다른 놈들은 말할 것도 없겠군그래, 날이 밝으면ー."

"클리프."

에젠은 손을 뻗어 그의 팔에 얹었다. 발산되는 열이 제게까지 전해 왔다. 새하얗게 질린 집사의 얼굴을 뒤로하고 푸른 시선이 천천히 돌아와 저를 마주했다.

"나는 인형이 아니에요."

에젠의 말에 그가 흠칫했다.

"찬바람을 조금 쐰다고 바로 몸져눕지도 않을뿐더러 부축 없이 서 있었다고 해서 휘청거릴 만큼 약하지도 않아요."

"……."

"나는 건드리면 깨지는 유리가 아니에요."

그녀가 담담하게, 그러나 단호하게 말했다. 굳은 얼굴이 그녀를 바라보았다.

"……그런 뜻이 아니었어."

클리프의 얼굴에 처음으로 당혹감이 어렸다. 그가 멈칫했다.

"당신을 인형처럼 취급하려던 건…… 아니었다고. 당신이 그렇게 느꼈다면 물론 그렇게 만든 내 잘못이겠지만……."

뜻밖의 시인에 에젠도 조용히 그를 올려다보았다.

이상했다. 저리 빠르게 제 잘못이라 인정하는 흑사자라니. 애초에 잘잘못을 가릴 일도 아니었다.

"……."

또다시 침묵이 그들을 감쌌다. 에젠도, 그도 무슨 말을 해야 할지 모르는 것처럼 보였다.

"빌어먹을. 또…… 그런 뜻이 아니었어. 제기랄, 그러니까 왜 여기 당신이……."

나지막하게 욕설을 중얼거리던 그가 손을 들어 마른 얼굴을 거칠게 쓸었다.

그 자신도 어쩌지 못하는 듯한 지친 피로감이 묻어났다.

에젠은 저도 모르게 손을 뻗었다. 그러나 그에게 닿기도 전에 다시 얼굴을 들어 올린 클리프와 시선이 마주치자마자 그가 다시 얼굴을 굳혔다.

"……."

"클리프."

"돌아가야 해. 당신은 여기 나와 있어선 안 돼."

무뚝뚝한 목소리가 차가운 밤의 침묵을 갈랐다. 그는 더 이상 에젠을 보지 않았다. 시선은 냉혹하게 집사를 노려볼 뿐이었다.

"내 부인을 다시 침실로 모셔다드리도록. 아까 내 명령 또한 빠짐없이 실행해. 랄프, 내가 자네에게 주는 마지막 자비야."

마치 마지막 경고처럼.

이를 악물 듯 내뱉은 클리프가 뒤로 돌았다. 그리고 다시 어둠 속으로 걸어갔다.

"……클."

소리를 토해 내려던 입술이 바르르 떨렸다.

에젠은 입술을 깨물었다. 그를 향해 뻗으려던 손을 꽉 쥐었다.

'나 때문에 가는 거야.'

왔던 길을 돌아가는 그를 차마 붙잡지 못했다. 그의 곁을 지나칠 차가운 밤바람이, 그를 감싸 안는 밤의 어둠이 에젠을 멈춰 서게 했다.

'내가 여기 있으니까 그가 도망치는 거야.'

이젠 분명하게 알 수 있었다. 클리프는 저를 피하고 있다.

이럴 거면 나오지 말걸. 에젠이 후회했다. 처음부터 아무 말도, 아무것도 하지 말걸. 헛된 용기가 그가 고된 하루를 마치고 잠시 취할 휴식마저 빼앗아 버렸다.

"들어가시지요, 마님. 소인이 모시겠습니다."

옆에서 허리를 숙이는 집사의 태도에선 흠잡을 데 없는 복종이 흘러나왔다.

에젠은 참담하게 집사를 바라보았다. 조금 전과 달리 그녀의 시선을 피하는 모습에서 그녀는 공포를 읽었다. 그녀를 대하는 이 무어가의 시중인들 대부분이 그랬듯 말이다.

"어디로……."

깔깔한 목소리를 가다듬었다. 부러 고개를 더 들어 올려 꼿꼿한 자세를 유지했다. 상처받았다는 것을 드러내고 싶지 않았다.

"어디로 가는 거지, 클리프는?"

"……저도 알지 못합니다. 죄송합니다, 마님."

집사가 허리를 숙인 채로 답했다.

"……일어나."

클리프가 돌아간 어둠 속으로 자꾸 돌아가는 시선을 애써 멈추면서 에젠이 돌아섰다.

"가지."

하지만 발걸음을 떼기 전 마지막으로 다시 그가 사라진 쪽을 바라보는 것까진 막지 못했다.

시선에 제 분수도 모르는 헛된 원망 한 줌이 묻어 있는 것까지도.

"마님! 세상에, 언제 나가신 거여요? 제가 얼마나 놀란 줄 아세요?"

후작 부인의 기행 때문에 늦은 밤, 무어가의 불이 밝게 켜졌다.

에젠의 침실이 있는 2층은 그 시간이 무색하게 분주해졌다. 집사는 숙련된 솜씨로 시중인들을 깨워 명령을 내렸다. 목욕물을 준비하고, 장작을 가져와 벽난로의 불을 켜고, 단잠에 빠져 있던 후작가의 주치의까지 데려와 그녀를 진찰하게 하는 것까지 말이다.

"······다, 달리 이, 이상은 없는 듯합니다."

까치머리를 한 의사가 더듬거리며 말했다. 여태까지 황궁의에게만 진찰을 받던 에젠은 저택에 다른 의사가 주재하고 있었다는 걸 이제야 알았다.

"모르실 만도 하죠, 사실 마님의 주치의는 늘 이곳에 있었답니다. 저분의 실력도 수도에선 손꼽히시지만 황궁의

보다는 못하지 않겠어요? 아무리 각하라 해도 국왕 폐하의 주치의를 데려와서 저택에 하루 종일 놔둘 순 없으니까요."

에밀리는 의사의 말을 듣고는 당황이 한결 가신 얼굴로 친절하게 덧붙였다. 그나마 이곳에서 유일하게 클리프를 향한 공포를 내보이지 않고 서슴없이 에젠을 대하는 건 그녀나 메리 부인 정도였다.

"마님, 목욕물이 준비되었습니다."

시녀가 다가와 조용히 아뢰었다. 에젠을 감히 마주 보지 못하는 시선에서 에밀리는 그녀가 무엇을 생각하고 있을지 쉬이 짐작할 수 있었다.

후작 부인의 기행과 칼보다 매서운 후작의 경고는 제게도, 그들에게도 하루 이틀 일이 아니었다.

'하지만 두 분은 서로……'

저는 보지 않았는가.

각하를 찾던 마님의 애끓는 목소리를, 마님을 안고 천천히 침실로 걸어가던 각하의 뒷모습을.

에밀리는 거의 유일하게 두 사람의 순수한 애정을 믿고 있는 이였다. 그녀를 제외한 나머지 하인들은 그저 에젠에 관한 일이라면 폭풍처럼 매서워지는 클리프의 분노를 두려워하는 것일 테다.

"마님, 이리로 오십시오."

에젠을 욕실로 안내하는 시녀의 손이 떨리는 걸 보며 에밀리가 한숨을 내쉬었다.

'마님께서 깨어나신 뒤 저택의 분위기가 조금 풀어지는 듯했더니……'

또다시 원상태로 돌아갈지도 모른다. 이곳 모두가 그리 생각하고 있었다.

굳은 얼굴의 마님과 보이지 않는 각하, 그리고 각하의 경고를 모두에게 전하는 집사 어른의 명령까지 모두 비슷한 예상이었다. 살얼음을 걷는 듯했던, 두 분의 결실인 아기씨의 울음소리만이 저택을 울리는 유일한 희망이었던 황망한 저택으로 돌아가 버릴 거라고.

'그럴 순 없지.'

에밀리가 고개를 저으며 팔을 걷어붙였다.

"목욕 시중은 내가 들게. 넌 바깥의 준비를 해 줘."

"그래 줄래, 에밀리?"

시녀는 거의 감격을 감추지 못하며 황급히 빠져나왔다. 혹 떨리는 손으로 마님의 살결에 상처라도 냈다간 사달이 날까 두려운 것이다.

"마님?"

욕실로 들어가자 화려한 대리석이 그녀를 반겼다. 낮처럼 환하게 밝은 빛 아래서 하얀 상아 욕조에 에젠이 앉아 있었다.

가녀린 등 아래로 반쯤 물에 잠긴 금발이 왠지 애처롭게 보였다.

"마님, 괜찮으세요?"

"······응."

늦은 대답이 돌아왔다. 에밀리는 솜씨 좋게 준비되어 있던 따뜻한 물을 그녀의 어깨로 끼얹었다. 에젠의 얼굴은 뭔가 생각하는 것처럼 골똘하기도 했고, 황량하기도 했다.

"······."

침묵이 감돌았다.

"몸이 차가워지셨어요. 뜨끈한 물에 푹 몸을 녹이고 나면 훨씬 기분이 좋아지실 거예요!"

에밀리는 밝은 목소리로 조심스럽게, 그리고 정성스럽게 물을 끼얹었다. 거품을 낸 보드라운 스펀지가 에젠의 팔을 스쳤다.

"······기분이 언짢으신가요, 마님?"

에젠이 대답이 없자 에밀리가 조심스럽게 물었다.

"혹시 그러시다면 달달한 꿀을 탄 우유를 가져오라 이를까요? 기분이 훨씬 나아지실 거예요."

"괜찮아."

에젠이 고개를 저었다. 머리가 뒤죽박죽이었다.

"······괜찮아, 난 그냥 클리프가······."

다시 말이 멈췄다.

"아, 각하를 만나셨나요?"

클리프의 이야기가 나오자 다행이다 싶어 에밀리가 눈을 빛냈다.

"그래."

만나긴 했지. 에젠이 자조적으로 생각했다.

'얼굴을 보고 말을 했어. 눈에 보이지 않으니까 잊어버릴 것 같았는데 그렇지도 않았어. 난 그 사람의 냄새도, 윤곽도 모두 알고 있으니까.'

"그럼 아기씨 이름도 정하셨어요?"

에밀리가 묻고 나서야, 에젠은 아이의 이름도 아직 정하지 않았다는 걸 깨달았다. 클리프를 보는 것에 모든 신경이 다 쏠려서 여태까지 까맣게 잊어버리고 있었다.

"잊어버렸어."

"네?"

"하."

에젠이 헛웃음을 내보냈다.

'아가, 난 참 네게 면목 없는 엄마야.'

그녀가 욕조에서 일어났다. 에밀리가 포근한 가운을 걸쳐 주고 물기를 닦아 주었다. 욕실에서 나가자 뜨끈한 벽난로의 훈풍이 그녀를 맞이했다.

"드시고 나시면 잠이 솔솔 오실 거여요."

김이 모락모락 나는 찻잔을 받아 들기 전, 시선은 침실 어귀에 단정히 걸려 있는 정복의 재킷으로 향했다.

"아, 각하의 정복은 내일 세탁실로 보내려고 했어요. 원하신다면 지금—."

"아니. 거기 놔둬."

에젠의 시선이 향하는 곳을 알아차린 에밀리가 아차 하

는 얼굴로 말했다.

'하지만 네 아빠도 면목 없긴 마찬가지야.'

에젠은 지나치게 커다랗고 지나치게 각이 져 있는 정복을 노려보았다. 차가운 바람 한 줌이 코끝에 실려 오는 것 같았다.

어둠 속으로 사라지던 뒷모습이 뇌리에 남았다.

"마님……?"

골똘히 꼬리를 무는 생각에 빠진 에젠은 에밀리의 목소리를 듣지 못했다. 영리한 시녀는 눈치 빠르게 고개를 꾸벅 숙이고는 침실을 나갔다.

타닥타닥, 벽난로의 장작이 타는 소리만 커다란 침실에 남았다.

가지런히 걸려 있는 정복을 물끄러미 바라보던 시선이 천천히 자리를 옮겼다. 화려하고 정갈한 침실의 내부를, 어느 하나 귀하지 않은 게 없는 아름다운 장식들을 보았다.

'이해할 수 없어.'

매번 제게 오는 호화로운 선물, 에젠은 예전처럼 그것들을 완전히 외면하지 못했다. 기쁘진 않았어도 적어도 그가 보낸 것이라는 이유로 선물을 열어 보고 확인했다.

과거와 조금 달라진 것은 저뿐만은 아닌 듯했다. 가벼운 엘프의 드레스나 악몽을 내쫓는 노스우드 찻잎처럼, 속을 열어 보면 저를 생각한 작은 배려가 곳곳이 보이는 선물임을 이제 에젠은 알았다.

'하지만 왜 날 피하는 거지?'

쏟아지는 선물 더미와 바람처럼 저를 스쳐 지나가는 그의 존재는 도무지 아귀가 맞지 않았다.

혼란스러웠다.

'나를 보고 싶지 않은 거라면 이 선물들은 왜…….'

제 존재가 달갑지 않은 걸지도 모른다. 어쩌면 자신이 선물의 진짜 의미를 제 좋을 대로 판단하여 완벽히 오해한지도 모르겠다. 그저 형식상의 예의였던 것을 제가 너무 확대해석…….

"하아."

에젠이 고개를 흔들었다. 애써 부정적인 생각을 떨쳐 내려 했지만 그것은 그녀가 내쫓기 무섭게 쉴 새 없이 밀려들어 왔다.

'소용없는 걸 하고 있는 걸까. 크로포드와 무어잖아. 죽어서도 이어지던 그 질긴 악연을 끊어 낼 수, 바꿀 수 있다고 생각한 것부터 문제였는지도 몰라.'

그냥 원래대로 흘러가도록 놔둬야 했었는지도 모르겠다.

그녀가 변화를 꾀한 시점에서 무언가가 단단히 틀어졌는지도 모른다. 기억 속의 그때보다 클리프를 보기 더 힘들어졌으니.

하지만,

에젠의 시선이 불안하게 침실을 떠돌았다. 이윽고 흔들리는 눈동자가 기어코 테이블 아래 붉은 자국이 번져 가던 자리를 눈에 담았다. 저기, 저곳에서 저는 그의 꺼져 가던 마지막 숨을 느꼈다.

'안 돼.'

목덜미에 쭈뼛 서리는 오한은 공포였다. 에젠은 절박하게 고개를 흔들었다.

'다시 그렇게 만들 순 없어. 절대로 그를 다시 그렇게 만들지는…….'

마치 불운을 암시하는 것처럼 자꾸 겹쳐지는 미래의 잔상에 에젠은 결국 눈을 감았다.

어떻게 해야 하지. 이쪽으로도 저쪽으로도 발걸음을 떼지 못할 난해한 미로 속에 빠진 기분이었다. 뜨거운 한숨이 터져 나왔다. 에젠은 열이 올라 머리가 지끈거리는 것을 알아차리지 못했다. 그저 힘겹게 눈을 감아 잠을 청했을 뿐이다.

'일단 내일 생각하자. 좋은 생각만 하는 거야.'

그렇게 살포시 잠이 든 듯했다. 에밀리의 새된 목소리에 정신이 들기 전까지는 말이다.

"에구머니나, 이를 어째! 마님의 몸이 뜨거워요! 의원을! 의원을 불러 주세요! 어서요!"

어젯밤 너무 생각을 많이 한 것이 무리가 되었던 걸까, 에젠의 이마는 열로 들끓었다.

"각하께도 알려야겠어요! 세상에, 우리 마님 다시 아프신 거라면 어떡하죠?"

울먹임이 가득한 아릿한 정신 속에서 에젠은 익숙한 이름을 들었다.

이번에는 당신을 볼 수 있을까. 내게 머물 잠깐의 당신을 허락받을 수 있을까.

작은 바람이 땀에 젖은 눈꺼풀 끝에 대롱대롱 매달렸다.

왕실 예배당의 벽을 이루는 가지각색의 스테인드글라스에도 어둠이 내려앉은 밤이었다.

거대한 돔의 건물은 가장 신성하다는 종교적 색채를 띤 숫자, 14개의 벽으로 이루어졌다. 그 내부의 각 벽에는 황금빛 고딕 장식과 세기의 화가들이 만들어 낸 걸작들이 그려져 있었다.

가장 중앙에 위치한 두 개의 거대한 하얀 기둥 사이에 놓인 주 제단의 위에는 자애로이 아래를 내려다보는 신상(神像)이 자리했다.

손을 내리뻗는 형태의 신상은 마치 고뇌에 빠진 이를 이해한다는 것처럼 보였다.

귀먹은 이도, 말하지 못하는 이도, 움직이지 못하는 이도 모두 보듬을 수 있는 것처럼, 그들이 내지른 고함마저 긍휼히 받아들이겠다는 것처럼 예배당은 거대하고 높고 조용했다.

그리고 신상의 앞에 클리프가 서 있었다.

스테인드글라스로 어스름한 새벽빛이 들어설 때까지 그는 신을 마주했다. 무표정한 얼굴에 무엇이 들어 있는지는 오직 신만이 아실 것이라.

소리 하나 없는 침묵의 예배당에 그는 이질감 없이 녹아들었다.

"이 새벽에 자네를 여기서 찾게 될 줄은 몰랐군."

장난기를 담은 누군가의 목소리가 그 침묵을 깨뜨릴 때까지.

클리프가 고개를 돌렸다. 14면의 벽 중 하나에 기대서 있는 인영을 알아차렸다.

"폐하."

그의 시선이 인영의 옆, 아직 뚜껑이 반쯤 열려 있는 벽 아래 소제단에 닿았다.

"그 클리프 무어가 제 발로 신을 찾아왔다니. 이거, 심각한 사안 아닌가? 전장의 사자가 이제 와서 살육의 여파가 두려워지기라도 한 건가? 자네의 손에 묻은 피가 두려워졌나?"

"그 통로는 위험하니 사용하지 말라 말씀드렸을 텐데요."

"그리고 자네는 짐이 그 말을 쉬이 듣지 않을 것도 알지."

국왕이 어깨를 으쓱했다. 가벼이 차려입은 모양새에도 반질반질 빛나는 조약돌 같은 눈동자는 그를 생기 있어 보이게 했다.

그러나 클리프는 그것이 조약돌이 아니라 잘 벼려 놓은 날 선 흑옥이라는 것을 알고 있었다. 그리고 흑옥은 으레 상대의 목숨을 노리는 암살용 단도에 주로 사용되는 것도.

"시간이 꽤 일러. 알고 있나? 자네가 특히 어젯밤 열두 시가 넘어 퇴궁한 걸 감안하면 말이야. 두 시간도 지나지 않아 다시 이곳으로 돌아올 만한 특별한 이유가 있었던 건가?"

자신의 행적을 정확하게 파악하고 있는 국왕의 행태에도 클리프는 표정 변화가 없었다.

"꼬박꼬박 어미를 찾아가는 병아리처럼 자네 집으로 돌아가던 게 바로 며칠 전까지였는데 말이지. 집에서 뭘 보기라도 한 건가? 누굴 만났어?"

국왕의 표정이 좀 더 짓궂어졌다. 깊숙한 본색을 꺼내기 위해서라는 것을 클리프는 알았다.

"자네의 사랑스러운 부인이 바가지라도 긁던가?"

알고 있었음에도 어쩌지 못했다. 바늘 하나 들어가지 않을 것 같던 클리프가 흠칫했다. 국왕이 미소 지었다.

"자리에서 일어났다 들었어. 아직 완쾌하지 못했다 들었는데 침대에서 일어나 자네를 귀찮게 할 여력은 있었던 모양이지? 이번에는 또 무언가? 무엇이 필요하다 하던가? 내 주치의까지 내주었건만 더 원하는 게 있다 하던가?"

미소보다는 비소에 가까웠다.

"궁으로 돌아가시지요. 호위하겠습니다."

그러나 클리프는 다시 무표정으로 제단에서 돌아섰다.

그의 발걸음은 예배당의 문을 향하고 있었다.

언제나 그랬듯 제 아내에 관한 건 상대조차 하지 않겠다는 기색이 흘러나오자 국왕의 얼굴이 굳어졌다.

"클리프. 크로포드를 언제까지 내버려 둘 건가."

발걸음이 멈추었다.

"내 인내심이 짧아지고 있다는 걸 모르지 않을 텐데."

국왕 또한 삐딱하게 기대 있던 몸을 바로 하고 그에게로 걸어갔다.

"처음에는 그래, 저 하이에나들에게 크로포드를 본보기로 보여 주는 것도 나쁘지 않다 싶었지. 꽤 잘 먹히기도 했고. 자네가 그리하길 원해서였기 때문이 더 크지만, 내 쪽에서도 잃을 건 없다 생각했어."

국왕이 여전히 뒤돌아보지 않는 등을 노려보듯 응시했다.

"하지만 이젠 상황이 달라졌다는 걸 알잖나? 내가 자넬 곁에 두는 것에서부터 불안을 느끼는 이들이 있단 말이야. 이미 내 편이 되었음에도 제 자릴 뺏길까 두려워한단 말일세. 내가 하는 일이라면 사사건건 눈에 불을 켜고 달려드는 이들 사이에서 내가 가진 건 검과."

국왕이 클리프의 손을 잠깐 바라보았다.

저 손 아래서 수백 수천의 목이 우수수 도려내지는 걸 그는 보았다. 마치 마법처럼 말이다.

"내 알량한 의지, 그리고 약간의 멍청이들뿐이지. 재상은 제 머리와 제 말이라면 바다에라도 뛰어들 많은 멍청이

들을 가지고 있고. 비등비등하지만 누구도 압도적이진 않아. 여긴 전장이 아니니, 마음에 들지 않는다고 다 대가리를 날려 버릴 순 없으니까 말일세. 그럴 수 있었다면 좋았겠지만."

국왕이 아쉽다는 듯 입맛을 다셨다.

"내겐 자네가 있으니 단번에 그 나불대는 아가리 하나하나에 피에 젖은 천 뭉치를 쑤셔 넣을 수 있을 텐데."

세월이 조금씩 잦아드는 고귀한 얼굴은 다소 경박한 말투까지 우러러보게 만들었다.

"비등비등한 겨루기가 종국에는 평화를 가져온다고 하셨지요. 그 겨루기의 결과에 이리저리 휘둘려야 하는 무지한 백성들에게는요. 그리 말씀하셨습니다."

무미건조한 목소리가 흘러나왔다.

"바로 폐하께서요."

세월의 흐름에 가려진 제 모순을 지적하는 말에 국왕이 멈칫했다.

"그때와는 달라."

당당히 말했지만 어쩐지 변명처럼 들리는 것은 이미 제가 그 모순을 인지하고 있기 때문일 것이다. 그가 목표하는 권력의 완전함에 슬며시 몸을 숨기고 있는 탐욕을 들켰기 때문인지도 몰랐다.

하, 국왕은 쓴웃음을 흘렸다. 제 가장 날 선 검, 클리프 무어와의 대화는 항상 이랬다.

조금만 방심하면 휘말린다. 정신을 차려 제자리에 돌아와 보면 조금 전의 제가 만들어 낸 어긋남을 발견하게 되는 것이다. 그러니 그를 상대할 땐 이리저리 재지 말아야 한다. 흔들림 없는 그의 검처럼 그대로 쭉 뻗어 나가야 한다.

상대가 다치든 말든 아랑곳없이.

"레이첼 아스트리드."

국왕이 클리프를 돌려세웠다.

"중립파의 수장, 아스트리드 공작이 귀애하는 외동딸이지. 자네도 몇 번 본 적 있을 거야, 지난번 신년 파티에서—."

"폐하."

이런, 또. 국왕은 클리프가 달리 말하기 전에 말을 끝냈다.

"그래. 자네의 재혼 상대가 될 거야."

클리프의 얼굴이 일그러지자 국왕은 헛웃음이 나올 것 같았다.

클리프 무어.

살아 돌아올지조차 불투명했던 그 지옥의 전장에서 저를 구한 은인이자, 피 뿜는 사단을 함께 걸었던 전우이자, 끊어지지 않을 굳건한 군신의 예를 맺은 이였다.

치열한 권력 다툼에서 살아남은 제가, 피를 나눈 혈육조차 믿지 못하는 제가 유일하게 등 뒤를 내줄 수 있는 이가 그라는 것을 국왕은 모르지 않았다.

그런 그를 흔들 수 있는 유일한 존재가 고작 크로포드의 딸이라는 게 저를 얼마나 허탈하게 하는지 알까.

"폐하."

"크로포드의 딸을 곁에 두고 싶다면 말리지 않겠네. 다만 이제 그녀는 그 자리에서 내려와야 해. 이쯤 하면 스무 살 치정은 지겨울 때가 되지 않았나. 눈을 뜨고 현실을 보게, 클리프. 자네는 아스트리드가 필요해."

"그가 필요한 건 제가 아니라 폐하시겠지요."

나지막한 목소리에서 미미하게 흘러나오는 반기를 읽었다.

"원한다면 두 집 살림을 차리게 둘 수도 있어. 아스트리드 공작과는 이미 합의했네. 그는 제 딸이 정실 자리만 얻는다면 자네가 크로포드를 곁에 두는 것도 허용하겠다더군. 자네의 아들 또한 후계에 올리는 걸 동의하겠다 했어. 그 같은 권력을 가진 자가 이보다 더 너그러울 수는 없다는 것, 자네도 잘 알고 있잖나?"

"제 아이의."

클리프가 낮게 내뱉었다. 억눌린 목소리였다.

"모친을 다른 누군가로 착각하게 키울 생각은 없습니다. 제 아내를 정부로 만들 생각은 더더욱 없습니다."

"클리프."

"감히 폐하의 계획을 거두라 말씀드립니다. 아스트리드 공작은 제가 상대하지요."

"클리프!"

고려조차 해 보지 않겠다는 말에 국왕의 목소리가 조금 높아졌다. 고귀한 얼굴에서 격렬한 감정은 흘러나오지 않았다. 마주하고 있는 상대도 마찬가지였다.

그러나 물러섬 없는 팽팽한 시선이 맞부딪혔다.

"제 아내는 '크로포드의 딸'이 아닙니다."

에젠 무어. 클리프는 그리 명명하고 있었다.

제 성을 함께하는 정당한 제 반려라는 선언임을 국왕은 알았다.

"하이츠의 이름 아래서 기대어 숨 쉴 만백성을 위한 태양의 고뇌를 알고 있습니다. 그러나 폐하의 현명하고 고귀한 대의(大義)에서 제 가족은 제외시켜 주시길, 감히 부탁드립니다."

"앞으로도 자네의 아내를 바꿀 생각일랑 하지 말란 말인가?"

"폐하께선 이미 제 답을 아십니다."

"그래, 자네는 이대로 에젠 크로포드를 고수하겠단 말이지?"

국왕은 에젠을 '크로포드'라 명명했다. 조금 전 클리프의 선언을 명백하게 부정하는 것이었다.

클리프는 대답 대신 몸을 숙였다. 흠잡을 데 없는 신하의 예를 올린 뒤 미련 하나 없이 뒤돌아 걸어 나갔다.

"짐과 척을 진대도?"

클리프의 발걸음이 멈췄다. 공기가 차갑게 식었다.

"하이츠의 군주, 나와 맞서 되돌릴 수 없는 길을 걸어간 대도 말인가?"

클리프가 천천히 뒤돌았다. 무표정한 얼굴에 진 그림자가 언젠가 불리던 그의 이명, 전장의 사자를 떠올리게 했다.

그러나 물러설 순 없었다. 국왕은 더더욱 오만하게 턱을 치켜들었다.

"폐하를 처음 뵈었을 때, 제가 드린 말을 기억하십니까."

국왕이 멈칫했다.

―네가 원하는 것은 무엇이냐.

잊고 있던 기억을 더듬어 갔다. 저 그림자를 가장 처음 보았을 때로.

―이 전쟁이 끝나면, 저 죽음의 비명이 비로소 멈출 때 너는 무엇을 꿈꾸느냐. 무엇이 이 지옥에서 너를 살아나게 하느냐.

"폐하께선."

클리프의 서늘한 목소리가 국왕의 헤집어진 기억 사이를 날카롭게 비집고 들어왔다.

"이미 제 답을 아십니다."

국왕은 아무 말도 할 수 없었다.

챙―챙―

쇠가 부딪치는 날 선 소음이 연무장을 가득 메웠다. 햇빛에 비친 스산한 검날이 반짝거리며 빛났다. 맞부딪칠 때마다 채앵― 울리는 비음은 해가 꼭대기에서 점점 높이를 낮출 때까지 계속되었다.

채앵—!

"하아, 하아……."

귀를 파고드는 날카로운 소음을 마지막으로 기사가 나동
그라졌다.

"다음."

챙—챙—

연무장의 가장자리에는 나동그라진 기사들 한 무더기가
끙끙 앓고 있었다.

"이 무슨 소란이야."

연무장에 들어선 왕실 기사단장 세이자르가 평소와 다른
이질적인 풍경을 알아차렸다.

"너넨 왜 그러고 있어? 무어는 왜 여기 있고?"

"크윽…… 단, 단장님, 그게……."

여기저기 얻어터져 멍이 든 부위를 매만지면서 기사들이
울상을 지었다.

"흑기사단도 여기 있군? 단장, 네가 말해 봐. 네 주인이 왜
아침부터 내 기사단을 격파하고 있는 건지 말해 주겠나?"

클리프 무어의 기사단은 제 주인의 이명을 따라 흑기사
단으로 불리었다. 세이자르는 곧 흑기사단의 상태도 널브
러진 제 기사들의 상태와 별반 다르지 않다는 걸 깨달았다.

"대련, 해 주시고 계십니다."

"맞습니다, 저희가 후작 각하께 부탁한 것입니다!"

왕실 기사들이 덧붙였다. 위대한 가르침의 여파를 혹독히 견디어 내겠다는 듯이.

세이자르가 헛웃음을 내뱉었다. 이것들이 정신이 빠져서 감히 날 놔두고 무어한테 가르침을 바랐단 말이야?

"너넨 좀 이따 보자. 언제부터?"

"……저희가 입궁했을 때 이미 이곳에 계셨습니다."

그러니까 모른다는 말일 테다.

왕실 기사단장은 연무장에서 기계처럼 검을 내리치고 있는 클리프를 힐긋 바라보았다. 그를 상대하고 있는 기사가 또 바뀌어 있었고, 저쪽에서 두서넛이 아픈 몸을 붙잡고 이곳으로 걸어오고 있는 게 보였다.

"적당히 좀 하라 그래야겠군. 너희, 의무실로 가라. 오후 훈련 빼먹을 생각은 말고."

"단장님…… 오늘만 좀 봐주시면……."

"어림없을 줄 알아."

냉정히 등을 돌린 세이자르가 클리프 쪽으로 걸어가는 것을 보며 기사들이 한숨을 터뜨렸다.

"워낙 대련 따위 받아 주시지 않는 분이시니 오늘을 영광으로 여겨야 하는 건 아는데…… 아구구…… 허리 쑤셔 죽겠다."

"난 손목이 나간 것 같아. 젠장, 무슨 힘이 저렇게 세."

왕실 기사단이 불만과 엄살의 중간에서 한마디씩 중얼거릴 동안 흑기사단은 조용히 상처를 치료했다. 주인의 성정을 닮아 그다지 말이 없는 이들이었다.

"요새 각하께 근심이 있으신 걸까요."

제 주인에 관해서라면 조금 달라졌지만 말이다.

"왜 그렇게 생각하나."

흑기사단의 부단장, 레오르가 물었다. 기사가 모르냐는 듯 대꾸했다.

"요즘 각하의 모습이 정상으로 보이십니까. 부인께서도 깨어나셨는데 안심은커녕 가뜩이나 많은 일거리를 더 쌓아 놓지 못해서 안달인 것처럼 쉴 새 없이 움직이십니다. 그 래서 저희도 무어가에서보다 황궁에서 더 많은 시간을 보 내고 있잖습니까. 불안합니다. 꼭 뭔가 터질 것처럼 긴장 이 되는 것이—."

"허튼소리."

다른 누군가 말했다.

"각하의 근심이라면 오직 하나밖에 더 있어? 우리 모두 의 근심이지."

"……하아."

누굴 말하는 것인지 이곳 모두가 알았다.

"부인께서 깨어나시고 난 뒤부터 각하의 강박이 더 심해 지신 것 같습니다."

"젠장, 크로포드의 딸이 우리에게 뭐 좋은 걸 해 줬던 적 이 있었나."

"저택은 아주 난리가 났습디다. 하루가 멀다 하고 악단이니 연극이니……. 사람들이 무어가를 뭐라 부르는지 압니까? 리틀 헤븐 하이츠라더군요. 그 안에서 나라의 모든 즐거움이 벌어진다구요. 국왕 폐하도 그 정도의 호화를 누리진 않으십니다."

"하지만 그건 각하께서 직접 명하신 거였잖습니까. 마님께서 요구하신 것도 아닌데 그분을 탓하는 것은 부당합니다."

흑기사단의 수석 기사 하딩이 반박했다.

"분명 각하께 요구했겠지! 부인의 전적을 몰라서 하는 말인가? 크로포드의 탐욕을 잊었어? 사람들의 고혈을 빨아먹고 기생했던 그들을!"

"마님은 그들의 죄와 관련이 없으셨습니다. 우리가 직접 조사했잖아요. 연좌제도 아니고 언제까지 부친의 일로 그분께서 판단 받아야 하는 겁니까."

"……."

하딩의 반박에 잠시 침묵이 맴돌았다.

하딩은 건드리면 쓰러질 것 같던 애처로운 후작 부인의 눈빛이 떠올랐다. 힘겨워 보이는, 그러나 선한 눈빛이었다.

눈은 살아온 세월을 담는다. 거짓말을 하지 않는다.

"하지만 크로포드인 것은 변하지 않지."

조용한 흑기사단에서 드물게 일어나는, 꼭 이 이야기가 나올 때면 의견이 갈려 격렬해지는 토론을 듣고 있던 레오르가 말했다.

그가 제 생각을 드러내는 것은 드물었다. 그러니 그가 생각하기에도 현재의 상황이 그리 달갑지 않다는 반증이었다. 언젠 그랬지 않았겠냐마는.

"그 여자의 몸에는 크로포드의 피가 흘러. 각하의 가문을 몰살한 잔인한 일족의 피가 말일세. 그들은 각하의 부친이셨던 무어가의 가주를 시작으로 가주의 동생 부부와 조카딸까지 죽였어. 오직 각하 하나만을 남겨 두었지. 무어라는 이름을 완전히 발밑에 두고 짐승처럼 부리기 위해서 말이야."

"……."

"각하께서 일곱 살 때였다지. 그 어린아이가 눈앞에서 제 부모의 죽음을 목격했어. 평생 함께 살아온 가족들이 하나씩 죽어 가는 걸 지켜본 심정이 어떨지, 우리가 감히 짐작이라도 할 수 있겠나?"

격렬한 토론은 어느새 잦아들고 흑기사단에 침묵이 감돌았다.

문자로도 다 전해지지 못할 참담한 진실에 모두 말 한마디 쉬이 내뱉지 못한 채 숨죽이며 레오르의 말을 들었다.

"부인이 무고한 것은 나도 아네. 그래, 과거는 다 덮어 둔다 치세. 그녀가 크로포드인 건 여전히 변하지 않는 단 하나의 진실이지. 그녀는 각하가 잊고 싶어 하는 악몽의 살아 있는 증거일세. 그녀가 각하의 곁에 있는 한, 각하께선 절대로 과거와 무관해질 수 없다는 말이지."

레오르의 무거운 목소리가 낮게 울려 퍼졌다.

"부단장님, 하지만⋯⋯."

"기억이란 강력한 놈이야. 끊임없이 발목을 잡을 걸세. 결국 각하는 언제든 자신을 할퀼 수 있는 악마의 발톱을 안고 살아가시는 셈이지. 괴로워하실 것이네. 지금이 아니라면 그 언젠가, 반드시 말이야. 하딩, 내 말에 반박할 수 있나? 그 가능성을 온전히 부정할 수 있어?"

하딩이 말을 잇지 못했다. 다 알고 있지만⋯⋯.

"이게 내가 부인을 인정할 수 없는 이유야."

그는 낮게 마지막 말을 중얼거리는 레오르를 바라보았다. 기사단에 침묵이 감돌았다.

'부단장님이 아시는 걸 각하라고 모르실까요.'

충성의 척도는 각자에게 달리 적용된다. 레오르의 방식에 대한 옳고 그름을 제가 판단할 수는 없다.

'각하껜 마님의 존재가 그 강력한 가능성까지 뛰어넘는단 뜻이잖아요.'

인과의 사슬을 넘어선 감정의 깊이가 어느 정도일지 저는 감히 짐작하지도 못하겠는데.

하딩은 한숨을 쉬었다. 엇갈리는 생각은 시간만이 답인 것처럼 보였다.

그때였다.

다그닥, 다그닥. 다급한 말발굽 소리가 연무장을 울렸다. 달려오는 남자의 옷에 무어가의 문장이 그려져 있었다. 레오르가 벌떡 일어났다.

"무슨 일인가!"

"아, 아! 부단장님! 큰일 났습니다."

헐레벌떡 달려오는 남자의 얼굴이 낯이 익었다. 무어가의 시종이었다.

"각하께선 어디 계십니까!"

"저기……!"

기사가 가리키는 손끝이 클리프를 향하자 시종이 뛰기 시작했다. 급박한 기색에 흑기사단도 덩달아 뛰었다.

"무슨 일이지."

세이자르와 대화를 나누고 있던 클리프가 무어가의 시종을 알아차리고 눈썹을 추켜올렸다.

"마, 마님께 무, 문제가, 하아, 생기면, 바로, 하아, 알리라 하시어…….'

시종이 헐떡이는 가슴을 붙잡고 겨우 목소리를 내었다.

"마, 마님께서 다시 쓰러지셨습니다. 갑자기 열이 끓어, 하아, 정신을 차리지 못, 못하고 계시는…….'

"레오르, 제롬 카타르를 불러."

채앵—

시종의 말을 모두가 이해하기도 전에 검이 내던져지는 소음이 길게 울렸다. 조금 전까지만 해도 클리프의 손에 쥐어져 있던 것임을 모두가 알았다.

"제롬 카타르? 자네, 자네 부인한테 폐하의 주치의를 붙였단 말인가?"

세이자르의 놀람에도 불구하고 클리프가 바람처럼 달려 나갔다. 연무장 바깥에 자리한 황궁 마구간을 향해서였다.

"클리프, 내 말을 타고 가게! 연무장 바깥에 매어 놓았어!"

세이자르가 외쳤다. 그의 말을 들었는지 저 멀리서 제 말을 올라타는 그가 보였다.

"무어 부인이 죽어 가나?"

세이자르가 무어가의 시종에게 물었다.

"그, 그것은 아니온데……."

"그러면 죽을병에 걸렸나? 죽을 날만 기다리고 있나? 임종을 지키려 저리 빨리 달려가는 게야?"

"무, 무서운 소리 하지 마십시오!"

시종이 꿈에 나올까 무섭다는 표정으로 외쳤다.

"그냥 열이 심하게 난다고 하지 않았나? 나만 잘못 들은 건가?"

"가 보겠습니다."

세이자르의 물음에 아무도 답해 주지 않았다. 흑기사단의 부단장 레오르가 굳은 얼굴로 그에게 허리를 굽혔다. 주치의를 찾아 저택으로 데려가려면 빨리 움직여야 했다. 주인의 명령은 그들에게 절대적이었다.

흑기사단의 움직임 또한 제 주인처럼 빠르고 급박했다. 연무장에 일어난 모래바람이 사라지기도 전에 그들은 뿔뿔이 흩어졌다.

"이거 참, 한낮의 꿈도 아니고, 방금 내가 뭘 본 거야."

세이자르가 중얼거렸다.

급박하게 달려 나가던, 처음 보는 무어의 놀란 표정이 잊히지가 않았다.

정신이 들었다. 눈꺼풀이 천근만근 무거웠다. 아무것도 들리지 않는데도 귓가에 뭔가 부산스러운 소음이 자리하고 있는 것 같았다.

에젠은 결국 쏟아져 내리는 수마를 이기지 못하고 다시 잠에 빠져들었다. 다시 정신이 들었다. 아릿아릿한 열감이 온몸을 감쌌다. 화마를 목전에 둔 것 같았다.

'힘들어…… 누가 나 좀…….'

에젠은 끓어오르는 목구멍을 움직여 소리를 내 보려고 했다. 옴짝달싹하지 못하는 온몸은 밧줄에 칭칭 감긴 것처럼 무력했다. 바싹 마른 입술을 간신히 움직이는 게 다였다.

그때 차가운 물방울이 입술을 타고 들어왔다. 더운 열기를 잠시나마 식힐 만큼 물은 달고 시원하게 여겨졌다.

에젠은 정신없이 물을 꿀꺽꿀꺽 삼켰다. 그러나 다시 화마가 그녀를 휘감았다.

검은 복도가 나타났다. 아릿한 불만이 저 멀리서 빛나고 있었다. 금방이라도 꺼질 듯이 불빛의 세기는 희미했다.

덜컥, 가슴이 내려앉았다.

'가야 해.'

본능적으로 에젠은 그 빛을 향해 움직였다. 불빛이 그녀를 재촉하듯이 깜박였다. 열기에 휩싸인 다리는 한 발 떼기도 힘겨웠다. 하지만 달려야 했다. 에젠은 이를 악물고 달려 나갔다.

'닿지 않아. 닿지 않아!'

아무리 달리고 달려도 도무지 가까워지지가 않았다. 깜빡거리는 불빛의 세기는 점점 약해졌다.

울음이 터질 것 같아 에젠은 콱 입술을 깨물었다. 다시 한 발을 내디디려 했을 때,

"흐으……."

조심스러운 온기가 입술에 닿았다. 금방이라도 깨질 유리를 건드리는 것처럼 섬세하고 조심스러운 움직임이었다. 심장에 깃털이 간질이는 것처럼 간지러움이 일었다. 저도 모르게 악문 턱에 점점 힘이 빠졌다.

에젠이 눈을 떴다. 희미한 시야 속 대부분을 차지하는 그림자를 찾아냈다. 그녀는 눈을 감았다. 눈초리로 흘러나온 물방울이 미끄러졌다.

"……."

그림자가 움직였다. 에젠은 그가 멀어지는 것을 알아차렸다. 가지 말라고 말하고 싶었으나 입술이 떨어지지 않았다. 새까만 복도의 어둠이 그녀의 발밑으로 스멀스멀 기어

들어왔다.

에젠은 다시 수마에 잠식당했다.

그리고 얼마나 시간이 흘렀을까. 한참을 달리던 복도가 움직임을 멈췄다. 환하게 밝아지는 시야에 에젠이 눈을 깜빡거렸다.

"정신이 좀 드세요?"

피로를 감추는 웃음으로 에밀리가 미소 지었다.

"……클리프는?"

자리에서 일어난 에젠이 멍하게 그녀를 응시하다 처음으로 물은 것은 그의 행방이었다. 시녀의 얼굴이 잠깐 멈칫했다.

"아. 각하께선 잠깐 자리를 비우셨어요. 의사를 데려오는 텔레포트에 문제가 생겨서……."

멍한 눈동자 속에서 한 줄기 빛이 사라지는 것을 에밀리는 보았다. 그녀의 표정이 한층 더 불편해졌다.

"찝찝하진 않으셔요? 땀을 많이 흘리셨어요. 새 잠옷으로 갈아입혀 드릴게요. 좀 더 주무셔요."

옷을 갈아입은 에젠이 다시 눈을 감는 것을 본 뒤 에밀리가 조심스레 침실의 문을 닫았다.

짧은 한숨을 속으로 삼켰다.

"잠깐 깨어나셨어요. 다시 주무시긴 하시지만, 각하를 찾으셨어요."

벽에 기대서 있는 주인에게선 대답이 없었다. 에밀리는

품에 안고 있는 에젠의 옷을 좀 더 세게 쥐었다. 시선이 애써 주인에게로 향하는 것을 막기 위해서였다.

어제, 무언가가 발칵 뒤집혔다. 후작 부인의 열이 떨어지지 않았다.

누군가는 '고작 그것으로?'라고 묻겠지만, 쉴 새 없이 발을 동동 구르는 시중인들과 과거의 재연을 연상케 하는 아귀 같은 클리프 무어의 모습을 목격한 이들이라면 그리 쉬이 물음을 내뱉지는 못하리라.

"주제넘다 생각하시겠지만."

에젠의 상태를 전하는 말을 듣고 나서야 기대 있던 벽에서 몸을 떼는 주인에게 에밀리가 조심스레 말을 꺼냈다.

"들어가 보시는 게 어떨까요. 마님께서 각하를 찾으시기도 했지만, 각하께서도 마님께서 일어나신 걸 보고 싶지…… 않으신가요."

주인은 밤새 마님의 곁에 자리했다. 불안을 감추지 못하는 날 선 눈을 하고 있으면서도 차가운 수건으로 마님의 얼굴을 닦아 내는 손길은 놀라우리만큼 조심스러웠다.

그러나 가까스로 꺼낸 제 용기가 무색하게 클리프는 고개를 저었다. 짧은 움직임이었지만 의사는 명확했다.

"내가 들어가면 휴식이 되지 않을 테지."

"하지만…… 그럼 각하, 옆방에서 휴식이라도……."

'계속 이곳에 서 계실 수는 없잖아요.'

에밀리는 속엣말을 삼켰다. 감히 다시 꺼낼 용기가 나지 않아 그녀는 꾸벅 허리를 굽혔다.

품에 안은 에젠의 세탁물을 다시 고쳐 들고는 발걸음을 옮겼다. 힐긋, 잠깐 뒤돌아본 에젠의 침실 앞에 그가 여전히 서 있었다.

며칠 뒤 에젠은 완전히 자리에서 일어났다. 열도 내렸고, 혼미한 수마에 빠져들지도 않았다. 머리가 아프지도, 열기에 휘말리지도 않았다.

그러나 열이 들끓었던 날부터 시작된 의사들의 행렬은 멈추지 않았다.

"괜, 괜찮으신 것 같습니다만…… 확답을 내릴 수, 수는…… 그러니 좀, 좀 더 지켜봐, 봐야……."

에젠을 진찰하는 의사들은 하나같이 겁에 질려 있었다.

이전의 왕실 주치의만 유일하게 말을 더듬지 않았는데, 그렇다고 그의 핼쑥한 얼굴이 다른 이들보다 특별히 나아 보이는 것은 아니었다.

"젠장, 내가 의술의 신은 아니란 말입. 죄송합니다, 부인. 하도 시달린 터라 입이 제멋대로 정신을 차리지 못하는군요."

그가 이를 악물고 내쉬던 한숨을 얼른 삼켰다. 왕실 주치의가 그녀를 본다고 해서 다른 의사들이 자유로워지는 것은 아니었다.

저택의 모든 이들이 그녀의 움직임 하나하나에 모든 촉

각을 곤두세웠다. 고작 침대에서 일어나는 일에도 시녀들이 숨을 들이켰다.

에젠은 에밀리가 언젠가 이야기했던, 제가 잠들어 있을 당시의 저택의 풍경이 조금이나마 이렇지 않았을까 생각했다. 그리고 그 강박이 어디서 기인한 건지 어렵지 않게 짐작할 수 있었다.

"저는 괜찮아요. 단순히 좀 무리했을 뿐이에요."

그녀는 다시 청진기를 꺼내 보이는 왕실 주치의에게 말했다.

"저도 그리 생각합니다만 누군가는 그렇지 않을 겁니다."

주치의가 대답했다. 그가 땀이 묻은 청진기에서 손을 떼고 손바닥을 무릎에 다시 닦았다.

"에밀리. 지금 이 저택에 있는 의사가 총 몇 명이지?"

"네? 아, 그게……."

"저를 포함하여 서른 명, 아직 도착하지 않은 의사 또한 한 무더기이니 숫자는 유동적입니다."

갑작스런 물음에 머뭇거리는 에밀리 대신 주치의가 답했다.

"이분과 무어가 주치의만 빼고 모두 돌려보내."

"네? 하지만……."

에밀리가 에젠의 명령에 눈을 크게 떴다가 이내 도르륵 눈동자를 굴렸다. 누구를 걱정하고 있는지 확연히 보이는 움직임이었다.

"클리프에겐 내가 말할게. 움직이렴."

에젠 또한 만만한 주인은 아니었다. 단지 가장 가까운 비교 상대가 클리프이다 보니 부드러워 보이는 것뿐이지. 단호한 그녀의 명령에 에밀리가 꾸벅 인사를 하곤 침실을 나갔다.

"제가 달리 걱정해야 할 부분이 있나요?"

"예? 아, 일단 일전에 말씀드렸듯 체력이 많이 떨어지셨습니다. 이번에 다시 열이 오르신 것도 그 이유가 클 겁니다. 일반적인 상황에서 잠시 무리를 해도 회복할 체력이 있으면 별문제가 없는데 지금 부인에겐 그 기본적인 신체의 구성조차 완전하지 않거든요. 특히 산모시잖습니까. 찬바람을 쐰다거나, 지나치게 스트레스를 받거나 신체적이든 감정적이든 지나친 기력을 소모하시는 일은 자제하셔야 할 겁니다."

찬바람을 쐬면 안 된다는 클리프의 말이 떠올랐다. 어찌됐든, 그가 말한 대로 되어 버렸으니 제 부주의임을 부정할 순 없겠지.

"알겠어요."

"달리 보이는 위험 증상은 없으십니다. 그 부분은 걱정하지 않으셔도 되겠어요."

에젠은 고개를 끄덕이고는 자리에서 일어났다.

"감사합니다."

발걸음이 어디로 향할지는 이미 알고 있었다.

붉은 마호가니 문 앞에 섰다.

오는 길 내내 그녀에게 붙어 떨어지지 않는 시선들을 알아차릴 수 있었다. 에젠의 뒤에는 이미 시녀와 시종 네댓 명이 자리하고 있음을 알고 있었다.

에젠은 짧은 한숨을 내쉬었다. 숨죽이며 그녀를 뒤따르던 시녀가 놀라서 폭신폭신한 여우 털을 가져와 그녀의 어깨에 걸쳐 주었다.

"차, 차를 드릴까요? 앉으실 곳이 필요하시지는 않으세요?"

그녀가 곧바로 비틀거리며 쓰러지기라도 할 것처럼 시녀의 물음이 걱정스러웠다. 에젠은 고개를 저었다.

"텔레포트를…… 더…… 도록 해, 닥치는…… 데려와……."

문을 타고 띄엄띄엄 말소리가 들렸다.

"각하…… 지금 의사들…… 되돌려…… 에밀리……."

집사의 목소리도 함께였다. 쿵— 둔탁한 소음이 울리고 드르륵 거칠게 의자가 끌리는 소리가 났다. 그리고 벌컥.

붉은 마호가니 문 뒤로 그가 나타났다. 단숨에 밖으로 발을 내디디려던 몸이 문 앞의 인영을 발견하고서야 멈췄다. 뒤쪽의 시종들이 흐읍 하고 숨을 들이켜는 게 느껴졌다.

"왜 여기……."

목소리에서 뜻밖의 놀람을 읽었다. 클리프가 에젠의 몸을 훑어 내렸다. 혹시라도 남아 있을 병색을 샅샅이 찾아내려는 듯했다.

"나 괜찮아요."

그녀가 중얼거렸다.

"각하……."

뒤쪽에서 집사의 목소리가 존재감을 일깨웠다. 에젠을 보고 잠시 멍해진 클리프의 정신을 일깨웠는지 그의 얼굴이 다시 무표정해졌다.

"침실로 돌아가, 에젠. 너희는 부인을 모시도록."

"클리프."

"랄프, 자넨 텔레포트지로 가서 의사들을 막아. 누구 마음대로 돌아가겠다는 거지, 정신을 덜 차린―."

"내가 돌려보내라 했어요."

나지막한 목소리가 클리프의 말을 잘랐다. 그녀를 지나치려던 몸이 굳었다.

"할 얘기가 있어요. 클리프."

"……나중에."

"지금이어야 해요."

클리프가 잠시 몸을 굳혔다 다시 거절을 말하려 했다. 그때 가녀린 손이 뻗어 나와 헝클어진 셔츠의 소매를 잡았다.

"안 되나요?"

초록빛 눈동자가 그를 올려다보았다. 클리프는 깔깔한 목구멍으로 개미가 올라가는 것 같은 불편함을 느꼈다.

이윽고 그가 고개를 비틀었다. 차마 그녀의 시선을 마주할 수 없다는 듯이.

"의사들을 잡아 놔, 랄프. 잠시 뒤에 내가 간다고."

"아니요, 보내세요."

시중인들이 숨을 들이켰다. 한 줌도 되지 않을 부인이 후작의 명령을 정면으로 반박한 것이다.

집사가 불편한 표정을 지었다. 필시, 제 주인의 권위에 도전하는 그녀가 불편한 것일 테다.

"클리프."

클리프의 눈에 잠깐 힘이 들어갔다. 에젠이 다시 작게 그의 이름을 불렀다. 그녀로서는 하나의 도박과도 같았다. 꼿꼿하던 몸이 잠시 자신감 없이 흔들렸다. 그가 거절하면 어떡하지, 나를 밀어내면…….

―알잖아, 나는 늘 당신에게 복종해 왔다는 걸.

그림자처럼 제게 스며들던 그의 말 한마디에 의지해서 내뱉기엔 지나치게 패가 큰 도박이었다.

클리프가 물끄러미 그녀를 내려다보았다. 길어지는 침묵에 그녀의 심장이 박동했다.

"클리프."

부르는 목소리가 더 작아졌다.

그러나 에젠은 몰랐다. 얼마나 작게 불렀든, 속삭이는 것처럼 희미하게 내뱉었든 그는 들었을 것이다.

클리프는 단 세 음절의 짧은 부름 안에 들어 있는 그녀의 의사를 읽었다. 굳어 있던 그가 몸에 힘을 뺐다.

그래, 의사들은 다시 부르면 된다. 그들을 대륙과 무어가의 저택 사이를 몇 번이고 오가게 하는 것은 에젠의 말을 거스르는 것보다 쉬울 테니까.

"……부인의 말씀대로 해."

낮게 흘러나오는 그의 명령에 시중인들이 다시 숨을 들이켰다.

집사가 멈칫한 것은 덤이었다. 후작 부인이 기어코 제 앞에서 서열의 우위를 확인시킨 것이다. 후작의 명령조차 눈앞에서 번복시킬 만큼 그를 좌지우지하는 게 바로 자신이라고.

"들어와."

집사의 우려와 전혀 상관없이 클리프가 그에게 짧은 시선을 던졌다. 나가라는 뜻이다. 집사는 참담한 마음을 숨긴 채 허리를 숙이고 나갔다. 그리고 에젠이 마호가니 문을 거쳐 집무실로 들어섰다.

달칵, 문이 닫혔다. 에젠이 숨을 들이켰다.

'미쳤어.'

문이 닫히고 나서야, 클리프와 한방에 남고 나서야 방금 제가 한 행동의 여파를 뒤늦게 알아차렸다. 그녀는 지금 가주의 명령을 번복시킨 것이다.

이걸 의도한 게 아니었는데. 왜 말이 그렇게 튀어나와 버린 건지, 에젠이 입술을 깨물었다. 싸늘한 집무실의 공기와 잇새로 새어 나온 에젠의 숨이 부딪혀 하얀 김을 만들어 냈다.

'거절당할 줄 알았어.'

클리프가 그리 쉽게 제 말을 들어줄지도 몰랐다. 어쨌든 이러나저러나 다 제 계획에서 빗나가는 것들뿐이었다. 에젠은 애써 당황과 혼란을 숨기고 고개를 들었다. 시선이 장소를 담아냈다.

클리프의 집무실에 들어오는 것은 처음이었다. 싸늘한 공기가 맴돌았다. 후끈할 정도로 덥혀진 그녀의 침실과는 달랐다. 화려한 저택의 모습은 적어도 이곳에서만큼은 부재한 듯했다.

내부에는 최소한의 가구와 구색을 겨우 맞추는 그림 하나가 걸려 있을 뿐이었다. 그려진 그림마저 으스스한 벌판이었다. 풀 하나 나지 않는 황량한 황무지 위에 짙게 내려앉은 어둠까지, 죄다 우중충한 색이라 보는 이를 흠칫하게 만들었다.

그럼에도 텅 빈 이곳이 무(無)로만은 느껴지지 않았다. 도저히 무시할 수 없는 존재감을 지닌 그는 여전히 이곳에…….

"클리프?"

그가 보이지 않았다. 분명 문을 닫고 그가……. 그가 어디로 갔지?

"잠깐 기다려, 불을 지필 테니."

클리프는 무릎을 굽힌 채 벽난로를 살피고 있었다. 이미 장작에 작은 불씨가 옮겨붙은 후였다. 그의 손끝에 묻은 검댕이 눈에 들어왔다.

"클리프, 그만둬요. 난 괜찮으니까……."

에젠의 얼굴이 하얘졌다.

"공기가 차."

그러나 클리프는 이미 일어서서 깨끗한 손수건에 검댕을 닦아 내고 있는 중이었다. 공기가 차가워 불을 지핀다는 단순한 논리였으나 일개 하인들이 할 일을 일국의 후작이 하는 이유가 되어 주지는 못했다.

손을 닦아 내는 일련의 단조로운 과정이었음에도 어쩐지 그에게서 눈을 떼지 못했다.

너른 어깨를 감싸는 팽팽한 셔츠 차림의 그가, 손수건 사이에서 보이는 길고 쭉 뻗은 손가락이 그녀의 시선을 사로잡았다.

"이제 말해."

그래서 어느새 그가 다가와 있었음을 뒤늦게 알아차렸다. 두툼한 정복이 다시 그녀의 어깨 위에 얹히자 에젠은 그가 부러 손을 몇 번이고 닦아 내던 이유를 비로소 알 수 있었다.

길고 곧은 손가락이 다시 눈에 들어왔다. 어쩐지 더워지는 기이한 기분을 떨쳐 내려 에젠은 부르르 몸을 떨었다.

"추워?"

득달같은 물음이 들이밀어졌다.

"자리를 옮겨야겠군. 침실로 가. 이야기는 그곳에서도 할 수 있으니."

"괜찮아요."

움직이려는 그를 붙잡았다. 고작 소매 한쪽을 붙잡혔을

뿐인데 그가 또 굳었다. 마치 에젠 그녀가 그를 밧줄로 칭칭 동여매기라도 한 것처럼.

"괜찮아요. 그냥 다른 생각을 한 것뿐이에요."

에젠이 입술을 깨물었다. 클리프 때문에 머릿속이 뒤죽박죽이었다. 뭘 하러 여기 왔었지, 또 잊어버리면 안 돼. 에젠, 이 멍청한…….

그때 입술에 무언가가 닿았다. 짧은 접촉이 깨물고 있던 그녀의 입술을 풀어냈다. 그리고 사라졌다.

찰나의, 자칫하면 알아차리지 못할 만큼의 짧은 움직임이었다. 그리고 에젠이 그 출처를 알아차리기 전에 클리프가 한 발 물러섰다.

"……."

에젠은 어느새 무표정해진 그의 얼굴을 마주해야 했다. 계속 시선을 두고 있었기에, 불연히 떠오른 것처럼 제게서 멀어지는 그와의 거리도 알아차리지 못할 수 없었다.

스산한 바람이 가슴으로 스며드는 것을 그녀는 모른 척했다.

"그래서 할 말이 뭐지?"

그 또한 길어지는 침묵을 더 연장할 생각이 없는 모양이었다.

"……."

에젠은 다시 제가 이곳에 온 이유를 떠올렸다. 저택 전체에 서린 저를 둘러싸는 짙은 긴장감을 끊어 내야 했다.

"나 괜찮아요."

알쏭달쏭한 말이었다. 클리프의 시선은 여전히 에젠에게 붙박여 있었다.

"대륙에서 의사를 모아 올 필요도, 수십 명의 시녀가 내 움직임 하나에 몸을 떨게 만들 필요도 없어요. 난 괜찮아요."

그러나 클리프에게선 대답이 없었다. 제 말을 이해하지 못했나 싶어 에젠이 잠깐 제 소매를 걷어 올려 그에게 보여 주었다.

뽀얀 살결 위로 맥동하는 핏줄이 드러났다. 그녀 딴에는 건강하다는 걸 나타내려 함이었는데 그게 마치 어린아이가 제 근육을 자랑하는 것처럼 우스꽝스러운 모습일 거라는 건 미처 알아차리지 못했다.

그녀가 팔을 드러내 보이자 클리프의 표정이 조금 이상하게 변했다.

"열이 났던 건…… 잠시 몸살을 앓은 것뿐이었어요. 왕실 주치의도 그렇다고 했는걸요."

그의 얼굴이 다시 굳어졌다. 잠깐 이를 가는 소리가 들린 것도 같았다.

"네가 아플 거라는 것조차 알아차리지 못한 돌팔이 따위……."

"클리프, 그는 신이 아니에요. 당신은 너무 심각하게 생각하고 있어요. 내 건강은 지극히 정상이에요. 앓아누운 건 말했듯 단순한 몸살—."

"찬바람을 쐤잖아. 고작 그 정도에 몸져누울 만큼이라는 거야."

"따지고 보면 그것 때문이 아니라—."

핑퐁처럼 왔다 갔다 하는 대화 속에서 울컥한 에젠이 저를 아프게 한 장본인에게 쏘아붙이려다 멈칫했다. 그리고 다시 한숨을 내쉬었다.

에젠의 한숨 소리에 클리프의 눈빛이 변했다.

"클리프, 나는—."

"나보고 어떡하라는 거지?"

날 선 목소리가 들이밀어졌다.

"날 보러 나왔었지. 당신 두 발로 서서 날 보았어. 그래, 유리, 젠장, 건드리면 깨지는 유리가 아니라고, 그리 다루지 말라고 내게 말했어. 그리고 어떻게 됐지? 단 하루가 채 지나가기도 전에! 당신은 예전처럼 저 빌어먹을 침대에 누워서—!"

점점 커지는 감정을 감당하지 못하는 듯, 그의 목소리가 뚝 멎었다. 거센 압박감이 그녀를 내리눌렀다. 클리프가 노려보듯 중얼거렸다. 푸른 눈동자가 어디를 보고 있는지는 불분명했다.

"당신이 괜찮은지 아닌지는 내가 판단해."

시선이 정확히 에젠을 향하지 않았지만 그의 의사만큼은 분명하게 전달됐다. 지나치게 분명히 말이다.

"……."

에젠은 물끄러미 그를 바라볼 수밖에 없었다. 발산되는

감정의 고저가 심했다. 클리프 무어를 떠올리면 늘 무표정한 얼굴과 무감각한 성정이었다.

그래서 더더욱 그의 미래를 믿지 못했다. 저를 향한 그에게 분노와 증오 말고 다른 감정이 존재할 거라 생각하지 못했다.

그리고 이제,

에젠은 증오밖에 존재하지 않는다 생각했던 그에게서 불안을 읽었다. 어딘가 가슴이 조여들었다.

클리프는 에젠의 침묵을 달리 생각한 모양이었다.

그제야 조금 전 버럭 소리쳤던 자신의 모습을 돌아보는 듯 험악했던 그의 얼굴이 굳어졌다. 여기서 더 굳어질 수도 없을 것 같은데 말이다.

"내가 말하려던 건……."

입술이 달싹거렸다. 살갗에 아리게 닿던 압박감이 맥을 못 추고 잦아들기 시작했다. 윽박지르듯 그녀를 내리누르던 제 모습을 비로소 인지한 모양이었다.

"에젠, 방금은 내가…… 당신을 위협하려던 게 아니야. 당신의 자유를 존중할 테지만…… 이건 예외야. 당신은 이 문제에 있어선 내 말을 들어야……."

말을 하면 할수록 어그러지는 모순된 논리에 그의 표정도 같이 일그러졌다.

예외가 있는 자유가 어디 있는가. 그렇다면 그 예외 외의 자유조차 누군가의 허락 아래서만 존재하는 게 아닌가.

그것을 자유라 이름할 수 있는가. 제가 정말로 그녀에게 당당히 바칠 수 있는 것이던가.

"젠장, 내 말은……."

"알겠어요."

스스로의 굴레에 빠져 버린 클리프를 건져 낸 것은 에젠이었다. 클리프가 시선을 돌렸다.

저를 향하고 있는 말간 얼굴에는 원망도, 포기도 어려 있지 않았다. 그저 조용히 저를 응시할 뿐이었다.

"뭐?"

"알겠어요."

"어?"

멍청히 되묻는 그의 물음에도 에젠의 가슴속에 바람이라 불리는 한 줌의 생각들이 피어났다.

당신이 불안하지 않았으면 한다. 그런 굳은 표정의 이유가 내가 아니었으면 좋겠다.

"……당신이 판단해도 좋아요, 나에 대해서."

그것은 그녀에 관한 클리프의 강박을 이해하겠다는, 무언의 허락이었다. 에젠도, 클리프도 아직 그 참뜻을 인지하지 못했지만 말이다.

"하지만…… 매번 새로운 의사는 싫어요."

그녀가 망설이다 말했다.

"……낯선 사람이 이곳을 들락거리는 것도, 그들에게 매번 나를 진찰하게 하는 것도 싫어요."

클리프로서는 처음 듣는 에젠의 호불호였다. 멍청하게 턱이 벌어질 것 같아 그가 이를 악물었다.

"그러니 의사는 왕실 주치의와 이곳의 주치의, 둘로 줄여 줘요."

"알…… 겠어."

한참 만에 그가 고개를 끄덕였다. 사실, 결과적으로 보면 조금 전과 달라진 게 없었다. 여전히 에젠의 뜻대로 하는 것이었다. 무어가 저택으로 이어지던 의사들의 긴 행렬이 뚝 멈추게 될 것이니 말이다.

"다른…… 건?"

그가 천천히 되물었다. 조금 전까지 내리누르듯 흘러나오던 목소리가 지나치게 느려졌다.

"네?"

"다른 건 원하는 게 없나?"

"……."

잠시 생각에 빠진 에젠에게서 그는 시선을 떼지 못했다. 그러다가 이내 그런 자신을 인지하곤 다시 시선을 떼어 냈다.

보아서는 안 된다. 더 시선을 두었다간 내리눌렀던 것들이 튀어 나갈 것이다. 그는 표정을 없앤 얼굴로 짧은 찰나를 참지 못하고 그새 날뛰는 속의 것을 다시 눌렀다.

타닥타닥. 장작이 타는 소리가 어디선가 들려왔다.

"……약이……."

한편 에젠 또한 골똘히 제 생각에 몰두했다.

'주치의가 건네는 약이 쓰다고 말해도 될까.'

식은땀을 닦아 내던 왕실 주치의를 떠올리다, 또 제가 꺼내는 말이 클리프에게 어떻게 들릴지 생각해 보던 에젠이 속으로 고개를 저었다. 이건 말하지 않는 것이 좋을 듯하다.

"약이 왜."

짐승 같은 감각을 가진 이는 작은 속삭임도 놓치지 않았다. 되물어 오는 말에 그녀가 흠칫 놀랐다 이내 고개를 저었다.

"아니요."

에젠의 입이 다시 다물어져 있었다. 클리프는 다시 그녀에게로 붙박이려는 제 시선을 떼어 냈다. 가면이 또다시 덧씌워졌다.

"당신이 원하는 게 있으면 말해."

에젠은 그의 가면을 알아보진 못했으나 그가 감정적으로 다시 한 발 물러섰다는 것은 알아차렸다.

클리프의 물음에 답하는 대신 그녀 역시 물러섰다. 제가 진실로 원하는 것을 말했다 한들, 지금의 그에게 닿지 않을 것을 본능적으로 알아차렸기 때문이다.

거절당하고 싶지 않았다. 밀어내지고 싶지 않은 두려움이 일었다.

서로의 밖에서 누구보다 가까웠으나 서로의 앞에선 누구보다 멀었던 두 사람이었다. 새로운 기회가 주어졌다고 해서 습관처럼 몸에 배어 버린 둘의 거리가 단숨에 가까워질

순 없었다.

잠시 풀어지던 분위기가 딱딱해졌다.

"……네."

대답을 하기까지의 침묵이 길었다. 클리프는 기다렸다. 그러나 좀 더 시간이 흐른 후에도 에젠에게서 더 흘러나오는 말은 없었다.

클리프는 잠깐 그녀를 살폈다. 그사이 데워진 방의 온도에 그녀의 볼이 발갛게 달아올라 있었다.

"말하고 싶은 건 그게 다인가."

"……"

그녀가 고개를 끄덕이려다 멈칫했다. 여태까지 미뤄 놓았던, 가장 중요한 것을 잊고 있었다는 걸 깨달은 것이다.

"아이."

새어 나온 단어 하나에 그의 신경이 언제 그랬냐는 듯 단번에 곤두섰다.

"우리 아이의 이름…… 아직 없잖아요."

천사 같은 웃음을 터뜨리던 아이가 떠올랐다. 그도 같은 이를 떠올리고 있을 거란 걸 알았다. 그가 에젠의 말을 듣자마자 마른 얼굴을 거칠게 쓸었기 때문이다. 숨결처럼 흩어지는 탄식에 그 또한 아이의 작명을 까맣게 잊고 있었다는 게 드러났다.

그가 또다시 마른 얼굴을 쓸었다.

"당신이……"

에젠은 순간 그가 할 말을 알 것 같았다.

'설마 당신이 원하는 걸로 해, 는 아니겠지.'

저도 모르게 그를 노려보았다. 그가 말을 마친 것도 아닌데 서러움이 발밑에서 달랑거릴 준비를 했다.

"당신이 아니라 내가 지어도 되는 건가."

그러나 클리프의 물음은 예상에서 비켜났다. 물끄러미 저를 보는 시선에 그가 덧붙였다.

"……당신이 원하는 이름이 있었다면……."

"아니요."

그녀가 고개를 저었다. 제가 아는 아이의 이름이 아닌 다른 이름을 생각하기가 어려웠다.

'그대로 이안이라 이름 지어질까. 내가 봤던 그 어둠 속 기억들이 우리의 미래가 맞는 걸까.'

어쩌면 확인하고 싶었는지도 모르겠다. 마음 한구석에 지워지지 않는 의심이 남아 있었다.

'그냥, 단순한 꿈일지도 모르잖아. 그의 미래도, 그의 죽음도 말이야.'

"당신이…… 지어 주었으면 해요."

"……."

에젠은 제 말에 몸을 뻣뻣이 굳히는 그를 발견할 수 있었다.

날카로운 선으로 떨어지는 남성적인 턱이 잠깐 뭔가를 참아 내는 듯 가늘게 떨렸다. 에젠은 떨림의 이유를 몰랐다.

"……이안."

그가 잠시 숨을 삼키고 중얼거렸다. 갑작스런 작명의 요구에도 늘 염두에 두었던 것처럼, 가슴속에 품고 있던 것을 꺼낸 것처럼 그는 그리 말했다.

흘러나온 이름을 들은 순간 에젠 또한 굳어져야 했다.

"이안이 좋겠어."

굳음의 이유가 제 의심을 없애는 확인에 대한 기쁨인지, 진실로 드러난 참혹한 미래가 야기하는 고통 때문인지 몰랐다. 아무것도 모르는 멍청이가 된 기분이었다. 그럼에도……

"우리, 아이의 이름은."

이안.

우리 아이.

낮은 목소리로 울리는 단어가 어쩐지 가슴을 저며서 에젠은 다시 고개를 들어 남편을 마주할 수가 없었다.

"괜찮으세요, 마님?"

에밀리는 멍하게 침실로 돌아온 에젠을 조심스레 살폈다. 그녀를 안아 이곳까지 데려다준 것은 클리프였다.

걸어오는 내내 두 사람 모두 아무 말도 하지 않았다. 서로에게 드러나지 않는 수면 아래에서 클리프도, 에젠도 각자의 감정을 추스르는 데 벅찬 까닭이었다.

"잘 자."

적어도 온전히 기억하는 것은 그가 마지막으로 건넨 밤
인사 하나였다. 그제야 에젠의 정신이 돌아왔다.

"에젠?"

저도 모르게 뻗어 나간 손이 또 그의 소매를 잡고 있었다.

"……."

그녀는 무슨 말을 해야 할지 몰랐다. 뻐끔뻐끔, 달싹거
리는 입술 사이로 금붕어처럼 거품이 새어 나갈 것 같다.

"에젠? 아파?"

그가 다시 물었다. 나지막한 목소리에도 시선이 다시 매
섭게 그녀를 살폈다. 살벌한 간극에 에젠은 헛웃음이 새어
나올 것 같았다.

"……아니요."

"……."

"잘 자요."

목구멍에서 간질거리던 것이 튀어나왔다. 무표정한 얼굴
에서 눈썹이 살짝 올라가는 걸 보았다.

"잘 자요, 당신도."

질 좋은 천의 부드러운 감촉이 손아귀에서 떨어져 나갔
다. 다시 붙잡고 싶은 영문 모를 마음에 에젠은 주먹을 쥐
었다.

"……응."

클리프가 고개를 끄덕였다.

그리고 거기까지가 온전하게 남아 있는 그녀의 기억이었다. 다른 건 뿌옇게 흐려지기라도 한 것처럼.

'잘 자.'

그의 목소리만 귓가에 맴돌았다. 그리고 이내 또,

'이안.'

'이안, 우리 아이의 이름.'

반복되었다.

"이안."

에젠은 소리 내어 아이의 이름을 발음했다. 걸리적거리는 것 없는 부드러운 연음이 입 속에서 맴돌았다. 몇 번을 반복했을까, 에젠이 벌떡 일어났다.

"……마님? 마님!"

에밀리가 놀라 그녀를 뒤쫓아 나왔다.

에젠이 향하는 곳이 그녀의 침실에서 얼마 떨어지지 않은 아기방이라는 것을 알아채고서야 에밀리가 안도의 한숨을 내쉬었다.

"마님, 이 늦은 밤에 어쩐 일로……?"

문을 벌컥 열고 들이닥친 에젠을 본 메리 부인이 눈을 동그랗게 떴다.

"아이…….."

에젠이 말했다. 속삭이는 것처럼 가녀린 목소리로 시작된 문장은 반복적으로 힘을 얻어 갔다.

"우리 아가요. 클리프와 내 아이 말이에요."

"네, 마님. 각하와 마님의 아이요."

반복해서 두 사람의 결실인 아기씨를 설명하는 말이 어쩐지 사랑스러워서 메리 부인의 얼굴에 미소가 번졌다. 옅은 혈색으로 발그레해진 주인의 얼굴에 생기가 묻어났다.

"이안이에요."

"네?"

"우리 아이 이름, 이안이에요."

"아, 각하께서 드디어 아기씨의 이름을 지어 주셨군요! 마님께서 이 밤에 갑자기 또 어딜 가시나 했더니……."

에밀리가 뒤따라 아기방으로 들어오며 기쁨의 탄성을 질렀다. 그제야 아기방으로 들이닥친 익숙한 방문객의 내막을 알아차린 메리 부인 또한 함박웃음을 지었다.

"어머."

그러다가 문득 떠오른 사실에 메리 부인이 벌어지는 입을 막았다.

"왜 그러세요, 메리 부인?"

"이안이라니, 감동적이군요. 아기씨께 딱 맞는 이름이에요."

에밀리가 불안한 얼굴로 묻자 메리 부인은 이내 입을 막은 손을 떼곤 웃으며 대답했다.

"신의 선물."

그녀가 어느새 잠에서 깨어나 버둥거리는 아이를 침대에서 안아 들었다. 그리고 에젠에게 안겨 주었다.

"신의 선물, 그게 아기씨 이름의 뜻이에요. 겔릭어로요.

각하께서 용병단에 계셨을 때 겔릭에서 주로 머무르셨다 들었는데…….”

“어머나…….”

조금 전 메리 부인이 그랬듯, 이번에는 에밀리가 입을 막았다. 에젠이 멍한 얼굴로 아이를 받아 들었다. 그리고 천천히 유모의 말을 곱씹었다.

—이안이 좋겠어.

신의 선물. 신이 그와 내게 주신 단 하나의.

“……이안.”

에젠이 고개를 숙였다. 아이를 꼭 품에 안았다. 어쩐지 눈물이 핑 돌았다.

결국 에젠은 늦은 밤까지 아이를 품에 안고 잠들지 못했다. 메리 부인은 빙긋 웃으며 자리를 비켜 주었다. 아이를 안고 이름을 되뇌는 그녀의 작은 두 발이 잠옷 아래서 달랑거렸다.

‘그는 언제부터 이안의 이름을 생각한 걸까.’

달콤한 젖내를 풍기는 아이의 어깨에 코를 박고서 에젠은 클리프를 떠올렸다. 그를 생각할 때 그녀의 가슴에 뭉게뭉게 일어나는 감정은 으레 비슷했다.

반쯤은 그의 죽음에 대한 두려움, 반쯤은 아무것도 할 수 없이 그 검은 복도에 서 있는 것만 같은 혼란스러움이었는데 그 틈을 비집고 작은 꽃망울들이 피어나기 시작했다.

‘더 알고 싶어.’

용병 시절 겔릭에 있었다던 메리 부인의 말이 떠올랐다. 에젠은 그가 용병이었다는 것도 몰랐다. 사실, 그가 크로포드가를 떠난 이후로는 부러 더 그의 행적을 찾아보지 않으려 했다.

그녀의 아버지는 불타는 오두막 앞에서 길길이 날뛰었다. 가문에서 유일하게 그를 막아 세웠던 에젠을 의심하여 혹시 클리프와 연락을 취할까 미행을 붙인 적도 있었다.

아버지는 그의 죽음을 믿지 않았다. 아니, 믿지 못하는 것처럼 보였다. 언제고 제게 들이닥칠 검은 죽음의 그림자를 당신은 이미 예감하고 있었는지도 모른다.

"안 돼."

짙어지는 기억에 점점 잠식당하는 것을 느낀 에젠이 다시 고개를 세차게 흔들며 아이를 품에 안았다.

안정적인 포근함이 그녀를 서서히 수렁에서 건져 올렸다. 그녀는 입술을 깨물었다.

'바꾸고 싶어. 바뀌고 싶어.'

클리프는 제 부탁을 들어주었다. 저를 걱정했다. 아이 이름의 뜻도 그녀가 좀 더 긍정적인 생각을 할 수 있게 해 주었다.

'좀 더 용기를 내어 보자. 내가 보았던 그의 진심을 믿고, 흔들리지 않는 거야. 우리의 끝은 절대로 비극이 되지 않을 거야.'

에젠은 굳은 다짐을 되새겼다.

'내가 그렇게 만들 테니까.'

날이 밝았다.

집사는 눈살을 찌푸리며 자리에서 일어났다. 뻣뻣하게 굳어진 팔을 주물렀다. 천근만근 무거운 몸은 세월의 비정함을 호소했다.

"쿨럭."

기침이 터져 나오는 것도 이젠 어쩔 수가 없는 모양이다. 아침이면 으레 알람처럼 터져 나오는 그의 기침 소리를 들었는지 하인이 이내 똑똑, 문을 두드렸다.

"집사 어른, 기침하셨습니까."

그 기침이 어느 기침인지는 불분명하나 대답은 둘 다였다.

"그래."

집사의 대답에 하인이 세숫물을 들고 들어왔다. 둥근 구리 대야에서 김이 모락모락 일어났다.

"물을 데웠나?"

"예, 오늘 날이 좀 찬 듯하여……."

"쓸데없이."

그는 인상을 찌푸렸지만 하인의 배려에 동화 한 닢을 내주었다.

무어가의 식솔들이 받는 삵은 다른 귀족가에 비해 꽤 많은 정도였지만 그는 젊은 하인의 어머니가 몇 년째 병상에 누워 있는 것을 알고 있었다.

"감사합니다, 집사 어른."

하인이 고개를 꾸벅 숙였다. 집사가 세수를 마쳤을 때 젊은 하인은 이미 그의 이부자리를 정리하고 옷까지 준비해 놓은 상태였다.

정성껏 풀을 먹여 빳빳한 감색 셔츠와 바지가 침대 위에 가지런히 놓여 있었다. 역시나 쓸데없이 성실한 놈이었다.

"각하께서는?"

"아침 일찍 입궁하셨습니다."

벌써? 집사의 인상이 찌푸려졌다. 그는 어젯밤 주인의 방이 늦게까지 환한 것을 보았다.

쉬이 잠들지 못하실 만큼 고뇌하실 만한 게 있으셨던 게지. 그리고 그것은 아마…….

"하녀장은? 오늘 아침 보고가 늦군."

그의 말이 떨어지기가 무섭게 하녀장이 헐레벌떡 문을 열고 들어왔다. 늦잠을 잤는지 곱게 틀어 올린 머리에서 두어 가닥의 머리카락이 흘러내려 있었다.

"늦었어."

집사는 그녀를 쳐다보지도 않으면서 서류를 뒤적거렸다. 오늘 구입한 식료품의 내역이었다.

"어제 이 층 계단에 왁스가 제대로 닦이지 않았더군. 난간에 그을음도 묻어 있었어. 벽난로의 재를 옮기고 나서 계단을 다시 쓸어야 하는 기본 중의 기본을 잊어버린 건가?"

"꼼꼼한 아이들로 뽑아 다시 보내겠습니다."

'깐깐한 노인네 같으니라고.'

하녀장은 다른 생각을 가지고 있으면서도 수긍의 뜻으로 고개를 끄덕였다.

"오늘 안에 끝내도록 해. 미끄러운 계단은 위험하니까. 특히 마님의 침실 근처에 있는 계단은 두 번 세 번 확인하도록 해. 계단 끝이 날카로우니 뭔가 조치를 취하는 게 좋겠어."

"고무판을 구해다 붙일까요?"

하녀장이 나름 방안을 내놓았다.

"아름다운 백색 계단에 그런 흉측한 것을 붙이겠단 말인가? 석공을 불러 계단 모서리를 다듬으라고 해."

"……알겠습니다."

제가 이미 대안을 알고 있으면 왜 물어봤단 말인가 싶었다. 그러나 꼬장꼬장할 정도로 꼼꼼한 집사의 성정을 잘 알고 있는 하녀장은 그저 고개를 끄덕이고 수긍하는 것이 상책이라는 것을 몸소 경험했다.

"벽난로도 청소를 게을리하지 말도록, 재가 날리는 일 따위 없어야 하네."

집사는 그 뒤로도 말을 멈추지 않았고 무어가 하인들의 얼굴은 점점 어두워졌다.

집사는 세 걸음 내디디는 동안 집 안에 존재하는 다섯 개의 흠을 발견할 수 있는 사람이었다.

에젠과 관련된 것을 제외하면 집안일에는 전혀 신경을 두지 않는 클리프를 가주로 두고 있는 무어가 저택의 화려함을 변함없이 유지할 수 있는 이유였다.

가주는 생존에 필요한 오감을 제외한 기타 감각, 예를 들자면 미적 감각 —이미 그의 집무실에 존재하는 단 하나의 그림을 보았다면 짐작했겠지만— 과 같은 감각들을 인간의 필요 감각으로 치부하지 않는 유의 사람이었다.

그 말은 곧 아름다운 무어가 저택의 존재 이유는 오직 에젠 크로포드 하나만을 위함이라는 것이다.

집사는 에젠 때문에 비로소 저택이 일국의 후작가에 걸맞은 위상을 띄게 되었다는 것이 정녕 기뻐할 일인지 아직도 알 수 없었다.

그러나 그는 충실한 하인이었고, 주인의 명령을 심히 불편해할망정 그것을 외면할 수는 없었다. 이미 몇 번의 실수를 통해 주인의 자비에 기대 제 목숨을 부지했음을 알고 있기 때문이기도 했다.

그러나…….

"여기요, 오늘 온 초대장이에요."

하인이 책상 위에 수십 장의 카드를 우수수 쏟았다.

"요즘은 왜 이렇게 적어?"

수십 장의 카드를 앞에 놓고 하는 말은 비약 같았지만,

평소 각지에서 도착하는 무어 후작 부부를 향한 초대장의 숫자에 비한다면 많이 줄어들어 있었다.

초대장의 수는 곧 귀족 사회에서의 위상을 증명하는 것이기도 했다.

"각하께서 곧 총사(총사령관)에 임명되실 거란 이야기 들으셨어요? 에브론 왕국과의 전쟁에 대비해서요. 그것 때문에 현재 총사직을 맡고 있는 말콤 경이 심히 불만스러워한다 하더군요. 그래서 동네방네 가는 곳마다 우리 각하를 비난한대요."

"군 비리로 얼마 전 청문회를 나갔던 그 작자 말이지? 줄어드는 초대장 숫자가 설명되는군."

집사가 인상을 찌푸렸다. 그의 찌푸림을 이해하는 하녀장이 한숨을 내쉬었다.

"이럴 땐 안주인이 나서서 반대 여론을 형성하는데 우리는……."

무어가의 안주인은 결혼 이래로 단 한 번도 사교계에 모습을 드러낸 적이 없었다. 그녀는 대신 자신의 방에 처박혔다. 그러니 사교계 내 무어가의 평판이 떨어지는 것은 예정된 일이었다.

그녀는 아무것도 하지 않았다. 주인이 치열한 권력 싸움에서 살아가는 동안, 그녀는 주인이 제공한 평화 위에서 안식했다.

늙은 집사는 기억하고 있었다. 제 주인은 그녀와의 결혼 후 단 한 번도 편히 잠든 날이 없었다. 주인의 방의 불은 늘 꺼지지 않았다.

그가 무엇을 그리 괴로워하는지 저는 감히 짐작조차 할 수 없었지만 그것은 언제나 늘, 가시처럼 집사의 마음에 박혀 있었다. 부인은 아무것도 몰랐다.

그리고 이제, 노인은 안다. 가녀린 부인의 손 위에 주인이 무력하게 잠들어 있을 것을. 어제 제가 보지 않았나. 그녀의 앞에서 눈 녹듯 허물어지는 주인을.

내뱉은 말을 번복하는 주인이 아니었다. 그리고 그 예외가 이제 에젠 크로포드가 되어 버렸다.

"이 집이 어찌 되려고 그러는지……."

정말로 깜깜했다. 집사의 얼굴에 짙은 주름이 졌다. 그가 살아온 세월보다 더 짙은 걱정이.

그리고 그때 똑똑. 작은 노크 소리가 들렸다. 방 안의 모든 이목이 문을 향했다.

"마님? 여기까진 어쩐 일로?!"

집사의 근심이 눈앞에 자리하고 있었다.

은은히 반짝거리는 엘프의 드레스 자락이 발밑에서 작게 출렁였다.

"필요한 게 있어서 물으러 왔어."

"예?"

믿을 수 없는 말에 집사가 멍청히 반문했다. 좀 더 일찍 정신을 차린 하녀장이 자리에서 벌떡 일어났다.

"시녀를 보내셨으면 저희가 갔을 텐데요, 이곳까지 걸음 하시다니……."

살짝 파랗게 질린 하녀장이 그녀를 살폈다. 또 쓰러지진 않을까, 병색을 확인하는 얼굴이었다.

"잠시."

그러나 에젠의 시선은 여전히 집사에게 있었다.

"너희 잠깐 나가 있거라."

"예? 네, 그럼 집사 어른, 차, 차를……."

"오래 있지 않으실 테니 차는 침실로 올리거라."

집사의 말에도 에젠의 얼굴에는 변화가 없었다.

왜 그녀가 이곳까지 온 것인가. 이젠 직접 요구할 것이 생겼나? 집사의 가슴이 덜컥 내려앉았다. 하녀장이 나간 뒤에도 방 안의 침묵은 쉬이 흩어지지 않았다.

"하문하십시오."

집사는 차라리 그녀를 빨리 돌려보내는 것이 좋을 거라고 판단했다.

에젠은 대답 대신 방을 둘러보았다. 시선이 찬찬히 테이블 위에 놓였던 서류들과 초대장 더미를 스쳐 지나갔다.

집사는 말이 없는 에젠에게 조급함을 느꼈고 그것은 곧 이 대화의 주도권이 그에게 있지 않음을 암시하는 것과 다름없다는 것을 알아차렸다.

"마님. 저는—."

"집사의 일을 오래 방해할 생각은 없어. 별문제가 생기지 않는다면 잠깐이면 되겠지.”

별문제가 생기지 않는다면.

조건부가 붙었다. 집사는 어쩐지 불안한 마음이 들었다.

“이 저택의 고용인이 총 몇 명이지?”

“예?”

집사가 멍청히 되묻자 에젠의 시선이 그를 향했다.

집사는 저도 모르게 시선을 피하고 질문을 되새겼다. 고용인? 고용인은 갑자기 왜…….

“저택에 안주하는 고용인의 수는 약 백삼십 명, 기간제로 고용하는 이들은 오십 명 정도 됩니다.”

“고용인들의 신분증명서와 추천서는 가지고 있어?”

“예? 예, 그렇습니다만…….”

“혹 신분증명서에 그들의 출신과 배경도 나오나?”

계속될수록 기이한 물음뿐이었다. 집사는 일단 고개를 끄덕였다.

“간혹 적지 않는 경우도 있지만 대부분은 기입하게 하고 있습니다.”

“그중에 세네브 출신이 있나?”

세네브라면 하이츠와 국경을 맞대고 있는 작은 소국이었다. 집사는 잠시 고용인들의 서류를 떠올리다 고개를 저었다.

“아니요, 없습니다.”

“앞으로도 세네브 출신은 배제해. 교역하는 상단 중에도 세네브와 관련된 것이 있나?”

"아니, 없습니다만, 마님—."

"세네브와 관련된 모든 이들을 이 저택에 들이지 마. 그리고 저택의 뒤쪽 창문들에 보수 공사가 필요해. 외부에선 절대로 열리지 않도록 유리를 다른 재질로 바꾸고—."

"잠깐만요. 마님. 이해가 되지 않습니다. 왜 세네브 출신을 배제해야 하는지도, 세네브 자체를 배척하는 이유도, 멀쩡한 창문들을 보수해야 하는 이유도 설명되지 않습니다."

집사가 그녀의 기이한 명령을 이해하길 포기한 채 멈췄다. 그가 덧붙였다.

"고용 권한은 제게 있습니다."

시선이 부딪혔다. 집사는 감히 부인의 눈을 마주했다. 순간 제 눈에 숨기지 못한 반기가 서려 있을 것임을 알았다. 부인의 눈은 지금 뭘 하는 거냐고, 그리 묻고 있을 테다.

에젠이 짧은 한숨을 내쉬었다.

"하지 않겠다는 거야?"

"그건 아니지만……! 이해가, 되지 않습니다."

"클리프가 명령을 내릴 때도 네게 설명하던가?"

묵직한 한 방이 치고 들어왔다. 집사는 말문이 막혔다.

"시키는 대로 해."

담담한 목소리에선 부정은 받아들이지 않겠다는 단호함이 묻어났다. 그 모습 위로 제 주인이 겹쳐 보이는 건 한물 간 눈이 마저 미쳐 가서일까.

집사가 저도 모르게 눈을 끔뻑거렸다.

"랄프, 클리프에게 벙긋거리면 처리될 일들을 나는 부러 널 찾아와서 하고 있어. 이유를 알겠어?"

집사는 다시 한번 대답하지 못했다.

주인에게 속삭이는 대신 집사인 자신에게 명령을 내리는 정식 절차를 밟는 것 자체가 안주인으로서의 책임을 행하겠다는 무언의 의사임을 알아차렸기 때문이다.

그리고 저는 그런 그녀를 저지할 수 없었다. 주인과 하인, 그 명백한 경계를 넘은 것은 저였다.

'결국⋯⋯.'

집사는 하는 수 없이 받듦의 의미로 고개를 숙였다.

"시행되는 대로 보고하겠습니다."

무너져 가는 저택의 말로가 보이는 것 같다. 그의 복종 앞에서 에젠은 비로소 뒤돌았다. 문을 나서기 전, 덧붙였다.

"앞으로 오는 초대장은 내게 전달하도록 해."

에젠은 근심을 숨기지 못하는 집사의 얼굴을 뒤로하고 제 방으로 돌아왔다.

이윽고 에밀리가 집사에게서 가져온 초대장을 우수수 쏟아 놓았다. 금박과 은박으로 화려하게 각인된 각각의 초대장들을 하나씩 열었다. 사교계의 초대장 따위를 보는 것도 참으로 오랜만이었다.

크로포드가로 날아왔던 초대장들은 그녀가 아닌 제 아버지와 형제의 손에서 뜯겼다. 그들이 정하는 곳이 곧 에젠이 참석해야 하는 곳이었기에 그녀의 의사는 선택에 아무런 영향을 끼치지 못했다.

초대장에 적힌 이름들이 낯설었다. 아무와도 교류하지 않은 채 너무 오래 깊숙이 은둔했기 때문인지도 모르겠다.

에젠은 카드들을 다시 펼쳤다. 조금씩 기억이 되돌아왔다. 이름을 알아보았다. 그러나 그것만으로는 부족했다.

'정보가 너무 없어.'

가문의 꼭두각시나 다름없었으나 적어도 사교계가 어떻게 돌아가는지 정도는 알고 있었다.

하이츠엔 세 당파가 존재한다.

왕권 강화를 꿈꾸는 왕정파, 귀족의 권력 강화를 꿈꾸는 귀족파, 그리고 그사이를 오가는 중립파.

그녀는 눈앞에 펼쳐진 이름들이 어느 파에 속하는지조차 확신할 수 없었다. 권력이야말로 시시때때로 소유자가 바뀌는 변덕스러운 것이 아닌가.

그리고 그건 그녀 혼자로선 알 수 없는 일이었다. 예전에야 누가 누구의 편에 섰는지 제 형제들이 반강제적으로 제게 욱여넣어 귀동냥으로 들었다지만 이젠…….

'그래, 필레모리 선생님이 있었지.'

에젠은 기억의 저편, 그녀를 가르쳤던 필레모리 선생을

떠올렸다.

그녀의 아버지는 필레모리의 수업료가 너무 비싸다고 투덜거렸지만 하이츠의 귀족 영애들에게 전무후무한 역량을 인정받고 있는 그녀를 포기할 순 없었다. 그도 그럴 것이, 필레모리가 가르치는 영애들이 이 편협한 사교계에선 소위 1등급 신부로 여겨졌으니까.

비비안 필레모리, 그녀는 에젠이 마음을 터놓을 수 있었던 몇 안 되는 상대 중 하나였다. 다정하고 상냥하고 열정적인 그녀와의 수업은 숨 막히는 집 안에서 유일한 돌파구가 되어 주었다.

그러나 에젠의 아버지는 계약한 수업 기간이 끝나자마자 그녀를 내쫓았다. 에젠을 걱정한 필레모리가 무료로 수업을 이어 가겠다 했으나 무참히 거절당했다.

비비안 필레모리는 영리했고 재능 있었다. 예법 선생으로 귀족가의 영애들을 꽉 잡을 수 있었던 것은 그녀의 기민한 정보력과 판단력 때문이다.

그녀라면 현재의 상황을 파악하는 데 조금이나마 도움을 줄 수 있을 것이다.

"에밀리, 비비안 필레모리 선생님을 좀 찾아 주겠어?"

며칠 뒤 에밀리는 필레모리가 더 이상 예법 선생으로 활동하지 않는다는 사실과, 그녀가 자주 출몰하는 살롱의 정보를 알아 왔다.

"이게 가장 가까운 시일에 열리는 살롱이에요. 요즘 사교계에서 제일 유명한 시 낭송회라 하더군요. 다른 시 낭송회와 다르게 달콤한 연(戀)시를 낭송하는 곳이라서 인기가 아주 많대요. 참, 참석자는 베일을 써야 한다는 규칙이 있는데…… 왜인지는 모르겠어요."

사랑을 생각만 해도 달아오르는 나이의 시녀가 볼을 붉혔다.

"여기요. 이번 시 낭송회 팸플릿에서 후원자가 비비안 필레모리라 적혀 있는 걸 보니 필레모리 님이 분명 참석하시겠네요."

충실히 심부름을 실행한 귀여운 시녀를 보는 에젠의 얼굴에 작은 미소가 번졌다.

똑똑.

그때 노크 소리가 들렸다. 기계적인 목소리가 뒤따랐다.

"마님, 랄프입니다. 들어가도 되겠습니까."

에젠의 허락에 집사가 문을 열고 들어왔다. 옆구리에는 두툼한 가죽 폴더를 끼운 채였다.

"에밀리, 차를 가져다주렴."

에밀리가 자리를 비키자 집사가 폴더를 에젠의 눈앞에 펼쳤다.

"그때 말씀하셨던 창틀과 유리 교체 샘플입니다. 유리는 투시 마법을 건 얇은 쇠판으로, 창틀의 이음새는 고블린의 사슬고리를 교체하기로 하였습니다."

집사는 정말 하고 싶지 않다는 얼굴로 성실히 수행한 결과를 보고했다. 그러나 에젠의 신경은 다른 곳에 가 있었다.

"내구성은 확인해 봤어? 외부 침입에 부서지지 않나?"

"……예. 대장장이 말로는 거인이 아니면 쥐구멍 하나 뚫기 어려울 거랍니다."

그제야 조금 불안이 가셨다. 섣불리 들어오지는 못할 것이다. 에젠에겐 몇십 년 뒤의 위험을 사서 경계하고 있다는 자각이 없었다.

"수고했어."

뜻밖의 인사에 집사가 잠깐 멈칫했다. 그리고 이내 가죽 뭉치에서 묶음 하나를 더 꺼냈다.

"오늘 온 초대장들입니다."

에젠이 고개를 끄덕였다. 지난번과 다르지 않아 보였다.

집사가 보고를 마친 뒤 나가고 에젠은 초대장을 뒤적거렸다. 며칠 전 기억을 떠올렸다.

─각하께서 곧 총사에 임명되실 거란 얘기 들으셨어요?

엿들으려 한 것은 아니었는데 정황상 그리 이름할 수밖에 없는 행위였다.

"총사."

왠지 불안한 어감을 소리 내어 말했다.

군대의 원수 자리를 맡는 거라면 곧 전쟁이 일어날 거란 이야기일까. 클리프는 전장으로 다시 나가게 될까.

생각이 꼬리에 꼬리를 물고 이어졌다.

그리고 그는 왜.

그는 왜 그걸 내게 말하지 않았을까. 한낱 시중인들도 알고 있는 내 남편의 상황을 왜 나는 뒤늦게야 알아차리게 되는 걸까.

에젠은 입 안에 번지는 씁쓸함을 삼켰다.

'너 때문이잖아. 에젠 크로포드, 네가 아무것도 하지 않아서 그렇잖아.'

그녀의 목소리가 답했다. 에젠은 자리에서 일어났다. 해 질 녘 어스름한 노을빛이 창을 타고 들어왔다.

드르륵, 등 뒤에서 문이 열리는 소리가 들렸다.

"차는 거기 내려놔."

창밖에서 시선을 떼지 않으며 말했다. 그러나 찻잔을 내려놓는 것과 같은, 달리 들리는 소리가 없었다.

"에밀리?"

에젠이 뒤를 돌았다. 뜻밖에도 클리프가 서 있었다.

노을빛이 그에게도 비쳤다. 에젠은 옅은 음영이 진 얼굴을 바라보았다. 눈부시다 느끼는 것은 그의 얼굴일까 비치는 빛일까.

"……당신 차는 여기."

정신이 돌아왔다. 그리고 에젠은 이것이 그날 밤 이후 처음으로 그를 다시 마주하는 것임을 깨달았다.

그는 늘 바쁜 듯했다. 곧 전쟁이 일어날지도 모른다 하니, 군부에서 촉망받는 인재인 그가 지닐 막중한 책임을 짐작하기 어렵지 않았다.

에젠은 애써 아쉬운 마음을 억눌렀다. 가뜩이나 그의 발목을 잡고 있는 것처럼 보이는데 여기서 더 어린아이처럼 굴고 싶진 않았다. 더군다나 저는 이제 한 아이가 있는 엄마니까 말이다.

갑자기 클리프만큼이나 막중한 책임감이 제 어깨에 얹어진 것 같은 기분이 들었다.

향긋한 차 향기가 방의 공기를 데웠다. 클리프가 조용히 말했다.

"집사를 만났다고 들었어."

"네."

그의 시선이 테이블 한쪽에 흩어진 초대장에 닿았다.

"저택을 당신이 원하는 대로 바꾸는 건 상관없지만……."

무슨 말을 하려는 것일까. 그의 목소리는 할 말을 가다듬는 것처럼 느렸다.

"당신이 이런 일을 할 필요는 없어."

그가 초대장 뭉치를 집어 들었다.

"이것들은…… 그냥 무시해. 내가 알아서 할 테니. 당신이 걱정하지 않는 게 더 좋을 일들이야."

그의 의미를 알아차린 에젠의 얼굴이 굳었다. 향긋한 차향이 더 이상 느껴지지 않고 배 속이 싸하게 식는 것 같았다.

그의 뚝뚝 떨어지는 말투가 어쩐지 싸늘하게 들리는 것은 제 피해망상인 걸까. 에젠은 딱딱하게 흘러나오는 목소리를 저도 어쩔 수가 없었다.

"……그건 내가 이런 일을 하기에 적합하지 않다는 뜻인가요?"

"뭐?"

물음에 물음이 되돌아왔다.

"당신의 부인으로서?"

"뭐?"

두 번째 물음에도 클리프는 잠시 혼미해지는 정신을 차리려고 했다.

"아니, 그 말이 아니야."

"그렇게 말했잖아요."

"아니야."

에젠은 그럼 더 설명하라는 듯 클리프를 바라보았다.

"왜 그렇게 해석을, 사교계의 일 따위에 당신의 기력을 소비하지 말란 이야기였어. 당신은 그럴 필요가 없어. 그렇게 해야 하는 이유도 존재하지 않아."

"그러니까 그 이유가 내가 적합하지 않아서잖아요. 당신의 아내로서 하는 일들을 하지 말라는 건 그런 뜻…… 이 아닌가요?"

"아니야!"

공기 위로 퍼지는 소리의 울림에 찻잔의 수면이 진동했다.

"젠장, 그냥 당신이 원하는 걸 하라는 말이야. 당신이 하고 싶은 것, 하고 싶어 했던 것. 내 아내로서 해야 하는 것 말고 에젠 무어 네가 하고 싶은 것."

"……."

"어차피 내게 말해 주지 않을 테니까 당신이 원하는 걸 하라고."

물끄러미 저를 올려다보는 에젠의 시선을 피하며 클리프가 나지막하게 중얼거렸다.

'당신도 내게 말해 주지 않으면서. 내가 진짜로 뭘 원하는지도 모르면서.'

속엣말이 튀어나올까 봐 에젠은 입술을 깨물었다.

'내가 바라는 건 당신이 조금의 시간을 내게 할애하는 거예요.'

꺼내면 안 되는 말임을 알고 있었기 때문이다. 대신 그의 말을 곱씹었다.

"……내가 원하는 걸 하는 게, 당신이 원하는 건가요?"

클리프가 고개를 돌렸다.

"그래."

어째서? 의문이 들었다.

왜 그는 그녀의 원에 그리도 지대한 관심을 두고 있는 걸까. 마치 그 원이 채워지지 않으면 그녀가 그를 떠날 듯이 말이다. 그러나 클리프를 앞에 두고 있는 지금은 그런 생각을 하기에 적절한 순간이 아니었다.

에젠의 시선이 조금 전 에밀리가 가져왔던 필레모리의 낭송회 팸플릿에 닿았다.

"시…… 낭송회를 가고 싶어요."

그가 고개를 끄덕였다. 마치 그녀의 입이 떨어지기만을 바란 것처럼 곧바로 답변이 나왔다.

"준비할게."

준비하다니?

"풍경은 정원이 예쁘겠지만 지금 날씨에는 안 돼. 온실에 자리를 준비하라 할 테니—."

잠깐, 이번에는 그가 제 말을 잘못 이해한 듯했다.

"클리프, 나는 시 낭송회를 '가고' 싶어요. 내가 주최하고 싶은 게 아니라요."

"하지만 당신은 지금……."

시선이 그녀의 몸을 살폈다. 그녀의 건강을 염려하고 있는 것이다. 저는 티끌 하나 문제가 없지만, 건강에 관한 무결함을 클리프에게 납득시키는 것은 매우 어려울 것이란 걸 경험으로 알았다.

에젠은 다른 접근 방식을 선택했다.

"가고 싶어요."

손을 뻗었다. 동상처럼 굳어 움직이지 않는 그의 소매를 붙잡을 수 있었다. 그를 올려다보자 클리프가 티가 나게 시선을 피했다.

"연시를 낭송하는 곳이래요. 요새 가장 인기가 많은 낭송회라 들었어요."

"……당신 시 자체를 즐겨 읽진 않잖아."

"그렇긴 하지만—."

사실 에젠이 좋아하는 책은 으레 따분하다 일컬어지는 철학책이었다. 담담한 말씨로 인간의 본성을 까뒤집어 분석하는 듯한 문체에 익숙해진 그녀에게 시는, 특히 연시는 어쩐지 간지러웠다. 필레모리 때문이 아니었다면 분명 참석을 고려조차 하지 않았을 곳이다.

그런데 그걸 어떻게 알았지? 말하려던 에젠이 멈칫했다.

클리프도 마찬가지였다. 그가 시선을 피했다. 그리고 그 시선은 테이블 위의 팸플릿에 닿았다.

[주최자 : 비비안 필레모리.]

클리프의 눈이 잠깐 변했다. 그의 얼굴이 차가워졌다.

"흥미가 생겨서요. 내 또래의 부인들도 많이 온대요."

좀 더 설득력이 필요하다 여겼는지 에젠이 덧붙였다. 그리고 클리프의 얼굴 또한 다시 아무렇지 않게 돌아왔다.

"……주치의를 데리고 가."

"그건…… 네, 알았어요."

어찌 됐든 그는 수긍한 것처럼 보였다. 에젠의 얼굴에 작은 미소가 번졌다. 클리프의 시선이 잠깐 그녀에게 닿았다 사라지는 걸 그녀는 알아차리지 못했다.

"그리고, 에젠. 내게 허락을 구할 필요는 없어."

뜻밖의 말이었다.

"당신이 하고 싶은 걸 하라고 했잖아. 내 의사는, 그래, 그리 중요하지 않지."

무표정한 얼굴 때문에 정말로 그가 그리하는 걸 원하는

지 알 수 없었다. 저 가면 뒤에 그려져 있을 내면을 읽기가 정말로 어려웠다.

그러나 에젠은 어쩐지 깃털 하나가 가슴의 틈을 비집고 들어와 녹아드는 것 같은 감각을 느꼈다. 조금 전의 서운함을 조금 상쇄시키는 정도의 감각이었다.

"갈게, 연무장에 다시 가 봐야 해."

늘 그랬듯, 그는 바쁨의 이유를 댔다. 어쩌면 이제 익숙해져 버린 것만 같아 에젠이 고개를 끄덕였다.

"에젠."

그가 다시 제 이름을 불렀다.

"왜요?"

혹시 여기 더 있으려고 그러는 걸까? 시간을 낼 수 있는 걸까?

달콤한 노스우드의 향이 코끝에 맴돌았다. 차를 같이 마시자 그럴까?

갖가지 물음들이 쑥쑥 고개를 내밀었다. 그를 올려다보는 눈빛에 다 드러나지 않아야 할 텐데.

"……."

대답 대신 그가 얕은 턱짓을 했다. 시선이 방향을 따라가다 문득 아직도 제가 그의 소매를 붙잡고 있다는 걸 깨달았다.

"아……."

화들짝 놀라는 것치곤 미련이 남는 속도로 손을 떼어 냈다. 곧바로 그의 쪽으로 거둘 줄 알았던 클리프의 소매도 여전히 그 자리에 있었다.

옅은 긴장감이 둘을 에워쌌다.

"차를 다시 데워 오라 이르지."

그가 중얼거렸다. 에젠은 그저 고개만 끄덕였다.

그리고 그가 돌아섰다. 그녀는 문이 열리고 곧은 뒷모습이 사라질 때까지 그를 지켜보았다.

"······같이······."

그가 사라지고 나서야 입 안에 도르륵 굴러가던 말이 비로소 흘러나왔다.

"······차 마실래요?"

"각하, 오늘 훈련은─."

"나중에."

훈련 스케줄 때문에 클리프를 찾아다니던 레오르는 클리프가 자신을 저지하듯 손을 들어 올리자 입을 다물었다. 그리고 바람처럼 저를 스쳐 지나가는 클리프의 뒷모습을 바라보았다.

"······."

홀로 복도를 걸으며 클리프의 입술이 달싹거렸다. 미처 입 밖까지 새어 나오지 않는 욕설을 지껄이고 있음은 그만이 알 것이다.

비비안 필레모리, 에젠의 예법 선생이자······.

저는 그녀를 잘 알고 있었다. 그녀가 에젠에게 어떤 사람인지도, 그리고 그녀가 무엇을 시도했는지도.

그리고 이제 에젠과 그녀가 만나게 될 것이다. 에젠에게 자유의 의지를 개화시킨 상대는 에젠이 또 새로운 돌파구를 찾게 만들지도 모른다.

그러니까 저는 지금, 가장 경계해야 할 이를 그녀와 만나게 내버려 둔 것이다.

에젠이 필레모리를 만나고 싶어 한다.

그녀가 알아차린 것이 아닐까. 제가 죽을힘을 다해 참아 내고 있는 것이 곧 터질 거라는 걸 예감한 게 아닐까. 탐욕을 버리지 못하는 저를 알아차린 게 아닐까. 제게서 다시,

벗어나고 싶은 것은 아닐까.

클리프의 손끝이 달싹거렸다. 뭔가를 움켜쥐려는 것처럼 꽈악 주먹을 쥐었다. 아무것도 남지 않은 손바닥 안으로 짙은 불안이 피를 타고 깊숙이 흘러들어 왔다.

에젠이 쥐었던 소매에 남아 있는 무형의 온기가 그의 강박을 살포시 덮었다. 그나마 그녀의 앞에서 내색하지 않았다는 데 기뻐해야 하는 건가.

"병신. 놓아줄 자신도 없으면서 가증스럽게 위하는 척이라니."

마침내 입 밖으로 터져 나온 욕이 낮게 울렸다.

방향은 자신을 향해서였다.

필레모리의 시 낭송회가 열리는 날이었다.

에젠은 얇은 레이스가 여러 겹으로 겹쳐진 물빛 드레스를 입고 가볍게 머리를 틀어 올렸다. 그리고 그 위에 하얀 여우 털 망토를 걸쳤다.

"움직이기에 힘들진 않으시죠?"

에밀리가 그녀의 매무새를 고치며 묻자 에젠은 고개를 저었다.

지금 입고 있는 것도 엘프의 드레스였다. 걸을 때마다 드레스의 천이 흐느적거리며 다리에 휘감기지 않아 움직이기도 편했다.

"잠깐만 만져 드릴게요."

옅은 화장과 분홍빛 입술을 입힌 에젠은 마치 겨울의 요정 같았다. 금빛 진주가 달린 작은 베일까지 쓰고 있는 주인을 우러러보는 에밀리의 얼굴에는 뿌듯함이 떠올라 있었다.

"아름다우셔요, 마님."

시 낭송회가 열리는 곳은 필레모리가 소유하고 있는 값비싼 저택 중 하나였다.

수많은 내로라하는 귀족가들의 예법 교육을 맡으면서 그녀는 금화를 궤짝째 쓸어 담았고, 그 결과 왕국에서 가장 전도유망한 비혼주의자로 자리매김하는 데 성공했다.

교육을 그만두고 나서는 자신의 저택 중 하나를 개방해 자신의 제자를 비롯한 귀족들이 서로 자유로이 교류할 수 있는 살롱을 열었다.

그중 가장 인기가 많은 것이 아름다운 테마의 —사랑이 이 세계에서 가장 아름답다는 걸 누가 감히 부정할 텐가— 연시 낭송회였다.

필레모리의 저택은 그리 크지 않았다. 오히려 타 귀족가에 비하면 작은 정도지만 그 크기를 체감하지 못할 만큼 볼거리가 많았다.

작은 온실에서 지저귀는 새소리를 듣고 고개를 들면 시들지 않는 푸른 아이비 넝쿨이 아이보리빛 기둥을 아름답게 감싸고 있었다. 넝쿨에는 작은 연보라색 꽃망울이 매달려 있었다. 바람에 잠시 흔들릴 때면 마치 작은 종들이 일제히 종소리를 울릴 것만 같은 느낌을 주었다.

조금 조잡하면서도 장난기가 가득했다. 발랄하고 즐거운 기운을 감추지 않는 저택의 곳곳이 꼭 필레모리를 닮았다.

에젠은 작게 웃음 지으며 시종의 안내를 받아 낭송회가 열리는 홀 안으로 들어갔다. 명색이 낭송회인데 아무래도 문외한인 상태로 가긴 불편해 읽었던 시집 —물론 연시만 모아 놓은— 한 권을 손에 든 채였다.

가장 인기가 많은 낭송회라는 말이 사실인지 북적북적한 인파가 팔각형의 홀 안에 있었다.

홀의 각 대칭점마다 하얀 기둥이 자리 잡고 있었는데 에젠은 조금 어색하여 제일 가까운 기둥 뒤로 몸을 숨겼다. 어차피 아무도 눈치채지 못했겠지만 말이다.

"입 맞추어 주세요!"

이미 낭송회가 시작된 모양이었다. 풍부한 목소리가 이어졌다.

"키스해 주세요, 당신의 키스에 취하게 해 주세요, 당신의 달콤한 사랑은 와인보다 좋은 걸 아시나요."

에젠은 살짝 고개를 내밀고 주위를 살폈다. 무대처럼 설치된 중앙의 단은 낮았는데 그곳에서 시를 읽는 낭송자의 주위로 참석자들이 바글바글 모여 있었다.

적지 않은 인파에도 시를 읊는 목소리가 들리는 것이 신기했다. 모두 베일을 쓰고 있어 제대로 얼굴을 알아보기 힘들었으나 흘러나오는 목소리만큼은 또렷했다. 아마 살롱에 들어오기 전 저택의 시종이 건네준 작은 목걸이가 목소리를 키우는 마법 장치였던 모양이다.

한편 시를 읊는 낭송자의 감정은 점점 고조되고 있었다. 그녀는 거의 울음을 터뜨릴 것처럼 보였다.

"당신의 목소리를 듣는 건 내게 붉은 석류와 같습니다. 건드리면 짓무를지도 몰라요, 그대는 아시지요, 흐르는 붉은 즙은 당신을 그리는 내 눈물인 것을요."

그리고 그녀가 고개를 숙였다. 시의 끝을 음미하기 위함이었으나 청자를 당황시킬 정도로 조금 극적인 데가 있었다.

그리고 다음 차례로 다른 낭독자가 자리에서 일어났다. 조금 전 연시를 열렬히 읊던 그녀와 비슷한 격정을 토해 냈다.

"아아, 매정한 당신! 당신의 미소를 보며 내 짧은 삶을 그린다는 걸, 순간의 찰나에서 당신이 보인다는 걸 당신은 알고 계실까요……!"

그녀 또한 눈물을 닦아 냈다. 어찌나 열정적으로 토해 냈는지 귓가에 걸린 베일이 들썩거렸다. 옆에서 사람들이 열심히 박수를 쳤다.

약 한 시간가량 이어지는 연시들은 앞의 두 사람 것과 전혀 다르지 않았다. 과열된 공기는 지나치게 데워졌고 에젠은 열기에 붉게 달아오른 그들의 두 볼마저 터져 버리는 게 아닌가 걱정했다.

저만 시 낭송회의 분위기에 전혀 적응하지 못하고 붕 뜨는가 싶어 에젠은 주위를 살폈다. 그녀가 조심스럽게 고개를 내밀었을 때 등 뒤로 얼핏 커다란 그림자가 생기다 이내 사라졌다.

"자, 자아, 모두 너무나 훌륭하군요!"

그때 누군가 단으로 걸어 나왔다. 익숙한 목소리, 필레모리였다. 그녀만이 유일하게 베일을 쓰지 않고 얼굴을 드러내고 있었다.

붉은 곱슬머리가 생기발랄하게 반짝거렸다. 촤악— 필레모리가 깃털 부채를 펴서 살랑거렸다.

"특히 저기 두 아름다운 아무르! 붉은 베일과 하늘빛 베일을 쓰고 있는 아무르의 열정이 두드러졌어요. 감정이 여기까지 전해졌답니다. 노력은 결과를 배신하지 않는 법, 두 분의 열정에 답을 드려야겠죠? 음유 시인의 노래를 가장 가까이서 들을 수 있는 좌석을 배정해 드리죠. 시인과 함께 담소를 나눌 수 있는 기회두요."

"꺄아!"

기쁜 탄성이 울려 퍼졌다. 사람들은 부러움을 감추지 못하면서도 함께 환호해 주었다.

'뭔가 상이 있었구나.'

그제야 그리도 열정적이었던 참석자들의 시를 향한 열망을 이해할 수 있었다.

"이런, 실망하지 마세요, 아름다운 아무르들이여. 아직 시간이 남아 있어요. 낭송회가 끝날 때까지 여러분은 모오두! 음악의 신성을 들으실 수 있을 거예요."

필레모리가 찡긋 한쪽 눈을 깜박였다. 사람들은 다시 환호하며 열정적으로 시 낭송에 열정을 뿜어냈다.

에젠은 다수의 열기에 휩쓸리지 않았다. 그녀는 인사를 마친 뒤 홀에서 빠져나가는 필레모리를 뒤따라갔다. 걸음이 어찌나 빠른지 그녀를 따라잡으려는 에젠은 거의 숨이 찰 정도였다. 필레모리의 남청색 드레스의 뒷자락이 풍성하게 넘실거렸다.

"필레모리!"

그리고 한적한 복도에 다다랐을 때 그녀를 불러 세웠다.

"네, 아무르, 무슨 일이죠?"

낭송회의 평범한 참석자라 생각했는지 필레모리가 친근한 얼굴로 되물었다.

"필레모리 선생님."

"네?"

에젠은 숨을 고르고 베일을 벗어 내렸다. 하얀 얼굴이 드러났다.

투욱— 부채가 떨어졌다.

"세상에, 에젠!"

2. Reunion

핑크빛 혈색이 돌던 필레모리의 얼굴이 핏기가 가시며 새하얘졌다.

에젠이 뭔가 큰 잘못을 했나 싶어 당황했을 때 필레모리가 그녀의 두 손을 붙잡았다.

"세상에, 에젠, 네가 정말 맞는 거니? 내가 헛것을 보고 있는 건 아니지?"

"네, 선생님. 에젠 크로포드 제가 맞아요."

"크로포드……."

필레모리가 에젠의 말을 되풀이했을 때 에젠은 제가 방금 한 실수를 비로소 깨달았다.

이미 사라져 묻어 버린 옛 이름을 꺼낼 이유가 무언가. 제게 붙은 무어라는 이름을 어색해할 만큼 저와 그가 멀어져 있다는 반증인 것 같아 그녀는 짧은 한숨을 내쉬었다.

아직도 저나 그나 갈 길이 멀었다.

"아뇨, 무어요. 에젠 무어요, 결혼 전 성이 너무 익숙해서……."

에젠이 얼른 말을 덧붙였지만 그녀를 보는 필레모리의 시선은 단순히 말이 잘못 나온 것이라는 그녀의 변명을 믿지 않는 것 같았다.

"이게 얼마 만이니. 세상에, 내 눈을 믿을 수가 없구나. 아니, 이럴 때가 아니지. 에젠, 응접실로 가자."

필레모리는 더 캐묻는 대신 에젠을 안고는 눈물을 글썽거렸다. 그리고 에젠이 뭐라 말하기도 전에 이내 그녀의 손을 끌었다.

살롱에선 여전히 시 낭송이 계속되고 있었고, 참가자들은 어느새 홀에서 빠져나가는 두 사람을 알아차리지 못할 정도로 열정적으로 낭송회에 임했다.

필레모리의 손에 이끌려 에젠은 정원을 지났다. 흐드러지게 피어 있는 정원의 벚꽃 나무에 시선을 빼앗긴 그녀를 필레모리가 이끌었다.

"환상 마법이야, 에젠. 진짜가 아니란다."

"하지만 진짜 같은걸요."

"아무렴 그래야지, 들인 돈이 얼만데."

에젠은 새어 나오는 웃음을 삼켰다. 필레모리는 귀족가에서 촉망받는 우아하고 교양 있는 예법 선생이지만, 그녀의 본모습은 누구보다 세속적이고 현실적인 것을 에젠은 잘 알고 있었다.

"들어오렴."

정원을 지나 짧은 복도를 거쳐 필레모리가 그녀를 안내한 곳은 작은 응접실이었다.

그녀의 취향처럼 작지만 포근하고 우아한 곳이었다. 시녀에게 짧게 차를 부탁하고는 필레모리는 다시 한번 에젠을 힘껏 껴안았다.

"이게 얼마 만이니."

"열여섯 살 이후로 선생님을 뵙지 못했으니 무려 십사 년 만이네요."

필레모리를 마지막으로 보았을 때가 크로포드 성에서였다.

에젠은 부친의 명령에 짐과 함께 떠밀려 가면서도 연신 뒤를 돌아보던 그녀의 마지막 모습을 기억했다. 그 눈빛에 담긴 걱정과 배려 또한 잊지 못할 것이다.

"보고 싶었어요, 선생님."

서로 꼭 마주 잡은 두 손에서 십 년 만에 재회한 애틋한 사제의 그리움이 담겼다.

필레모리는 물기가 차오를 것만 같은 눈을 깜빡였다. 이따금씩 떠오르던 기억 속의 소녀는 어느새 장성하여 여인이 되어 있었다.

십사 년이었다, 그녀를 보지 못한 지가. 그 짧다면 짧고 길다면 긴 시간 동안 다사다난했을 제자의 삶을 필레모리는 눈을 감고도 그릴 수 있었다.

두 사람은 뜨겁게 김이 오르는 차가 차갑게 식을 때까지 해후의 기쁨을 나누었다.

"아직도 설탕을 넣어 마시니, 에젠?"

이제야 차를 마실 정신이 나는지, 식어 버린 차를 다시 내오라 일렀던 필레모리가 각설탕을 집어 에젠의 찻잔에 넣어 주었다. 에젠이 어렸을 적 차에다 각설탕을 넣어 먹곤 하던 버릇을 기억했던 모양이었다.

에젠은 그저 미소 지으며 필레모리의 호의를 마셨다. 단 것을 더 이상 즐기지 않는단 말은 굳이 하지 않았다.

"낭독회가 아주 인상적이던데요, 이 예쁜 저택만큼이나요."

"내가 좀 그런 데 재능이 있잖니. 솔직하게 말하렴, 저택은 조금 조잡하고, 사람들은 조금 질리지 않니?"

"음…… 좋은 쪽으로요. 항상 그런 분위기인가요?"

"보통은. 하지만 요새 들어 조금 더 격렬해지긴 했지."

필레모리가 한쪽 눈을 찡긋했다.

"내가 그네들을 사로잡은 세이렌 하나를 찾아냈거든."

네? 하고 되묻는 말에 필레모리는 "곧 알게 될 거야." 하며 자신만만한 미소를 지었다.

"그게 아니더라도 이 살롱은 언제나 성공적이었을 테지만 말이야. 남들이 만들어 놓은 규범 아래 갇혀 숨죽여 살아야만 하는 이들에겐 적어도 이 정도의 숨구멍은 필요하거든. 난 그 틈새를 공략한 거고."

에젠에게도 그랬듯 필레모리는 이들에게도 삶을 지탱해

주는 돌파구를 찾아내 준 모양이었다.

"……예법 선생을 그만두셨다고 들었어요."

"아, 그거 말이지."

필레모리가 어깨를 으쓱했다.

"회의가 들지 뭐니. 아무리 합리화를 하고 잘난 척을 해 봐도 내가 결국 내 제자들에게 가르치는 건, 그들이 어떻게 예쁜 인형으로 남을 수 있는가였어."

그녀가 쓴웃음을 지었다.

"결국 강자가 만들어 놓은 시스템에 순응하고 참아 내기만 하도록 내가 조장한 셈이지."

평생을 몸담았던 자신의 직업을 향한 필레모리의 평가는 가혹했다. 눈에 어린 짙은 회의감은 여태까지 당당했던 그녀답지 않았다. 에젠은 놀라 손을 내저었다.

"그렇지 않아요. 선생님께선 제 삶을 일깨워 주셨는걸요? 저뿐만 아니라 선생님의 가르침을 받았던 학생들에게도요. 그저 단순히 시키는 대로 행하는 인형이 되지 않도록, 오히려 자유를 꿈꿀 수 있도록 해 주셨어요. 아시잖아요, 선생님이 아니었다면 전……."

그러나 에젠의 말에도 필레모리는 그리 기뻐 보이지 않았다. 더욱 자조적인 얼굴로 웃을 뿐이었다.

"그건 내 알량한 합리화였어. 에젠, 생각해 보렴. 내 제자의 꿈도 지켜 줄 수 없는 내가, 그것 하나도 구제하지 못하는 내가 어떻게 선생을 계속할 수 있겠니?"

"선생님, 설마……."

기시감이 들었다. 설마 하는 생각에 에젠은 그녀를 쳐다보았지만, 필레모리는 고개를 저었다.

"꼭 너 때문만은 아니야. 난 늘 그리 생각하고 있었거든."

"그래도 제 일이 영향을 미치긴 했다는 말이네요."

"……조금? 작은 기폭제 정도가 된 것뿐이지."

필레모리가 덧붙였다.

"에젠, 이 비비안 필레모리가 남 때문에 내 결정을 번복할 만큼 어리석다 생각하니? 그저 상황이 비슷하게 맞아떨어진 것뿐이지. 자, 에젠. 내 이야기는 그만하자꾸나. 네게 중요한 건 따로 있잖니."

필레모리는 걱정이 가득 담긴 어두운 눈으로 에젠을 바라보고 있었다.

"사실 널 이곳에서 보게 될 줄은 꿈에도 몰랐어. 아니, 널 다시 볼 수 있을지 몰랐다고 해야 할까……."

끝을 흐리는 그녀의 말에 에젠은 필레모리가 무슨 생각을 하고 있는지 곧 알아차렸다. 그리고 쓴웃음을 지었다.

"크로포드가 그렇게 무너지고, 네가 무어 후작과 결혼했다는 걸 들었을 때 나는 널 영영 다시 볼 수 없을지도 모른다 생각했지. 그리고 실제로도 그랬고."

"……."

"클리프 무어, 그의 얼굴을 기억해. 그가 맞지? 그때 네가 구해 주려 했던…… 노예―."

"선생님."

에젠은 무례를 무릅쓰고 그녀의 말을 잘랐다.

필레모리의 입에서 클리프의 과거가 흘러나오기를 바라지 않았다. 그 누구도, 그때의 그를 떠올리지 않았으면 했다. 비참하고 고통스럽던 시간을 지금의 그에게서 비추어 보지 않기를.

필레모리가 그 이야기를 꺼낸 이유를 알았다. 크로포드 가에서 벗어난 동시에 무어가와의 결혼으로 다시 가문 속으로 사로잡힌 에젠이었으니까.

내막을 모르는 그녀는 그리 생각할 것이다. 아니, 심지어 에젠조차도 그리 생각했는데 어찌 필레모리만을 탓할까.

클리프와의 결혼 후 오 년간 에젠은 저택의 방 안에만 틀어박혀 두문불출했다.

사교계에 나가면, 어떤 시점에서 필레모리와도 만날 수 있을 거란 사실을 알고 있었다. 필레모리와의 만남을 막던 아버지는 이제 저 어딘가에 묻혀 자신을 강제하지 못할 테니까.

하지만 그때 에젠은 제가 가지고 있는 모든 이들과의 관계를 단절시키는 것을 택했다. 자신을 서서히 죽여 가기 위해선 고독보다 좋은 방법이 없었다.

"죄송해요, 선생님."

에젠은 짧게 사과했다. 그런 그녀를 보는 필레모리의 눈에 걱정이 짙게 담겼다.

"무어 후작이 널 조금 풀어 주기로 한 거니? 이제 아이도 생겼으니 말이야."

"네?"

필레모리의 말에 에젠은 그녀의 오해를 알아차렸다. 그녀는 클리프가 여태껏 에젠을 가두고 아무 데도 나가지 못하도록 했다고 생각하는 것이다.

하지만 그 모든 것은 오롯이 그녀의 선택이었다. 클리프는 그녀를 막지 않았다. 만약 제가 사교계로 나가겠다 했다면 그는 그리하라 말했을지도 모른다.

물론 지금에야 어렴풋이 추측하는 것이고, 지금의 저는 그때보다 클리프에게 호감을 가지고 있으니 제 좋을 대로 해석하는 건지도 모르지만 말이다.

"나는 알았어. 사람들은 모두 네가 후작을 흔들었다 말하지만 그는 절대로 네게 휘둘릴 만한 인간이 아니지. 아니, 처음부터 이 결혼도 네 의사와는 관계없이 진행된 거였잖니. 살육의 밤만 아니었다면 너는 나이젤과……."

필레모리가 멈칫하며 말끝을 흐렸다.

에젠 또한 멈칫했다. 누군가 손을 그녀의 머릿속으로 집어넣어 휘젓다가 기다란 뭔가를 수욱 끄집어낸 기분이었다.

나이젤 도노반.

어떻게 그를 잊고 있었을까. 에젠은 입술을 깨물었다.

흐려지는 그녀의 얼굴을 본 필레모리가 낭패감에 휩싸여 얼른 상황을 수습하려 했다.

"아냐, 내가 말이 헛나왔구나. 다 지나간 일인 것을 지금 와서 이리 이야기해 봤자 무슨 소용이 있겠니. 나를 용서 하렴, 에젠."

"……선생님."

"그래, 너를 다시 봐서 너무나 좋구나. 앞으로도 계속 이리 볼 수 있는 것이니? 네 남편은 네가 이곳에 와 있는 걸알아? 너를 다시 데려갈 일 따윈 없겠지? 이 살롱으로 들어설 엄두가 안 날지도 몰라. 아무렴 여긴 반쯤 정신이 나간 귀부인들 천지니 말이야."

필레모리답지 않게 말이 길었다.

"감히 들어올 생각은 못 할 거란다. 제 아내가 미친 듯이 연시를 외치고 있는 꼴을 보고 질려서 도망가 버린 남편들이 한둘이 아니거든. 물론 너는 그리 열심히 하지 않아도 돼."

장난스런 말투로 분위기를 밝게 하려는 필레모리의 노력임을 알 수 있었다. 에젠은 애써 정신을 바로잡아 오늘 만남의 이유를 잊지 않으려 했다.

어른거리는 도노반의 얼굴이 흐려질 때까지.

"선생님, 클리프는 저를 강제하지 않았어요. 결혼과 동시에 저택에 틀어박힌 것도, 사교계에 나가지 않은 것도 모두 오롯이 제 선택이었어요."

"에젠……."

"그때는 그랬어요. 누구와도 만나고 싶지 않았어요. 하지만 이젠 달라지고 싶어요. 그때처럼 무력하게 아무것도 하지 않는 건…… 그러고 싶지 않아요. 뭔가 하고 싶어요. 제가 뭔가 달라지게 할 수 있을 것 같아요. 아니, 그래야 해요. 달라져야 해요."

제멋대로 흘러나가는, 그러나 그 의미만큼은 정확히 담은 말이 필레모리에게 전달되기까지는 조금 시간이 걸릴 터였다.

에젠은 손을 뻗어 필레모리의 손 위를 덮었다.

"선생님의 도움이 필요해요."

에젠의 부탁을 들은 필레모리는 흔쾌히 고개를 끄덕였다.

그녀는 오히려 에젠에게 뭔가 해 줄 수 있다는 사실에 놀라면서도 에젠이 어떤 식으로든 처음으로 자진해서 행동하려 한다는 것에 기뻐하는 것처럼 보였다.

"걱정하지 말렴. 이곳에서 네가 성공적으로 자리 잡을 수 있게 필요한 모든 걸 도와주마. 내가 네 최고의 선택일진 확신할 수 없지만, 최악은 아닐 거란다. 적어도 아직까진 내 명성에 부끄럽지 않게 살아왔으니 말이야."

오랜만에 만난 스승에게 대뜸 부탁부터 들이미는 게 쉽지만은 않았던 일이라 에젠은 어렵게 꺼낸 말을 따뜻이 받아 주는 필레모리에게 감사할 따름이었다.

"그나저나 에젠. 네 심경의 변화가 궁금하구나. 네가 사교계에 나가기로 했다는 건 온전히 네 선택이니?"

"네?"

"그게 아니라 무어 후작을 위해 나서는 거라면……."

필레모리의 시선이 잠시 그녀를 조심스레 살폈다.

"네 남편을 사랑하게 된 거니?"

에젠은 멈칫했다. 필레모리는 그 멈칫거림까지 눈여겨보았다.

"그래, 설마…… 에젠, 말해 주렴. 만약 그가 네게 사교계에 나가는 걸 강요한 거라면……."

"선생님, 저는요……."

"내가 도와줄 수 있어."

"네?"

필레모리는 에젠이 전혀 예상하지 못했던 쪽의 손을 내밀었다.

"내가 무어 후작에게서 너를 도망치게 해 줄 수 있단 말이란다."

따악.

뭔가가 떨어지는 작은 소음이 들림과 동시에 필레모리가 번개같이 자리에서 일어났다. 그리고 성큼성큼 응접실의 문으로 걸어가 왈칵 문을 열었다.

"……도토리였나."

텅 빈 복도를 살핀 필레모리가 문 뒤에 떨어진 나무 열매 두어 개를 확인했다.

정원과 이어지는 외부 복도라 참나무가 가지를 안쪽으로 늘어뜨리고 있었다. 산들바람에 열매가 떨어진 소리였던 모양이었다. 그럼에도 필레모리는 요리조리 고개를 좌우로 돌려 아무도 자리하지 않은 걸 확인하고 나서야 문을 닫고 다시 에젠에게로 걸어왔다.

"나도 참. 아무것도 아니란다, 에젠. 누가 엿듣기라도 한 줄 알고 말이야."

그녀가 찻잔에서 물을 따라 벌컥 마셨다. 그리고 의자를 당겨 원래 자리보다 조금 더 에젠에게 가깝게 앉았다.

"사실은 말이지, 이제 와서 말하는 것이지만 그날…… 그래, 에젠, 그날 말이야. 살육의 밤. 그때 나이젤과 네 도주로를 만들었던 사람이 나란다."

"네?"

뜻밖의 사실이 주는 여파는 컸다.

에젠은 놀란 눈으로 뒤늦은 진실을 토하는 스승을 바라보았다.

"몰, 몰랐어요. 선생님께서 그때 저를 도와주려 하신 줄은……."

"나는 너를 구하고 싶었어. 너를 평민으로 위장시켜 하이츠를 빠져나갈 예정이었지. 그날, 그렇게 흐지부지될 줄은 나도, 아무도 몰랐겠지만 말이야."

필레모리가 쓴웃음을 짓다가 이내 살육의 밤을 경험했던 당사자 앞에서 지나친 악몽을 꺼냈다 싶었는지 말끝을 맺었다.

"중요한 건, 아직 그 루트가 남아 있어. 난 여전히 여기 널 돕기 위해 있단다, 에젠. 만약 무어 후작에게서 네가 도망치고 싶다면…….

"아니요."

살육의 밤. 나이젤 도노반.

잊고 싶은 기억들이 다시 떠오르자 목구멍이 조이듯 막혀 들었다. 에젠은 겨우 필레모리의 말을 부정했다.

"도망치지, 않아요."

"그럼 이제 그를 사랑하게 된 거니?"

필레모리의 이어진 물음은 여전히 그녀를 움직이지 못하게 했다.

필레모리는 오 년이라는 결혼 기간 동안 기구한 악연으로 얽매여 있는 후작 부부의 관계가 바뀔 수도 있다는 가능성을 인지하고 있는 것처럼 보였다. 에젠은 씁쓸한 웃음을 지었다.

필레모리가 모르는, 지나치게 오랜 시간을 그녀는 알고 있다. 그것만이 제 변화에 대한 답이 될 테다.

"모르겠어요, 선생님."

"에젠…….

"남편을 사랑하는 건…… 그런 자격이 제게 허락될지 모르겠어요."

"그게 무슨 말이니, 사랑에 자격이 어디 있어?"

"그것까지 생각할 여유가 없어요. 저는 지금 그저…….

피에 젖은 나이젤 도노반의 모습 위로 붉은 웅덩이 속에 누워 있던 클리프의 모습이 덧씌워졌다.

이기적이게도, 비겁하게도 에젠은 클리프를 혼자 둘 수가 없었다. 그에게로만 향하는 시선을 멈출 수가 없었다.

어느샌가 클리프의 고통이 이전의 기억들을 넘어서 더 선연히 제게 다가왔다. 그런 미래를 만들지 않기 위해서라면, 그가 숨 쉬고 살아가는 미래로 바꿀 수만 있다면 그녀는 무엇이든 할 수 있을 것만 같았다.

이런 강렬한 감정이 사랑인지는 확신할 수 없었다. 다만, 적어도 사랑보다는 훨씬 강한 감정이라는 것만 알았다.

'미안해요.'

누군가에게 이제는 영영 닿지 않을 사과를 되뇌었다. 그리고 고개를 들었다.

"선생님, 저는 그 사람을 도와주고 싶어요."

뜻밖의 말에 필레모리가 눈썹을 추켜올렸다.

"그 사람이 혼자서 모든 걸 다 감당하게 두고 싶지 않아요. 못 본 척, 모르는 척 도망치고 싶지 않아요. 저도 제가 할 수 있는 걸 하고 싶어요. 별 도움은 되지 못할지도 모르지만…… 그 사람 혼자 내버려 둘 수가…….'"

지나치게 많은 원 때문인지 에젠의 말은 두서가 없었다. 그럼에도 필레모리는 그녀가 전달하려 하는 의사만큼은 제대로 파악할 수 있었다.

"알겠다, 에젠."

필레모리가 제자의 손을 감쌌다. 꽉 쥐여져 있는 가녀린 손이 에젠의 의지를 짐작하게 했다.

필레모리는 밝지 않은 에젠의 표정에서 그녀가 감내하고 있는 과거의 흔적을 보았다.

어릴 때부터 지나치리만큼 성실한 아이였다. 흘러간 세월은 세월대로 내버려 두면 좋으련만, 타인의 죽음까지 짊어지고 문을 걸어 잠근 아이는 수년이 지나서야 겨우 다시 일어서려 한다.

그 가엽고도 사랑스러운 용기를 어찌 응원하지 않을 수가 있겠는가.

"난 그저 네가 행복하기만을 바랄 뿐이란다."

두 사람은 이후로도 대화를 계속했다.

무거운 주제는 피한, 살롱이나 흥미로운 참석자들에 대한 이야기가 대부분이었지만 오랜 공백을 깨고 필레모리와 해후했다는 것만으로도 즐거웠다.

"그럼 에젠, 네 오명을 벗고 거부감 없이 사교계로 스며들 수 있는 방법을 강구해 보자꾸나. 너와 잘 어울릴 만한 편견 없는 인사들이 있어."

필레모리는 함께 일어서려는 에젠을 만류하며 자리에서 일어섰다.

"낭송회가 거의 끝날 시간이라서 말이지, 어서 가서 열렬한 수상자를 발표하지 않으면 그들이 이 살롱에 불을 지를지도 몰라. 너는 좀 더 느긋하게 쉬다 나오렴. 너도 이 살롱의 아무르 광신도가 될 생각이 아니라면 말이야."

그녀는 마지막까지 유머를 잃지 않았다. 웃어 주며 문을 닫으려던 필레모리가 다시 **빼꼼** 고개를 내밀었다.

"기우로 물어볼게, 혹시 너도 아무르가 되고 싶었는데 내가 초 친 거니?"

에젠은 웃으면서 고개를 저었다. 필레모리는 눈을 찡긋했다.

"정원이 예쁘단다. 한번 둘러보고 와도 좋을 거야."

필레모리의 말대로 정원은 정말로 아름다웠다. 아까 그녀의 손에 바삐 이끌려 제대로 볼 수 없었던 구석구석을 볼 수 있었다.

산들바람에 흩날리는 잔꽃 잎들이 부드럽게 그녀의 볼을 스치고 지나갔다. 환상 마법이라고는 해도 이 차가운 겨울에 이런 가볍고 부드러운 꽃잎의 촉감까지 되살리는 마법의 섬세한 완성도에 에젠은 감탄했다.

나뭇가지에 걸터앉아 낭랑한 울음으로 지저귀는 뱁새를 올려다보다가 문득 시간이 꽤 흘렀다는 걸 알아차렸다.

'이제 돌아가야겠어.'

주인 없는 정원에 객이 지나치게 오래 자리하는 것도 실례가 될 터였다. 그녀가 복도로 향하려 한 걸음 발을 옮길 때였다.

바람이 불었다. 흩날리는 꽃잎을 떼어 내려 고개를 흔들며 자연스레 시선이 돌아갔다.

에젠은 소스라치게 놀랐다. 분홍빛 꽃잎이 살랑살랑 쏟아져 내리는 벚나무 아래에,

그가 서 있었다.

얼굴을 알아볼 수 있을 만한 거리였다.

그였다.

"무, 무슨……."

뒷걸음질 치는 몸뚱이가 나뭇가지와 부딪혔다. 뱁새가 파드득 날아오르는 소리에 그가 그녀를 보았다.

에젠은 그대로 도망쳤다. 달음박질치는 모양새가 어찌나 황급하였는지 귀부인의 예법에 걸맞지 않다는 걸 인지할 새도 없었다.

빠른 걸음으로 그녀는 정원을 빠져나왔고, 기다란 복도를 지나 마침내 낭송회가 열렸던 원형 홀에 다다랐다. 살롱의 홀까지 가면 된다 생각했는데 정작 도착한 홀은 텅 비어 있었다.

'모두 어디로 간 거지?'

텅 빈 홀을 두리번거려도 여기저기 널브러진 팸플릿과 다과의 잔해만이 그녀를 반길 뿐이었다.

차라리 누구라도 있었다면 좋았을 것을. 방금 제가 헛것을 본 것이라고, 현실의 누군가가 그것을 일깨워 주었다면 얼마나…….

"공연장으로 갔을 겁니다. 여기 홀 뒤편에 마담이 만든 특별 무대가 있거든요."

부드러운 목소리가 뒤에서 울렸다. 에젠은 눈을 질끈 감았다.

"아무르?"

현기증이 일었다. 지반이 흔들리는 것처럼 시야가 움직였다. 한쪽 손으론 살롱의 기둥을 꼭 잡아 몸을 지탱한 채 에젠은 천천히 뒤로 돌았다.

"아무르, 괜찮으십니까?"

그였다. 잘못 본 게 아니었다.

중저음의 목소리, 따뜻한 황금색 눈동자, 스르르 흘러내려 이마를 가리는 머리칼. 온화한 얼굴, 부드러운 표정.

어째서 나이젤 도노반이 제 앞에 있는 건가.

"아무르?"

에젠이 다시 비틀거리자 그가 한 발자국 다가왔다. 그녀는 불에 덴 것처럼 소스라치게 놀라며 어깨를 움츠렸다.

공포에 질린 것처럼 보일 정도의 지나친 반응에 그도 뭔가 이상을 감지한 모양이었다. 그는 더 다가오는 대신 손을 내밀었다.

"아까 이걸 떨어뜨리고 가셨기에 실례를 무릅쓰고……
오늘 살롱에 참석하신 아무르가 아니십니까?"

에젠의 분홍색 연시집이 가지런한 손 위에 놓여 있었다.
에젠은 어깨를 움츠렸다. 얼음 위에 발끝으로 서 있는 것처럼 온몸이 오그라들었다.

　—기다리고 있었습니다, 크로포드 영애. 이쪽으로 오세요.

　저를 에스코트하던 섬세한 손가락까지…….

　"아무르? 어디가 불편하십니까?"

　심상치 않은 그녀의 반응에 그가 다가서려 하는 게 보였다.

　에젠은 겁에 질려 뒷걸음질 쳤으나 싸늘한 벽만이 그녀를 맞이했다. 더 이상 도망칠 곳이 남아 있지 않다는 사실이 그녀를 마치 코너에 몰린 쥐처럼 패닉에 빠지게 했다.

　누군가 목을 조르고 있는 것처럼 숨을 쉴 수가 없었다.

　"아무르? 왜 그러시는—."

　에젠은 다시 몸을 움직여 도망쳤다. 그의 목소리가 더 이상 들리지 않을 때까지, 제 등 뒤에 서 있을 그의 존재감이 사라질 때까지 허겁지겁 알지도 못하는 복도를 달려 나갔다.

　정원에서 불어오던 부드러운 바람은 더 이상 느껴지지 않았다. 그저, 도망치고 싶다는 생각만 머리에 각인될 뿐이었다.

　"앗, 아무르!"

　어느새 복도 끝에 자리한 우측의 코너를 돌 때, 앞을 보지 못한 그녀는 거의 누군가와 충돌할 뻔했다.

　간신히 벽을 잡고 몸을 멈췄을 땐, 나비넥타이를 맨 놀란 얼굴의 어린 소년이 보였다. 살롱의 하인인 듯했다.

　"아무르, 괜찮으세요? 어디, 다치진 않으셨어요?"

　소년의 걱정스러운 목소리에 정신이 돌아왔다. 바닥에는

에젠과의 충돌을 피하려다 소년이 놓친 하얀 깃털 뭉치가
보였다.

"아, 조금 뒤 공연을 위해 아무르들께 제공하는 귀마개
랍니다. 새끼 거위의 털만 모은 거라서 아주 부드럽고 폭
신폭신해요. 아무르께도 하나 드릴까요?"

듣기 위한 공연 전에 귀를 막는 귀마개를 나눠 주는 이유
를 알 수 없었으나 에젠은 숨을 고르며 고개를 저었다.

"……괜찮아."

달음박질친 여파로 아직도 숨이 턱에 닿은 것처럼 가빠
왔다. 에젠은 퍼뜩 뒤를 돌아보았다.

텅 빈 복도에는 아무도 없었다. 그녀는 눈을 깜빡거렸
다. 현실이 현실인지 확신할 수 없는 불안이 차올랐다.

잘못 본 것이겠지, 그래. 설마, 설마.

그런데도 숨이 제대로 쉬어지지 않았다. 에젠은 눈을 감
았다. 저를 걱정스레 올려다보는 소년 위로 나이젤의 모습
이 어른거리는 것 같아 두려웠다.

아니야. 아니야. 에젠은 속으로 되뇌었다. 차가운 벽을 짚
으며 비틀거리는 몸을 바로잡고 정신을 차리려 노력했다.

"아무르, 얼굴이 새하얗게 질리셨어요. 어디 아프신 건
─."

"괜찮으니까……."

에젠은 차갑게 손을 흔들었다. 친절한 소년이 엉거주춤
멈춰 서는 걸 보다가 다시 눈을 감았다.

"여기서부턴 내가 맡지."

그때 냉랭한 목소리와 함께 누군가가 그녀 옆에 자리했다. 도저히 무시할 수 없는 압도적인 존재감에 가려 머릿속에서 나이젤 도노반의 모습이 밀려났다.

그것이 이기적이게도 반가이 느껴진다는 걸 겨우 인지했을 시점에는 뜨거운 뭔가가 그녀를 붙잡았고, 이내 에젠은 허공에 둥둥 떠 있었다.

아니, 정확히는,

"……클리프?"

클리프에게 안겨 이동하는 중이었다. 머릿속이 뒤죽박죽됐다.

그가 어떻게 여길?

에젠이 정확하게 상황을 이해하는 데에는 시간이 걸렸다. 고개를 들자 클리프의 날카로운 턱선이 보였다.

차가운 시선은 그녀가 아니라 정면만을 응시하고 있었고, 성큼성큼 걸어가는 속도는 지나치게 빠르고 거침이 없었다. 마치, 그의 앞에 걸리적거리는 것이라도 있으면 그대로 걷어차고 걸어 나갈 것처럼.

쿵쿵. 울리는 심장 소리와 발산되는 열이 짙었다. 그의 손은 여전히 에젠의 팔을 뜨겁게 움켜쥐었고 그것은 언제나 조심스럽게 그녀를 들어 올리던 손길과는 조금 달랐다.

그는 마치, 조금 화가 난 듯 보였다.

"당신이 왜 여기에……."

에젠은 더듬거리며 입을 열었지만 클리프는 대답 대신 그저 빠르게 걸을 뿐이었다.

에젠은 그의 어깨 뒤로 어느새 저 멀리 나와 걱정스러운 눈길로 자신과 클리프를 보고 있는 필레모리를 발견했다. 아직 간다는 인사를 하지 못했는데 이리 떠나 버리면 그녀가 걱정할 것이다.

"클리프, 잠깐, 손……."

좀 더 고개를 빼서 필레모리에게 무언가 말하려 했지만 제 팔을 꾹 붙잡고 있는 그의 손 때문에 부자유스러웠다. 에젠의 말에 팔뚝을 쥐는 힘이 옅어졌으나 그뿐이었다.

그는 에젠을 쳐다보지도 않고 냉랭히 정면만을 응시했다.

입 한 번 벙긋하지 못하게 만드는 살벌한 분위기는 대기하고 있던 무어가 문장이 그려진 마차에 올라타서까지 지속되었다.

에젠은 혼란스러웠다. 화가 난 듯한, 더불어 뭔가를 참아 내고 있는 듯한 낯선 클리프의 표정도, 조금 전 제 눈을 의심하게 한 나이젤 도노반의 재림도, 걱정스러운 필레모리의 시선까지 말이다.

'클리프, 당신도 봤어?'

그는 알까, 혹시 그는 보았을까, 그래서 저를 구해 주러 나타난 걸까, 더 깊은 수렁에 빠지지 않도록 저를 건져 올린 걸까.

'잘못 보았을 거야. 그렇지? 잘못 본 거야. 그럴 리가 없

잖아, 도노반은 그때 분명…….'

손끝이 떨리고 오한이 일었다. 에젠이 덜덜 떨고 있을 때 부드러운 담요가 단단히 그녀를 감쌌다. 클리프는 무표정으로 그녀에게 꼼꼼히 담요를 여며 주고 있었다.

에젠은 순간 그의 품에 뛰어들어 외치고 싶은 충동을 느꼈다. 제 혼란을, 공포를 토해 내고 나누고 싶었다.

하지만 그럴 수 없었다. 그도, 제게도 감히 도노반을 입에 올릴 자격은 없었으니까.

클리프는 아무것도 묻지 않는다. 그러니 이 비극의 암묵적인 계약은 에젠에게 너 또한 입을 다물라, 말하고 있었다.

'잘못 본 거야. 그래, 잘못 본 거라고.'

에젠은 자신을 먼저 추슬러야 했다.

'필레모리 선생님이랑 얘기했을 때 도노반이 생각나서 그런 거야. 에젠, 정신 차려. 넌 헛것을 본 거야.'

"출발해."

그가 명령했고 마부는 충실히 주인의 명령을 수행했다. 덜컹거리며 마차가 출발하자 그제야 에젠은 퍼뜩, 정신이 들었다.

"잠깐만요, 선생님께 인사를…….'

"나중에."

낮은 목소리가 곧바로 그녀에게 대답했다. 말을 자르는 것까지 대답이라 칠 수 있다면 말이다.

"작별 인사를 하지 못했어요."

"에젠, 나중에."

그의 말이 뚝뚝 끊어졌다. 마치 인내하는 것처럼.

"이대로 가 버리면 걱정하실 거예요. 잠깐만 마차를 멈춰서……."

"왜, 이번에는 시간과 장소를 정해 놓고 만나야 당신과 엇갈리지 않을 거라 하던가?"

날 선 대꾸가 말을 멈추게 했다. 그가 말하는 문장의 의미를 이해할 수도 없거니와 이런 날카로운 반응을 하는 그의 모습도 처음이었기에 에젠은 잠시 그를 바라보았다.

여전히 폭발을 억누르며 뱉어 내는 말에선 어딘가 절박한 기가 느껴졌다.

'내가 뭘 놓치고 있는 거지?'

에젠은 생각했다. 우습게도 머릿속이 뒤죽박죽 뒤섞여 혼란스러운 와중에도 생각은 그를 최우선으로 하여 돌고 있었다.

아직도 심장이 쿵쿵 뛰고 있으면서, 머릿속엔 필레모리든 나이젤이든 일단 눈앞의 클리프가 자리를 잡고 비켜나지 않는 것이다.

이기적이게도.

그런 그녀의 시선을 달리 해석한 모양인지 클리프가 인상을 일그러뜨렸다. 에젠은 클리프의 이상(異狀)을 알아내기 위함이었는데 그는 그 침묵이 조금 전 제 험악한 대꾸 때문이라 생각했다.

"아니, 내 말은…… 젠장할."

클리프가 이내 입술을 꾹 다물었다. 하지 말았어야 할, 괜한 말을 했다는 낭패감이 역력했다. 눈을 감아도 찌푸린 인상은 펴질 기미가 없어 보였다. 그는 마른 손으로 제 얼굴을 억세게 쓸었다.

그림같이 우아한 선을 그리는 모양 좋은 입술에선 한숨 같은 탄식이 새어 나왔다.

그런 그의 모습은 낯설었다. 마차의 한쪽 좌석을 통째로 차지한 채 앉아 있는데도 그에겐 자리가 비좁아 보였다. 에젠은 새삼스레 그의 건장한 체격을 실감했다.

"되는 게 하나도 없군."

그런 그가, 가뜩이나 험악한 분위기를 뿜어내는 채로 하는 말은 이해하기 어려웠다. 제 앞을 가로막는 운명마저 베어 내고 갈 길을 가는 사람이 하기에는 지나치게 자조적이지 않은가.

"……."

덜컹거리는 마차 안에 침묵이 감돌았다. 대화가 뚝 끊긴 채로 누구도 먼저 입을 열지 않았다. 에젠은 클리프를 물끄러미 보고 있었기 때문이고, 그는 그녀가 아닌 다른 곳을 보며 화를 식히고 있었기 때문이다.

마차는 계속해서 이동했다.

살롱에서 멀어진 지 오래인 걸 깨달은 에젠은 필레모리에게 편지로 자초지종을 설명하기로 마음먹었다.

머리털이 쭈뼛 설 만큼 놀랐던 나이젤 도노반도 다시 기를 쓰고 지워 냈다. 그를 더 생각하기가 두려웠기 때문이기도 했지만, 가장 큰 이유는 눈앞의 클리프 때문이다.

클리프는 좌석의 시트를 꽉 움켜쥐고 있었다. 부드러운 벨벳이 손 아래서 거칠게 구겨졌다. 그 일련의 행위가 하나하나 에젠의 눈에 들어왔다.

시선이 자꾸만 그의 얼굴을, 손을, 어깨를 눈에 담았다. 다시 영영 보지 못할 이도 아닌데 시선을 뗄 수가 없었다.

'왜 저런 얼굴을 하는 거지. 왜 여기에 왔고 어떻게 그 시점, 그 장소에서 나를 찾아낸 거야. 당신이 하는 건 하나도 알 수가 없어.'

그래서 인정할 수밖에 없었다.

다시 돌아온 삶에서, 클리프 무어는 그녀의 다른 모든 것들을 차치하는, 단연코 일 순위가 되어 버린 것을.

헛웃음이 나올 만큼 다른 이들은 죄다 그에게 가려 보이지 않게 되는 것이다. 심지어 그녀의 원죄를 짊어진 나이젤 도노반까지.

"클리프."

구겨지던 벨벳이 움직임을 멈췄다.

"어째서…… 거기 있었던 거예요?"

"……."

그에게선 대답이 없었다. 에젠은 기다렸다.

"언제부터 와 있었던 거죠?"

침묵.

"거기서 날 봤어요?"

또 침묵.

부러 가볍게, 아무렇지 않은 척 물어보는 물음에도 그는 하나도 대답하지 않았다.

"……말하지 않을 건가요?"

"…….."

"나와 대화하기가 싫은 거예요?"

"아니……!"

처음으로 그가 답했다.

"그럼…….."

그러나 그뿐, 더 이어지는 말이 없었다.

"그렇게 계속 입 다물고 있으면 나와 말하기 싫다는 것처럼 보여요."

"아니야."

그가 움찔하며 부정했다.

"그럼 언제부터 거기 있었는데요."

"……오전…… 부터."

그가 마지못해 답했다. 그마저도 정확한 시간은 드러내지 않는다.

"왜 온 거예요?"

"…….."

또 침묵.

제자리걸음을 하는 기분이었다. 에젠은 클리프에게서 더 이상 속 시원한 답을 얻어 낼 수 없는 걸 깨닫고 혼자 생각했다.

'클리프가 어째서 거기에 있었던 거지.'

그래, 물음은 처음으로 되돌아가야 한다. 연(戀)시처럼 물렁하고 달짝지근한 것과는 더없이 어울리지 않는 전장의 사자가 어째서 그곳에 자리하고 있었는지.

시 낭송회를 간다고 했을 때 그는 별다른 기색 없이 승낙했다. 그녀가 밖으로 나가는 것이 마음에 들지 않았던 걸까?

―당신이 원하는 걸 해.

하지만 클리프는 그리 말하지 않았나. 그녀를 막으려면 낭송회로 출발하기 전에 얼마든지 막을 수 있었다. 굳이 이곳까지 따라와 그녀를 감시할 만한 이유가…….

골몰하던 에젠의 시선이 무심코 클리프의 재킷에 닿았다.

아니, 좀 더 정확하게는 재킷 오른쪽 주머니에 아무렇게나 쑤셔 넣은, 분홍색 끄트머리가 삐져나온 작은 책에.

"……."

클리프도 그녀의 시선이 어디로 향하는지 알아차린 모양이었다.

"아냐, 이건 당신이……!"

반쯤은 입 안으로 들어가는 외침과 함께 그가 우악스럽게 책을 쑤셔 넣었다. 빼꼼 고개를 내밀던 분홍색 시집은 가엾게도 거의 반으로 구겨져 접힌 채 검은 재킷 주머니

안으로 영영 사라졌다.

"……"

"내, 게, 아냐."

그가 한 음 한 음 끊어 말했다. 반쯤 접힌 책의 모양대로 툭 불거져 나온 그의 재킷 주머니는 존재감을 강력하게 주장하고 있었으나 에젠은 아무 말도 하지 않았다.

마차 안에는 다시 적막이 감돌았다. 침묵의 이유가 어렴풋이 그려지자 에젠은 조용히 입을 열었다.

"……당신이 연시를 좋아하는지는 몰랐어요."

"아니야."

그가 곧바로 부정했다.

"낭송회에 가고 싶었다면 말하지 그랬어요."

"그것도 아니야."

부드득 이를 가는 소리가 얼핏 들린 것도 같았다.

'부끄러운 건가.'

그의 일그러진 얼굴이 조금 전처럼 살벌하게 보이지 않았다.

"……괜찮아요. 거기, 남자들도 꽤 참석했어요."

많지는 않았고, 그래 봤자 다과를 나르는 어린 하인들 정도였지만, 에젠은 클리프를 위한 그 정도 거짓말은 허용될 거로 생각했다.

에젠은 여전히 굳어 있는 그의 얼굴을 보며 조용히 그에게 위안이 될 말을 꺼냈다.

"남자들이 으레…… 좋아하는 분야는 아니니까 섣불리 속단했어요. 클리프 당신이 좋아하는 줄 알았다면―."

"좋아하기는 무슨, 그런 끈적거리는 시 따위……!"

그가 울컥 목소리를 높였다.

그러자 그의 외침에 묻듯, 에젠의 시선이 그의 주머니 속에 모습을 감춘 연시집으로 다시 향했다.

클리프는 참지 못하고 시집을 꺼내 달리는 마차의 창문 밖으로 던져 버렸다. 한시라도 빨리 그것과 멀어지고 싶은 것처럼 말이다. 번개 같은 움직임에 살포시 나풀거리는 분홍빛을 본 것 같았다.

예상외로 격한 반응은 그가 감추고 싶던 비밀을 들켰기 때문인지도 몰랐다.

수치스럽게 만들려는 건 아니었는데, 그저, 그냥 그의 색다른 면을 본 것 같아 조금 기뻤던 것도 같은데. 에젠은 조용히 덧붙였다.

"……괜찮아요, 나도 가끔 기사들이 하는 결투에 참여하고 싶을 때가 있는걸요. 연시 낭송회는 매번 달의 첫 번째 주에 열린대요. 선생님께 부탁하면 당신이 아무도 모르게 참가할 방법이 아마 있을 거예요."

"에젠, 그 얘기는 그만하도록 하지."

악문 잇새에서 놀랍게도 명확한 발음이 흘러나왔다.

"제기랄."

그리고 그가 낮게 뇌까렸다. 그러다 문득 정신이 든 듯 빠르게 덧붙였다.

"물론 당신이 거기 간 걸 폄하하는 건 아니야. 연시가 다른 시보다 수준이 낮다는 말도 아니고……. 설사 당신이 거기 참석자들처럼 미친 듯이 연시를 읊는대도 난 이해할 거란, 젠장, 무슨 말을 하는……. 어쨌든 그래, 취향의 차이겠지. 그것뿐이야."

그러니까 그의 취향이 연시 쪽이란 말인가 아니란 말인가.

비밀을 들켜 부끄러워서 그런가 싶기엔 책을 던져 버리던 그의 반응이 격했다. 낭송회에 끝까지 남아 있지 않고 중간에 나온 것을 봐도 그랬다.

아니라면, 그는 왜 이곳에 온 거고, 연시가 아니라면 그가 좋아하는 건 또 뭘까.

에젠은 조금 더 이야기하고 싶었지만 한마디라도 더 물어보면 목을 베겠다 말하는 것 같은 살벌한 그의 얼굴을 보고 마음을 접었다.

그래도 다행이었다. 클리프의 취향에 대한 생각이 머릿속의 다른 복잡함을 잠시나마 잊게 만들어 주었다.

'오랜만이네, 당신.'

불퉁한 표정을 하고 있었지만 조각 같은 얼굴은 여전했다. 문득 그와 이리 마주 본 지가 아주 오래전인 것만 같은 기분이 들었다.

클리프는 여전히 에젠을 바라보지 않았다. 시집을 던져 버린 거친 손가락은 이제 다시 벨벳 시트를 움켜쥐고 있었다.

"……."

에젠은 침묵 속에 감도는 미묘한 전조를 읽었다. 그가 감추지 못하는 불안을 읽어 냈다. 그것이 단순히 그의 것만은 아니라는 것도.

'저택으로 돌아가면 그는 또 사라지겠지.'

물리적으로라도 그와 이렇게 가까이 있을 기회 또한 사라질 것이다.

빠른 속도로 굴러가는 이 마차가 저택에 다다르면, 이 잠시의 평화가 깨어질 것 같았다. 그리고 제게 닥친, 아직도 머릿속 어딘가에 부유하는 과거의 기억이 되살아날 테다.

'조금만 더…… 조금만 더 이렇게 그와 있고 싶다면.'

아무것도 생각하지 않고 오직 그에게만 온전히 신경을 다 빼앗기는 이 시간을 조금이라도 연장하고 싶다면, 역시 제가 너무 이기적인 걸까.

그걸 알면서도 입이 제멋대로 움직이는 걸 막을 수가 없었다.

"……나 낭송회 중간에 나왔어요."

에젠이 작은 목소리로 만들어 낸 핑곗거리를 중얼거렸다. 치기 어린 바람이 그에게 먹혀들지 확신할 수 없었다.

작은 소리였음에도 기민한 그가 고개를 들었다.

"그러니까…… 남은 시간은."

그녀는 망설이다 이내 큰 숨을 들이마시며 문장을 완성했다.

"남은 시간은 내게 어떻게 보상할 건가요?"

조금 놀란 듯한 눈이 저를 향하자 에젠이 다시 요구했다.

"……보상…… 해 주세요."

말간 시선이 그와 마주했다.

"하지만 당신, 아직 위험해. 아까도—."

"이제 난 다시 저택에서 나오지 못하는 건가요, 그럼? 아프니까? 침대에 누워서 저택을 방문하는 사람들만 기다려야 하나요?"

"그게 아니……!"

에젠의 물음에 그는 뭔가 말하려는 것처럼 입을 달싹거렸다.

그러나 이내 그는 대답 대신 어두운 눈으로 그녀를 응시할 뿐이었다. 음영이 진 조각 같은 얼굴에 정의할 수 없는 한탄이 내려앉았다.

"무얼 하고 싶어."

그러나 그는 표정을 지웠다. 찰나의 변화는 에젠이 그를 계속 주시하지 않았다면 알아차리지 못했을 만큼 짧았다.

"에젠, 원하는 대로 보상하지. 하고 싶은 걸 말해."

"그건 당신이 생각해야죠. 날…… 그곳에서 데려온 건 당신이잖아요."

나지막한 항변에 클리프가 입을 다물었다. 생각에 골몰하는지 그의 얼굴이 무표정해졌다.

"……드레스숍은 어때."

에젠은 고개를 저었다.

"이미 당신이 보낸 엘프의 드레스만 해도 차고 넘쳐요."

그가 알겠다는 듯 고개를 끄덕이고 무표정한 얼굴로 되돌아갔다. 이윽고 그가 다시 제안했다.

"……보석상이 근처에—."

"아니요."

에젠은 고개를 저었다. 얼마 안 될 이 시간을 그의 얼굴보다 보석을 보는 데 쓰긴 싫었다.

"식상해요."

틀에 박힌 제안에 조금 더 센 말투로 불호를 표현한 게 당혹스러운 모양이다. 클리프는 그 이후로 말이 없었다. 에젠은 인내심을 가지고 그의 다음 제안을 기다렸다.

그러나 그가 다음으로 내밀었던 건 일전과 비슷한 유의 제안이었고, 역시 에젠에게 연거푸 거절당했다.

결국, 밑천이 다 떨어진 모양이었다. 한동안 무표정으로 골똘히 생각하던 클리프는 결국 조용히 실토했다.

"……난 여자들이 좋아하는 곳은 잘 몰라."

애먼 고백이 가슴께를 톡 건드리고 지나갔다. 긴장을 감추려 바르작거리는 그의 손끝과 모순되는 무표정한 얼굴은 왠지 곤란한 것처럼 보였다. 자신도 모르게 입꼬리가 제멋대로 달싹일 것 같아 에젠은 입술에 힘을 주었다.

"괜찮아요. 당신이 생각하는 곳으로 가 보고 싶어요. 그냥, 단지 여자들이 좋아하는 곳이라서가 아니라 당신이 생각했을 때 내가……."

이런, 너무 저와 관련된 쪽으로 강요하는 것처럼 들리지 않을까. 에젠이 이내 입을 꾹 다물고 그의 눈치를 살폈다. 다행히도 그는 알아차리지 못했는지 잠시 골몰하다 마차를 나갔다.

그리고 얼마 지나지 않아 다시 돌아왔다.

"이랴—!"

마부의 힘찬 외침과 함께 마차가 방향을 틀었다.

"어디로 가는 거예요?"

"……곧 알게 될 거야."

에젠은 잠자코 고개를 숙여 손을 쥐었다 폈다. 침묵 속에서 흐트러진 드레스 주름을 펴는 일을 반복하는 동안 마차는 쉬지 않고 달려 나갔다.

"워어, 워어!"

얼마쯤 달렸을까. 바닥이 울퉁불퉁한 곳을 지나는지 덜컹거리던 마차가 이내 어딘가에 멈춰 섰다. 말을 달래는 마부의 목소리와 함께 클리프가 먼저 마차 문을 열고 나갔다.

"에젠."

창밖으로 바깥을 살피려 고개를 갸웃거릴 때 단단한 손이 그녀에게 내밀어졌다.

에젠은 약간의 두려움과 설렘을 동반한 채 그 위에 제 손을 얹었다.

클리프가 그녀를 데려간 곳은 어느 작은 공연장이었다.

약 삼 층 높이의 작은 건물은 왁자지껄한 수도의 시내에 자리하고 있었다.

거리 저편에선 호외를 외치며 신문을 던지는 작은 소년들과 노점상이 즐비했고, 상인들도 활발히 상업에 종사하는 듯 연신 사람들로 붐볐다.

으레 귀족들이 다니는 곳이 아닌지, 마차에서 에젠이 내리자 사람들이 숨죽여 두 사람을 주시하는 것이 느껴졌다.

"각하."

잠시 자리를 비운 마부가 돌아와서 클리프에게 귓속말을 했다.

"들어가지."

고개를 끄덕인 클리프가 연신 구경하기 바쁜 에젠의 어깨를 살짝 감싸 안으로 데리고 갔다. 실용성에 가장 중점을 둔 것인지, 건물의 내부는 화려하진 않았으나 깔끔하고 단정하게 잘 꾸며져 있었다.

그러나 근처에 귀족의 행색을 한 이를 찾기 힘든 거로 보아 후작 부인인 에젠이 갈 만한 곳은 분명 아니었다. 거리의 모습도 그렇고 내부도 그렇고 평민 또는 중산층들이 즐겨 찾는 공연장인 듯했다.

"……오래 있진 않을 거야."

건물을 둘러보는 그녀의 시선을 알아차렸는지 클리프가 불쑥 말했다. 자신을 귀족 여성이라면 가지 않을 만한 허름한 곳으로 데려왔다 생각해서 에젠이 모욕을 느낄 거라 생각한 것일까.

에젠은 뭔가 이유가 있지 않겠나 싶어 잠자코 클리프를 따라갔다.

공연이 열릴 홀에 들어서자 그녀는 곧 이곳의 특이점을 알아차렸다.

층별로 나누어져 있는 기존의 좌석 대신 무대 주변에는 테이블이 곳곳에 자리하고 있었다. 관객들이 테이블에 앉아 다과를 즐기며 무대를 즐길 수 있도록 만들어져 있는 듯했다.

정해진 자리에서 공연 내내 단정한 자세로 머물러야 하는 귀족들의 공연장보다는 훨씬 자유로워 보였다.

홀의 왼쪽에 자리한 커다란 무대는 건물 내에서 가장 큰 면적을 차지하는 곳이었는데 건물의 규모와는 맞지 않는다 싶을 정도로 꽤 큰 정석의 오케스트라 군단을 보유하고 있었다.

에젠이 공연장으로 들어설 때 그들이 자리에서 일어나 허리를 숙여 인사했다.

놀랍게도 공연장에는 둘을 제외한 관객은 하나도 없었다.

에젠은 혹시 다른 이들을 발견할 수 있을까 싶어 고개를 두리번거렸는데 도리어 그녀의 시선을 피하며 연신 고개를 숙이는 공연장의 하인들만을 발견할 수 있을 뿐이었다.

"에젠."

클리프가 그녀를 불렀다.

"네?"

그가 대답 대신 정중히 그녀를 좌석에 앉혔다. 무대를 한눈에 볼 수 있는 정중앙의 테이블이었다. 에젠이 떨떠름한 얼굴로 자리에 앉자 그는 그 옆에 자리했다.

'공연을 보는 거였구나.'

악기를 가다듬는 오케스트라들을 보면서 에젠이 생각했다.

"무슈. 말씀하셨던 걸 대령했습니다. 혹 필요하신 게 있다면 종을 울려 주십시오. 마담, 좋은 시간 보내시기를."

연미복을 차려입은 남자가 그들에게 다가와 김이 모락모락 올라오는 찻주전자와 다과가 담긴 접시를 내려놓았다. 그다지 식욕이 있지 않았지만 남자가 내온 다과 세트만큼은 어느 티 파티에 내놓아도 손색이 없을 만큼 완벽했다.

클리프는 무표정한 얼굴로 손을 뻗어 찻주전자를 들었다. 찻잔을 부술 것 같은 손이 나름 섬세하게 차를 내리는 과정을 에젠은 물끄러미 바라보았다.

각설탕이 가득 담긴 귀여운 장식의 통을 외면한 채 그가 내린 찻잔이 에젠의 앞으로 들이밀어졌다.

그녀가 놀란 눈으로 그를 보았을 때 클리프는 제 새끼손가락만 한 나이프로 쿠키를 조각내고 있었다.

부스러기 하나 떨어지지 않는 깔끔한 절단면을 자랑하는 쿠키 조각들도 이내 그녀에게 들이밀어졌다. 그리고 어디서 가져온 것인지 깨끗한 냅킨도 그녀의 옆에 자리한 채였다.

마치 어린아이가 된 기분이었다. 하인처럼 옆에 붙어 하나하나 시중을 드는 모양새치고는 그 행위의 주체가 부적절했고 행동에 지나칠 만큼 군더더기가 없었다.

에젠은 힐긋 주변을 살폈다. 그러자 홀 벽에 일렬로 서 있던 공연장의 하인들이 일제히 고개를 돌려 그녀의 시선을 피했다.

"……."

에젠은 그가 내린 차를 한 모금 마시고 쿠키를 집어 들었다.

입 안으로 퍼지는 과자의 달콤함을 머리로만 인지하고 있을 만큼 어리둥절한 기분이라는 걸 그는 모르는 건지, 클리프는 손수건으로 쿠키 부스러기가 묻은 그녀의 손가락을 훔쳐 냈다. 천을 사이에 둔 맞닿음은 찰나였다.

그때 달칵, 홀의 불이 꺼지고 공연장이 암흑에 잠겨 들었다. 번쩍, 무대의 조명이 켜지며 지휘자가 허리를 숙여 인사하는 것으로 공연의 시작을 알렸다.

묵직한 첼로의 선율로 위태롭게 시작되는 멜로디에 에젠이 고개를 들었다.

세오덴의 사계, 그 첫 장, 겨울이 연주되고 있었다. 중후한 오케스트라의 음악이 시린 겨울의 냉혹함을 표현해 냈다.

'어?'

그녀는 놀란 얼굴로 그를 올려다보았다.

여느 때처럼 무표정한 얼굴로 정면을 응시하고 있는 클리프는 아무 말이 없었다.

겨울의 합중주가 시작되었다. 애절한 바이올린 소리가 겨우내 힘겨운 고뇌에서 버텨 가고 있을 때 북풍처럼 강렬한 피아노 합주가 휘몰아쳤다.

세오덴의 겨울, 그녀에게 혹독하던 삶을 대신하여 주는 듯하던, 그때 그 겨울에서 상냥하고 달콤한 멜로디의 봄으로 넘어가는 음악에 에젠은 울컥 눈물이 나올 것 같았다.

부러 평민들의 공연장으로 와야 했던 이유가 이것이었을까.

세오덴의 사계.

사교계에서 쫓겨나 음악의 이단아로 취급받는 이의 곡을 무대에 올릴 만한 곳은 하이츠 왕국에 얼마 남지 않았으니까.

저택에서 클리프가 보낸 서넛의 연주자들이 들려주었던 사계도 좋았지만, 일개 대대를 방불케 하는 오케스트라 한 팀이 만들어 내는 소리는 훨씬 더 풍부하고 감미로웠다.

이렇게 제대로 된 세오덴의 공연을 본 지가 얼마나 되었던가.

붉게 달아오른 볼을 감싸 쥐고 저와는 달리 밖을 제멋대로 쏘다니던 형제들을 부러운 눈으로 본 것이 아주 오래전인 것만 같았다.

사계를 끝낸 오케스트라의 지휘자는 잠시 숨을 돌린 뒤

멋들어지게 인사를 건넸다.

"다음은 세오덴의 미발표곡입니다. 곡명은 무제입니다."

낡은 작업실 한구석에서 세오덴의 죽음과 함께 수장되는 듯했던 그의 미발표곡도 연달아 연주되었다. 한참 동안이나 넣 놓은 채 음악계의 이단아이자 신성이 만들어 낸 멜로디에 빠져들면서도 에젠은 자꾸 고개를 돌렸다.

여전히 어느 것도 읽을 수 없는 그 무표정한 얼굴을 보고 있노라면, 귓가에 울리는 아름다운 음악이 부드럽게 자신을 감싸는 것을 느끼면서도 머릿속에선 온갖 것이 뒤섞였다.

과거와 현재, 미래 그 모든 것이 소용돌이처럼 돌고 돌았다.

"무슈."

그때 연미복을 입은 남자가 소리 없이 다가와 테이블로 얼음이 담긴 통과 유리병을 내려놓았다.

감상에 방해가 되지 않는 남자의 물 흐르듯 매끄러운 서빙에 놀랄 새도 없이 붉은빛이 찰랑거리는 보드카가 각얼음이 담긴 유리잔 위로 졸졸 흘렀다.

에젠의 머릿속에서 음악 소리가 뚝 하고 끊겼다.

클리프가 잔을 쥐려는 걸 보는 순간 에젠은 거칠게 손을 뻗어 잔을 쳐 냈다.

쨍그랑—!

유리잔이 깨지는 날카로운 파열음에 오케스트라가 연주를 멈췄다.

졸졸, 테이블로 엎어진 술잔에서 술이 새어 나왔다. 알

싸한 향기가 코끝을 찌르고 붉은 액체가 하얀 테이블보 위로 넓게 번져 갔다.

"에젠?"

클리프가 저를 보고 있었다. 놀란 건 그뿐만이 아니었는지, 연미복을 입은 남자가 들고 있던 보드카 병을 놓쳤다.

"만지지 마!"

클리프가 병을 잡아채려 했을 때 에젠이 소리쳤다.

그가 저걸 쥐게 내버려 둘 수 없다. 그는 저것과 가능한 한 멀리 떨어져 있어야 한다. 그가 물처럼 들이켜던 저 술은 결국 그를 병들게 할 거고 저는 무력하게 그걸 지켜볼 수밖에 없는…….

"에젠?"

이내 퍼뜩, 정신이 들었다. 에젠은 빠르게 방금 제가 무슨 짓을 한 건지 인식했다.

병은 웨이터의 손에 붙잡혀 다시 얼음 통에 자리하고 있었다. 클리프는 —그녀의 절박한 외침대로— 움직이지 않은 상태였다.

그를 다시 올려다보는 그녀의 눈이 믿을 수 없다는 듯 크게 떠지다 이내 다시 현실을 알아차리고 침전했다.

저는 지금 그 복도에 있는 게 아니다. 클리프는 그 어두운 지하실이 아니라 제 옆에서, 이 밝은 빛 아래서 이렇게 멀쩡한 모습으로 자리하고 있다.

"술, 술 냄새 때문에 어지러워서……."

에젠이 더듬거리며 핑계를 찾았다.

"어지러워?"

다행히도 언제나 잘 먹히는 핑곗거리였다. 클리프가 곧바로 자리에서 일어섰으니 말이다. 그는 찻잔을 드는 것처럼 에젠을 가볍게 안아 들고 올 때처럼 성큼성큼 공연장을 벗어났다.

"잠깐만, 아직 연주가 끝나지 않았어요."

악기를 든 채 황망히 자신들을 보고 있는 연주자들의 시선을 알아차린 에젠이 애처롭게 중얼거렸다.

"저 악단을 내일 저택으로 부르지."

그가 에젠의 물음을 이미 예상하였다는 듯 곧바로 답했다.

"저 큰 오케스트라를요?"

"볼룸(Ballroom) 넓어."

무어가 저택의 볼룸은 아직 파티가 열린 적이 없기에 단한 번도 쓰이지 않은 거대한 홀이었다.

오케스트라가 들어갈 만한 충분한 공간이다. 물론, 관객이 에젠 하나뿐일 테니 그것 또한 전과 같이 괴상하고도 애처로운 그림이 되겠지만 말이다.

추호의 의심조차 하지 못하게 하는 확언에 에젠은 수긍하고 말았다.

술병을 본 이후로 가슴속에서 넘실대는 불안이 공연을 포기한다고 해도 차라리 지금 그와 술을 이리 떼어 놓는 게 좋을 거라 말했다. 연주를 듣겠다고 계속 앉아 있으면,

클리프가 다시 술잔을 집어 들지도 모르는 일 아닌가.

세오덴의 연주는 분명 그녀의 안식이었으나 가장 깊은 곳에 자리하는 불안을 외면할 정도로 간절하진 않았다.

'이 사람을 다시 놓쳐 버리면 어떡하지.'

클리프의 재킷 끄트머리가 에젠의 손 아래에서 거칠게 구겨졌다. 그가 그랬던 것처럼.

그가 에젠을 다시 고쳐 안았다. 조금 전보다 더 밀착되어 안정적인 구조였다. 벽처럼 단단한 그의 가슴이 몸소 느껴지고서야 에젠이 중얼거렸다.

"……술 싫어."

"그래."

단조로운 목소리가 그녀의 말을 받았다. 우습게도, 이 맥락 없고 개연성 없는 짧은 대화에서 그의 수긍이 약간의 위안을 주었다.

"……."

에젠은 힘을 빼고 그의 가슴에 이마를 기댔다. 쿵쿵거리는 심장 소리가 그녀에게까지 전해 왔다.

에젠이 힐긋 고개를 들어 그를 올려다보았다. 조금 전처럼 정면만 보고 있는, 바늘 하나 들어가지 않을 것 같은 냉랭한 인상과는 달리 그의 가슴은 쿵쿵, 뜨겁게 박동했다.

살아 있다는, 생기가 넘치는 그의 생동감이 몸속으로 스며드는 불안을 몰아냈다.

마차에 올라탔을 때도 클리프는 에젠을 떼어 놓지 않았

고, 그녀 또한 부러 그의 품에서 벗어나려 하지 않았다.

"에젠?"

대답이 없었다. 클리프는 곧 그녀의 얕은 숨소리를 들었다.

그나마 둘 중 대화를 이끌어 나가려던 에젠마저 클리프의 재킷 한쪽을 쥔 채로 잠들자 마차 안에 죽음 같은 적막이 감돌았다.

쉴 새 없이 굴러가던 마차 바퀴는 저택에 다다라 움직임을 멈추었다.

"각하—."

마부가 미처 도착을 알리기도 전에 마차의 문이 열리고 클리프가 에젠을 안고 나왔다. 재킷과 담요를 겹쳐 어찌나 꼼꼼히 싸 놓았던지 마부가 겨우 볼 수 있는 건 안주인의 하얀 이마 정도였다.

클리프는 싸늘한 호정을 걸었다. 해 질 녘의 어둠이 얕게 내려앉은 저택의 호정은 을씨년스러울 만큼 조용했다. 그가 발걸음을 멈췄다.

"알랭."

"예, 각하."

그림자처럼 숨어 있던 건장한 사내가 부름에 모습을 드러냈다.

기사들의 전유물인 얇은 흉갑을 입고 허리춤에는 장검을 차고 있음에도 소리 없이 어둠에서 나타나는 움직임은 기사보다는 오히려 살수에 가까웠다.

"아까 그 자식, 조사해 봐. 도노반과 연관이 있는지도. 그리고 비비안 필레모리에게 눈을 붙여야겠어."

사내가 허리를 숙였다.

"알겠습니다. 각하, 혹 그녀의 도주로도 미리 봉쇄해 놓을까요. 저번처럼 마님을 모시고 도망치려 들지도 모르지 않습니까."

클리프가 멈칫하며 품 안의 에젠을 내려다보았다. 눈을 감고 있는 그녀의 얼굴에, 제 재킷의 옷감을 꼭 쥐고 있는 손에 시선이 어렸다.

"……."

머릿속을 뒤흔드는 혼란은 비단 에젠에게만 해당하지 않았다.

클리프는 천천히 에젠의 손 위로 손을 올렸다. 부드러운 손등 위로 닿을 듯 말 듯 망설이던 그의 손은 이내 옷깃을 쥐고 있는 그녀의 손가락을 하나씩 떼어 냈다.

투욱, 떨어져 나간 에젠의 손이 그녀의 가슴 위로 안착했다.

"각하?"

그는 다시 발걸음을 옮겼다.

"각하?"

사내는 끝내 답을 듣지 못했다.

눈을 떴다. 에젠은 무의식적으로 팔을 뻗어 허우적거렸다.

"마님, 괜찮으셔요?"

텅 빈 허공으로 손을 휘젓고 있다는 것을 깨달은 그녀가 쓴웃음을 흘렸다. 빈 침실에는 저를 보는 에밀리만 있는 것을 알아차렸다.

'집으로 돌아왔구나.'

쿵쿵거리는 그의 심장 소리를 들으며 어느새 잠이 들어 버린 모양이었다. 클리프가 침대에 저를 내려놓을 때까지 알아차리지 못할 만큼 피곤했던 걸까.

에젠은 짧게 어제를 회상했다. 필레모리, 나이젤, 클리프, 세오덴, 보드카까지…….

나열해 보면 놀랄 만한 일들이 연속으로 하루 만에 일어났으니 알게 모르게 제게 많은 부담이 되었는지도 모르겠다.

'그래도 아픈 건 아닌데.'

어지럽다는 말에 곧바로 공연장을 떠나 버린 그의 행동은 클리프가 여전히 그녀의 건강을 지나치리만큼 염려하고 있다는 것을 보여 주었다. 부담스러울 정도의 지나친 강박은 답답하기도 했고, 그가 걱정되기도 했다.

그리고 모순적이게도, 적어도 아직까진 그가 제게 완전

히 무관심하지 않다는 방증으로 작용하여 저를 조금이나마 위안시키는 것에 에젠은 한숨을 내쉬어야 했다.

"클리프는……."

에밀리가 입술을 말아 물었다. 어떻게 말을 꺼내야 할지 당혹스러워하는 표정에서 에젠은 답을 읽었다.

"또 황궁으로 갔나 보지?"

"마님, 그게…… 네에. 요새 전쟁 때문에 왕국 내 분위기가 흉흉하다 보니 각하께서 하실 일이 많으신가 봐요."

"……."

새삼스럽지 않았다. 이렇게 될 줄 알고 있었다. 적어도 어제만큼은 잠시나마 그와 같은 시간을 공유할 기회를 놓치지 않았으니 다행일까.

"하지만 마님, 각하께서 부르신 세오덴의 오케스트라가 볼룸에서 준비하고 있답니다. 이안 도련님과 함께 관람하시면 좋으실 거여요."

"……그래."

다시 홀로 남은 침실에서 에젠은 고개를 끄덕일 수밖에 없었다.

"까아!"

발간 볼로 방실방실 웃는 아이는 깨물어 주고 싶을 만큼 귀여웠다. 제게 두 팔을 팔랑거리며 덥석덥석 안기는 모양새는 숨 막힐 만큼 사랑스러웠다.

 고슴도치가 제 새끼를 함함하다 여기는 것처럼, 제게도 아이의 모든 외양이 예쁘게만 보이는 억지가 덧씌워진 걸까.

 설사 그렇다고 해도 에젠은 누구에게라도 이안이 이 왕국에서 가장 귀여울 거라고 외칠 수 있을 것 같았다. 천사 같은 그 얼굴을 보고 있노라면 시름도 혼란도 잠시 움직임을 멈췄다.

 "세오덴의 곡이 마음에 드셨나 봐요. 이 곡만 들려 드리면 이리 웃으셔요."

 양손을 맞대며 마치 손뼉이라도 치는 것처럼 짝짝거리는 작은 두 손을 보는 메리 부인의 얼굴에 웃음이 번졌다.

 "이안, 엄마가 좋아하던 곡이야."

 에젠은 아이를 품에 안고 귀에 작게 속삭였다. 간지러운지 아이가 까르르 웃음을 터뜨렸다. 작은 손이 허우적거리며 에젠의 얼굴을 톡톡 건드렸다.

 "마아! 마아!"

 아직 구부리지도 못하는 앙증맞은 손가락에 저도 모르게 입을 맞추는 그녀에게선 미소가 떠나지 않았다.

 "각하께서도 지금 여기 계신다면 좋겠어요."

 모자의 사랑스러운 애정 표현을 보고 있던 에밀리가 무심코 내뱉었다.

"에밀리."

메리 부인이 작게 질책했다. 분위기가 굳어 가자 에젠이 수습했다.

"괜찮아, 그이는 바쁘니까……."

그러나 며칠 새 클리프가 저택으로 돌아오지 못하는 것을 여기 모두가 알고 있었다.

돌아오지 '못하는' 것일까, '않는' 것일까. 물음의 답을 애써 찾으려 하지 않았다.

클리프는 가끔 아주 늦은 시간에 저택에 들렀다. 그의 귀환을 집사가 마치 명령이라도 받은 듯 꼬박꼬박 에젠에게 보고하는 것처럼 알려 주었다. 그래 봤자, 이내 다시 자리를 비웠다는 말이 뒤따라왔지만.

아이를 매일 보러 오는 그를 알고 있기에 혹시 마주치지 않을까 이안의 방에서 죽치고도 있어 봤지만 우연이라도 그와 마주치는 일은 없었다.

시간이 엇갈리는 일이 잦았다.

눈에 보이지 않으니 결국 그리게 되는 것은 기억뿐이다. 에젠은 시집을 던져 버리던 그의 표정을, 차를 내리던 손을, 제 옆에서 자리하던 그의 커다란 존재감을 되새겼다. 어쩐지 그와 함께했던 시간이 꿈처럼 느껴졌다.

하지만 제 품을 감싸던, 누구도 쉬이 침범할 수 없는 단단한 성채 같던 그는 현실에도 실재함을 알았다.

'꿈처럼 그냥 흘려보내고 싶지 않아.'

에젠은 좀 더 용기를 내고 싶었다. 살아온 세월에 밴 습관은 여전히 그녀를 멈칫하게 했지만 말이다.

그리고 마침내, 클리프가 집으로 돌아왔다.

그러나 그는 혼자가 아니었다. 우락부락한 체격을 자랑하는 흑기사단과 참모들이 그를 뒤따랐다.

곧장 집무실로 직행한 그들 뒤로 쾅, 문이 닫혔다. 집무실의 불은 늦게까지 꺼지지 않았고 들려오는 끊임없는 말소리들은 그들의 치열한 설전을 어렵지 않게 그려 냈다.

"에브론 왕국과의 전쟁이 정말 일어나려는 걸까요? 말콤 경의 저택에서도 내내 회의가 계속되고 있대요. 그러니까, 두 분이 이번 전쟁의 총사직을 두고 경쟁하고 있다는군요."

에젠은 무력함을 느끼면서도 뭔가 힘이 되고 싶었다. 얼핏 문틈으로 훔쳐본 찰나의 그에겐 짙은 피곤이 묻어났다.

"마님, 차향이 좋아요."

은은한 차 향기가 방을 메웠다. 클리프가 그녀에게 보냈던, 피로 해소를 돕는다는 엘프의 박하 잎이었다. 에젠은 직접 박하 잎을 뜯고 손질해서 차를 우렸다.

"클리프에게…… 가져다줘."

그리고 김이 피어나는 차를 그에게 보냈다.

일렁이는 찻물의 온기가 마치 저 같아서, 에젠은 클리프에게 전해질 때까지 차가 식지 않기를 바랐다.

"왜."

참모와 기사들이 돌아가고, 집사가 찻잔을 올린 트레이를 들고 집무실로 들어섰음에도 서류에 코를 박고 있던 클리프는 고개조차 들지 않고 물었다.

집사는 커다란 집무실 책상을 틈 하나 없이 가득 메우는 서류 뭉치에 힐긋 시선을 던지다가 차를 내려놓으며 주인에게 답했다.

"마님께서 보내셨습니다."

"뭐?"

클리프가 처음으로 고개를 들었다. 며칠 밤을 새운 탓인지 얼굴의 선이 더욱 도드라져 일순 험악하게 보일 정도였다.

"……마님께서, 보내셨습니다."

분명 들었음을 앎에도 집사가 다시 한번 말했다. 푸른 시선이 집사를, 그리고 그의 앞에 놓인 정갈한 찻잔을 번갈아 내려다보았다.

"……."

처음으로 안주인이 무언가를 보낸 참이다. 여태까지의 전적을 보아 집사는 적어도 찻잔을 받아 들 때의 저만큼 클리프가 놀랄 거라 예상했다.

적어도 말이다. 여태껏 모신 주인의 성격을 잘 알고 있으니 기쁨이나 강렬한 감정을 직접 토해 낼 거라 생각하진 않았지만,

"……."

적어도 이런 무반응은 집사의 예상에 들어 있지 않았다.

"각하?"

주인의 일그러진 얼굴은 마치, 그것을 원하지 않았던 것처럼 보였다. 집사는 당황했다.

"……돌려보낼까요."

제 딴에는 주인의 의중을 짐작하려 한 말이었으나 그에게 돌아온 것은 짧은 축객령이었다.

"나가."

집사는 조용히 허리를 숙이고 자리를 떴다. 닫히는 문 사이로 찻잔에서 시선을 떼지 못하는 주인의 얼굴만을 얼핏 보았을 뿐이었다.

김이 모락모락 올라오는 은은한 차향이 서늘한 집무실의 공기 위로 퍼졌다. 저도 모르게 뻗은 손에 덜컹, 찻잔이 걸렸다. 황급히 손을 떼어 내는 움직임에 고이 담겨 있던 찻물이 일렁였다.

금방이라도 찻잔을 넘어 넘칠 것 같은 위태로운 물결은 소용돌이치는 기억의 편린과 다른 바가 없었다.

'어째서 에젠이 내게 이걸 보낸 거지.'

적어도 그가 기억하는 에젠은 단 한 번도 그에게 자의로

무언가를 보낸 적 없었다. 한방에 있는 것도, 그를 보는 것도 견딜 수 없어 하던 그녀가 아니었던가.

이미 알고 있던 진실이 서글펐지만 그보다 더 두려운 것은 변화였다.

에젠이 왜 바뀌었을까.

그녀는 그가 알고 있는 그녀와 조금씩 다른 양상을 보이고 있었다. 아이를 안고, 사람들과 만나고, 그를 마주하기 시작한다. 그 같지 않음이 그를 불안하게 했다.

저는 그 변화에 대처할 수 있을까. 에젠을 '죽고 싶지' 않게 만들 수 있을까.

그는 눈을 감았다. 감았어도 눈앞에 펼쳐지는 잔상은 뇌리에 박혀 들어 떨쳐 낼 수 없었다.

―나, 나는 당신에게…… 죄, 죄인이지만……. 당신은, 나를, 용서할 수 없었겠지만…… 그렇다고…… 당신이, 내 죽음까지, 지배할 순 없어…….

그는 오직 그것만을 막을 수 있길 바랐다.

에젠이 살아 있다면, 그는 감히 아무것도 바라지 않았다. 그러니, 아무것도 바뀌지 않아야 했다. 그가 그녀의 죽음을 완벽하게 막을 수 있으려면 모든 것은 그가 아는 것과 같아야 할 테니까.

클리프는 그 완벽성을 위협할 그 어떤 변수도 원하지 않았다.

아니, 원하지 않아야만 했다. 설사 그 변수가 그가 그토록 원했던 에젠 그녀 자신이라 해도.

그러니까 이건 신이 그를 시험하는 거다. 어디까지 견딜 수 있는지. 어디까지 유혹을 이겨 내고 그녀를 지켜 낼 수 있는지.

클리프는 찻잔을 노려보았다. 차에선 아직 따스한 김이 올라오고 있었으나 생명의 불이 천천히 꺼져 가듯, 따뜻하던 온기는 조금씩 식어 가기 시작했다.

클리프는 자리에 앉아 더 이상 김이 나지 않을 때까지, 따뜻한 찻물이 차갑게 식어 버릴 때까지 그것을 그저 바라보기만 했다. 충동을 제지하려 꾹 쥐고 있던 손아귀가 풀리며 찻잔을 향해 뻗어 나갔으나 끝내 잡지 못했다.

그저 투박한 검지가 망설이듯 찻잔의 테두리만 애달프게 매만졌다. 그마저도 이내 멈췄다. 해서는 안 될 일을 한 것처럼.

"……나를 시험하지 마."

침전된 눈동자는 더 이상 찻잔을 담지 않았다. 서서히 들어차는 심연에 무력히 저를 내맡길 뿐이었다.

집무실을 나온 집사는 또 다른 어려움을 맞닥뜨려야 했다.

"……."

노인의 앞에 여린 외양의 안주인이 자리하고 있었기 때문이다. 그러나 그는 눈앞의 여인이 보이는 것만큼 무르지 않다는 것을 알고 있었다.

　"마님, 새로 고용한 시중인들의 서류입니다. 분부하셨던 대로 세네브 출신은 제외하였습니다. 그리고 별채에 배정된 하인들의 수를 좀 더 늘리려고 합니다. 장마 때문에 저택 보수 일이 늘어나서 인력이 부족해서요. 안채에 있는 하인들이 몇 명 차출될 것 같습니다만 보수가 끝날 때까지만이라 길지는 않을 겁니다."

　집사는 평소보다 긴 보고를 마쳤다. 그리고 허리를 꾸벅 숙인 뒤 뒤돌아 빠르게 방을 나가려고 했다.

　"랄프."

　노인이 멈칫했다. 이래서 피하고 싶었건만.

　그녀의 시선은 평소보다 오래 제게 머물렀고 집사는 그 이유를 어렵지 않게 짐작할 수 있었다. 하필 왜 이 시점인가 싶지만, 제 의무를 미룰 정도로 그는 책임감 없는 시중인이 아니었다.

　"예."

　"……."

　안주인은 입을 다물었다. 집사는 침묵 속에 자리하고 있을 물음을 알 것만 같았고 또 그것을 듣지 않기를 바랐다.

　"차는……."

　망설이는 그녀는 문장을 맺을 생각이 없는 모양이었다.

"예, 잘 전해 드렸습니다."

머뭇거리던 집사가 대신 맺어 주었다. 침묵이 이어졌다. 집사는 이대로 그녀가 절 보내 주길 바랐다.

"……다른 말은?"

그는 그녀가 무엇을 기대하고 있는지 알았다.

평소대로라면, 원래의 저라면 거리낌 없이 사실을 말했을 것이다. 저는 충실히 그녀의 명을 수행하였고 제 주인은, 클리프 무어는 차를 마시지도 않은 채 그저 내버려 두었다고.

"……."

그런데 그럴 수가 없었다.

조용한 눈동자에 서린 한 줄기 기대를 읽었다. 집사는 차를 건네줄 때의 안주인을 떠올렸다. 그때도 초록빛 눈동자에 저런 기대가 어려 있지 않았나. 주인에게 전해 달라, 찻잔을 내미는 손이 긴장으로 떨리지 않았나.

그 모습은 어쩐지 제가 알고 있던 그녀와는 달라서 그를 놀라게 했다. 은은한 차향은 꼭 스미듯 서린 그녀의 마음을 담고 있는 것 같아, 거짓일지도 모른다 생각하면서도 그는 감히 거부하지 못했다.

"……."

그래서 그는 지금 침묵했다.

진실을 전하기보다는 거짓을 말하지 않는 우회로를 택했다. 입을 다문 채 떨리는 시선을 들킬까 고개를 숙였다.

"수고했어."

그녀는 바보가 아니었다. 제게서 이미 답을 읽어 내린 듯 할 말은 끝났다는 듯 이내 축객령을 내렸다. 표정 없는 얼굴은 여전히 꼿꼿했으나 집사는 눈빛에 잠시 서리던 기대가 무너지는 순간을 놓치지 않았다.

"……."

노인은 결국 인정해야 했다. 제가 부러 쓸데없는 자질구레한 보고까지 이어 가며 그녀의 물음을 피하고 싶었던 이유는 어쩌면 저 표정을 보고 싶지 않아서였을지도 모른다고.

처음 내민 손이 거절당하는 실망을 적어도 제 눈으로 목격하고 싶지는 않았다고.

"예, 마님."

그러나 그는 아무것도 알아차리지 못한 척 허리를 숙이고 자리를 떠났다.

"……."

홀로 남은 방 안엔 서늘한 공기가 감돌았다. 집사가 나가고 나서도 에젠은 표정을 풀지 않았다.

"……마시기 싫었을 수도 있지."

한참 만에 앙다물던 입에서 작은 속삭임이 새어 나왔다.

"좋아하는 차가 아니었을 수도 있어. 아니, 처음부터 차를 좋아하지 않을 수도……."

그녀는 애써 합리화와도 다름이 없을, 행위의 이유를 추측하려 했다. 그러나 추측이 계속될수록 그에 대해 아는 게 없으니 그게 진실인지도 확언할 수 없었다.

에젠은 애써 실망을 드러내지 않으려 노력했다. 시무룩해지는, 자꾸 아래로 추욱 떨어지려는 입매도 올리려 애썼다. 지금 저 혼자인 이곳에서 누가 그런 저를 보고 있는 것도 아닌데 말이다.

잠깐 피어나던 마음이 억지로 저무는 해의 강요에 고개를 숙였다. 섭섭하다 느껴서는 안 된다고 제게 되뇌었다.

그러다가 멈칫, 에젠은 깨달았다.

─부인, 얼그레이로 하겠습니다. 각하께서 즐겨 드시는 차입니다.

언젠가 시녀가 차에 미약을 타면서 했던 말.

에젠의 이름으로 그에게 보내졌던 차가 클리프를 어찌 만들었는지를. 제가 어떻게 그를 속였는지를.

"약을 탔다고 생각했을까."

그와의 관계를 원한다는 말로 알아들었을까. 에젠이 입술을 깨물었다. 생각은 한 뼘 더 길게 뻗어 나갔다.

그렇다면, 설사 그녀는 그걸 의미하지 않았다 해도 차를 무시한 그의 행위는 에젠과 관계를 원하지 않는다는 뜻의 대답일까.

"하아⋯⋯."

부정적인 생각이 꼬리에 꼬리를 물었다. 에젠은 털썩 엎드렸다. 이마에 차가운 테이블의 면이 닿았다.

"그냥, 그냥⋯⋯ 클리프는 차를 싫어하는 거야."

제멋대로 결론을 내렸다.

"그냥 그런 거라고."

혼자만의 억지가 제 용기를 유지시킬 것을 알았기 때문이다.

얼마 뒤, 무어가 저택에 커다란 핑크빛 리본으로 장식된 필레모리의 초대장이 도착했다.

역시나 지난번과 같은 연시 낭송회에 그녀를 초대하는 내용의 카드의 가장자리엔 필레모리가 자필로 적어 놓은 메시지가 있었다.

[에젠, 너를 다시 볼 수 있길 기대하고 있으마. 혹, 그렇지 않다면 편지 배달부에게 분홍 리본을 건네주렴.]

의미심장한 문구에 에젠은 고개를 갸웃거렸다.

"왜 내가 가지 못할까 봐 걱정하시는 거지?"

아아…… 그러고 보니 그때 낭독회에서 클리프의 손에 이끌려 인사도 못 하고 나오지 않았나. 후에 편지를 보내 사정을 설명했지만 필레모리의 걱정은 아직 가시지 않은 모양이다.

[낭송회에서 뵐게요. 선생님께서 걱정하시는 일은 일어나지 않아요.]

에젠은 짧게 답장을 적어 보냈다. 참석한다는 요건 외에 부러 한 문장을 덧붙인 까닭은 비단 필레모리의 걱정을 해소하게 하고 싶은 마음 때문만은 아닐 것이다.

낭독회의 날이 밝았다.
채비를 마치고 무어가 마차에 올라타려던 에젠이 멈칫했다.
"마님, 왜 그러십니까?"
클리프는 이미 황궁으로 입궁한 지 오래라는 걸 알면서도 저도 모르게 시선이 분주히 주위를 옮겨 갔다.
"각하께서 마님을 모시라 명하셨습니다."
"······이름이 뭐지?"
"알랭입니다."
그러나 클리프 대신 그녀가 발견할 수 있었던 건, 그가 보냈다는 기사뿐이었다.
기사는 에젠이 마차에 올라타고 내리는 것을 충실히 도왔다. 윤기가 도는 검은색의 판금 갑옷으로 무장한 그와 온통 분홍빛 일색의 저택 앞에 우뚝 서 있자 그 그림이 그리도 어색할 수가 없었다.
그러나 에젠의 눈은 정작 다른 이를 찾느라 바빴다.
"······제가 동행하는 것이 불편하시다면 모습을 드러내지 않겠습니다."
기사는 자꾸만 저와 살롱을 번갈아서 힐긋거리는 에젠의 시선을 눈치챘는지 덧붙였다.

그에 대고 사실은 네가 아니라 네 주인을 찾고 있다고 말할 자신이 없어 에젠은 입을 다물었고 기사는 소리 없이 그녀를 따랐다.

"에젠! 왔구나!"

홀에 들어서자마자 기다렸던 듯 달려온 필레모리가 에젠을 반겼다. 이미 홀의 무대에선 새로운 낭송자들이 연시를 표현하고 있었다.

상관없었다. 에젠이 다소 늦게 이곳에 도착한 까닭은 필레모리와의 만남을 위해서였으니까.

"걱정했단다, 널 다시 볼 수 없을까 봐."

"그럴 일은 없을 거라고 말씀드렸잖아요. 걱정하실 필요 없어요."

"그래, 그렇다면 좋겠지만……."

필레모리가 말끝을 흐리다가 이내 고개를 저었다.

"아니, 이럴 게 아니지. 응접실로 가자꾸나. 시 낭송이 끝나려면 꽤 시간이 걸릴 테니까 말이야."

기사는 남아 있으라는 그녀의 명령에 반발 없이 수긍했다. 그것 또한 클리프의 뜻일까.

"잠시만요."

혹시……. 에젠은 필레모리를 따라 나가기 전 잠깐 다시 빠른 걸음으로 살롱의 홀로 돌아왔다. 팔각형의 천장을 지탱하는 커다란 기둥 주변을 하나하나 확인했다.

"에젠?"

"아, 아무것도…… 아니에요."

힘없는 목소리에 필레모리는 고개를 갸웃거렸다. 이내 기행을 멈추고 곁으로 돌아온 에젠의 손을 이끌고 그녀는 이동했다. 응접실로 향하는 복도에선 여전히 달콤한 꽃향기가 풍겼고 산들바람이 불었다.

"에젠, 아까 홀의 기둥들은 왜 죄다 확인하고 온 거니? 거기 뭐가 붙어 있기라도 해?"

"잠깐, 뭘 놔두고 온 것 같아서요……."

당황한 에젠의 목소리는 점점 작아졌다.

"응? 너 방금 도착하지 않았니? 뭘 찾았기에?"

"……."

제자는 힘없이 고개를 저었다.

"오늘은 찾을 수 없을 것 같아요."

"네 남편의 이야기가 요새 심심찮게 들리더구나. 하긴, 새삼스러운 일은 아니지. 에브론 왕국과의 험악한 분위기 때문이기도 하겠지만, 무어 후작은 원래부터 좀 시끌벅적했으니."

클리프가?

"아니, 네 남편이 시끄럽단 이야기는 아니고, 사실 그 사람이 세 문장 이상 말하는 건 본 적이……. 어쨌든 무어 후작만큼 정계에서 이목을 끄는 인물이 아직 없거든."

에젠의 의아한 눈빛을 알아차린 필레모리가 손사래를 쳤다.

"이 바닥이 왕정파와 귀족파, 그리고 그 사이에서 아무 것도 하지 않는 중립파로 나누어져 있다는 건 알고 있지? 중립파의 수장은 아스트리드 공작, 왕정파의 수장은 오렌 백작이고 귀족파의 수장은 재상 클레멘타인 경이지만, 진정한 알력 싸움은 국왕 폐하와 클레멘타인 경의 힘겨루기라는 건 세 살배기 어린아이도 알 테지."

세 살배기 어린아이보다 못하다는 자괴감에 에젠이 멈칫했다.

"아니! 내 말은, 에젠, 이걸 아는 세 살배기 어린애라면 걘 사실 어린애가 아닐 거야. 속에 능구렁이가 들어앉은 애늙은이……."

그런 그녀를 보았는지 필레모리가 황급히 덧붙였다.

"아니, 이게 중요한 게 아니라, 흠흠. 어쨌든 무어 후작 은 그 알력 다툼에서 폐하께서 가장 자신 있게 휘두르는, 그분의 가장 강한 검이지. 그러니 호시탐탐 상대의 전력을 약화하려 눈에 불을 켜고 있는 귀족파들이 유독 무어 후작 을 표적으로 노리고 있는 거란다. 이번 총사 선정도 그런 맥락이야. 현 총사직을 맡은 말콤 경은 클레멘타인의 처조 카거든."

필레모리가 한숨을 내쉬었다.

"그를 밀어내고 정말로 무어 후작이 총사직을 차지하기 라도 했다간 꽤 시끄러워질 거란다. 에브론을 대하는 하이 츠의 접근 방식도 달라질 테고. 폐하를 예전처럼 왕국 밖으로 보내고 싶어 안달인 귀족파는 전쟁을 조장하고 있는데, 폐하께선 정작 에브론과 그다지 붙고 싶어 하지 않으시거든."

에젠은 국왕을 떠올렸다. 빛바랜 금발과 엄숙한 목소리, 그가 끼고 있던 호화로운 반지들, 생각나는 건 그 정도였다.

애초에 국왕을 제대로 기억하고 있지도 못했다. 그녀가 국왕을 처음이자 마지막으로 보았던 때는 정신이 반쯤 나간 채로 진행되었던 그녀의 결혼식에서였으니까.

"폐하께선 전장에서 누구보다 많은 시간을 보내셨으니 부러 쓸데없는 피를 흘리고 싶지 않아 하시지만 그 내심을 먼저 드러낼 순 없으시지. 그럼 그들이 정복 군주라는 그분의 명성을 물고 늘어질 테니까. 중립파는 상황을 관전하다 어느 쪽이든 이기는 쪽에 힘을 실어 주려 할 테고."

"……."

"뭐, 이런 상황이란다."

필레모리가 각설탕을 넣은 찻잔을 에젠의 쪽으로 밀었다.

"일단 우리가 공략해야 할 건 왕정파 쪽 부인들이야. 무어 후작은 젊은 나이에도 폐하의 신임을 지나칠 정도로 받는 데다, 사교계는 전혀 참여하지 않는 편이라 같은 왕정파 내에서도 계속 견제를 받고 있거든."

에젠은 물밀 듯 밀려들어 오는 정보 속에서 클리프를 떠올렸다.

누구보다 뛰어나지만, 누구보다 외로운 사람. 안팎으로

홀로 우뚝 서 있을 수밖에 없는 그의 위치가 마음을 무겁게 했다.

그래서 언제나 내뿜던 날 선 기는 저를 지키는 방패였을까.

어쩐지 마음 한구석이 찔리듯 아파 왔다.

필레모리와의 대화를 끝내고 에젠은 응접실을 나왔다.

살롱의 홀까지 돌아가는 길은 혼자가 아니었다. 이번에는 필레모리가 그녀의 옆에 있었다. 저도 모르게 드는 안도감은 나이젤 도노반의 재림이 그저 꿈일 수도 있다는 이기적인 바람 때문일지도 몰랐다.

"……선생님, 있잖아요."

"응?"

"혹시 다시 보신 적 있으세요? 이곳에서 말이에요. 말도 안 된다는 거 알지만…… 도무지 제 눈을 믿을 수가 없어서……."

에젠의 목소리는 가늘게 떨리고 있었다.

"응? 누구 말이니?"

"그러니까 저번 낭송회 때……."

그때 터져 나오는 아름다운 멜로디가 에젠의 말문을 멈추게 했다. 지저귀던 새들이 울음을 멈출 만큼, 천상의 아리아가 재현되는 것만 같은 음색이었다.

　붉은 장미의 저택에서, 시간은 멈추었어요.
　그대는 잠이 들었죠. 헛된 죽음을 맞이했다는 것도 모른
채로.
　꿈에서도 빛과 어둠을 분간할 수 없을 테죠.
　반복되는 낮과 밤을 타오르는 불과 연기에 외로이 휩싸인 채,
　마지막 숨결로 멈춘 증오는 끝내 꺼지지 않을 테죠.
　더 이상의 아침은 없을 거예요.
　소중한 이여, 안식이 그대와 함께하길.
　언젠가 그대의 무덤에 풀 한 포기 돋거든,
　그대의 고귀한 위엄 한 조각 내 기억에 서리거든,
　무너진 자리에 앉아 떠올릴 때 있을 테죠.
　그대가 흘린 눈물과 고통을,
　그대의 피로 붉게 물들었던 그때 그곳을.
　그때 되면 떠올릴 때 있을 테죠.
　그대가 내게 주었던 삶을, 애정을, 기쁨을.
　천국의 밖에서 내려봐 주시겠어요,
　그대가 붉게 젖어 든 땅에 입 맞추는 나를.

　애절하게 흐르는 음악은 마치 인간의 것이 아닌 것만 같
았다.
　말도 멈춘 채 홀린 듯이 바라본 홀의 무대 위에는 흐린

은발의 사내가 하프를 켜며 노래하고 있었다.

"멋지지?"

필레모리가 알 만하다는 듯 귓속말을 하며 싱긋 웃었다.

"내가 찾은 세이렌을 보여 준다고 했잖니?"

노래가 끝남과 동시에 사내의 주변에서 우레와 같은 박수가 터져 나왔다.

"필립! 필립!"

살롱에 참석한 모든 이들이 정신없이 그에게 손을 뻗었고 꽃과 레이스 같은 달콤한 선물들이 무대를 향해 날아다녔다.

"괜찮니? 귀마개를 주는 걸 잊었구나. 필립의 음색은 너무 짙어서 보통은 노래할 때 이렇게 귀마개를 끼거든. 조금 힘들어도 그의 목소리를 듣고 싶어 귀마개 따위 끼지 않는 이들도 있지만."

"필…… 립이라고요?"

"그래, 필립. 평민이라 성은 없어. 대륙을 여행하다가 쿠이시 공국에서 만났지. 그쪽에서도 어찌나 유명한 음유 시인이었는지, 우습게도 쿠이시인들이 도무지 그를 그의 조국으로 돌려보낼 생각을 하지 않아서 말이야."

에젠은 남자를 보고 있었다.

따뜻한 황금색 눈동자, 스르르 흘러내려 이마를 가리는 머리칼. 온화한 얼굴, 부드러운 표정.

그날 제가 나이젤 도노반이라고 착각했던 남자를.

"고향으로 데려와 준다는 대가로 그와 계약을 했지. 천애 고아라서 다시 볼 가족이 있었던 것 같진 않지만 어쨌든 조국이잖니? 감회가 새로웠던 모양이야. 도착하고 반년정도는 미친 사람처럼 도무지 방에서 나오려 하지 않았지만, 지금은 이렇게 우리 살롱의 가장 아름다운 꽃이 되어주고 있단다. 아무르들이 저이의 노래를 가까이에서 들으려고 얼마나 혈안이 되어 있는 줄 아니?"

"……저 사람은……."

"응?

아니다. 나이젤 도노반이 아니었다.

차분한 이성으로 다시 바라보니 필레모리가 데려온 음유시인 필립은 나이젤과 그리 많이 닮지 않았다. 어째서 그때는 똑같아 보였던 걸까.

시인의 머리칼은 여인처럼 길게 늘어진 상태였고 체격은 건장한 사내와는 반대로 바람이 불면 밀려날 것처럼 야리야리했다. 부드러운 은발이라는 공통점을 빼고는, 흠잡을데 없이 듬직한 신사의 모습을 했던 나이젤 도노반과는 거리가 멀었다.

그에게서 나이젤을 본 건 에젠 자신뿐이었는지, 필립의 이야기를 계속하는 필레모리는 나이젤과의 관련성을 전혀 언급하지 않았다.

'그때 너무 놀라서 착각한 건지도 몰라. 마침 선생님과 이야길 하면서 나이젤의 기억이 떠올랐으니까…….'

"필립! 노래를 들려줘요. 이번에는 즐거운 거!"

"맞아요, 방금 건 너무 음울해, 분위기가 처진다고요!"

드레스를 곱게 차려입은 영애들이 거위 깃털의 귀마개를 흔들어 대며 필립에게 소리쳤다. 시인은 부드럽게 미소를 지으며 다시 노래를 시작했다. 다시 귀를 의심할 정도의 아름다운 음색이 흘러나왔다.

"필립을 네가 주최하는 티 파티에 부를 거란다."

필레모리가 만족스러운 얼굴로 무대를 지켜보며 말했다.

"네?"

"필립은 우리 살롱을 제외하면 어디에도 참석하지 않아. 말하자면 그와 독점 계약을 맺었지. 모두 거절했지만 수천 골드를, 심지어 작위까지 주겠다며 필립을 데려가려는 이들이 많았단다. 그러니 그의 노래가 너의 티 파티에 제공된다고 하면 모두 무어가로 찾아오려 할 거야."

팔짱을 낀 그녀의 눈은 살롱의 참석인들을 냉정하게 훑고 있었다.

"네게 편견을 가지지 않고 호의를 표할 만한 이들을 알아. 티 파티에 초대할 사람들을 알려 주마. 사람들을 불러 모으는 세이렌을 업고 여는 파티니, 실패하진 않을 게다."

에젠은 고개를 끄덕였다.

"감사합니다, 선생님."

"무얼."

필레모리는 에젠을 데리고 다니며 시 낭송회의 참석자들

을 소개했다.

그녀와 간단한 인사를 나누었던 사람들의 수가 손가락으로 셀 수 있을 정도인 걸로 보아 필레모리가 앞서 말했듯, 에젠과 친목을 도모할 만한 인물들로만 모은 듯했다.

"어쩔 수 없어. 왕정파에 있는 좀 더 '이성'적인 부인들은 여기까지 찾아오진 않거든. 그들은 소위 사람들의 이목에 목을 매니 말이야. 그 콧대 높은 자존심으로 버텨 내는 이들이 핑크빛 연시집을 들고 이 조잡한 살롱을 돌아다니는 행위를 저 스스로 용납할 리가 없지."

핑크빛 연시집을 들고 살롱을 돌아다녔던 누구보다 '이성'적인 남자를 한 명 알고 있는 에젠은 조용히 수긍만 했다.

"그렇군요."

"그러니 그들은 더욱 네 티 파티에 참석하려 할 거야. 그 유명한 음유 시인의 노래를 가까이서 듣고 싶어 안달이 났을 테니까."

필레모리가 장난스러운 웃음을 띠었다. 이윽고 시인의 노래 뒤 다시 이어질 낭송회를 주관하려 자리를 떠야 하는 필레모리에게 인사를 하고 에젠은 홀을 나섰다.

저택의 로비로 나와 저 멀리 자리한 무어가의 마차를 보고 발걸음을 옮기려 할 때였다.

"귀부인?"

뒤에서 들리는 부드러운 목소리에 그녀가 고개를 돌렸다. 조금 전까지 낭송자들의 혼을 빼놓았던 음유 시인 필립이 서 있었다.

"실례인 걸 알지만 무례를 사과드리고 싶어서요. 지난번 낭송회 때 제가 귀부인을 놀라게 한 것 같아……."

그를 이 정도의 거리에서 가까이 본 것은 두 번째였다.

에젠은 필립의 사과를 듣는 대신 그를 살폈다.

지난번보다 훨씬 안정적인 상태에서 본 그가 분명 나이젤 도노반이 아니라는 것을 다시 한번 확인한 다음에야 그의 말에 집중할 수 있었다.

"악상을 그리던 중이었는데, 정원에 먼저 계신 객이 있다는 걸 알지 못했습니다. 부인께서도 제가 있다는 걸 모르셨는지 많이 놀라시더군요."

너무 높지도 낮지도 않은 적당한 중저음의 목소리는 어쩐지 끝이 동그랗게 말려드는 것처럼 부드러웠다.

"아니요. 무턱대고 피한 제 쪽에서도 실례를 저질렀으니 딱히 사과를 들을 이유는 없을 듯하네요."

그럼에도 에젠은 나이젤을 떠올리게 한 사내에게 완전히 경계를 풀지 못했다.

딱딱하게 들릴 만한 대답이었다. 제 착각이었다는 걸 알고 있음에도 어쩐지 가시지 않는 껄끄러움이 그를 멀리하고 싶게 만들었다.

"그렇다면……."

에젠의 불편함을 아는지 모르는지 필립이 손을 내밀었다. 가시를 떼어 낸 푸른 줄기 위로 피어난 싱싱한 장미 한

송이가 그의 손에 들려 있었다.

"이 꽃을 받아 주시겠습니까."

"……."

"사과의 의미로 가져왔습니다. 이대로 넘어간다면 귀부인의 따스한 배려에도 전 계속해서 제 무례를 곱씹을 겁니다."

에젠이 물끄러미 그의 손을 내려다보고만 있자 그가 덧붙였다.

"부인을 놀라게 한 죄로 받아 주신다면 제 마음이 편해질 것 같습니다."

"……."

마법 때문인지 달콤한 꽃향기가 은은히 공기 중에 떠돌았다.

에젠은 그를 이리 계속 세워 두는 것이 무례하다는 것을 알고 있었으나 쉬이 그의 장미를 받아 들지 못했다.

필립은 평온한 얼굴로 미동 없이 그녀의 대답을 기다리고 있었다. 당혹스러웠으나 그녀는 곧 이성을 찾았다. 그녀의 티 파티에 필요한 사람이었다. 먼저 내민 손을 밀어낼 정도의 부정적인 인상을 심어 주어 봤자 제게 득이 될 수 없을 테다.

"……감사히 받겠습니다."

결국, 물러설 곳을 찾지 못한 에젠은 장미를 받아 들었다.

왜 하필 또 장미인 건지. 멸문한 크로포드의 가화(家華)이자 나이젤이 제게 즐겨 선물하던 꽃을 받아 드는 그녀는 착잡함을 느꼈다. 첫 단추부터 잘못 끼워진 것인지 음악의 님프 모습을 하는 눈앞의 시인과는 계속 이런 식의 불편함이 계속될 듯했다.

그러나 필립은 에젠이 꽃을 받아 든 것만으로도 기쁜 모양이었다. 수채화 같은 맑은 얼굴에 미소가 점점이 번져 갔다.

"제 치기를 받아 주셔서 감사드립니다, 부인."

에젠은 흠칫했다.

―크로포드 영애.

부드러운 미소에서 또다시 나이젤을 발견했다면, 이번에도 제 착각인 걸까.

3. Stuffs you don't know 上

깊은 밤이었다.

모두 잠든 시각, 마지막까지 꺼지지 않던 집무실의 불이 처음으로 옅어졌다. 그 방의 주인, 클리프가 자리에서 일어나며 램프의 세기를 낮췄기 때문이다.

"각하."

창밖의 호정을 내려다보고 있는 그 뒤로 알랭이 서 있었다.

바늘 하나 들어가지 않을 것 같은 꼿꼿한 자세는 군신과 다름이 없었다.

"시인은 유년 시절까진 하이츠에 머물다가 친모가 죽으며 방랑했다고 하는데, 사창가 출생이라 친부는 미상입니다. 그 뒤 마지막으로 쿠이시국에서 약 수년간 반강제적으로 머무르면서 계속 탈출을 시도했으나 어느 고위 귀족의 방해로 번번이 실패했던 모양입니다. 쿠이시국에선 모르는 사람이 없을 정도로 유명한 음유 시인이었다 합니다. 그러다 비비안 필레모리가 그를 발견하고 독점 계약을 조건으로 하이츠로 귀국하는 데 도움을 주었다는군요."

"……."

"현재로서는 그 시인과 도노반의 관계성을 전혀 찾을 수 없었습니다. 시인의 나이로 미루어 보건대 그가 가문과 관계될 만한 가능성은 숨겨진 도노반의 혈통 정도인데 선대 나이젤 백작의 자식은 나이젤 도노반과 콜린 도노반 단둘뿐입니다. 선대 백작이 일찍이 병사한 탓에 사생아가 존재하기 힘들고요. 도노반의 후계를 위협할 만한 젊은 방계 또한 나이젤 도노반이 살아 있을 때 그가 모두 내보냈기에 현재로선 아무도 남아 있지 않는 상황입니다."

주인은 여전히 문밖을 바라보고 있었다. 계속하라는 무언의 명령을 알고 있는 그의 보고가 이어졌다.

"티 파티를 연다고 하시더군요. 이런 사교 행사를 여는 게 처음이시다 보니 비비안 필레모리가 마님을 곁에서 도와 드리고 있습니다. 그녀의 살롱에도 주기적으로 참석하고 계시구요. 다행히도 마님께서 나서 주신 덕분에 이번 총사 선정으로 각하를 비난하던 세력이 주춤하고 있습니다. 왕정파와 중립파에서 영향력 있는 이들을 초대하셨더군요. 그래서 중립파 쪽에서 클레멘타인 경의 총사 선정에 대한 입장 발표를 유보하고 있습니다."

아내들의 사교 활동은 정치적인 밀고 당기기를 간접적으로 드러내는 수단 중 하나였다.

알랭의 목소리에서 드물게 놀람과 안도가 느껴졌다. 그도 그럴 것이, 언제나 저택에 틀어박혀 있던 후작 부인의 행보치곤 에젠의 티 파티는 그 정치적 효과를 노련하게 활용했기 때문이다.

그녀가 의도한 것인지는 알 수 없으나 에젠의 행보는 맹렬하게 클리프를 비난하던 세력들에게 의미심장한 경고가 되어 주었다.

그들은 그 경고가 무어 후작으로부터 비롯된 거라고 생각할 테니까.

그러나 그들은 알까, 정작 무어 후작은 왕도의 권력 경쟁에서 그의 아내를 완전하게 보호하는 데만 혈안이 되어 있다는 사실을.

휑하던 저택에 갑작스러운 티 파티가 열리는 이유는 어떤 계산도 없이 오직 후작 부인이 원했기 때문이라는 걸.

"집사를 비롯해서 시중인 다수가 달라붙어 있기에 티 파티 자체에는 어려움이 없을 듯하나, 문제는 마님의 행보가 그들에게 지나친 경계를 받고 있다는 점입니다."

무심히 보고를 듣고 있던 클리프에게서 처음으로 일렁이는 반응이 보였다. 알랭은 냉랭한 등이 잠깐 굳어지는 순간을 놓치지 않았다.

"마님이 움직이시면서 각하께서도 본격적으로 판에 뛰어

드는 게 아닌가 하는 여론이 힘을 받고 있습니다. 귀족파에서는 본격적으로 마님에 대한 부정적인 여론 조성에 착수하고 있는 듯합니다. 오늘만 해도 크로포드가가 조장했던 과거 인신매매 사건을 다시 기사화하려던 신문사 세 곳을 저지한 참입니다. 각하를 상대하긴 어려우니, 먼저 마님부터 치려는 계획인 듯합니다."

임무를 마친 알랭이 다시 정자세로 서서 그의 대답을 기다렸다.

집무실엔 여전히 침묵이 감돌았다. 그러나 주인이 보는 창밖의 암흑 속 어딘가에 그의 적이 자리하고 있을 것임을 알았다.

날카로운 시선이 향하는 곳이 제가 아님에 알랭은 못내 안도감을 느꼈다.

"각하, 다시 생각하십시오."

에젠을 음해하는 세력들을 잡아들이라는 클리프의 명령에 흑기사단은, 그중에서도 부단장 레오르는 강하게 반발했다.

클리프는 그에게 무감각한 시선을 한번 던지더니 상관하지 않고 명령을 이어 갔다.

"여론을 조성하는 놈, 과거를 캐는 놈, 이야기를 흘리는 놈, 그녀를 건드리는 데 단 하나라도 기여한 놈이면 모두 잡아 와. 목이 떨어져 나가 보면 내 경고를 알아듣겠지."

"닥치는 대로 잡아들일 순 없습니다. 그들은 각하의 선전 포고로 받아들일 겁니다. 귀족파를 적으로 돌리시게 될 거라고요."

"언제는 그들이 내 적이 아닌 적 있었나?"

곧바로 던져진 높낮이 없는 물음에 레오르는 말문이 막혔다. 애초에 그의 대답을 기대하지 않은 모양이었다. 클리프는 곧바로 그에게서 고개를 돌렸다.

"크로포드의 잔재를 쫓는 이들은 이유를 막론하고 죽여도 상관없다. 굳이 살아 있는 상태가 필요한 건 아니니."

"각하!"

극단적인 명령에 흑기사단은 드물게 당황이 서린 얼굴을 감추지 못했다. 그들을 대신하여 레오르가 다시 나섰다.

"저희가 이해할 수 있는 명분을 주십시오. 왜 부러 그들을 도발하는 싸움을 자초하시는지 이해할 수 없습니다."

"싸움은 저쪽에서 먼저 걸었지."

"아직 그들은 아무것도 하지 않았습니다."

"아무것도?"

서늘한 웃음이 입가에 서리자 레오르는 저도 모르게 움찔했다.

"각하, 저희는 이해가 되지—."

"네게 이유가 필요하다면야."

입매는 희미하게 올라가 있었으나 눈은 전혀 웃고 있지 않았다. 푸른 시선이 본 적 없는 생소한 빛으로 번들거렸다.

"그 모든 위험에서 그녀는 보호받아야 하니까. 단 하나의 가능성도 남겨 두지 않아. 하물며 내 눈앞에서 화살을 겨누는 이들을 내가 두고 보리라 생각했나?"

"……."

"내가 다시 잃을 거라고 생각해?"

기사들은 혼란스러웠다. 주인의 말과 명령을 제대로 이해할 수도 없었거니와 지극히 이성적으로 보이는 주인의 외양에도 불구하고 그들은 기이한 광기를 읽었기 때문이다.

그는 마치, 그럴 리가 없겠지만 우리에 가둬진 짐승처럼 억눌린 숨을 겨우 내쉬는 것같이 보이기도 했다. 나지막한 목소리에선 모순적으로 한순간에 모든 걸 잃기라도 하는 것 같은 불안이 슬쩍 스미다 사라졌다.

어째서? 다른 이도 아닌 클리프 무어가, 먹이 사슬의 최상위 포식자를 자처하는 그가 어찌하여?

"움직여. 오래 기다리지 않을 테니. 쓸데없는 말을 전하는 이들부터 시작하면 좋겠군."

"각하, 모든 사람의 입을 다 막을 순 없습니다. 불가능한 일입니다."

레오르는 세 살배기 어린아이도 알고 있을 이 지극히 당연한 사실을 그가 이해하길 바랐다.

"에브론과의 전쟁을, 클레멘타인과 대치를 앞두고 있는

상황입니다. 이 중요한 상황에서, 외람된 말이지만, 저희 기사단 전체가 오직 마님 하나만을 위해 움직일 수는 없지 않겠습니까."

"바로 그거다, 레오르."

레오르의 애써 침착한, 그리고 간절한 항변에 곧바로 돌아오는 말은 그의 말문을 막히게 했다.

"모든 나쁜 것들에게서 보호해야 해. 단 하나도 그녀에게 닿아 죽음을 꿈꾸지 않도록. 그녀의 생존이 너희들의ㅡ."

"각하."

부단장은 그의 말을 더는 들을 수 없었다. 무례인 걸 알면서도 감히 흑사자의 말을 멈추고 외쳤다.

"저희의 주인은 각하이십니다. 아시잖습니까!"

떨리는 외침의 끝은 클리프에게까지 닿지 않는 모양이었다. 그는 다른 곳을 보고 있었다.

아무도 알아차리지 못하는 곳. 되돌릴 수 없는 곳. 실체 없는 악몽처럼 아득한 그곳을 향한 푸른 눈빛에 아무도 알아차리지 못하는, 수장된 공포와 불안이 일렁였다.

"……."

숨죽인 채 클리프와 레오르를 지켜보던 흑기사들이 피끓는 외침에 소리 없이 술렁였을 때 그들을 내리누르는 낮은 목소리가 흘러나왔다.

"그리고 나의 주인은, 에젠이지."

그들은 할 말을 잃었다. 얼굴이 일그러진다든지 입가가

벌어진다든지, 동공이 커진다든지 하는 사사로운 표정 관리를 전혀 하지 못한 채로 그들의 움직임이 뚝 멎었다.

"이미 알고 있었을 텐데."

서릿발 같은 낮은 음성에 그들이 저도 모르게 어깨를 움츠렸다.

숨 막히는 공기의 무게는 그가 만들어 내는 것일까. 그들이 채 숨을 몰아쉬기도 전에 어깨를 짓누르던 무게감이 사라졌다. 기사들은 그제야 이미 등을 돌려 사라진, 주인의 빈자리를 발견할 수 있었다.

"아아."

레오르의 탄식이 조그맣게 울려 퍼졌다.

"죄송해요."

오늘도 클리프의 부재를 전하는 에밀리의 얼굴은 당황과 난처함이 어려 있었다.

한두 번도 아니고 반복되는 일이건만 매번 기대와 실망이 반복되는 까닭은 무얼까. 망각의 동물인 건지 오늘도 평소와 다르지 않을 걸 알면서도 그를 기다렸다.

"나가 보렴."

에젠은 눈을 감았다. 포근한 이불 아래 데워진 침대의 온기는 그녀를 어렵지 않게 수마에 빠져들게 했다.

까만 복도에 다시 제가 서 있었다. 다만 그녀가 알던 그 곳과는 달리 어느 곳에도 빛이 없었다. 그저 사방이 암흑 뿐이었다.

'어딘가에 빛이 있겠지.'

에젠은 앞을 향해 걸었다. 걸어 나감에 따라 바뀌는 배경 엔 조금의 음영감이 서렸고, 그래서 제 움직임을 실감하게 해 주었다.

그렇게 한참을 걸었을까.

"이안!"

에젠은 시야의 끝에 앉아 있는 아이를 발견했다.

제가 좋아하는 달랑거리는 방울 장난감을 쥐고서 이안은 뭔가에 골몰하고 있었다. 앙증맞은 손이 흔드는 대로 딸랑 딸랑 방울이 울렸다.

딸랑딸랑.

에젠은 이안을 향해 달려갔다. 복도에 홀로 나와 있는 아 이를 들어 올리고 싶었다.

그러나 그녀가 움직이는 동시에 이안은 장난감에 싫증을 내고 앞으로 푸욱 엎어졌다.

"이안!"

놀란 외침이 무색하게 아이는 곧 고개를 들었다. 에젠을 보며 방실방실 웃었다.

딸랑딸랑. 내던져진 장난감의 방울이 다시 소리를 냈다.

아이는 엉금엉금 복도를 기어가기 시작했다. 느리게, 그러나 반복적인 움직임으로.

"이안, 거기에 있으렴!"

에젠은 달리면서도 걱정스럽게 외쳤다. 아무리 바삐 내달려도 거리는 도무지 가까워지지 않았다.

딸랑딸랑, 또 방울이 울렸다.

조금씩 불안해지기 시작했다. 아이는 엉금엉금 기어 복도를 가로질렀다. 아이가 무릎을 끄는 카펫의 길이가 점점 짧아지기 시작했다.

"이안!"

이어 바닥의 대리석이 드러났다. 불안이 곧 현실이 됐다.

이안이 기어가는 복도의 끝엔 아래를 향하는, 하얀 대리석의 가파른 계단이 자리하고 있었다. 검처럼 날카로워 보이는 계단의 끄트머리가 서늘하게 반짝였다.

"이안, 그곳으로 가면 안 돼! 돌아와!"

아이는 계단을 향한 여정을 멈추지 않았다. 딸랑딸랑, 불안하게 울리는 방울 소리는 아이가 계단 쪽으로 기어갈수록 빈번해졌다.

"이안, 이안!"

에젠은 달렸다. 목이 터져라 외쳤다.

딸랑딸랑, 딸랑딸랑, 딸랑딸랑, 딸랑딸랑, 딸랑딸랑.

방울이 쉴 새 없이 울리기 시작했다. 그리고 아득한 소음 사이로 에젠은 보았다.

"마아!"

제대로 된 비명조차 내지르지 못한 아이가 계단 아래로 굴러떨어지는 것을.

"안 돼, 이안!"

에젠이 소리치며 눈을 떴다. 불 꺼진 침실의 어둠만이 그녀를 반겼다. 온몸이 식은땀으로 젖어 있었다.

"꿈, 꿈……."

꿈이었나?

마치 현실처럼 너무도 생생한데, 쉴 새 없이 달리던 다리는 아직까지 아파 오고 뚝 떨어지던 심장은 튀어 나갈 것처럼 박동하는데…….

"이안."

실핏줄처럼 몸 안으로 퍼지는 가느다란 불안을 인지하자마자 에젠은 자리에서 벌떡 일어났다. 아이가 무사한지 확인해야 했다.

복도로 나온 에젠이 다시 흠칫했다. 아이의 방에 불이 켜져 있었다. 설마 제가 잠들어 있는 사이에 무슨 일이 일어난 것일까.

"안 돼……."

달음박질치듯 달려가 그대로 벌컥 문을 열어젖혔다.

햇살처럼 환한 방 안의 불빛이 쏟아지듯 흘러나와 그녀의 눈을 부시게 했다.

시야를 확보하려 눈을 깜빡거릴 때 코끝에 스치는 희미

한 박하 향에 그녀가 멈칫했다. 그리고 이내 빛에 적응된 시야로 아이의 방에 자리한 선객이 들어왔다.

"⋯⋯."

아이의 침대 옆에 나무처럼 서 있던 클리프 또한 에젠만큼이나 굳어 버렸다. 언젠가 그랬던 것처럼 아이를 쓰다듬으려 했는지 한쪽 손을 아이에게로 뻗은 채였다.

"나, 나는⋯⋯."

에젠이 더듬거렸다. 시선이 아이에게서 그에게로 번갈아 옮겨 갔다.

순간 현실을 자각했다. 흐트러진 잠옷과 산발된 머리를 하고 미친 여자처럼 침실을 뛰쳐나온 우매함을, 이 새벽에 벌컥 아이의 문을 열어젖힌 무도함을.

그리고 그런 저를 응시하는 그의 시선까지 모두.

"악몽을 꿨어요."

"⋯⋯."

"악몽을 꿔서⋯⋯ 이안이, 떨어지는⋯⋯ 난 그걸 막을 수가⋯⋯ 계단으로 기어가는데 아무것도 할 수가 없어서⋯⋯."

목소리에 저도 모르게 헐떡임이 담겼다. 떨어져 내리던 심장은 아직까지도 제자리로 돌아오지 못한 것 같았다.

"이안, 여기 있어."

그런 그녀를 지켜보던 클리프가 말했다. 직접 보라는 듯, 아이의 침대에서 한 발 물러났다. 에젠은 주춤주춤 그와 아이에게로 걸어갔다.

"자고 있어. 아무 문제도 없이."

단잠에 빠진 동그란 이마와 오물거리는 앙증맞은 입술까지 그대로였다.

그저 꿈이었다. 이안과도, 저와도 아무 상관 없는 그냥 꿈일 뿐이었다. 아이의 무사함을 말하는 클리프의 목소리가 에젠을 안심시켰고 제 눈으로도 직접 확인하고 나니 다시 정신이 들었다.

'내가 뭘 하고 있는 거지.'

별거 아닌 꿈에 지나치게 과민 반응을 했다 싶은 자각이 그녀를 메웠다.

에젠은 아무 말도 하지 못했고 클리프 또한 그 이후로 입을 열지 않았다. 쌕쌕거리는 아이의 숨소리만 방에 자리하는 유일한 소리가 됐다.

"……"

힐긋, 에젠이 그를 살폈다. 자다 뛰쳐나온 저는 이 꼴인데 그는 실 한 오라기 흐트러지지 않은 완벽한 상태였다. 단정한 정복에 수려한 얼굴은 숨이 막힐 만큼 잘 어울려서 그녀는 한숨을 쉬었다. 아직까지 정복 차림인 걸 보니 갓 퇴궁한 모양이다.

"많이…… 바쁜가 봐요."

그녀가 중얼거렸다. 어둠이 짙게 내려앉은 밖의 시간을 제대로 가늠할 순 없었으나 깊은 밤인 것은 확실했다.

"……그 정도는 아냐."

그가 짤막하게 부정했다. 어쩐지 전보다 더 무뚝뚝해진 것 같은 말투였다. 다음 대화로 이어지지 않는, 뚝 떨어지는 대답에 에젠은 달리 할 말이 없어졌다.

그 정도는 아니라니, 바쁘지 않은 사람이 그리 저택에서 코빼기도 보이지 않는 걸까. 새벽이슬을 맞으며 나가고 새벽바람을 쐬며 들어오는 걸까.

그 어느 쪽도 아니면.

에젠이 자조적으로 인정했다. 나를 피하는 걸까.

초록빛 눈동자로 다시 힐긋 그를 살폈다. 클리프는 어느새 에젠에게서도 아이에게서도 멀찍이 떨어져서 서 있었다. 아이에게 뻗는 듯했던 손을 말아 쥔 채로.

'당신을 잘 모르겠어.'

저를 그리던 미래의 그를 떠올려 보면 제가 보기 싫은 건 아닐 것 같은데, 현실의 그는 정작 저와 마주치려 하지 않으니 도대체 어느 쪽이 그의 진심인지 알 수가 없었다.

만약에라도 제가 불편한 거라면, 그런데도 먼저 말을 꺼내지 못하고 있는 거라면 제가 먼저 나서야 하지 않을까. 에젠은 사심을 누르고 그를 좀 더 배려하기로 했다.

"내가 나갈까요?"

뭐? 하는 얼굴로 클리프가 에젠을 보았다.

그녀는 왠지 방금 한 말의 맥락을 설명해야 한다는 생각이 들었다.

"자리를 비켜 줄게요. 당신을 방해한 것 같아서요."

"……."

"이런 시간에 날 보게 될 줄은 당신도 몰랐겠죠. 걱정 말 아요, 난 지금 침실로 돌아갈 테니까……."

아이에게서 굳이 멀어질 필요 없어요.

망설이던 에젠은 끝내 마지막 말을 입 밖으로 내진 못했 다. 아이에 관해선 그에게 제 생각을 어디까지 내보일 수 있을지 확신할 수 없었다.

어쩌면 벽을 쌓는 그를 그녀가 알고 있다는 사실조차 그 에게 알려서는 안 될 것 같은 예감이 들었다.

"에젠, 여긴 당신 집이야."

클리프의 굳은 목소리는 기분의 저조함을 나타내듯 지극 히 낮아서 에젠을 흠칫하게 했다.

"나가야 한다면 내가 나가야지."

그러나 그 내용만큼은 쉬이 이해할 수 없었다.

"내 집이란 소린가요?"

이해를 위해 그녀가 되물었다.

"그래."

짧은 대답은 여전히 대화를 뚝뚝 끊어 냈다. 에젠은 다시 힐긋 클리프를 살피다가 시선이 마주치자 화들짝 고개를 숙였다. 곧바로 맞닥뜨린 푸른 눈동자에 에젠은 그가 내내 저를 보고 있었던 걸 깨달았다.

'날 보고 있었으면서.'

간질거림과 울퉁불퉁한 마음이 뒤섞였다. 그러나 아직까

진 후자가 강세였다.

'그래 봤자 무슨 소용이야, 내 집이든 아니든 그가 오지 않는 건 매한가지인데.'

돌아오지 않는 남편의 기행을 다시 떠올린 에젠이 한숨을 내쉬었다.

"내 집이라서 당신 얼굴 보기가 그리 힘든 건가요?"

저도 모르게 빈정거리는 듯한 불퉁한 불만이 튀어나왔다. 흠칫하며 주워 담으려 했을 땐 이미 늦어 있었다.

"⋯⋯."

표정 없는 얼굴이 여전히 저를 보고 있는 게 느껴졌다. 에젠은 그를 보지 않으려 고개를 돌렸다. 눈에 담으면 시선을 떼기가 힘들 것 같았다.

'괜히 말했어.'

"일찍 들어오지."

에젠이 입술을 깨물고 있을 때 불쑥 그가 말했다. 놀라 고개를 돌리니 또다시 시선이 맞부딪혔다.

"지난번에도 말했지만."

피로가 짙게 묻어나는 지친 목소리가 흘러나왔다. 마치 언제쯤에야 당연한 사실을 그녀가 인지하겠냐는 듯이.

"내게 원하는 게 있다면 말해. 할 수 있는 거라면 다 들어줄 테니."

그러나 형식적인 대답이었다. 그가 저런 말을 하는 건 처음이 아니었다.

저리 말해 놓고서, 하늘에 떠 있는 달이라도 따다 줄 것 같은 말을 하고서 그는 매번 물러선다. 발아래 지는 제 그림자 한 자락이라도 그녀에게 닿으면 안 되는 것처럼.

　그럼에도 에젠은 하나의 희망을 마음에 담았다. 저를 살피는 듯한 모습에, 틀에 박힌 말이라도 기꺼워하는 나약한 본심을 발견했던 탓이다.

　"나는……."

　푸른 시선이 달싹거리는 입술에 닿는다. 그녀는 용기를 내야 함을 알았다.

　"당신이 곁에 있었으면 좋겠어요."

　"……."

　"당신이 도망치지 않았으면……."

　"그런 적 없어."

　"나를 피한 적 없다고 말할 건가요?"

　차분한 물음에 그가 움찔했다. 부정할 수 없는 사실임을 그도 알고 있었기 때문이다.

　잠깐 에젠에게 시선을 두던 클리프가 관자놀이를 문질렀다.

　"내가 옆에 있으면 편하지 않잖아, 당신."

　"아니에요."

　"하지만―."

　"아니라니까요."

　부정이 지나치게 빠른 데다 신경질적이기까지 했다. 에젠은 그에게 왜 눈에 보이는 걸 모르는 거냐고 쏘아붙이고 싶었다. 클리프 또한 불편한 기색을 감추지 못했다. 그는 이해할 수 없다는 표정이었다.

어떤 쪽으로는 사실이었다. 두 사람 모두 서로를 온전히 이해하지 못하고 있었으니까.

"하지만……."

그가 뭔가를 떠올리는지 눈가를 살짝 찌푸렸다. 달싹거리는 입술을 보아하니 말을 해도 될까 망설이는 눈치였다.

"하지만요?"

에젠이 그를 재촉하듯 물었다. 그녀는 어느새 클리프에게로 한 걸음 다가서 있었다.

"하지만?"

"편히 잠을 자지 못하는 것 같더군. 뒤척이고, 울고…… 악몽을 꾸는 것 같았어."

잔뜩 뭉쳐 있는 듯한 눈가의 근육이 뻣뻣하게 굳어 있었다. 그는 둔중한 호흡을 내쉬었다. 찌푸린 미간마저 어느 비천한 예술가의 고뇌를 담은 듯 그의 외양과 완벽히 어우러졌다.

에젠은 잠시 그의 얼굴에 정신이 팔려 있다가 느리게 눈을 깜빡였다.

'내가 자고 있던 걸 봤단 건가?'

홀로 잠들었다 생각했던 밤에 어쩌면 그녀가 알지 못하는 그의 자취가 남겨졌을 수도 있다고 생각하자 조금 위안이 들었다. 아직 클리프는 그녀에게 완전히 무관심하지 않은 것이다.

"악몽을 꾸는 건 사실이에요. 난 아직, 두려운 게 많거든요."

그러니 에젠은 그가 제대로 알아주길 바랐다.

"하지만 당신과는 관계가 없어요. 그러니까, 난 당신이 날 더 이상 피하지 않았으면 좋겠어요."

"그 악몽에."

그의 이마에 깊은 주름이 패었다. 길고 두꺼운 손이 동아줄이라도 감긴 듯 뻣뻣한 목을 쓸어내렸다.

"내가 있지 않나?"

에젠은 그제야 그가 뭘 말하는지 알아차렸다.

그는 두 사람을 말하고 있었다. 단순히 에젠과 클리프만이 아닌, 그들이 짊어지고 있는 과거의 흔적들을. 그는 그것이 여전히 그녀를 고통스럽게 한다고 생각하는 것이다.

두 가문의 악연을 지나 살육의 밤, 그리고 강제적인 결혼생활 동안 그는 마치 악마와도 같은 존재감으로 그녀에게 강렬히 내리박혔을 테니까.

에젠은 저도 모르게 그에게 다가섰다.

가까워진 거리에 그가 뒷걸음질 치려는 듯 흠칫했지만, 뒤는 벽이요, 옆은 아이의 침대였다. 침대 틀을 움켜쥐는 손등 위로 핏줄이 불거졌다.

그는 무엇을 그리 두려워하는 것일까, 막연히 생각하면서도 눈에 비치는 그 핏줄이 못내 에젠을 애달프게 했다.

"있어요, 당신이."

하아. 그가 잠깐 픽 하는 헛웃음을 내뱉었다. 잠깐 아니라는 대답을 듣고 싶었던 자신을 비웃듯이. 그리고 허탈하게 중얼거렸다.

"알고 있어."

에젠은 일말의 희망마저 사라진 푸른 눈이 아래로 치닫는 걸 보았다. 그것이 어둠 속으로 한없이 스며들어 종국에는 그마저 사라질 것을 알았다.

"날 힘들게 하죠. 날 무력하게 만들고, 아무것도 할 수 없는 나를 원망하게 만들어요. 말했죠, 나는 두려운 게 많다고."

에젠이 그의 눈을 보며 말하자 그가 더 이상 시선을 맞출 수 없는 듯 고개를 돌렸다. 경직된 움직임이 그의 고통을 보여 주었다.

"……당신을 잃는 꿈을 꿔요, 클리프."

침대 틀을 움켜쥔 팔이 일순 휘청했다.

"당신이 고통스러워하는데 나는 무력하게 아무것도 할 수가 없어요. 꿈이라지만 그건 꼭 현실 같아서 나를 두렵게 만들어요."

"에젠, 당신 지금……."

"그게 내 악몽이에요. 오늘 이안을 잃는 꿈처럼, 당신이 사라지는 꿈. 하지만 그냥 악몽인 걸 알잖아요. 나는 언젠가 깨어날 테고."

에젠이 저를 보라는 듯 그의 소매를 붙잡고 살짝 잡아당졌다. 불가항력으로 끌려오는 푸른 시선이 아름다웠다.

"내 현실은 여기에 있죠. 그러니 나를 피하지 말고 조금 전 이안을 보며 말했던 것처럼 내게 말해 주세요."

"……."

"당신, 여기 있다고."

"……."

"그럼 나는 악몽에서 깨어날 수 있을 거예요."

에젠은 크게 커졌다 다시 수축되는 눈동자를 응시했다. 목구멍이 바짝 마르는지 그의 목울대가 버석거리며 움직였다. 그는 입술을 깨물었다.

에젠의 악몽에서 그녀를 괴롭히는 게 자신이 아니라는 말이, 그녀가 두려워하는 게 그의 부재라는 고백이 전혀 믿기지 않는다는 듯 느리게 고개를 가로젓다가도 시선은 집요하게 그녀를 담고 있었다.

저를 칭칭 옭아매는 듯한 눈빛은 여전했지만 에젠은 그 것을 담담히 받아 낼 수 있었다.

"그럴 리가."

그가 뒷걸음질 쳤다. 더 이상 물러날 곳이 없어 벽에 쾅 부딪혔는데 그는 아픔조차 느끼지 못하는 것 같았다.

"클리프."

에젠은 그저 기다렸다. 바르르 떨리는 입꼬리가 그녀 또 한 긴장하고 있다는 걸 나타냈지만 클리프는 그것을 알아 차릴 정신이 도저히 없어 보였다.

침대 틀을 움켜쥐는 핏줄은 튀어 나갈 것처럼 툭툭 불거졌다가 이내 다시 수그러들었다.

에젠은 그를 이해시키고 싶었다. 속이 답답해져 왔다.

"흐으……."

그때 칭얼거리는 울음소리가 팽팽하던 신경을 분산시켰다. 이안이 잠에서 깬 것인지 뒤척이며 버둥거렸다. 클리프가 곧바로 몸을 움직여 아이를 살폈다.

"흐으, 흐아앙."

두 팔을 허우적거리며 그를 향해 뻗고 있는데도 굳은 채로 저를 내려다보기만 하는 아비가 원망스러운지 아이가 울기 시작했다. 칭얼거리는 울음소리는 점점 세기를 높여 갔다.

바람처럼 움직일 때는 언제고 그는 석상처럼 우뚝 굳어 있었다.

아이와 많은 시간을 보내는 에젠으로서는 저게 평소 아이가 으레 하는 잠투정이라는 걸 알고 있기에 그리 특별한 일은 아니었건만 그에게는 달랐던 모양이다.

푸른 눈동자가 정처 없이 흔들렸다. 표정 없는 얼굴이 어쩐지 뭘 해야 할지 모르는 것처럼 혼란스러워 보였다. 시끄러운 아이의 울음소리가 점점 커져 갔다.

에젠은 그가 당황하고 있다는 걸 깨달았다. 그래, 이안의 울음을 처음 보았을 때 저도 저런 모습이지 않았을까.

"으아앙!"

빨리 저를 보라는 듯 아이가 신경질적으로 울었다.

"의사를 불러야겠어."

"안아 달라고 하는 거예요."

등을 돌려 다급히 달려 나가려 하는 그를 지나쳐 에젠이
아이를 안아 들었다.

"잠투정이니까 그리 심각한 표정 지을 필요 없어요."

그녀는 마치 메리 부인이 된 기분이었다. 공포와 당황이
뒤섞인 그의 얼굴도 보면서 제 얼굴도 저랬을까 싶었다.

그녀는 유모가 그랬듯 품에 든 아이를 들어 그에게 안겨
주었다. 아이는 마치 기다리고 있었다는 듯 그의 품으로
쏙 안착했다.

"에젠, 잠깐……!"

엉겁결에 아이를 받아 든 클리프가 고목처럼 딱딱히 굳
었다.

"흐으, 흐아아!"

아비가 멀뚱히 얼어붙어 있기만 하자 골이 난 모양이다.
아이가 다시 팔을 버둥거리며 칭얼거렸다. 앙증맞은 한쪽
손으로는 그의 가슴을 팡팡 치고 다른 쪽의 팔을 높게 쳐
들고 흔들었다.

"그렇게 꽉 잡으면 아파해요."

에젠은 아이가 떨어질까 기저귀를 차 불룩한 엉덩이 부
분을 움켜쥐는 커다란 손을 좀 더 밑으로 움직여 아이를
안정적으로 받칠 수 있게 했다. 메리 부인이 알려 준 자세
였다.

에젠의 손길이 닿자 그는 움찔했으나 이내 기계적으로 그녀의 손에 이끌려 왔다. 그리고 바꿔 준 자세 그대로 엉거주춤 굳었다.

아이는 계속 울먹거렸고 그는 말없이 서 있었다. 도무지 뭘 어떻게 해야 하는지 전혀 감을 잡지 못하는 듯했다.

"등을 토닥거려 주세요."

여전히 알아듣지 못한 표정이다. 에젠이 부자에게 다가갔다. 하얀 손이 아이의 등을 톡톡 쓰다듬듯 부드럽게 두드렸다.

"이렇게요. 해 봐요, 당신이."

"아니, 난⋯⋯."

"으아아앙!"

그가 고개를 저으며 물러서려 하려는 걸 아는 것처럼 이안이 다시 신경질을 냈다. 찢어지는 울음소리에 적어도 한 번은 인상을 찌푸릴 만도 한데 그는 얼굴에 미동 하나 없이 아이를 살필 뿐이었다.

"힘을, 주체를 못 하겠어. 손에 힘이 너무 들어가서⋯⋯ 다칠지도 몰라."

그가 낮게 중얼거렸다. 검을 쥐던 손은 아이를 어르는 것엔 전혀 쓸모가 없어 보였다.

"그럴 리가 없잖아요."

에젠이 곧바로 반문했다. 푸른 눈동자가 그녀를 응시하자 에젠이 다시 또박또박 말했다.

"당신이 이안을 다치게 할 리가 없어."

그가 눈을 깜빡거렸다. 에젠은 우뚝 굳어서 그녀를 보는 클리프를 알아차리지 못하고 그의 손을 아이 쪽으로 끌었다.

"어서요."

에젠이 재촉하자 결국 아이를 받치고 있지 않는 반대쪽 손이 느리게 위로 올라갔다.

그리고 천천히 내려와 아이의 등 쪽으로 향했다. 쫙 펴진 그의 손은 아이의 등을 죄 가릴 정도로 컸다. 떨리는 손끝은 아이의 등과 아주 좁은 거리만을 남겨 두고 몇 번이고 망설였다.

그러다 결국 닿았다.

솥뚜껑 같은 두꺼운 손은 들판에 핀 강아지풀이 살랑거리듯 아이를 톡 치고 황급히 떨어져 나갔다.

"……다시요."

어쩌면 명령 같은 제 말을 그가 기다렸는지도 모르겠다.

그의 손이 멈추지 않고 다시 조금 전처럼 허공으로 올라갔다가 천천히 내려왔으니까.

토옥. 조금 전보다는 접촉이 길었다.

손은 또다시 허공으로, 그리고 이내 아이의 등으로. 적을 막아 내던 손이 아이를 받쳤고 검을 휘두르던 손이 아이를 만졌다. 한 번 용기를 얻은 후 시도하는 두 번째는 처음만큼 어렵지 않았다.

"흐아아, 흐으……!"

자지러지던 울음의 위세가 조금씩 주춤했다. 토옥, 토옥. 그의 손이 계속해서 아이의 등에 닿았다.

우습게도 그 모습을 보자 에젠은 감히 아무 말도 할 수 없었다. 조금 전처럼 쉬이 말이 나오지 않았다.

더 담을 곳도 없는데 꾸역꾸역 눌러 담아 어딘가에 보관이라도 해야 하는 것처럼 에젠은 그렇게 클리프와 이안의 모습을 바라보았다.

끝끝내 마지막까지 아이에게 닿지 못했던 그였다. 그런 그가 지금 아이를 안고 그녀와 함께하고 있었다. 에젠은 이루 말할 수 없는 감정을 느꼈다.

시간이 이곳에선 왠지 느리게 흘러가는 것만 같았다.

누구의 방해도 없는, 젖내가 희미하게 풍기는 평화로운 아이 방에서 클리프는 이안의 등을 토닥거리는 일이 그에게 있어 가장 중요한 일이기라도 한 양 온갖 정신을 쏟고 있었다.

에젠에게서 떨어져 나가지 않던 시선조차 지금 이 순간에는 해당되지 못했다. 아주 천천히, 몇 번이고 이 순간을 잊고 싶지 않은 것처럼 반복되는 손길에 아이는 어느새 칭얼거림을 멈추고 잠이 들었다.

그가 충동적으로 고개를 내려 잠든 아이의 머리에 입을 맞췄다. 그리고 조심스럽게 아이를 침대로 다시 내려놓았다.

"……잘 자거라."

하는 속삭임을 들은 것도 같았다. 그는 아이의 위로 보드라운 담요를 꼼꼼히 덮어 주고 뒤척거리는 아이의 가슴께를 토닥거려 아이가 완전히 잠이 든 것을 확인한 후에야 허리를 펴고 제대로 섰다.

아이는 쌔근쌔근 숨소리를 내며 자고 있었고 그는 아주 커다란 순간을 이겨 낸 것처럼 벅차게 숨을 들이켜고 내쉬었다.

아름다웠다.

에젠은 램프의 빛과 그림자가 뒤섞여 그려 내는 조각 같은 얼굴을 바라보았다.

숨을 내쉬는 건장한 가슴이 오르락내리락하는 남성적인 모습보다 조금 전 아이를 안정시키는 평화로운 모습에 더 시선을 빼앗겼다.

클리프가 마지막으로 아이를 확인하고 뒤돌았다. 그리고 그제야, 줄곧 그에게 못 박혀 있던 에젠의 시선을 알아차렸다.

"……내겐 안 해 주나요?"

흐르는 밤의 평화를 조용한 목소리가 갈랐다. 에젠의 목소리는 제대로 귀를 기울이지 않으면 듣지 못할 정도로 작고 나직했다.

무엇을 안 해 준다는 거냐고 클리프가 눈으로 물었다. 그녀는 그저 머릿속에 떠오르는 생각을 내뱉었다.

"굿나잇 키스요."

"뭐?"

그가 뻣뻣이 굳었다. 방금 귀로 들은 것을 믿을 수 없다는 음성이었다.

"네?"

에젠도 덩달아 굳었다.

저도 모르게 튀어나온 말에 더 당황한 것은 에젠이었다. 몽롱한 분위기에서 찬물을 뒤집어쓴 것처럼 정신이 들었다.

그는 아주 이상한 말을 들었다는 얼굴이었다. 태양이 밤하늘에 떴다는 아주 명백한 오답을 듣기라도 한 것처럼.

"아니, 그게 아니라…… 당신이 이안에게 키스하는 걸 봐서 나도……."

아니, 이걸 말하려던 게 아닌데.

"아까 당신도 내게 원하는 걸 말하면 들어준다고……."

이것도 아닌데. 이러면 꼭 자신이 키스를 원한 것처럼 들리지 않나. 마치 내내 그것만 기다리기라도 한 것처럼…….

말을 하면 할수록 수습이 안 되는 걸 깨달은 에젠이 몇 번 더 입술을 달싹거리다 결국 입을 다물었다.

'미쳤어, 너.'

수치를 느끼는 얼굴이 홧홧하게 달아올랐다.

그냥 아까 가 버릴 것을, 뭘 그리 넋을 놓고 부자를 보고 앉아 이 지경을 만들어 버린 걸까.

클리프는 아까 악몽의 진원을 알려 줬을 때보다 울어 대던 아이를 봤을 때보다 더 정처 없는 얼굴을 하고 있었다. 그녀의 말을 제대로 이해하지 못한 것만 같은, 아니 제대로 이해하고 싶지 않아 하는 표정.

"에젠. 내가 아직 당신의 악몽 속에 있는 건가?"

그는 뜻 모를 물음을 던졌다.

이해할 수 없다는 듯 고개를 작은 각도로 비트는 듯이 갸우뚱거리다가 이내 종잇장이 구겨지듯 잘생긴 이목구비가 일그러졌다.

"그게…… 무슨 말이에요?"

에젠이 그의 이상(異狀)에 어린 배경을 짐작하지 못한다고 해도 그가 뿜어내는 분위기는 읽었다.

"아니면, 왜 내게…… 왜 내게 이러는 거야……."

일그러진 얼굴이, 고통 어린 목소리가 되물었다.

거절이었다. 심지어 그녀의 악몽까지 그녀를 거절할 빌미가 되어 버렸다.

"왜 꿈이라고 생각하는데요."

서운한 마음에 목소리가 따지듯 흘러나왔다.

"조금 전 꿈이 아니라고 날 안심시킨 건 당신이에요, 클리프. 이제 와서 그걸 다시 내게 묻는 이유는 뭔가요. 내가 당신 앞에 서 있는 것도, 저기 이안이 자고 있는 것도 모두 현실이란 걸 알면서…… 그렇게까지 나를 피하고 싶은—."

"그렇지 않고서야 이게 현실일 리가 없으니까."

그가 고개를 들어 피곤이 어린 얼굴을 메마르게 쓸었다.

그 표정에서 그녀는 이미 그가 무슨 말을 할지 알아차렸다. 가슴 어딘가로 시린 바람이 부는 것 같았다.

잠시 반짝거리는 듯하던 그녀의 눈빛이 금세 아래로 침전하여 사그라들자 클리프는 저도 모르게 인상을 찌푸렸다.

몸을 가늘게 떨던 에젠은 이내 뒤로 돌았다. 드레스를 움켜쥔 손에 얕은 힘줄이 비쳤다. 그녀는 등에 힘을 주고 애써 꼿꼿하게 몸을 세웠다.

"……그래요. 나는 이만 가야겠어요. 너, 너무 시간이 늦은…….."

그러나 한 걸음도 채 내딛지 못한 채 그에게 붙잡혔다. 언젠가 그녀가 그랬던 것처럼 클리프가 제 소매를 붙잡고 있었다.

그의 곧은 손이 천천히 에젠의 손목으로 옮겨 가 느리게 감쌌다. 델 듯 뜨거운 온기에 에젠은 겨우 가라앉힌 얼굴이 다시 홧홧해질 것만 같았다.

"신이 도대체 어디까지…….."

자조적인 중얼거림이 흘러나왔다.

"신이 도대체 어디까지 날 농락하려는지 궁금해지는군."

그가 이를 악물고 짧게 도리질을 쳤다. 그는 제가 뭘 중얼거리는지 알아차리지도 못한 것 같았다. 이미 밀려드는 온갖 생각들을 감내하는 것만으로도 버거워 보였으니까.

숨을 삼키는 잇새에서 짧은 한숨마저 터졌다.

"알잖아, 그럼에도 나는…… 얼간이처럼…… 휘두르는 대로, 휘둘리는."

그의 중얼거림은 딱히 에젠을 향하지 않은 듯했다.

열이 펄펄 끓는 것처럼 뜨거운 손아귀는 그녀의 소매를 잡고 에젠이 더 이상 도망가지 못하게 붙잡고 있었다.

"당신이 무슨 말을 하는지…… 모르겠어요."

"……아니. 당신은 알아."

클리프의 메마른 부정이 어쩐지 에젠의 가슴 한구석에 찌릿한 통증을 유발했다. 그에게서 체념 어린 짙은 한숨이 터졌다.

"에젠, 다 알면서 그러는 거잖아. 내가 거부할 수 없다는 걸 알면서, 네 의미 없는 손짓 하나에 내가…… ."

중얼거리며 그가 점점 가까워졌다. 낮고 쉰 목소리는 더 이상 참아 낼 수 없다는 것처럼 지쳐 보였다.

에젠은 저도 모르게 눈을 감았다. 무엇을 기대하고 있었는지는 차마 말할 수 없었다. 고통스러운 음성에 심장이 아리게 아파 오면서도 쿵쿵 쉬지 않고 뛰어 대며 제 움직임을 멈추지 않았다.

그는 여전히 저를 믿지 못하고 있다. 그는 그 자신이 악(惡)이 아닌 다른 이유로 에젠의 삶에 존재할 수 있다는 사실 자체를 받아들이지 못하는 것 같았다.

오랜 시간이 걸릴지도 모른다. 그녀 또한 일생(一生)을 고스란히 보내고 나서야, 종국에서야 비로소 깨달을 수 있었기에.

그러니까 실망하지 말자. 몇 번이고 말해 주면 되겠지. 지금은 아득해 보이는 당신과 내가 함께 웃을 수 있는 시간이 언젠가는 오겠지.

에젠은 그렇게 되뇌면서도 못내 쓰려 오는 속을 인지했다.

우습게도 그러면서도 감각은 알알이 살아 있는 것처럼 그를 온전히 느끼고 있었다. 쿵쿵, 가슴이 뛰었다. 설렘과 쓰라림이 공존할 수 있다는 걸 미처 몰랐다. 박하 향과 사향이 뒤섞인 그의 체향이 코끝으로 스며들었다.

눈을 뜨면 그가 있을 것이다. 엷은 입술이 바르르 떨렸다. 뜨거운 열기가 점점 다가오는 게 느껴졌다.

희미한 시야에 그가 숨 막힐 정도로 가까워졌다. 에젠은 일순 숨을 참을 정도로 긴장했다. 그도 다르지 않은 듯했다. 마치 진공 상태처럼 둘은 숨죽인 채 서로의 기척만을 느꼈다.

긴장을 타고 흘러나오는 에젠의 연약한 숨소리가 어느 때보다 크게 귓가를 울렸다.

"당신이……."

그가 고개를 내리려다 멈칫했다. 좀 더 낮은 곳으로 향하려던 그의 입술은 무언의 힘에 의해 다시 멈췄다.

그리고 다시 다가온 잠깐의 접촉은 조금 전보다 위쪽으로, 그러니까 에젠의 이마 위에 진득하게 머물다 이내 흔적도 없이 떨어져 나갔다.

"편안하게 잠들 수 있기를. 당신의 악몽에 내가……."

한없이 낮은 클리프의 음성 또한 듬성듬성 그녀의 입술에 닿았다 아지랑이처럼 사라졌다. 그것은 신에게 올리는 경건한 기도 같기도 했고 에젠에게 말하는 절실한 애원 같기도 했다.

"자리하지 않기를."

혹 귓가에 스치는 희미한 목소리에 에젠은 몸을 떨었다.

입술이 잠시 머뭇거리다 한 번 더 닿는가 싶더니 떨어져나가며 동시에 따뜻한 손목 위의 온기도 멀어졌다.

그리고 그는 도망치듯 빠르게 방을 빠져나갔다.

멀어지는 그에게 시선을 돌리는 대신, 에젠은 양 볼을 감싸 쥐었다. 화인처럼 그의 입술이 닿은 곳을 정확하게 찾아냈다. 열기가 얼굴까지 올라와 있는 것 같았다.

섬세한 감각이 살아 있는 것만 같은 이마를 매만지던 손가락은 이윽고 천천히 이동했다.

그녀의 입술을 매만지는 손끝에는 아쉬움이 대롱대롱 매달렸다. 가까워졌던 그의 숨소리가 다시 귓가에 속삭이는 것 같았다.

"굿나잇 키스였잖아……."

급박하게 떨어져 나간 이유는 제가 싫어서가 아닐 것이다. 저를 견디지 못해서는 더더욱 아닐 것이다.

찰나처럼 스쳐 지나간 짧은 입맞춤의 이유를 만들어 내며 그녀는 위안했다.

그리고 제 볼을 감싸 잘 자라고 하던 그의 밤 인사를 떠올리며 그녀는 머릿속을 달콤하게 적시는 설렘과 찌르듯 스며드는 아릿한 상실감을 다시 한번 경험했다.

에젠은 주먹을 꽉 쥐었다. 오늘의 용기는 여기까지였다.

그러지 않으면 그를 뒤쫓아 부끄러움도 모른 채 다시 매달릴 것 같았다.

"에젠. 에젠?"

필레모리가 에젠이 앉아 있는 쪽의 테이블 위를 톡톡 두드렸다. 그제야 멍하니 필레모리를 응시하던 눈에 다시 빛이 돌아왔다.

"아…… 죄송해요. 잠깐 다른 생각을 했어요."

"괜찮니? 몸이 힘든 건 아니야?"

필레모리가 걱정스러운 시선으로 그녀를 살폈다. 에젠은 부드럽게 고개를 저었다.

"아뇨, 괜찮아요. 참석자들에 대해서 이야기하고 있었죠?"

"응. 대부분은 왕정파 귀족들이지만 네가 부탁한 중립파 고위 귀족들도 참석하게 됐으니까 미리 알아 두는 게 좋을 것 같아서."

필레모리는 중립파 귀족들의 정보가 담긴 서류를 건네주었다.

"말했다시피 그들은 네게 딱히 호의적이지 않을 거야. 그러니까 그냥 왕정파로만 채우는 게 좋았을 텐데."

"그랬다면 티 파티를 여는 이유가 없었겠지요."

에젠이 배시시 웃자 필레모리가 걱정스럽게 한숨을 내쉬었다.

"각오해야 할 거야. 너도 알다시피 이 바닥에서 '무어'라는 이름은 꽤 자극적이잖니?"

에젠은 그녀가 결혼 전부터 호사가들의 입방아에 오르내렸던 자신과 클리프의 관계를 일컫는 것임을 알아차렸다.

"네."

그녀는 간단히 대답했다. 그저 미소 짓는 것 말고는 제가 할 수 있는 게 없었다.

그녀의 쓴웃음을 달리 해석한 필레모리가 손을 내저었다.

"오, 에젠. 그런 표정 하지 말거라. 그러니까 내 말은, 그 소문 많은 '무어' 후작 부인이 사교계에 뛰어들겠다는 신고식이 가져올 여파가 꽤 클 줄 알았단 거야. 일전에 말했다시피 무어가는 현재 폐하의 명실상부한 아군이다 보니 그만큼 적이 많거든. 후작을 공격하긴 두려우니 네가 그들의 좋은 먹잇감이 되어 버린 거야."

에젠은 그녀가 끝내 입 밖으로 내지 않은 뒷말까지 알아차렸다.

"전 함께 맞서 줄 만한 사교계의 지지 세력도, 공격에 보복할 만한 가문도 사라져 없으니까요. 그렇죠? 괜찮아요, 선생님. 그런 표정 하시지 마셔요. 이미 지나간 일인걸요."

필레모리가 멈칫하다 이내 말을 이었다.

"그래, 어쨌든 중요한 건 말이야, 에젠. 일이 희한하게 돌아가고 있어."

"그게 무슨 말인지……."

"너무 조용해."

가늘어진 눈으로 그녀는 테이블 위를 두드렸다.

딱, 딱, 딱. 모양 좋게 손질된 손톱이 테이블의 유리와 부딪혀 딱딱한 소리를 냈다.

"이럴 리가 없는데. 분명 네가 본격적으로 이곳에 뛰어들 거란 이야기가 흘러 들어갔을 거란 말이야. 내가 심어 둔 귀들도 조만간 뭔가가 있을 거라고 귀띔했는데……."

뭔가를 생각하는지, 테이블을 두드리는 소리는 계속 이어졌다.

"혹, 네 남편이 티 파티에 대해서 아니?"

"그이가요? 아뇨, 모를 거예요. 아직 말하지도 못했거든요."

"그래?"

"그리고…… 그 사람은 너무 바빠서 세세한 여론까지 통제할 여력은 없을 거예요. 애초에 그런 물밑 공작에 신경을 쓰는 이도 아니고요."

목소리에 묻어나는 미약한 아쉬움을 알아차리지 못한 필레모리가 이내 살짝 고개를 저었다.

"그래, 그럴 리가 없지. 하아, 어쨌든 일이 이렇게 된 거 그에게 말이라도 꺼내 보는 게 어떠니?"

"무얼요?"

"티 파티 말이야."

"네?"

모르겠다는 눈을 하는 에젠에게 필레모리가 여상히 대답했다.

"내 입으로 이런 말 하기 속 터지지만, 이 낡고 갑갑한 왕국에서 으레 귀족 부인이 여는 티 파티는 자신의 가문이 얼마나 건재하고 제가 얼마나 사랑받는 아내인지 알리는 창구거든. 네 남편에게 티 파티 날 잠깐 들르기라도 하라고 말해 보렴. 너와 후작이 함께 있는 모습만 보여 줘도 네 부부 생활에 대한 악명 높은 소문의 반절은 줄어들 거야. 응?"

에젠은 동의했다. 물론 필레모리가 예상했던 쪽의 동의는 아니었다.

"줄어들었으면, 그랬으면, 좋겠네요."

그에게 조금이나마 힘이 될 수 있기를.

그녀의 평온한 밤을 바라던 클리프처럼, 그가 짊어지는 무게가 조금이나마 덜어질 수 있기를 그녀는 순수하게 바랐다.

필레모리와의 만남 후 저택으로 돌아온 에젠은 여느 때처럼 아이의 방으로 향했다.

어젯밤 마침내 아이에게 줄 작은 선물을 완성했던 것이다. 오늘 아침, 외출 준비로 바빠 미처 아이에게 들를 시간이 없었다. 곱게 포장한 작은 꾸러미를 쥔 채 내딛는 에젠의 발걸음은 가벼웠다.

"끼야아!"

"이안."

아이는 언제나 그랬듯 그녀를 반겼다. 날이 갈수록 아이의 통통한 입술은 의미를 알 수 없는 옹알이를 내뱉기 일쑤였지만 에젠은 마치 세오덴의 곡을 듣고 있다는 얼굴로 아이를 안아 볼에 입을 맞췄다.

"마님, 이건 뭔가요?"

유모인 메리 부인이 꾸러미를 집어 들었다.

"이안에게 줄 선물이에요."

"선물요?"

고급스럽게 포장된 선물 따위야 넘치게 받고 있는 후작가의 도련님에게 또 다른 선물 꾸러미가 뭐가 특별하겠냐마는 안주인의 눈빛에는 왠지 모를 미묘한 뿌듯함이 서려 있었다.

메리 부인은 얼른 아이의 손에 꾸러미를 쥐여 주었다.

"풀어 볼래?"

에젠은 아이의 앙증맞은 손 위에 제 손을 겹쳐 꾸러미의 매듭을 풀었다. 곱게 싸맨 리본이 풀리고 곧 내용물이 모습을 드러냈다.

"도련님 턱받이군요? 잘됐어요. 마침 필요했었는데……. 도련님께서 옹알이를 시작하시면서 침을 많이 흘리시거든요."

에젠이 고개를 끄덕거렸다. 새하얀 천의 아기 턱받이에는 푸른 실의 느티나무 자수가 수놓아져 있었다. 느티나무라……. 메리 부인은 혹시 싶은 마음에 물었다.

"혹시 마님의 솜씨인가요?"

"네. 느티나무가 장수를 상징한다고 해서……."

일전의 꿈 이후로 혹시 싶어 만든 것이다. 에젠은 아이에게 그 어떤 위험도 다가서지 않기를 바랐다.

이런 미신이 실제로 효력이 있을진 모르겠지만 말이다.

"꺄아!"

아이는 제 목에 걸린 턱받이가 갑갑한지 팔을 버둥거리며 천을 움켜쥐었다. 마치 제 애착 담요처럼 꼭 쥐고 있는 모양새가 귀여워서 에젠의 얼굴에 미소가 번졌다.

"자수에 일가견이 있으신 줄 미처 몰랐습니다. 느티나무 자수는 꽤 복잡할 텐데……."

사실 그리 어렵진 않았다. 왜냐하면 에젠은 그보다 더 어려운 레벨의 자수에 용을 쓰고 있었기 때문이다.

'사자의 갈기는 표현하기가 어려워.'

역동적인 사자를 수놓는 것보다야 나무는 쉬운 쪽에 속했다.

문제는 아이에겐 이리 내놓을 수 있는데 남아 있는 다른 자수의 당사자에겐 그렇지 못하다는 것이다.

　—일찍 들어오지.

　그날 밤 뒤로 클리프는 나름 약속을 지켰다. 저택으로 돌아오는 날이 '나름' 이전보다는 늘었기 때문이다.

　그러나 설사 황궁이 아니라 저택에 있다 해도 그는 줄곧 업무나 훈련에 파묻혀 있었기에 에젠으로서는 그를 다시 찾아가기가 어려웠다.

　살짝 들여다본 집무실의 책상엔 서류가 산처럼 높게 쌓여 있고, 훈련이 연이은 연무장의 먼지바람은 가실 날이 없는데 그에게 시간을 만들어 내라 고집 피울 엄두가 나지 않았던 탓이다.

　마치 제가 얼마나 바쁜지 누군가에게 보여 주기라도 하는 것처럼 그의 일은 끝도 없어 보였다.

　에젠은 그를 보고 싶었지만 동시에 그의 장애물이 되고 싶진 않았다. 결론은 그래서…….

　"다음. 나와."

　그녀는 연무장 근처에 자리한 호랑나무 덤불 뒤에 쭈그려 앉아 있었다. 제가 지금 뭘 하고 있는 건지에 대한 자조적인 자각은 이미 지나간 지 오래였다.

　어쩔 수 없었다. 집무실 틈으로 지켜보는 것보단 사방이 탁 트인 이곳이 훨씬 용이했다.

　채앵—채앵!

　쉴 새 없이 이어지는 날카로운 금속음이 에젠이 있는 곳까지 들릴 만큼 커다랗게 울려 퍼졌다.

연무장에선 대련이 한창이었다. 단둘뿐인 대련에서 왼쪽은 계속해서 사람이 바뀌는데 오른쪽은 아까부터 계속 한 사람이었다.

그리고 고목처럼 미동 없이 서 있는 그 오른쪽의 기사가 그녀의 남편, 클리프 무어였다.

"높아. 무릎을 낮춰라. 아래를 공략할 거면 시선을 그에 맞춰."

채앵—

그는 뭐라 말하는 듯했지만 에젠이 있는 곳까진 들리지 않았다.

그녀로서는 그저 그들의 행동으로 상황을 대충 짐작할 수 있을 뿐이었는데 매번 클리프가 뭐라 입술을 달싹거리고 나면 다시 상대 기사가 험악하게 달려들었다.

커다란 소음과 함께 나동그라진 기사가 다시 오뚝이처럼 일어나 달려들고 또다시,

콰앙—

하는 격돌의 소음이 넓은 연무장 위로 울려 퍼지는 것이다.

철컥거리는 갑옷이 맞부딪치는 소리, 검날이 서로를 스치는 소리는 머리칼이 쭈뼛 설 만큼 살벌했다.

'다칠 것 같아…….'

이런 광경이 익숙하지 않은 에젠은 저도 모르게 양손을 꼭 쥐고 그를 살폈다.

"마님."

그때 뒤에서 들리는 소리에 에젠이 화들짝 놀랐다. 내지를 뻔한 비명을 간신히 삼킨 그녀는 저를 내려다보고 있는 기사를 발견했다.

알랭이었다.

"이곳에 계신 줄 몰랐습니다. 많이 놀라셨다면 의원을—."

"쉿!"

에젠은 저를 쫓아온 기사에 대한 놀람보다 호랑나무 덤불의 높이를 훌쩍 뛰어넘는 기사의 키를 먼저 떠올릴 만한 이성이 남아 있었다. 알랭이 계속 서 있다면 기사단이 이곳을 곧 발견할 것이다.

"앉아!"

제 목소리가 다급하게 들린 건지, 알랭의 팔목을 잡고 그대로 아래로 끌어 내린 제 힘이 효력을 발휘한 건지 모르겠지만 기사는 무표정한 얼굴로 무릎을 굽혔다.

다행히도 둘을 가려 줄 수 있을 정도로 호랑나무 덤불은 빽빽이 우거져 있었다.

콰앙—

연무장에선 여전히 클리프와 흑기사들의 대련이 진행되고 있었다. 눈앞의 위기를 넘긴 에젠의 신경은 다시 기사들을 상대하고 있는 클리프 쪽으로 향했다.

"……마님?"

기사는 곧 안주인이 이곳에서 무얼 보고 있었던 건지 알아차렸다. 이곳은 대각선으로 연무장을 한눈에 볼 수 있는 위치였다.

동시에 인적이 드물고 **빽빽**한 덤불의 존재 때문에 이쪽의 모습을 숨기기도 용이했다. 연무장보다 높은 곳에 위치해 인적을 알아차리기도 어려웠다.

그는 안주인의 기가 막힌 위치 선정 능력에 잠시 눈썹을 추켜올렸다 잠자코 입을 다물었다.

챙, 채앵— 퍼억, 퍼억, 채앵—

둔탁하고 날카로운 울림이 뒤섞였다.

클리프 무어는 기사로서도 선생으로서도 그다지 친절한 이가 아니었다. 그는 가혹하리만큼 억세게 기사들을 다루었고, 그 혹독한 훈련이 오늘의 흑기사단을 만들었다.

흑기사들로서는 지금의 대련도 그저 습관처럼 익숙한 훈련의 일종이었다.

그러나 그들의 특수적인 상황을 알지 못하는 에젠으로서는 그저 지금 클리프가 절대 다수에 밀려 힘겹게 고전하고 있는 것으로밖에 보이지 않았다.

훈련은 이미 한 시간째 계속되고 있었고 클리프는 휴식 한 번도 없이 기사들을 계속해서 상대하고 있었으니 말이다.

멀리서 맨손으로 이마를 훔치는 그가 보였다. 에젠의 얼굴이 창백해졌다.

"놀라지 마십시오, 마님. 흑기사단의 훈련은 매번 저런 식으로 진행됩니다."

클리프에게 기사들이 달려들 때마다 움찔하는 안주인의 떨림을 알아차린 알랭이 무표정한 얼굴로 입을 열었다. 에젠은 다시 표정을 갈무리했지만 시선이 클리프의 안위를 확인하듯 그쪽으로 향하게 되는 것만은 어쩔 수가 없었다.

"벌써 한 시간째야."

"훈련은 매일 네 시간으로 진행되어 왔기에 익숙할 겁니다."

무미건조하지만 예의 바른 목소리로 그가 답했다.

"실제 전투도 아닌데 저렇게 공격적으로 달려들 필요가 있어?"

"각하께서 매번 그렇게 다루시는 걸 선호하니까요."

"저러다 다치겠어."

"각하께서 힘 조절에 능숙하시므로 훈련 중 그들이 부상 당하는 일은 잘 없습니다."

대화의 객체가 미묘하게 비틀린 것을 알아차린 에젠이 고개를 돌려 알랭을 보았다.

"……."

그 무언의 시선에 비로소 알랭은 그녀가 걱정한 것이 흑기사들이 아니었다는 것을 깨달았다.

'멍청했군.'

저 다수에서 아내가 걱정할 이는 남편일 게 분명할진대 그 대상이 클리프 무어가 되다 보니 제 머릿속에서 자체적인 예외를 만들어 버린 모양이었다.

알랭은 제 실수를 인지했다.

"기사의 명예를 걸고 말씀드리건대 각하께선 케레스(죽음의 신)와 이오(고통의 신)가 가장 멀리하는 인간이실 겁니다. 사자의 이명을 지고 계신 분께는 그 어떤 매서운 검도 감히 닿을 수 없을 테니까요. 각하께선 그 누구보다 강하십니다."

제 딴에는 제 실수에 당황하여 안주인의 시름을 덜어 주려는, 나름의 확신이었으나 알랭은 도리어 흐려지는 그녀의 낯빛에 멈칫했다.

"그는 신이 아니야."

나직한 목소리였다.

"쉴 새 없이 뻗어 오는 칼날 앞에서 그가 매번 예외일 수는 없어. 죽음을 선사하는 건 단 한 번의 찰나, 단 하나의 칼이면 족하겠지."

"마님?"

"케레스와 이오라, 그래, 네 말대로였으면 좋겠네. 이기적이지만 감히 그만큼은 예외일 수 있다면."

알랭이 멈칫했다. 일순 그녀의 얼굴에 내려앉은 어둠의 깊이를 감히 가늠해서는 안 된다는 생각이 들었다.

안주인은 클리프 무어를 멀리하는 게 아니었나.

최근 들어 뒤바뀐 그녀의 행보에 안팎으로 말이 많았지만 알랭은 딱히 시류에 휩쓸리는 이가 아니었다.

그는 레오르와는 달랐다. 그에게 있어서 첫 번째는 주인의 명을 수행하는 것이었고, 클리프 무어는 그에게 에젠 무어의 보호를 명했다. 무어의 기사로서 그것 외에 제가 생각해야 할 것은 없었다. 설사 과거와 다른 그녀의 모습마저도.

그러나 지금 그가 에젠 무어를 보면서 느끼는 미약한 안쓰러움은 어디서 기인한 것일까. 그녀는 왜 죽음이 주인의 앞에 자리하기라도 한 듯, 불안해하는 것일까.

알랭은 에젠에게서 클리프에게 서려 있는 것과 비슷한 유의 불안을 느꼈다.

"마님?"

침묵에서 깨어난 것은 에젠이 먼저였다. 그녀는 다시 연무장으로 시선을 돌렸다.

"……흑기사단의 부상 빈도는 타 기사단보다 현저히 낮습니다. 각하를 포함해서요."

그래도 여전히 그녀의 시름을 덜어 주어야 하는 의무가 있다 생각한 알랭이 다시 설명을 보탰다. 그로서는 꽤 드문 일이었음을 그녀는 알까.

"현 시국에서 훈련의 강도를 낮출 수는 없습니다. 각하께서 총사직을 맡으시면 전투가 벌어질 시 척사대로서 흑기사단이 선봉을 맡아야 하거든요. 첫 전투에서 밀리게 되면 승패의 기운이 갈리게 됩니다."

일리 있는 말이었다.

"흑기사단은 전장에 반평생을 몸담은 이들입니다. 전투에 비하면 이 정도는 그들에게 몸풀기 정도밖에 되지 않는 수준입니다. 각하를 포함해서요."

알랭에게 두 번의 실수는 없었다. 대화의 주체에 뒤늦게 나마 클리프가 포함되었다.

알랭은 이곳에서 최강자의 안위를 보장하는 말을 하는 것이 어색했다. 클리프는 흑기사단의 상태와 상관없이 늘 완전했으니까.

"……응."

그녀는 고개를 끄덕였다. 알랭은 제가 구태여 쓸데없는 말까지 덧붙였나 싶었지만 조용히 입을 다물고 그녀의 옆에 자리했다.

또 얼마나 시간이 지났을까. 고통에 익숙한 목석같은 제 몸에서도 쭈그려 앉은 둔탁한 통증이 조금씩 느껴지는데 안주인은 여전히 자리를 떠날 생각이 없어 보였다.

"마님, 이만 들어가지 않으시겠습니까. 훈련을 마치려면 한참 남았습니다."

"알랭."

여전히 살벌하게 진행되는 훈련에 헉헉거리는 기사들을 내려다보던 에젠이 물었다.

"저들에게 필요한 건 뭐지?"

"예?"

클리프는 여전히 훈련이 시작됐을 때와 다름없이 우뚝 서 있었다. 잠시 얼굴에 내려앉는 모래 먼지를 훔치는 것 말고는 달라진 게 없었다.

"각하 말씀이십니까?"

"아니, 저들."

에젠이 연무장 한쪽에 널브러진 기사들을 눈짓했다.

"월권이라 생각되지 않을 선에서 내가 할 수 있는 걸 하고 싶어. 하지만 아는 바가 없으니 네가 알려 준다면 도움이 될 거야."

알랭은 뜻밖이라는 듯 잠시 그녀를 응시했다. 에젠은 묵묵히 대답을 기다렸다.

'너무 섣불렀나.'

클리프만큼이나 감정을 쉬이 드러내지 않는 기사였기에 편견 없이 답해 주지 않을까 했는데 말이다.

"명령은 아니니까 부담이 되면 답하지 않아도 좋아."

"아닙니다. 다만 그런 걸 물어보실 줄은 몰라……."

알랭이 머릿속의 고민을 끝낸 듯 대답했다.

"저희 흑기사단은 왕국 내에서 가장 좋은 대우를 받고 있어 특별히 마님의 지원이 필요할 부분은 없을 것 같습니다. 설사 마님께서 지원해 주신다고 해도 우려하시는 상황이 일어나지 않을 거라 장담하기가 어려우니까요."

"……."

"마님께서는 명실상부한 후작가의 안주인이십니다. 원하시는 게 있다면 그저 하명하시면 됩니다. 무엇을 명하시든 마님의 권리 아래 있는데 누구도 그것을 월권이라 이름할 순 없습니다. 외람되지만 저는 처음부터 그들이 마님의 호의를 쉬이 여길 여지를 주지 않으시는 편이 좋을 거라 생각합니다."

그는 기사단이 그녀를 반기지 않을 수도 있다는 말을 돌려 말하고 있었다. 그것을 부러 그녀에게 인지시켜 주는 말투는 딱딱한 얼굴만큼이나 투박했지만 그 안에 들어 있는 배려를 알아차리지 못할 정도는 아니었다.

알랭은 지금 에젠을 좋아하지 않는 흑기사들에게 상처받지 말고 차라리 지위로 군림하라 말하는 것이다.

'흑기사에게서 나를 위한 조언을 들을 줄은 몰랐는데.'

에젠이 그를 물끄러미 보았다.

"신분의 고저를 막론하고 전장에서부터 함께했던 기사단이라 평민 출신이 많습니다. 자신들이 겪어 왔던 편견에 진절머리 치는 만큼이나 편견에 사로잡힌 이들입니다. 구태여 그들을 설득하려 하심은—."

"내가 그들의 이해를 얻고 싶은 것 같아?"

"마님께선 명하시고 저희는 따를 뿐입니다. 따라야 하고요. 그러니 그리하소서."

"날 따르는 이유는 오직, 내가 클리프의 아내이기 때문일 테지. 무어라는 이름을 벗어던지면 다 사라질 의미 없는 권위 따위."

그녀가 담담히 말했다.

"알랭, 난 그들의 호감도, 인정도 필요하지 않아. 이제와서…… 그래, 늦게나마 그들의 편의에 관심을 두는 건

딱 두 가지 이유야."

무릎을 모으고 덤불 뒤에 숨어 있는 격식 없는 모양새였지만 에젠의 표정과 목소리에서 흘러나오는 귀족적 꼿꼿함은 그녀가 피지배자보다는 지배자층에 속해 왔다는 사실을 은연중 드러냈다.

"첫째, 내가 더 이상 아무것도 하지 않는 삶을 살고 싶지 않으니까. 둘째, 저들이 클리프의 기사니까."

시선이 연무장에서 혹독히 수련하고 있는 흑기사들에게 닿았다. 클리프를 도와 거세게 지시어를 외치는 레오르에게도.

'그를 일으키려던, 그를 포기하지 않으려던 사람들이니까.'

결국 저들도 나가떨어졌지만, 그건 그들만의 잘못은 아니었다.

―각하, 제발!

지하실에서 술에 취한 클리프를 향해 안타깝게 외치던 기사의 고함이 귀에 선연했다.

"난 그들의 인정이 필요하지 않아. 그러니 걱정하지 않아도 돼. 난 그저 그들에게 뭔가 줘여 주었다고 해서 저택이 시끄러워지는 걸 원하지 않을 뿐이니까. 네 말을 들어보니 아예 비밀로 하는 것도 좋겠네. 아무것도 모른다면 말할 거리가 없을 테지."

"……."

"물론 네가 비밀을 지켜 준다면 말이야."

그녀가 싱긋 웃었다. 쓴웃음같이 희미했는데도 처음 보는 그녀의 미소가 싱그럽게 느껴졌다. 그녀가 웃음 짓는 걸 처음 봐서 그런지도 몰랐다.

검게 말라붙은 고목 같던 기사의 얼굴에 처음으로 당황함이 스쳐 지나갔다.

"아까 평민 출신이 대부분이라 했지? 기사 작위를 받으면 가족의 지위도 함께 상승하게 되나?"

당황함도 잠시, 곧바로 들어오는 물음에 알랭은 반사적으로 답했다.

"아닙니다. 하이츠 왕국 법상, 평민의 기사 작위는 그 본인에 한해서만 신분을 승격시킵니다."

"그래? 그렇다면 그들의 가족을 지원할 방법을 알아보는 건 어때? 교육이나 재정 상태라든지……. 연무장에서 살다시피 하는 이들이니 그런 부분에서 섬세할 것 같진 않아."

알랭이 생각하지 않은 부분이었다. 그러나 그녀의 말 중 한 부분이 목에 걸린 것처럼 찜찜하다 느껴졌을 때 그녀가 다시 물음을 던졌다.

"흑기사단이 처음 만들어졌을 때부터 지금까지 구성원은 변화가 없었어? 사망했거나 다친 기사들 말이야."

"……아직 전우 출신이 대부분 남아 있지만, 아예 변동 사항이 없진 않습니다. 영구적인 부상을 입은 이들은 은퇴하거나 고향으로 돌아갔고, 사망자들은 후하게 장례를 치렀습니다."

"그들에게도 지원이 필요하지 않겠어?"

알랭이 흠칫했다. 미처 생각해 보지 못한 부분이 또 하나 생겨났다.

클리프의 뒤에서 쉴 새 없이 달려오는 동안, 땀과 검을 함께 나눴던 이들은 때때로 맥없이 스러져 갔다.

그들과의 이별을 애통해하고 기리기만 했을 뿐 그 이후의 현실적인 일들은 미처 돌아볼 새가 없었다는 것을 깨달았다.

"알아봐. 특히 기사단에 은퇴라든지 사망으로 더 이상 자리하지 않는 이들에게 신경을 쓰는 편이 좋겠어."

이번에도 뭔가 이상한 부분이 있었다.

"마님, 제가 알아보는 겁니까?"

"하명하라 하지 않았어?"

또다시 물음이 되물어졌다.

"내가 그들을 도왔다는 걸 비밀로 하려면 그걸 유일하게 아는 네가 해 주어야지."

"저를 믿으십니까."

나름대로 반항처럼 흘러나온 물음에 그녀가 다시 희미하게 웃었다.

"믿음이 필요한 일이었나?"

제가 말한 논리가 되돌아오니 반박할 말도 없었다.

알랭은 어쩌면 권위로 굴복시키라 했던 제 조언을 에젠이 전혀 믿지 않는지도 모르겠다고 생각했다.

꺾으면 꺾는 대로 부러질 것같이 연약하게만 보이는 안주인은 사실 자신들의 생각보다 좀 더 많은 것을 보고 많은 것을 알지도 모른다.

그리고 그녀는 그들이 클리프의 기사들이란 이유로 오해를 무릅쓰며 그들을 위해 움직이려 한다.

알랭은 주인이 그녀의 말을 들었다면 어떤 표정을 지을지 궁금해졌다. 어쩐지 클리프에게서 떠나지 않던 짙은 그림자가 에젠에게도 드리우고 있는 것 같았다.

알랭은 두 사람의 악연의 고리를 끊어야 한다 외치던 레오르에게 반박할 수 있었다. 악연이나마 서로를 옭아매듯 강하게 얽힌 연은 그 색이 어떤 것보다 강하다고.

알랭은 클리프가 제게 명한 일들을 떠올렸다. 그러나 안주인의 명령을 거부할 생각도 들지 않았다.

애초에 하명하면 수행하겠다 말한 게 제가 아닌가. 주인 부부 양쪽의 명으로 앞으로 좀 더 바빠질지도 모르겠다 생각했으나 기분이 그다지 나쁘지만은 않았다.

"……알아보는 대로 말씀드리겠습니다."

"부탁할게."

"뭘 하는 거지?"

에젠이 고개를 끄덕거릴 때 두 사람의 머리 위에서 차가운 목소리가 들렸다.

서늘하게 오금을 저리는 목소리는 순간 마치 지옥에서 흘러나온 음성처럼 느껴져 에젠은 이전보다 더 깜짝 놀랐다. 드레스 끝이 볼썽사납게 들썩거리기까지 했다.

　간신히 신음을 삼켰을 때 그녀의 위로 호랑나무 덤불보다 더 짙게 어린 그림자를 발견했다.

　언제 온 건지 클리프가 그녀를 내려다보고 있었다. 마치 죽음의 사자처럼 살벌한 기를 풀풀 풍겨 내면서.

　에젠은 놀라서 퍼뜩 연무장으로 고개를 돌렸다. 연무장은 여전히 대련이 한창이었지만 클리프의 모습은 보이지 않았다. 그러니까 눈앞의 그가 정말로 그란 말이었다.

　"여기서 뭘 하고 있는 거야."

　'둘이서'란 말이 함축되어 있는 것처럼 살벌한 시선이 두 사람을 번갈아 쳐다보다가, 풀물이 들어 있는 에젠의 드레스 자락에 닿다가, 그녀의 옆에 있는 알랭에게 못 박혀 떨어지지 않았다.

　동시에 알랭이 벌떡 자리에서 일어났다.

　"각하."

　"알랭 보우필드."

　에젠의 옆에서 일어나는 그를 보는 클리프의 눈빛이 한층 더 험악해졌다. 단순히 풀네임을 부른 것뿐이었는데 알랭은 그가 눈빛으로 말하는 것들을 들을 수 있을 것 같았다.

　'이러라고 널 보낸 게 아닐 텐데.'

　시린 시선은 그리 말하는 듯했다.

　곧 클리프가 눈을 부라리는 이유가 비단 호위를 등한시했다는 것만은 아니라는 걸 깨달은 알랭이 자세를 바로 하고 에젠에게서 멀찍이 떨어졌다.

"죄송합니다."

알랭을 본척만척하며 클리프가 곧바로 조금 전 알랭이 있던 자리로 들어섰다.

그러니까, 끼어들듯 두 사람 사이를 비집고 들어가는 것처럼 말이다.

알랭도 건장한 편이었지만 그보다 더 크고 단단한 덩치의 클리프가 서자 에젠의 시야가 꽉 찼다. 그녀가 서 있는 쪽에선 이제 알랭이 거의 보이지 않았다.

클리프의 기세에 알랭이 서너 걸음 더 물러섰기 때문이기도 했다.

클리프는 힐끗 시선을 돌려 두 사람이 내려다보던 연무장을 응시했다.

"몰래 훈련을 훔쳐볼 정도로 기사단이 그리웠나 보군. 너도 흑기사단 출신이었단 것을 잊었어. 알랭, 연무장으로 내려가라."

"예?"

"앞으로는 빼놓지 않고 불러 주지. 개별 대련을 처음부터 다시 시작하도록. 오늘의 기사단 대련은 네게 위임하겠다."

그러니까 흑기사들이 쉬지 않고 달려드는, 오직 상대가 클리프라서 감수할 수 있는 저 살벌한 대련을 그 혼자 감당하란 말이었다.

클리프 앞에서야 쉬이 나가떨어졌지만 제 동료들은 만만

하지 않았다. 한둘도 아니고 연속으로 그들을 모두 상대해야 하면 오히려 곤죽이 되는 건 제 쪽이다.

알랭의 건조한 얼굴에 처음으로 억울함이 떠올랐다.

"각하, 저는……."

"내려가."

"클리프."

"지금."

에젠은 갑자기 나타나 알랭을 훈련에 참여시키는 클리프의 속내를 알 수가 없었다.

알랭은 제게 못 박혀 있는 주인의 눈빛에 결국 움직였다.

'호위 시 마님과 물리적인 거리를 유지해야 했어.'

뒤늦은 깨달음이었다.

소리 없이 움직이는 발걸음이 왠지 터덜터덜 걷는 것처럼 느껴지는 이유는 왜일까.

"당신은 나와 가지."

그녀가 뭐라 말하기도 전에 클리프가 험악한 얼굴로 다시 에젠의 시선을 차단했다. 연무장으로 내려가는 기사의 뒷모습은 다시 클리프에 가려져 보이지 않았다.

본채까지의 짧은 거리나마 그와 함께 걷게 되었으니 나름의 목적은 충실히 달성했는지도 모른다.

"알랭은 그저 날 따라온 것뿐이에요."

"그러면 더 적절하군. 그는 훈련이 그리웠던 거야."

그가 낮게 읊조렸다. 부하의 마음 씀씀이를 배려하는 목소리치곤 꽤 살벌했다.

'그런 것 같진 않던데⋯⋯.'

에젠이 시무룩하게 연무장으로 향하던 알랭의 뒷모습을 떠올리고 있을 때 클리프가 움직였다.

거대한 산 같던 그림자가 옆쪽으로 이동했다.

"본채까지 데려다주지. 위험하니까 연무장 근처에는 오지 않도록 해."

"위험한 건, 클리프 당신이 더 위험해 보이던데요."

그가 움찔했다.

"설마, 봤나?"

기사들이 차례차례 그에게 달려들던 걸 말하는 건가?

에젠이 고개를 끄덕였다. 그가 잠시 난감한 얼굴을 했다. 그의 시선이 그녀가 앉아 있던 곳과 연무장을 번갈아 오갔다.

그녀의 위치에서 기사들을 패대기치던 모습이 가감 없이 노출된 것을 깨달은 클리프가 짧은 숨을 들이켰다. 그의 손이 초조함에 꼼지락거렸다.

그러나 굵은 손가락이 꿈틀거리는 모습은 꼼지락거림보다는 살벌히 손을 푸는 것처럼 보인다는 걸 그는 모르는 듯했다.

"평소 때는 그리 험하게 다루지 않아. 전시라서 훈련을 강화할 필요가 있었어."

그의 다급한 변명은 가차 없이 기사들을 굴리던 것을 후회하는 것처럼 들렸다.

"에젠, 다친 놈들은 한 명도 없었어."

"……."

"진검을 쓰지도 않았고."

거짓말.

햇빛 아래 번쩍거리던 검날이 진짜라는 건 검술에 문외한인 그녀가 봐도 알았다. 하지만 에젠은 고개를 끄덕였다.

수동적인 수긍과 달리 에젠이 그의 말을 곧이곧대로 믿진 않는다는 걸 알아차렸는지 그는 짙은 한숨과 함께 제 목덜미를 거칠게 문질렀다.

"매번 그러는 게 아니야. 제기랄, 그런 눈 하지 마. 당신을 향해 휘두른 게 아니잖아."

"네?"

"다치게 하려던 게 아니야, 에젠. 누구도 죽이지 않아. 나라고 매번 살육에 미쳐 있진 않다고. 게다가 정신이 돌지 않은 이상 당신에게 누굴 죽이는 모습을 보여 줄 리—."

다급하게 터지던 말이 뚝 멈췄다.

푸른 동공이 잠시 커지는가 싶더니 이내 아래로 깊게 침전했다. 일순 바르르 떨린 그의 손가락이 뭔가를 움켜쥐는 것처럼 비틀렸다.

에젠은 그가 무엇을 떠올렸는지 알았다.

가슴을 꿰뚫던 은빛 검, 분수처럼 치솟던 핏방울, 천천히 눈앞에서 허물어지던 약혼자가 내뻗던 손은 결국 제게 닿지 못하고…….

이마를 가볍게 식히던 바람이 멈추고 그녀는 뻣뻣하게 굳어졌다. 하나도 빠짐없이 그녀의 변화를 목격하고 있는 클리프가 자조적으로 눈을 감았다 떴다.

다시 드러난 눈동자에 파르라니 불이 일었다.

"다시는."

억센 팔이 그녀의 손목을 쥐고 끌었다. 에젠은 연무장 밖으로 끌려가듯 이끌렸다.

"이곳에 있지 마. 당신은 이 저택에서 얼마든지 자유로이 다닐 수 있지만 저곳만큼은 예외야. 그날을 떠올리게 하는 건 뭐든……."

클리프가 황급히 말을 멈추었다. 일그러진 이마에 생긴 핏줄이 그의 초조함을 드러냈다. 에젠은 아무 말도 하지 못한 채 그를 바라볼 수밖에 없었다.

'당신도 나처럼 그날을 떠올리는 것이 두려울까. 그래서 애써 모른 척 외면하려 하는 걸까. 죽어 가는 도노반의 존재는 마치 크로포드와 무어가 절대로 함께할 수 없다는 마지막 반증과 같으니.'

그럼에도 그녀는 이기적으로 외면하고 만다.

이 광활한 저택에서 고독히 스러져 가던 그의 모습이 도노반보다 더 강렬히 뇌리에 박혀 있는 자신이기에.

"나는……."

그는 조금 전 알랭을 노려보았을 때보다 더 일그러진 채 그녀를 저택의 호정까지 데려다주었다.

음영 진 얼굴 위로 서리는 어둠이 그녀의 말문을 막았다. 새삼스레 실타래처럼 제멋대로 뒤섞인 그와 자신의 운명을 상기했기 때문인지도 몰랐다.

어디서부터 끊어 내야 할지 짐작조차 가지 않는 엉겨 붙은 과거의 흔적들.

투박한 손이 뻗어 나와 에젠의 어깨에 제 옷을 걸쳐 주었다. 그제야 볼을 스치는 차가운 바람을 맞고 서 있는 자신을 다시 인지했다. 코끝을 스치고 지나가는 희미한 사향이, 여전히 조심스러운 손길로 저를 다루는 그가 에젠을 슬프게 했다.

"당신을 힘들게 하려던 게 아니었어요."

목소리가 힘없이 흘러나왔다.

"나는 그저……."

목구멍까지 치밀어 오르는 말 중 무엇부터 말해야 할지 몰라서, 그런 게 아니었다고 제 속을 까 보이고 싶은데 뒤틀려 있는 과거의 흔적들 때문에 관계를 더 엉망진창으로 만들어 버릴 것 같아……

그런 모습조차 그에게 고스란히 들키고 있다는 걸 모른 채 에젠은 자꾸 입술만 달싹거렸다.

"알아."

수백 개의 바윗덩이 아래 짓눌린 사람처럼 그는 힘없이 고개를 끄덕였다.

"당신은 지나치게 상냥하지. 그래서 내가 무슨 짓을 했는지 자꾸 잊어버리게 돼."

"……."

"허락되지 않는 걸 탐하는 게 용서받을 리 없겠지만……
걱정 말아, 에젠."

그가 천천히 손을 뻗었다. 에젠의 한쪽 뺨을 매만지려는 듯 뻗어 나갔다. 내려다보는 시선이 애달프듯 다정해서 에젠은 그의 손을 잡아당겨 제 뺨을 묻고 싶었다.

그러나 그녀가 그러기도 전에 클리프는 끝내 닿지 못하고 손을 다시 거뒀다.

"그건 모두 내가 짊어져. 그러니까, 당신이 다치는 일은 절대로 없을 거야."

"……."

"절대로."

그는 희미하게 입꼬리를 올려 그녀를 안심시키려는 듯했지만, 이미 참담해진 얼굴 위에선 효력이 없다는 걸 알고 있을까.

연무장에서의 일 뒤로 그녀는 골몰히 생각했다.

아이의 방이나 침실에 머무르는 시간이 길어졌고 그녀를

침실 밖으로 이끌려는 저택의 움직임 —예를 들자면 으레 열리는 공연이라든지 선물의 향연 말이다— 에도 조금 시들해졌다.

"지금은 생각이 없어. 나중에 들을게."

"피곤해. 연극은 나중에."

"나중에."

"나중에."

잠시 잊고 있었던 과거가 그녀를 소극적이게 만들었다. 에젠은 이제 섣불리 그를 찾아 나설 수가 없었다.

그런 참담한 얼굴을 하게 만든 것이 저인 것 같았고, 그가 저를 볼 때 또다시 그런 얼굴을 할까 봐 두려워졌다.

어쩜 이렇게 이기적일까. 클리프를 향한 두려움을 느낄 때마다 에젠은 자신에게 환멸을 느꼈다. 제 아버지가 무어 후작가에 한 짓은 잊은 채 그저 클리프가 저를 밀어낼까 전전긍긍하는 알량한 이기심이 그녀 안에 존재했다.

'그를 잃고 싶지 않다 생각했던 게 내 지나친 욕심이었을까.'

무릎 위에는 한창 오색의 실을 수놓는 자수가 다소곳이 놓여 있었다. 한 땀 한 땀 바늘을 움직일 때마다 그의 표정이, 목소리가 어른거렸다.

어째서 닿지 않을까. 어째서 자꾸만…….

"마님, 괜찮으세요?"

에밀리가 걱정스러운 얼굴로 다가왔다. 따끔한 아픔에 그제야 날카로운 바늘 끝에 찔렸다는 것을 알아차렸다.

손끝에서 붉은 핏방울이 퐁퐁 솟아나자 에밀리가 황급히 깨끗한 천을 가져다주었다.

"조금 누르고 계시면 지혈될 거예요."

손끝에 밀가루 같은 하얀 가루를 뿌리고는 헝겊으로 상처를 둘둘 말 에밀리가 당부했다.

"심하게 찔리지 않아서 다행이네요. 하마터면 자수에도 묻을 뻔했어요. 마님께서 며칠째 밤새워서 수놓으시던 거 잖아요. 아! 문양이 거의 완성됐네요. 이건 사자, 인가요?"

떨어진 자수틀을 주워 들며 그녀가 물었다.

테이블 위에 내려놓은, 반짝거리는 바늘의 끝에는 푸른 실이 매여 있었다. 까만 실로 검은 짐승의 눈을 수놓을 참이었다.

"크기가 작은 걸 보니 아기 사자……. 아, 도련님의 손수건이군요! 아이참, 이럴 때가 아니지."

솜씨 좋은 자수에 넋을 놓던 어린 시녀가 이내 손뼉을 짝쳤다.

"마님, 전 다시 홀에 내려갔다 와야 해서요. 티 파티에 장식할 꽃들을 정원사가 온실로 옮겨 놓았는데 확인이 좀 필요할 것 같아요. 티 파티 날까지 싱싱하게 피어 있으려면 약품을 좀 써야 할지도 모르겠어요. 혹시 손이 계속 아프시면 꼭 말씀해 주셔야 해요. 그냥 쉬이 넘겼다가 나중에 파상풍이라도 걸리면 큰일이니까요."

고작 바늘에 찔린 정도로 파상풍에 걸릴 리는 없겠으나

시녀의 얼굴은 자못 걱정스러웠다.

에젠이 고개를 끄덕이고 나서야 에밀리는 꾸벅 인사를 하고 방을 나갔다. 에젠은 손을 뻗어 조금 전 에밀리가 칭찬했던 검은 아기 사자의 자수를 내려다보았다.

손을 뻗어 자수틀을 잡아당기자 스르르, 사자가 수놓아진 흰 천이 벗겨지며 또 다른 천이 나타났다. 자수틀의 중앙에 조금 전 아기 사자보다 훨씬 큰 용맹스러운 사자가 모습을 드러냈다.

사자의 역동적인 움직임 위로 수놓인 반짝거리는 푸른 눈이 인상 깊었다.

"……."

에젠은 이미 완성된 자수를 물끄러미 내려다보았다.

티 파티 날은 점점 가까워졌다.

"네 티 파티가 알음알음 물밑에서 얼마나 화제인지 아니? 무어가는 여태까지 한 번도 개방된 적이 없었잖아? 자물쇠를 칭칭 내걸고 있던 저택의 문이 열린 것도 모자라 거기에 무어 후작까지 나타난다면 단연코 화제가 될 테지만……."

필레모리가 티 파티와 관련된 일로 에젠을 만날 때마다 클리프가 대화의 물망에 올랐다.

"어쨌든 만약 그가 모습을 보이지 않고 너 혼자만 파티에 남아 있게 될 거라면 거기에 대한 대책도 마련해야 한

단다. 예를 들자면 네 남편이 준 것들을 주렁주렁 걸치는 것도 좋겠구나. 그거 말이야, 에젠.”

“네?”

필레모리가 눈을 찡긋하며 말을 이었다.

“이번 티 파티에서는 무어 부부의 불화가 사실이 아니란 걸 간접적으로 보여 줘야 하니까 말이야. 내 말이 무슨 말인지 알지? 말이 어긋나지 않으려면 서로 입을 맞춰 놓아야 하잖니!”

입을 맞춘다. 다른 건 다 한쪽 귀로 들어가 다른 쪽 귀로 흘러나오면서 그 관용구 하나만 남았다.

필레모리가 쓴 단어는 그저 관용구의 의미였을 테지만 에젠은 괜히 어느 날 밤 볼에 닿던 그의 온기가 떠올라 얼굴을 붉혔다.

그러다가 다시 일그러지던 그의 표정을 떠올리곤 시무룩해졌다.

“괜찮니, 에젠? 우울해 보이는구나.”

“아뇨, 괜찮아요.”

필레모리는 그런 에젠을 걱정했다. 에젠은 이내 수면 아래 감정을 묻으며 그녀를 안심시킨 뒤 저택으로 돌아왔다.

에젠은 테이블에 앉아 수놓아진 검은 사자를 만지작거렸다. 손수건은 완성한 지 오래지만 여전히 그녀의 손에 쥐여 있었다.

‘이걸 그에게 어떻게 전해야 할까. 이걸 빌미로 그와 다

시 이야기할 수 있지 않을까.'

마음을 다잡고 났을 때는 어느새 어둑어둑 해가 지고 있었다.

'그냥 가서 주고만 오는 거야. 그가 이걸 받지 않는다면…… 아니야, 생각하지 말자. 난 내 마음을 표현하는 걸로 만족하는 거야.'

에젠이 숨을 크게 들이켰다. 상당히 긴 고민과 야심 찬 다짐 끝에 그녀가 침실을 나섰을 때였다.

침실 문을 열자마자 새까맣게 시야가 가려졌다.

"어……."

클리프가 서 있었다.

막 노크를 하려던 참이었는지 잠시 놀란 눈으로 그녀를 내려다보던 그는 엉거주춤 허공에 뜬 손을 내렸다.

퇴궁하자마자 이곳으로 향한 듯했다. 자로 잰 듯 딱 떨어지는 정복에서 서늘한 바람이 묻어 나왔다.

"아……."

문 앞에 그가 있을 거라고 예상하지 못한 에젠이 입만 벙긋거렸다. 분명 야심 차게 자리에서 일어났을 땐 할 말을 생각해 뒀는데 막상 그와 맞닥뜨리니 머리가 새하얗게 비었다.

그때 그 연무장 이후로 처음 다시 만나는 두 사람 사이에는 자못 어색한 분위기가 감돌았다.

"들어가도 되나?"

클리프가 먼저 말문을 틔웠다. 에젠은 승낙의 뜻으로 한 발짝 비켜섰다.

그가 그녀의 침실로 발을 내디뎠다. 고작 그가 서 있을 뿐인데 널찍한 침실이 비좁게 느껴졌다. 그와 공유하는 미묘한 공기가 숨 막히게 느껴져서인지도 몰랐다.

"⋯⋯."

평소에는 에젠이 그를 살피며 대화를 유도했지만 이번에는 입을 꼭 다물고 있으니 침묵만 계속되었다.

그녀로서는 부러 말을 하다 저번처럼 그를 괴롭게 하는 위험을 감수하기보다는 침묵으로 관계의 안전을 도모하는 편이 낫다고 깨달아서였으나 내막을 모르는 클리프는 어쩐지 조금 전전긍긍해 보였다.

평소보다 다급히 걸어가는 걸음걸이나 받은 호흡이 그랬다. 면밀히 그녀의 반응을 관찰하는 듯한 눈빛도.

이쯤 되면 에젠이 한마디 할 법도 한데 내내 입을 다물고 있자 그가 참지 못하고 먼저 대화의 물꼬를 틔웠다.

"⋯⋯공연을 거절했다 들었어."

묵힌 대화를 풀어 나가기에 그다지 좋은 서두가 아니라는 걸 클리프는 몰랐다.

'내 일거수일투족을 다 듣고 있나 보구나.'

전의 삶에서도 그랬었고 호위로 따라다니는 알랭이 으레 클리프에게 제 발자취를 알리지 않겠나 싶었으니 이제 와서 놀랄 만한 일은 아니었다.

예전에는 숨 막히게 느껴졌으나 지금은 그가 그녀의 안위를 걱정하기 때문임을 알고 있었다.

하지만 에젠은 다른 이유로 한숨을 내쉬었다. 무슨 말을 할지 조마조마한 마음으로 기다렸더니 결국 묻는 게 이거라니.

"네."

클리프는 에젠의 다음 말을 기다렸으나 다시 침묵이 이어졌다.

"……악단이 마음에 들지 않았나?"

"아니요."

"연극도 보지 않았다고 들었는데 내용이 마음에 들지 않았나? 아니면, 연기가 부족했어?"

"아뇨."

"혹 시중인들이 당신에게 무례한 짓을 했나?"

"아뇨. 모두 내게 잘해 주고 있어요."

"그럼 계속 밖으로 나오지 않는 이유가 뭐지?"

"없어요, 그런 거."

"에젠."

핑퐁처럼 오가는 딱딱한 대화를 그가 더 이상 견딜 수 없다는 듯이 에젠을 불렀다.

시선을 모른 척 회피하며 그녀가 침묵하자 클리프는 그녀를 가늠하듯 에젠을 면밀히 살피다가 초조하게 입술을 말아 물었다. 그는 불안을 감추지 못해 거의 이를 딱딱거리는 것처럼까지 보였다.

"뭐가 문제지?"

"그런 거 없어요."

"에젠."

"클리프."

다시 저를 부르는 그에게 에젠은 짧게 한숨을 내쉬었다. 그녀의 일거수일투족 하나도 놓치지 않는 그가 눈썹을 추켜올렸다.

에젠의 한숨은 더 묻지 말라는 의미였고 그도 그것을 알아들은 듯했다.

"……할 말이 그것뿐인가요?"

그는 아내의 연이은 부정과 물음에 대한 제 나름의 이유를 생각했다. 그리고 결국 그가 생각한 많고 많은 이유를 거쳐 아내를 언짢게 만든 배경으로 하나의 가능성을 떠올렸다.

"……목걸이가 문제였나?"

목걸이? 예상치 못한 쪽으로 대화가 방향을 틀었다.

"마음에 들지 않았던 거야? 설마, 필레모리 선생이 레오포드 자작이 제 딸을 위해 제작했던 걸 내가 빚 대신에 가져왔다고 얘기하던가? 그래서 그래?"

"선생님이요?"

에젠이 빠르게 눈을 껌뻑거렸다.

필레모리가 여기서 왜 나오는 건가?

"하지만 값은 충분히 치렀어. 빼앗은 게 아니라 정당한 거래였다고. 소문이 괴상하게 난 모양이지만, 도박에 미친 그 장사치는 망한 가문의 이름이나마 지킬 수 있다면 제 딸까지 팔려 들었지. 난 그가 작위와 딸을 지킬 수 있게 해줬고, 계약으로 그에 상응하는 걸 받아 낸 것뿐이야."

부연 설명이 길었다. 말을 길게 하지 않는 그로서는 기이한 일이었다. 그녀의 시선에 클리프가 잠시 멈칫하다 빠르게 말을 이었다.

"좋아, 인정하지. 그가 가문을 잃을 때까지 지켜본 건 사실이지만 그렇다고 달리 손을 쓰진 않았어. 난 그가 필요했어. 로즈커트의 블루 사파이어는 하나뿐이고 그 돌에 내 힘을 담을 수 있을 만한 실력의 제작자는 불우하게도 멍청한 그치 정도밖에 없으니……."

로즈커트의 블루 사파이어.

진실과 불변의 상징으로 모든 불행과 악운으로부터 보호해 준다는 미신의 돌이 여기서 왜 나오는 건가? 그의 힘을 담는다는 건 또 뭐고?

에젠은 여전히 그의 말을 제대로 알아듣지 못하고 있었다.

"에젠, 나는……."

계속해서 목걸이의 정당한 구매를 증명하려던 클리프가 어리둥절한 아내의 얼굴을 보고 이내 말을 멈췄다.

그의 푸른 눈에 뒤늦은 이해의 빛이 어렸다. 에젠이 제 말을 이해하고 있지 않다는 걸, 서로 어긋나는 대화의 흐름을 알아차린 것이다.

그리고 그 이유가 곧 무얼 의미하는지도.

"열어 보지 않았군."

그가 헛웃음을 지었다. 낮은 목소리가 유난히 허탈하게 들렸다.

"그러니까 에젠, 처음부터 아무 얘기도 듣지 않았던 거야, 그렇지?"

에젠은 당황했다.

며칠 전 에밀리가 유난히 화려하고 작은 선물 상자를 내밀며 뭐라 중얼거리던 것이 기억이 났다. 그날 특히 시녀의 목소리가 높았다.

—거기 놓아두렴.

—열어 보지 않으세요, 마님?

—맨날 똑같은 것이겠지. 보석, 드레스, 아니면 비싼 무엇이지 않니?

으레 그랬듯 그가 집사를 시켜 보내는 것과 같은 형식적인 선물일 거라 생각한 에젠은 선물을 열어 보지도 않고 치워 두었다.

그녀의 얼굴이 혼란과 당황에 젖어 들었다.

"당신이 보낸 줄은…… 몰랐어요."

"……"

반사적으로 나온 변명이었으나 클리프는 천천히 고개를 끄덕였다.

자신의 초조함도, 허탈함도 모두 뒤로한 채로 그의 기분이 어떻든 무조건 그녀의 말에 수긍하는 게 먼저인 것처럼 말이다.

"이해해."

무조건적인 긍정에도 그의 눈을 스쳐 지나가는 순간의 실망이 보였다. 찰나일 뿐 클리프는 그것을 수면 위로 드러내지 않을 정도로 능숙했지만 에젠에겐 이미 들킨 후였다.

그녀는 양 볼 가득히 숨을 들이마셨다가 크게 내뱉었다. 에젠은 억울했다.

"아무 말도 안 했잖아요."

그녀가 타닥타닥 제 서랍장 앞으로 걸어갔다. 성마른 걸음에 드레스 뒷자락이 나풀거렸다.

에젠은 선물을 열어 보진 않았지만 그게 어디에 위치하고 있는지는 기억하고 있었다. 클리프가 준 모든 선물들을 외면했지만 모순적이게도 또 거기에 신경을 쓰고 있었으니까.

"자, 봐요. 당신 이름이 어디라도 적혀 있는지."

그녀가 화려한 리본으로 치렁치렁 포장된 상자를 그에게 내밀었다. 육각형의 상자가 굴려지며 면면을 내보였다.

"매번 선물만 달랑 보내잖아요. 메시지라든지, 하다못해 한 줄의 인사말도 없는데 내가 당신이 보낸 건 줄 어떻게 알겠어요."

무슨 뜻이냐는 의미로 그가 눈썹을 추켜올렸다.

"아니, 그러니까…… 당신이 보냈다고는 하지만 정말로

그렇진 않다고 생각했어요. 난…… 늘 그랬듯 집사가 고르고 그저 내게 보내진 것인 줄 알았지. 가뜩이나…… 별로 기분도 좋지 않았으니까 아무것도 하고 싶지 않았고…….”

"기분이 좋지 않았나? 어째서?"

그는 분명 조금 전 그의 선물을 에젠이 열어 보지도 않았다는 사실에 상처받은 듯했다.

그러나 제 감정을 차치하고 그녀가 기분이 좋지 않은 이유를 알아내는 게 그에게 더 시급한 사안인 것처럼 굴었다.

에젠은 저를 세세히 살펴보는 푸른 눈동자에 한숨을 내쉬었다.

저 눈에 대고 어떻게 진실을 말할 수 있을까.

잠시 잊었던 그와 제 사이의 짙은 악연을 그가 떠올리게 했기 때문이라고는 절대로 말할 수 없었다. 입 밖으로 내는 것조차 조심스러웠다.

"에젠."

그가 대답을 요했다. 에젠은 한숨을 쉬었다.

"우리가 저번에 어떻게 헤어졌는지 기억해요?"

그녀는 에두른 표현으로 그에게 상기시켰다.

서로의 고통스러운 표정을 애써 못 본 척 어색한 인사를 건네고 뒤돌던 자신들의 마지막 모습을.

클리프는 그제야 그녀가 기분이 좋지 않았던 이유를 근접하게나마 알아차렸다. 그는 그것을 감히 입 밖으로 꺼내 문제화시키는 우를 범하지 않고 자신의 변명을 피력했다.

"그래서…… 당신의 기분이 나아졌으면 했어."

역시 에두르는 표현이었지만 에젠은 그제야 로즈커트의 목걸이가 클리프 나름의 이유를 가진 선물이라는 걸 깨달았다.

그래도 생각은 하고 있었단 건가.

"그리고 다른 것들도 집사가 고른 적은 없어. 내 취향이 당신에 비해 조잡해서 마음에 들지 않을진 몰랐지만—."

그렇지 않다고 에젠이 입을 열려 할 때 그가 담담한 얼굴로 한 조각 진실을 덧붙였다.

"선물은 늘 내 몫이었지."

여태까지도?

에젠의 뇌리에 클리프의 선물들이 스쳐 지나갔다. 커다란 리본을 단 채로 화려한 보석들을 담고 있는, 눈이 부실 정도로 빛나는, 지나치게 호화롭고 반짝거리는 선물들.

"늘이라구요?"

그가 조용히 그녀를 응시했다.

"처음부터……?"

그녀가 멍청히 되물었다.

탐욕에 미쳐 참혹한 말로를 맞이한 제 아비와 형제들을 잊지 말라는 경고인 줄 알았다. 가족들은 늘 호화로운 사치품들에 둘러싸여 살았으나 그 끝은 초라하기 그지없었으니까.

멸문한 가문과 빈털터리가 된 그녀의 위치를 상기시키기

위함인 줄 알았다.

원래라면 클리프가 그랬듯, 노예처럼 비천하게 살았어야 할 삶이 그의 너그러움으로 이런 호화로운 생활을 계속 영위하는 것이니, 감사하라는 조롱인 줄 알았다.

지금 와서 보면 사고가 조금 비약적이라는 걸 깨닫는다. 그녀는 코너에 몰려 있었고, 클리프가 자신을 증오한다 생각했으니, 선물의 이유 또한 제멋대로 오해한 것이다.

하지만 그것들이 전부, 클리프가 직접 골라서 보낸 거라고는 생각조차 하지 못했다.

"왜…… 왜요? 왜 내게 저런 걸 보낸 거죠? 왜, 왜 내게, 직접 가져다주지 않았어요? 당신은 한 번도 내게 와서……."

에젠은 반쯤의 놀람과 반쯤의 원망으로 되물었다. 너무 멀리 돌아왔음을 뒤늦게 깨달은 것이 후회스러웠기 때문이다.

선물은 늘 타인의 손으로 전해졌다. 대화 없이 반복되는 행위에서 오해가 쌓이고 쌓였다.

만약 그가 제게 왔었더라면, 한 번이라도 지금 같은 얼굴과 지금 같은 모습으로 제게 저 선물들을 내밀었다면…… 우리 사이는 조금 달라졌을까? 나는 당신을 떠나지 않았을까?

"……날 보면 당신이 괴로워할 거라고 생각했어."

"클리프."

그는 목 언저리를 더듬거렸다. 턱을 문지르거나 관자놀이를 긁적거리는 손이 대답하고 싶지 않다는 걸 여과 없이 보여 주었다.

"……선물은 언젠가 내가 당신에게 주고 싶었던 것들이니까."

그는 내내 침묵을 지키다가 마침내 마지못해 말했다.

"어, 언제요?"

그는 쓴웃음으로 답했다.

"당신이 예상도 못 할 아주 오래전부터."

"그러니까 언제……."

그녀가 한 발 더 다가서자 클리프가 곧바로 뒤로 물러섰다. 그가 잠시 눈을 크게 떴다 다시 허탈하게 웃었다.

"제정신이 아니군. 내가 당신 앞에서 무슨 말을 지껄이는 건지……."

"아니요, 클리프. 말해 줘요."

"에젠, 당신이 알 필요 없는 일이야. 이건…… 별로 이야기하고 싶지 않아."

차가워진 목소리는 마치 더 다가오지 말라 선을 긋는 듯했다. 에젠이 마지못해 입을 다물자 다시 침묵이 감돌았다.

에젠은 더 캐묻는 대신 그가 수긍할 수 있는 한도의 조건을 말했다.

"그럼 앞으로는 직접 주세요. 저 목걸이처럼 중요한 거라면 당신이 직접 달라구요. 안 그럼…… 잊어버릴 거예요. 오늘처럼 누가 보냈는지도, 당신이 어떤…… 마음으로 그걸 보냈는지도."

"그럴게."

그녀는 협박처럼 덧붙였지만 그는 조용히 수긍했다.

마치 잘못한 건 그녀가 아니라 그 자신이라는 것처럼.

"그리고 티 파티는 다음 주에 열릴 거예요. 이미 집사에게 들어서 알고 있을 테지만……."

그가 알고 있다는 듯 고개를 끄덕였다.

"혹시, 티 파티에 참석할 수 있나요?"

순순한 반응에 힘을 얻어 그녀가 조심스레 말을 꺼냈다.

"그러지 않는 편이 좋을 것 같군."

그가 잠시 멈칫하다가 나직한 목소리로 제안을 거절했다. 에젠은 입술을 잘근잘근 깨물었다.

'실망한 걸 그에게 들키면 안 돼. 난 심지어 클리프의 선물을 열어 보지도 않았잖아. 그래도 그는 화를 내지 않았어.'

이내 드는 생각에 그녀는 애써 고개를 끄덕이며 종알거렸다. 그녀의 목소리는 다소 주눅이 들어 있었다.

"그렇죠, 당신이 숨 막히게 바쁘다는 걸 잊었네요. 미안해요, 괜히 신경 쓰이게 했네요."

자신이 보낸 찻잔을 왜 돌려보낸 건지, 요즘은 뭘 하고 다니는지, 어떤 생각을 하고, 어떤 기분을 느끼고 있는지, 물어보고 싶은 게 산더미 같았지만 덤덤한 그의 반응에 에젠은 괜히 울적해졌다.

"티 파티를 별채의 응접실에서 하려고 해요. 볼룸은 참석 인원에 비해서 너무 크고, 별채는 온실과도 가까우니까……."

그녀는 마음을 다잡았다.

"그래서 티 파티 전에 응접실을 좀 꾸며야 할 것 같아요. 필레모리 선생님 말론 가문이나 가주의 테마에 맞게 꾸미는 게 요즘 유행이래요. 보통 시그니처라 하는데, 장식이나 스타일은 다양하게 하고 색깔만 통일하려고 하는데 어떤 색으로 해야 할지……."

에젠이 말끝을 흐리며 클리프를 보았다. 그는 조용조용 에젠의 말을 경청하며 작게 고개를 끄덕이다가 이내 말이 이어지지 않자 고개를 들었다.

"당신은…… 어떻게 생각해요?"

클리프는 잠시 말이 없었다. 에젠은 매우 조심스럽게 물었지만 이조차도 그에게 방해가 될까 싶었다.

"내 생각이 중요하나?"

에젠은 고개를 끄덕였다.

비록 그는 오지 않겠다고 했지만 어쨌든 무어의 이름 아래서 처음 열리는 티 파티였다.

클리프가 티 파티의 색을 골라 준다면 적어도 그가 완전히 제 일에 무관심하지 않다는 지표로 삼아 우울해지는 걸 막을 수 있을 것 같았다.

"클리프?"

"……검은색으로 하지."

말이 없던 그가 에젠이 답을 기다리고 있다는 걸 깨달았는지 잠시 망설이다 답을 냈다.

"네."

'어쨌든 그가 평소에 말하는 것처럼 당신 마음대로 해, 는 아니잖아?'

에젠은 그가 적어도 그의 생각을 꺼내며 협조했다는 것에 희망을 가지기로 했다. 그러다 이내 답의 내용을 상기하곤 멈칫했다.

"알겠어요. 그럼 그렇게 진행하도록…… 잠깐, 검은색이요?"

사교계의 대표적인 교류 방식으로, 달콤한 다과를 나누는 티 파티에서 장식을 검은색으로 하는 곳은 없을 거라는 걸 사교계에 면역이 없는 그녀도 잘 알았다.

"응."

"검은색이라구요?"

잘못 들었나 싶어 에젠이 되물었다. 그의 턱이 짧게 까딱거렸다.

"당신 그 색 좋아하잖아. 당신 파티니까 당신이 좋아하는 색으로 하는 게 맞지 않나?"

클리프는 특유의 동굴 같은 목소리로 티 파티의 시그니처가 검은색이어야 한다는 주장을 뒷받침하는 나름의 타당한 근거까지 제시했다.

"하지만 티 파티를 검은색으로 장식하기엔…… 장례식에 쓰이는 색이니 사람들이 다른 의미가 있다고 오해할지도 몰라요."

예를 들자면 무어 후작이 티 파티 참석자들을 전원 학살

하려 한다는 그런 살벌한 오해 말이다.

"필레모리 선생님이 분명 반대하실 거—."

말을 하다 뇌리를 스치는 생각에 그녀가 멈칫했다. 클리프는 그 멈칫거림이 필레모리의 반대를 저어하는 것이라 생각했는지 굵직한 한마디를 덧붙였다.

"당신의 티 파티야, 필레모리 선생의 것이 아니라."

에젠이 갸웃거린 건 그 때문이 아니었는데 말이다.

"그런데 클리프, 내가 검은색을 좋아하는 건 어떻게 알았어요?"

그녀가 물었다.

에젠은 검은색을 좋아했다. 굳이 따지자면 색이 있는 걸 그리 선호하지 않는다고 할까.

그러나 무색 중 흰색은 텅 비어 보여 무언가가 꽉 차 있는 듯한 검은색이 에젠에겐 훨씬 마음이 편했다.

—제기랄, 이 색은 또 무어냐! 이 걸레는 갖다 버리고 지난번 황녀가 입었던 드레스 색으로 입혀! 에젠 이년은 제 어미를 닮아 신경을 쓰지 않으면 하나부터 끝까지 칙칙하단 말이다!

그러나 그녀의 취향은 으레 발랄하고 사랑스러워야 할 귀족 영애의 취향과는 동떨어져 있다는 걸 알기에 아무에게도 밝히지 않았다.

그녀의 부친, 크로포드 백작이 제시하는 대로 입어야 하는, 호불호를 나타내는 건 꿈도 꿀 수 없는 그녀의 성장 배경이 그 이유에 한몫하긴 했다.

—방 안을 모두 핑크색으로 바꿔라! 도노반 영식이 방문하기 전까지 완성하도록 해!

에젠은 부친을 거스를 수 없었다. 애초에 그렇게 설계되었고, 그렇게 자라 왔다. 가문의 인형으로 살아가는 것이 그녀의 삶이었다.

그녀는 제게 주어지는 모든 억압을 참고 감내했기에 심지어 에젠의 유모조차 그녀가 실제로 검은색을 좋아한다는 것을 몰랐다.

필레모리와 에젠의 친밀함에 더 신경이 쓰이던 클리프는 심드렁히 대답했다.

"그야 당신이 언제나 검은 것에 먼저 손을 뻗으니까. 칠이 다 벗겨진 정원의 검은 석상도, 검은 길고양이도 떠돌이 검둥개도, 하다못해 검게 낡아 버린 책들까지, 당신이 먼저 내미는 손을 타는 건 죄다 까만 것뿐이지."

그는 쑥 손을 들어 제 검은 머리칼을 헝클어뜨렸다. 마치 제 것도 검은데 왜 제 건 봐 주지 않냐는 듯 성마른 손길로.

거칠게 머리칼을 헤집던 굵은 손가락의 움직임이 이내 우뚝 멎었다. 그러다 문득 제가 무슨 말을 했는지 상기한 모양이었다.

"젠장, 이런 말을 하려는 게 아니라…… 당신이 원하는 색으로 하란 말이야. 다른 사람들 눈 따위 생각하지 말고."

"네?"

클리프의 말을 소화하기에 다소 시간이 걸린 에젠이 놀라 뒤늦게 반문했다.

그러나 그녀의 말을 못 들은 것처럼 클리프가 벌떡 몸을 돌렸다.

"가야겠어. 일이 있다는 걸 잊었어."

"잠깐, 클리프……."

"잘 자. 잠을 방해해서 미안하군."

그가 황급히 방을 나갔다. 밤처럼 새까만 머리칼과는 달리 그의 목덜미 뒷부분이 불그스름하게 물들어 있었다.

'날 보고 있었던 걸까?'

에젠의 과거는 외롭고 초라했다. 노예였던 클리프만큼은 아니었겠지만, 어느 쪽으로 봐도 사랑받는 이의 삶은 아니었다. 그래서 그도 그렇게만 저를 기억할 줄 알았다.

—이거 봐, 에젠이 가져온 거야! 크큭, 웃기지 않아? 이 딴 걸 선물이라고 가져오다니.

—오라버니, 돌, 돌려주세요.

철썩.

—저걸 왜 내게 가져온 거냐. 유세라도 하고 싶었어? 네 어미가 나 때문에 죽었다고? 하!

—에젠, 그러니까 아버지가 널 싫어하시는 거야. 어머니의 유품 따위 내밀어 봤자 아버지가 눈 하나 깜작할 것 같아? 도리어 이렇게 뺨이나 맞지 않으면 다행이지.

클리프 또한 크로포드가에 있었으니까 가족에게마저 가

차 없이 거절당하고 조롱당하는 초라한 그녀를 안다. 알고, 보았고, 느꼈을 것이다.

그러나 클리프의 '앞'에 낡은 석상을 쓰다듬고 검은 고양이를 안아 드는 그녀의 모습이 있을 거라고는 생각하지 못했다.

기이한 기분이 들었다.

외롭고 초라했던 그녀의 세월 곳곳에 그의 시선이 닿아 있었을 거라 생각하니, 갑자기 제 암울한 유년 시절이 그렇게까지 외롭지는 않았다 생각되는 것이다.

"젠장, 저리 가, 제임스. 네게서 나는 땀내가 끔찍하다고."

"자넨 다를 줄 아는가? 훈련 끝나고 멀쩡하게 두 다리로 서 있는 것만 해도 감사해. 후들거리는 걸 겨우 참고 있으니까."

흑기사단의 훈련이 끝나고 땀과 먼지에 젖은 기사들이 연무장을 빠져나왔다. 척사대로서의 위상을 지키기 위한 흑기사들의 노고는 결코 녹록지 않았다.

"잡담 그만하고 모두 씻기나 해라. 너희들에게서 나는 악취 때문에 숨도 못 쉬겠으니까."

수석 기사 하딩이 티격태격하는 기사들에게 일갈했다.

잠시 뒤 여기저기 시퍼렇게 터져 있으나 한결 깔끔해진 모습으로 기사들이 나타났다. 갑옷을 벗고 가벼운 의복으로 갈아입은 그들에게서 상쾌한 비누 향이 났으나 그들의 훈련은 아직 끝이 나지 않았다.

물리적인 체력 단련이 끝나고 나면 전략을 구상하는 회의가 남아 있었다. 그러나 클리프와 레오르가 도착하기 전까진 대부분 기사들의 농담 따먹기로 이어지는 시간이었다.

"그나저나 하딩, 왜 갑자기 자네까지 마님을 모시게 된 건가?"

최근 들어 둘로 늘어난 후작 부인의 호위가 대화의 물망에 올랐다.

"알랭, 자네가 얘기해 봐. 마침 자네가 갑자기 훈련에 참가하기 시작한 것도 이상하단 말이야. 설마 우리가 제대로 연습하는지 감시하기 위해 온 건 아니겠지?"

"각하의 명령이셨네."

"그러니까 자네가 우리를 감시하는 게?"

기사의 물음에 알랭은 더할 나위 없는 한심한 것을 본다는 시선으로 답했다.

"아니, 내가 흑기사단 훈련에 참여하는 게 말이야."

"왜? 각하는 왜 멀쩡한 마님의 호위 기사를 이리로 보내신 거지? 설마 자네, 우리와 함께 뒹구는 게 그리워졌던 건가?"

기사는 아주 훌륭한 농담을 찾은 것처럼 낄낄거렸으나 알랭이 냉담하게 무시하자 이내 머쓱히 입을 닫았다.

"거, 아니면 아니라고 말해 주면 되지, 사람 참 물색없구 만. 하딩, 자네가 말해 보게. 자네는 왜 또 마님의 호위를 맡게 된 건가?"

수석 기사 하딩에게 시선이 쏠렸다.

"각하의 명령이라니까."

"알랭도 있는데 갑자기 자네를 또? 아니, 그렇다고 자네 의 무위가 알랭에 뒤진다는 건 아니지만, 우리 기사단의 제 일가는 기사 둘이 마님을 모신다고 하니 의아해서 말이야."

"호위는 나와 알랭이 번갈아 가며 하고 있어. 두 사람이 마님을 모시는 게 더 좋을 거라 생각하셨나 보지. 어쨌든 흑기사단의 업무에 방해가 되는 일은 없을 걸세."

"자네가 힘들겠군."

누군가 동정의 말을 건네자 하딩이 짜증스럽게 일갈했다.

"그리고 나 또한 그분을 모시게 되어 기쁘니 그렇게 불 쌍해하는 얼굴 하지 말게. 자네가 마님께 편견을 가지고 있다 해서 나까지 그럴 거라 생각하지 마. 마님은 힘든 주 인도 아니시며, 설사 그렇더라도 그분을 성심성의껏 모시 는 게 기사로서의 내 일이야."

너희들과는 다르게, 라는 뒷말이 함축되어 있는 듯했다.

"각하께서 선택하신 분이시네. 자네들의 호불호가 그분 의 의사를 무시할 만큼 대단한가?"

"하지만 그분은 크로포드……."

"크로포드, 크로포드. 그게 아니면 네놈들은 할 말이 없지?"

그의 인내는 여기까지였다. 결국 참지 못하고 터진 하딩의 날 선 일격에 기사들이 찔끔해서 입을 다물었다.

"크로포드를 제외하고 마님을 배척하는 제대로 된 이유를 대어 보게. 내 말은, 은원이고 천벌이고, 알지도 못하는 사람들이 지껄여 대는 것 말고, 제대로 된! 이유 말이야."

"하딩, 자네도 결혼 후 마님의 행보가 어떤 줄 알잖나."

누군가 항변했다.

"그래, 계속 그렇게 말해 보게. 한순간에 가문을 잃은, 고작 스무 살 난 영애가, 자네는 스무 살 때 뭘 하고 있었지? 아! 그래, 술집에서 칼싸움이나 하며 하릴없이 맥주나 퍼마시고 있었던 나이에 모든 것을 잃은 영애가 어떻게 했어야 했나?"

하딩에게서 세찬 숨이 뿜어져 나왔다. 다른 사람들이 그의 숨소리를 들을 수 있을 정도의 크기였다.

"함께했던 모든 이들이 살육당하는 걸 눈앞에서 지켜봐야 했던 여인이 어떻게 했어야 했는지 말이야. 이제 우리 모두가 알고 있잖나. 자네들도 그분의 눈앞에서 도노반의 심장을 꿰뚫은 검을 보았잖나? 결혼마저 그분의 의사가 아니었단 걸 기억하지 않나?"

"……."

"크로포드가에서 각하를 구하고 내보낸 이가 마님이셨다

는 것도 모른 척할 텐가?"

기사들이 불편하게 얼굴을 찡그렸다. 반박할 수 없기 때문이다.

"크로포드와 무어. 그래, 그걸 각하께서 모르고 계시는 것 같아? 두 가문의 은원을 누구보다 잘 아시는 분이 끝내 마님을 선택하셨다면, 그 의미가 어느 정도일지 짐작하지 못하겠나?"

"……."

"벌써 십이 년 전 일이야. 과거에 잡혀 있는 건 각하가 아니라 자네들이라고. 그만 좀 하게, 정말 진절머리가 나는군."

하딩이 짜증스럽게 머리를 헝클어뜨리며 나가 버렸다. 눈치를 보던 기사들이 하나둘씩 자리에 앉았다.

싸늘한 침묵이 내내 기사들 사이로 내려앉았다.

다음 날 훈련이 끝나고 다시 모인 기사들은 자못 하딩의 눈치를 보았다.

하딩 또한 제 속에서 쌓이고 쌓아 왔던 것들이 터져 지나치게 감정을 드러냈다 생각해 지난번과 달리 자못 웃기도 하며 먼저 농담도 건네자 어색한 분위기가 풀렸다.

다행히도 그의 분통 어린 외침이 기사들에게 영향을 준 모양인지, 에젠에 대한 부정적인 분위기가 가셔 있었다.

'그래, 언제까지 과거에만 붙잡혀 있을 텐가. 각하를 도와 앞으로 나아가야 할 때가 온 건지도 몰라.'

어제 하딩의 일침이 그들이 애써 외면하고 있던 사실을 상기시켰기 때문임이 컸다.

"저택이 부산스럽군."

"마님께서 여시는 티 파티 때문이겠지. 모두가 정신이 없을 때니……."

어느 기사가 중얼거렸다. 그는 레오르가 있다는 것도 잊고 지극히 자연스럽게 나온 생각을 내뱉었다.

"생, 생각해 보면 우리에게 나쁜 것만은 아닐지도 모르겠네. 마님의 음해 세력들을 찾아내는 거, 부단장님은 반대하셨지만 어차피 마님께서 명실상부한 가문의 안주인이신 이상 언제고 해야 할 일 아닌가?"

"……그렇지. 자라난 잡초를 뽑는 거보다 애초에 싹이 나지 않도록 뿌리 뽑는 게 더 현명할 때도 있잖나. 차라리 잘됐네. 각하께서 먼저 공격하시는 위인도 아니고, 매번 선방만 먹는 게 짜증 났잖나. 이번 일로 그 늙은 뱀과 귀족 나부랭이들이 일단 몸 사리기 시작했으니 한 방 먹였지."

"어차피 클레멘타인과의 대립은 피할 수 없는 거니 각하의 판단이 옳았는지도 몰라. 늙은 뱀이 이빨을 그득그득 가는 모습도 꽤 볼만했고 말이야."

"마님께서 정말로 움직이기 시작하신 건가?"

누군가 반신반의하며 물었고 누군가 의기양양하게 대답했다.

"그 마당발 필레모리 선생과 접촉하고 있다는 게 알려졌으니 그저 시간문제일 뿐이네. 이번 티 파티로 본격적인 발돋움을 하시게 되겠지."

"조금 들뜨는군."

미혼의 기사가 살짝 상기된 얼굴로 어깨를 으쓱했다.

"이 삭막한 저택이 언젠가부터 사람 사는 곳으로 조금씩 변해 가는 듯한 느낌이 들어. 이안 도련님도 그렇고, 티 파티로 하인들이 분주히 뛰어다니는 걸 보니, 우리도 이제야 귀족가의 기사들이라는 걸 깨닫게 된다고 할까. 각하께서야 워낙 허례허식에 본을 두지 않으시는 분이니 이런 걸 볼 날은 없다고 생각했지만……."

"그래도 마님이 누워 계시는 동안 저택이 대대적으로 변모하지 않았나? 이제 수도의 어느 곳을 가도 이보다 더 화려한 곳은 볼 수 없을 테지. 그나저나 하딩, 귀부인들이 참석할 테니 저택을 꾸미는 김에 우리 연무장도 좀 손을 봐야 될 것 같지 않은가?"

무슨 개소리를 하냐는 눈으로 하딩이 동료를 쳐다보았다. 찔끔한 동료가 어깨를 으쓱했다.

"아니, 다른 곳은 다 화사하고 화려한데 우리 연무장만 칙칙하지 않은가."

"일리 있는 말이네. 요새는 장식의 색을 통일하는 게 사교계의 유행이라더군."

"그걸 자네가 어찌 아는가? 훈련에만 집중한다더니 또 여기저기 코를 디밀어 본 모양이로군."

"내 여동생이 의상실을 하고 있다는 걸 잊었나? 가만히 있어도 귀에 들리는 걸 어떡하란 말이야."

그가 억울하게 항변했다. 그러나 현재 흑기사들의 관심거리는 다른 데 쏠려 있었다.

"어쨌든 무슨 색으로 장식을 하게 될까? 아직 장식을 시작하지 않았던데……."

"흑사자로 불리시는 분의 저택이니 당연히 검은색이겠지."

기사 제임스가 대수롭지 않게 대답했다가 곧 동료의 극렬한 비판에 직면해야 했다.

"예끼, 미친놈. 장의도 아니고 검은색으로 살롱의 티 파티를 장식하는 경우가 어디 있다던가?"

"자네 지금, 각하를 모욕한 것인가? 각하께서도 검은색을 좋아하시네!"

그가 씩씩거렸다. 기사들이 둘의 말싸움에 달라붙었다.

요는 첫 티 파티의 장식을 검은색으로 통일하는 것이 멍청한가 아닌가 하는 것이었다.

"각하께선 검은색을 즐겨 하시지 않는다."

소란스런 말싸움을 중단하며 들어온 부단장 레오르가 단호하게 말했다. 사실상 그의 개입으로 말싸움의 승패가 갈린 것이나 다름없었다. 제임스가 반박했다.

"하지만 우리, 전쟁 내내 검은 망토와 의복을 입지 않았습니까? 그래서 전장의 흑사자, 흑기사단으로 불리게 된 것이구요."

"그건 핏자국을 가리기에 수월했으니까."

레오르가 한심하다는 듯 덧붙였다. 피가 묻는 속도와 피를 씻어 내는 속도를 맞출 수 없었기에 선택한 차선책일 뿐이었다.

"하지만……!"

그때 문이 열리며 클리프가 들어왔다. 어수선한 분위기에 그가 눈썹을 추켜올리자 레오르가 얼른 상황을 정리하려 했다.

"죄송합니다. 곧바로 정렬시키겠습니다."

"각하, 이번에 마님께서 여시는 티 파티를 검정으로 장식하면 안 되는 일입니까?"

하딩은 용기 있게 물었다. 주군께 쓸데없는 질문을 한다고 곧바로 날 선 레오르의 시선이 날아왔으나 그는 굴하지 않았다.

"에젠이 원한다면 문제없는 일이지."

클리프가 답했다.

"들었지?! 각하께서 그렇다고 하시잖아!"

제임스가 의기양양하게 소리쳤다. 다소 제 정답과는 비껴 났다는 진실을 외면하며.

"그래도 명색이 티 파티인데……."

사교계를 꿰고 있는 어느 기사가 중얼거렸다.

"그럼 각하께서 좋아하시는 색은 무엇입니까?"

하딩은 이왕이면 정보를 캐내어 볼 요량으로 무례를 무릅쓰고 한 번 더 질문했다.

주군이 좋아하시는 색깔로 마님께서 티 파티를 장식하신다면 두 분의 사이가 좀 더 돈독해질 수 있지 않을까 싶은 생각이었다.

"하딩, 건방지다. 자중해라."

"초록색."

레오르가 하딩에게 날 선 꾸지람을 내뱉었을 때 뜻밖에도 클리프의 대답이 날아왔다.

"아, 각하께선 초록색을 좋아하십니까?"

그가 되물었으나 클리프의 침묵이 긍정을 뜻하고 있었다.

마침 시선이 클리프가 허리춤에 찬, 장검에 박힌 에메랄드에 닿았다. 대륙 전쟁에서 승리하고 국왕이 클리프에게 내린 검이었다.

국왕이 하사한, 마물마저 벨 수 있는 하이츠의 명검은 신의 눈물이라 불리는 루비가 박혀 있는 걸로 들었는데 에메랄드?

원래 에메랄드였나?

어쨌든 그렇구나, 그랬구나, 수긍할 때쯤이었다. 예상치 못한 한마디 말이 더 날아왔다.

"……닮았으니까."

누구를요?

물음이 한 번 더 들어찼다. 이번 것은 미처 내뱉지 못한 채로. 하지만 쓸데없는 물음이었다. 하딩을 비롯한 기사단 모두가 이내 떠올렸기 때문이다.

무어가 안주인의 녹빛 눈동자를.

—2권에서 계속

황무지의 봄바람 1

1판 1쇄 발행 2020년 1월 8일
1판 2쇄 발행 2020년 7월 30일

지은이 윌브라이트
펴낸이 신현호
편집부장 예숙영
편집 최은지
편집디자인 한방울
영업·관리 김민원 조은걸 조인희
물류 이순우 최준혁 박찬수

펴낸곳 ㈜디앤씨미디어
출판등록 2002년 5월 1일 제117-90-51792호
주소 서울시 구로구 디지털로 26길 111 JnK디지털타워 503호
대표전화 (02)333-2513 팩스 (02)333-2514
전자우편 dncbooks@dncmedia.co.kr
디앤씨북스 블로그 http://blog.naver.com/dncbooks

ISBN 979-11-264-4972-9 (04810)
ISBN 979-11-264-4971-2 (SET)